Nina Schilling
Behind Me

Schon früh war *Nina Schilling* kaum von Büchern fernzuhalten, bis sie neben dem Lesen ebenfalls mit dem Schreiben anfing. Auf Wattpad feierte sie schon als 14-Jährige große Erfolge. Heute studiert sie Psychologie und schreibt weiterhin.

Nina Schilling

Behind Me

Roman

PIPER

Mehr über unsere Autorinnen, Autoren und Bücher:
www.piper.de

Bei »Behind Me« handelt es sich um eine umfangreich bearbeitete und gekürzte Version des auf Wattpad.com von 07nia11 ab 2014 unter dem Titel »behind the screen« veröffentlichten Textes.

Wenn Ihnen dieser Roman gefallen hat, schreiben Sie uns unter Nennung des Titels »Behind Me« an empfehlungen@piper.de, und wir empfehlen Ihnen gerne vergleichbare Bücher.

ISBN 978-3-492-50481-2
5. Auflage Februar 2024
© Piper Verlag GmbH, München 2021
Redaktion: Cornelia Franke
Satz auf Grundlage eines CSS-Layouts von digital publishing competence (München) mit abavo vlow (Buchloe)
Printed in the EU

Vorwort

An all meine treuen Wattpad-Leser*innen,

ich kann es selbst kaum glauben, aber es ist endlich so weit: Tessas Geschichte, gebunden und bereit für euer Bücherregal! Viele von euch begleiten mich und »Behind the Screen« schon seit Jahren auf Wattpad. Ihr habt so oft gefragt, wann die Geschichte als Buch erscheint, und ich freue mich, euch endlich die Geschichte im Papierformat präsentieren zu dürfen. Ich möchte aber – bevor ihr mit dem Lesen beginnt – einige Anmerkungen dazu machen, was sich in »Behind Me« geändert hat, damit die Alteingesessenen von euch keinen Herzkasper bekommen.

Vorweg: Der Kern von »Behind the Screen« ist erhalten geblieben. Tessa ist und bleibt verrückt im Kopf und die mutigste Person, die ich kenne. Dyan würde man immer noch gerne einen Klaps auf den Hinterkopf geben, dafür, dass er manchmal so ein Idiot ist. Und die Gefühle, die die Geschichte immer ausgemacht haben, sind noch genauso intensiv und mitreißend.

Trotzdem wäre es gelogen, zu sagen, dass sich nur der Titel geändert hat. Viele der Änderungen hingen damit zusammen, dass wir die Geschichte rapide kürzen mussten, um auf eine Seitenzahl zu kommen, bei der ihr mit dem Buch keinen Mord mehr begehen könnt. Dadurch mussten sich leider zwei Charaktere von uns verabschieden, und all die Kleinigkeiten, in denen ich mich verfangen habe, wurden gestrichen. Die Geschichte lässt sich nun um einiges flüssiger lesen und baut ein Tempo auf, das echt Spaß macht!

Da ich als Autorenlaie einige Logikfehler in der Geschichte hatte (die ihr berechtigterweise auch auf Wattpad kritisiert habt), wurden auch diese ausgebügelt, was als größte Folge mit sich bringt, dass unsere heiß geliebten Badboys nicht mehr mit Drogen dealen. (Was sie stattdessen anstellen, müsst ihr allerdings selbst herausfinden.) Sonst sind es eher Nebensächlichkeiten und einzelne Szenen, bei denen euch auffallen wird, dass sich zwar etwas verändert hat, aber nichts an der Art des Humors oder den Gefühlen der Geschichte.

Ich muss sagen, dass mir vieles am Anfang sehr im Herzen wehgetan hat, ich jetzt zum Schluss aber weiß, dass all die Änderungen die Geschichte tatsächlich verbessert haben. »Behind Me« lässt sich viel besser lesen, macht dabei immer noch Spaß und ist insgesamt – objektiv gesehen – viel professioneller. Vielleicht denken sich trotzdem viele von euch: »O nein, das kann gar nicht gut werden!« In dem Fall wäre meine Bitte: Gebt »Behind Me« eine Chance. Seht es als Möglichkeit, Tessa und ihre Geschichte von einer anderen Seite kennenzulernen, und lasst euch erneut entführen in die Welt von Tessa und Dyan.

Kapitel 1 Tessa

»Tesssaaa!«, schrie die Stimme meines Vaters. Erschrocken riss ich meine Augen auf und fuhr in meinem Bett hoch. Ein kurzer Blick auf meinen Wecker verriet mir, dass es 23:34 Uhr war. So früh hatte ich noch nicht mit ihm gerechnet. Allerdings änderte das nichts an der Tatsache, dass er betrunken war. Wenn er meinen Namen so in die Länge zog, hatte er einige Whiskeys zu viel getrunken, und das auf leeren Magen und in kurzer Zeit.

Seufzend stemmte ich mich aus meinem Bett, den verlockenden Ruf meines Kissens ignorierend, und folgte dem Grölen zur großen Treppe, die nach unten führte. Diese versuchte mein Vater gerade hochzuwanken, stolperte aber schon bei der ersten Stufe und ließ sich schließlich fallen. Gleichzeitig brüllte er laut herum, was mich das Gesicht verziehen ließ, während ich mich wie so oft fragte, wie meine Stiefmutter Kathrin bei dem Lärm weiterschlafen konnte.

Vielleicht hat sie sich mit der Zeit daran gewöhnt, oder sie ist so schlau und schläft mit Ohrstöpseln, klärte mich mein innerer Besserwisser auf und ließ mich damit schnaufend auflachen. Das konnte ich mir bei Kathrin zu gut vorstellen. Allerdings sollte ich mich wohl lieber auf anderes konzentrieren, denn mein Vater machte Anstalten, sich mitten auf der Treppe zu übergeben.

7

Angeekelt sah ich zu, wie er sich nach vorne beugte und würgte.

Ich blieb am Treppenabsatz stehen, und auch wenn das jetzt egoistisch erschien, kam mir nur ein Gedanke: *Super, und das kann* ich *nachher wieder wegmachen.* Der Gestank von Erbrochenem wehte zu mir hoch, und bei den Würgegeräuschen stieg auch in mir Übelkeit auf.

Dabei müsstest du das doch inzwischen gewöhnt sein, wies mich meine innere Stimme darauf hin, wie lang ich dieses Trauerspiel schon ertrug. Der Alkoholismus meines Vaters wurde seit Jahren immer schlimmer. Und genauso lange räumte ich ihm schon hinterher.

Man sollte meinen, Kathrin würde sich um ihren Ehemann kümmern, ihn in einen Entzug stecken oder so, doch sie entsprach genau dem Klischee einer Stiefmutter. Ganz ehrlich, manchmal war ich fest davon überzeugt, dass man sie als Vorbild für die böse Stiefmutter aus den Märchen genommen hatte. Der einzige Grund, weshalb sie sich für meinen Vater interessierte, war sein Geld, von dem er *massenhaft* besaß. Den Spitznamen *böse Königin* hatte sie sich daher schon vor langer Zeit bei mir verdient. Gegenüber anderen war sie immer die perfekte Königin, fürsorglich und zuvorkommend. Doch in Wahrheit interessierte sie sich nur für ihr Aussehen und die nächste Shoppingtour. Und mein Vater, als Firmenmogul in x-ter Generation, war der perfekte Geldbeutel zum Finanzieren des Ganzen.

Trotzdem bist du auf sie hereingefallen, rieb mir die Besserwisserin meine Fehler unter die Nase.

O ja, und wie ich das war, als sie das erste Mal durch unsere Haustür spaziert kam. Auf jedes ihrer aufgesetzt liebevollen Worte.

Früher hätte ich nie gesagt, dass wir dem Stereotyp einer völlig zerstörten Upperclass-Familie entsprachen. Meine Eltern waren das perfekte Paar gewesen, das sich liebte und sich gegenseitig Halt gab. Doch nachdem meine Mutter vor drei Jahren gestorben war, zog mein Vater sich vollkommen zurück, war ständig auf Reisen. Vermutlich wollte er all den Erinnerungen entkommen, die in diesem Haus lauerten. Dass er damit seine Tochter mit ihrer Trauer allein ließ, hatte er nicht wahrgenommen. Und selbst wenn er zu Hause war, befand er sich in dem gleichen Zustand wie jetzt: vollgelaufen und nicht ansprechbar.

Ich hatte damals nicht nur meine Mutter, sondern auch meinen Vater verloren.

»Ahhhh, da bist du ja, Tesssssaaaaa!«, grölte er wieder und riss mich aus meinen Gedanken. Er hatte endlich aufgehört, sich zu übergeben, und wischte sich mit dem Handrücken über den Mund.

Nun ja, ansprechbar vielleicht schon, aber nicht zu einem vernünftigen Gespräch in der Lage.

Langsam stieß ich die Luft aus und näherte mich meinem Dad, der wie ein kleines Kind die Arme nach mir ausstreckte. *Sollte das nicht andersrum sein?*

»Weissssu waaaas?!«, lallte er, als ich ihn schließlich erreichte und die nach Alkohol und Kotze riechende Fahne zu ignorieren versuchte. Ohne auf seine Frage einzugehen, fasste ich ihn an den Armen und bemühte mich, ihn hochzuziehen, doch er hing in meinem Griff wie ein nasser Sack.

Plötzlich packte er mich an den Haaren und zerrte mich zu sich herunter. Mit einem Aufschrei folgte ich dem Zug, bevor er mir all meine Haare herausriss. Den Versuch, mich zu befreien, unterließ ich gleich. Das würde alles nur noch schlimmer machen. Also lag ich wohl oder übel halb auf ihm, sein Gesicht ganz nah an meinem. Der Geruch des Alkohols raubte mir den Atem.

»Du siehst aus wie sie«, hauchte er mir ins Ohr, und ich erschauderte. Auch ohne dass er es sagte, wusste ich, wen er meinte.

Meine Mutter.

Und er hatte recht. Ich hatte meine braunen Haare von ihr, meine athletische Statur und die katzenhaft grünen Augen. Mein Spiegelbild war eine stetige Erinnerung an den Verlust, den wir erlitten hatten. Aber am Ende war ich nichts als eine billige Kopie von ihr.

Und auch mein Vater sah das so.

»Du wirst niemals an sie herankommen!«, zischte er wütend und stieß mich kräftig nach hinten.

Ich stolperte einige Stufen hinauf, ehe ich stürzte. Mit geschlossenen Augen unterdrückte ich die aufsteigenden Tränen. Nicht etwa wegen meiner schmerzenden Kopfhaut oder des harten Aufpralls. Viel mehr waren es seine Worte, die mich verletzten. Sah er in mir nur eine unvollkommene Version von ihr? War ich keine eigenständige Person in seinen Augen?

Lass ihn nicht dein Leben bestimmen! Geh! Geh und lebe endlich!, drängte mich meine innere Stimme. Aber wie könnte ich das? Er war mein Vater, alles, was mir von meiner Familie geblieben war.

Irgendwann wird es heißen: entweder du oder er.

So weit war es noch nicht! Der Gedanke, einfach abzuhauen, war mir schon des Öfteren gekommen, doch schlussendlich war das hier mein Zuhause.

Als hätte Dad meine Gedanken gelesen, griff er nach meinem Knöchel und riss mich wieder zu sich. Obwohl ich mich am Geländer festzuhalten versuchte, rutschte ich die Stufen hinunter und landete unweigerlich in seinen Armen. Es war nur nicht die Art von Umarmung, die ich mir gewünscht hätte. Mein Gesicht an sein nach Schweiß und Erbrochenem stinkendes Hemd gedrückt, weil sein Griff keine andere Position erlaubte, rang ich trotz meines zugeschnürten Halses nach Luft.

»Aber du bist mir immer treu! Nie verlässt du mich, nicht wahr, Tesssaaaa?«, säuselte er.

Wenn mein Vater betrunken war, waren seine Taten unvorhersehbar. Umso mehr Angst machte es mir, ihm so nah zu sein. Gefangen in seinen Armen und vollkommen wehrlos. Und dieser Tonfall ... als könnte er über mich bestimmen, als hätte ich keinen Willen.

Das stimmt doch auch!

Nein! Tut es nicht. Ich wollte hier weg, ich *würde* hier weggehen! Es war Anfang Mai, und nach dem Sommer trennte mich nur noch mein Senior-Jahr davon, an ein weit entferntes College zu verschwinden, ohne Aufsehen zu erregen oder mir meine schulische Bildung zu versauen. Ich musste nur noch etwas durchhalten.

Ohne Vorwarnung riss mein Dad meinen Kopf hoch und schrie: »Nicht wahr?!«

Erschrocken starrte ich in seine weit aufgerissenen, vom Alkohol vernebelten Augen. Mein Hals war wie ausgetrocknet, und sooft ich auch schluckte, ich fand meine Sprache nicht wieder. Ich konnte nur in seine eisblauen Augen starren und den tobenden Sturm darin beobachten. Doch er erwartete auch keine Antwort.

Ich sah nur aus dem Augenwinkel, wie er die Hand hob und ausholte. Der brennende Schmerz auf meiner Wange, als er mir eine Ohrfeige verpasste, war dafür allzu deutlich.

»Dein Platz ist genau hier, du kleines Miststück!«

Er brüllte vor Wut, aber ich nahm ihn kaum wahr. Alles, was ich spürte, war meine pochende Wange und die Ungläubigkeit in mir. Erneut brannten meine Augen, trotzdem hielt ich die Tränen zurück. Ich würde nicht weinen. Ich würde stark bleiben.

Die Laune meines Vaters schwenkte erneut um. Dieses Mal nahm er mein Gesicht sanft in die Hände, so, wie er es früher immer getan hatte.

»Ach, Tessa! Du bist alles, was mir geblieben ist! Verlass mich nicht!« Er presste sein Gesicht gegen meine Schulter, während er laut schluchzte.

Steif wie ein Brett saß ich da und war nur froh, dass er nicht länger wütend war. Sonst wäre es nicht bei der pochenden Wange geblieben, die ich zu ignorieren versuchte.

So, wie du alles ignorierst.

Ja und vor allem dich, dämliche Stimme!

Selber dämlich!

Irgendwie überzeugte ich Dad davon aufzustehen und führte ihn langsam in sein Schlafzimmer. Er schluchzte etwas darüber, wie einsam er sei und wie sehr er meine Mutter vermisse. Aber ich wusste, dass er darauf keine Antwort von mir verlangte. Denn es gab keine, die einen Unterschied gemacht hätte.

Traurig drückte ich ihn auf sein Bett, das in seinem eigenen Zimmer stand, weit entfernt von dem, das Kathrin zu ihrem Reich erklärt hatte, und zog ihm seine Schuhe aus. Glücklicherweise wurde sein Weinen dabei immer leiser, bis es schließlich in ein Schnarchen überging.

Seufzend setzte ich mich auf den Boden, lehnte mich an die Bettkante und berührte vorsichtig meine Wange, die sich heiß anfühlte. Mit dem einen Schlag war ich gut davongekommen – auch wenn sich das seltsam anhörte.

Wer weiß, wie es morgen ausgeht, murmelte meine innere Stimme, und ich stand kopfschüttelnd auf, um das Erbrochene auf der Treppe aufzuwischen, bevor ich morgen eine Standpauke von Kathrin kassierte. Die konnte ich mir wirklich ersparen.

Als ich schließlich völlig erledigt wieder ins Bett fiel, war es 00:56 Uhr.

Kapitel 2 Tessa

Das laute Klingeln meines Weckers riss mich aus meinem unruhigen Schlaf und ließ mich verschreckt im Bett hochfahren. Doch ein Blick auf das Display genügte, und ich sank stöhnend zurück in mein Kissen. 6:00 Uhr.

Wieso musste die Schule nur so früh beginnen?! Meine Augenlider fühlten sich an, als würden sie Tonnen wiegen. Ich hatte vielleicht fünf Stunden geschlafen, doch selbst in dieser Zeit war mein Schlaf von unruhigen Träumen durchzogen gewesen. Ganz sicher nicht erholsam.

Außerdem gab es für mich keinen Grund, mich auf die Schule zu freuen. In der ersten Stunde hatte ich Mathe mit Mr Coleman. Nicht, dass ich schlecht in Mathe wäre, ganz im Gegenteil. Nur machte mir Mr Coleman gerne das Leben zur Hölle – als wäre es nicht schon schlimm genug – und fand an allem, was ich sagte, etwas Falsches. Da verging einem die Lust auf den Unterricht. Man bemerke, dass diese auch so schon kaum vorhanden war.

Das Einzige, worauf ich mich freuen könnte, wären Freunde, mit denen ich quatschen und herumalbern könnte. Tja, aber wenn man keine Freunde hatte ...

Um auf andere Gedanken zu kommen, machte ich mich schnell daran, mir Anziehsachen aus meinem

Kleiderschrank zu holen. Allerdings passte die Bezeichnung *Begehbarer Kleiderschrank* wohl besser. Einer der wenigen luxuriösen Aspekte, die ich noch hatte, seitdem Kathrin hier eingezogen war.

Ich entschied mich für etwas Einfaches: ein weißes Shirt und eng anliegende Bluejeans. Dann duschte ich mich kurz und föhnte mir die Haare, um sie nach hinten zu binden. Das tat ich so gut wie immer. Im Laufe des Tages störten mich sonst die Strähnen, die mir andauernd im Gesicht hingen, und so landeten meine Haare schlussendlich doch in einem Zopf. Schnell noch ein bisschen Wimperntusche und Zähneputzen – fertig. Den dunkelroten Lippenstift, welchen ich manchmal trug, weil er so gut zu meinen grünen Augen passte, ließ ich heute weg.

Abschließend schmiss ich mein Handy in meine Schultasche und rannte die Treppe hinunter. Dabei ließ ich die Stelle aus, an der mein Vater sich erbrochen hatte. Ein kalter Schauder lief mir über den Rücken, als ich an die letzte Nacht zurückdachte. Keine Ahnung, was heute passieren würde oder die Nacht darauf. Aber ich würde es aushalten müssen.

Den Gedanken verdrängend erreichte ich unsere riesige Hightech-Küche und blickte auf die Uhr. 6:33 Uhr. Ohne Umschweife stellte ich mich an den Herd, um mit dem Frühstück für Kathrin zu beginnen. Ein ungewolltes Morgenritual, zu dem mich meine Stiefmutter verdonnert hatte. Was mir sonst blühte, hatte ich auf die unangenehme Art lernen müssen, indem ich Stunden vor der Haustür verbracht hatte – und das Mitte November bei eisigem Regen. Darauf hatte mich eine schwere Erkältung gequält, trotzdem war ich jeden

Morgen aufgestanden, um meiner liebenswürdigen Stiefmutter Frühstück zuzubereiten.

Für meine Verhältnisse war ich heute früh dran, also blieb genug Zeit, um den Morgen mit Pancakes zu starten. Ich war gerade dabei, den Teig anzurühren, als plötzlich Kathrins Stimme hinter mir losschrillte.

»Tessa, wieso ist das Essen noch nicht fertig?!« Mit einem Zucken wirbelte ich zu ihr herum.

Kathrin war spindeldürr, und zwar auf diese eklige, knochige Art und Weise. Ihr Gesicht war straff, was an unzähligen OPs lag und nicht etwa an ihrem jungen Alter. Die Haare, wasserstoffblond gefärbt, waren streng nach hinten gebunden. Dazu trug sie bereits ihren Hosenanzug mit ihren viel zu hohen High Heels, in denen sie stakste wie ein Huhn. Aber ich traute mich nicht, ihr das zu sagen. Sie mochte mich auch so schon nicht.

Liegt vielleicht daran, dass dein Dad dir alles vererbt statt der bösen Königin.

Bei dem Gedanken musste ich mir ein Lächeln verkneifen. Ja, und das war die beste Entscheidung, die mein Dad in den letzten Jahren getroffen hatte.

Oder er war nur zu besoffen, um das Testament zu ändern.

Klappe! Daran lag es sicher nicht!

»Tut mir leid, Kathrin. Aber so früh habe ich nicht mit dir gerechnet. Warte noch fünf Minuten, ja?«, erklärte ich ihr in einem ruhigen Tonfall und lächelte sie an. Doch ich könnte noch so lieb lächeln, sie starrte nur finster zurück. »Zu was bist du überhaupt fähig?«

Mein Lächeln wurde ein Stück gezwungener, und ich drehte mich wieder zu den Pancakes um, als hätte ich sie nicht gehört.

Es blieb einige Minuten still, und ich konzentrierte mich wieder aufs Kochen. Ich war davon ausgegangen, Kathrin sei ins Esszimmer gegangen, doch als sie mich auf einmal ansprach, wurde ich eines Besseren belehrt.

»Du musst übrigens heute Mittag einkaufen gehen und das Haus putzen«, sagte sie kalt und ohne zu fragen, ob ich etwas anderes vorhatte. Das war also die Strafe dafür, dass sie auf ihr Frühstück warten musste.

Hausarbeit war nichts Neues für mich. Früher hatte sich ein Hausmädchen um alles gekümmert, doch mittlerweile übernahm ich all dessen Aufgaben. Seitdem sich die Alkoholsucht meines Vaters verschlimmert hatte, durfte keine fremde Person mehr dieses Haus betreten. Immerhin musste der Schein der perfekten Familie stets gewahrt werden. Denn Gott bewahre, dass ein Skandal dazu führte, dass Kathrins Konten sich leerten.

Aber sosehr ich Kathrin auch verachtete, in diesem einen Punkt standen wir auf einer Seite. Niemand sollte vom Zustand meines Vaters wissen. Die Leute und die Presse würden sich darüber nur das Maul zerreißen und damit alles noch schlimmer machen. Und dann würde auch das letzte bisschen Normalität in meinem Leben zerstört werden.

Allerdings rechtfertigte das nicht, dass alles allein an mir hängen blieb, während Kathrin keinen Finger krümmte. Ironischerweise war die Begründung meiner liebenswerten Stiefmutter, dass es zum Wohle meiner Erziehung sei, den Haushalt zu schmeißen. Sie könne nicht verantworten, dass ich zu einer verzogenen, arroganten Göre heranwachse. Dass ich nicht lache!

Wenn ich jedoch eins in den Monaten zusammen mit Kathrin gelernt hatte, dann, dass Widerspruch zwecklos war. Und die Geschichte mit dem Frühstück war nur eins von vielen Beispielen.

Im Normalfall hätte ich also schweigend hingenommen, dass ich über Stunden unser Anwesen putzen musste. Aber heute hatte ich dafür schlicht und ergreifend nicht die Zeit. Nicht, solange ich meine Schicht im *Dinnertime*, einem beliebten Restaurant hier in Jamestown, nicht absagen wollte.

Wieso die verzogene reiche Göre arbeiten geht? Tja, Ironie des Schicksals. Da Kathrin wie eine Elster auf ihr wertvolles Geld achtete, musste ich jeden Einkauf, der von meinem Konto abging, rechtfertigen. Sei es ein Coffee-to-go vor der Schule oder ein Kinobesuch, alles, was absolut nicht nötig war, um mich nach außen hin wie die Tochter der perfekten Familie erscheinen zu lassen, wurde mir nicht gegönnt. In einer Welle aus Trotz hatte ich mir daher einen Nebenjob gesucht, um ein wenig Selbstbestimmung zurückzuerlangen.

Inzwischen war ich dankbar für die friedlichen Stunden außerhalb dieses Anwesens. Dass Kathrin es zudem nicht gerne sah, dass ich wie eine Normalsterbliche Geld verdiente und damit unseren Ruf gefährdete, war ein zusätzlicher Bonus. Nur heute schien das Ganze von Nachteil für mich zu sein.

Ich schluckte schwer. »Tut mir leid, Kathrin. Ich kann gerne einkaufen gehen, aber heute Mittag habe ich eine Schicht im *Dinnertime*.«

Ihre Augenbrauen zogen sich überrascht nach oben, als ich widersprach, und wie zu erwarten, blieb sie auch dieses Mal hart. »Dann lass dir was einfallen. Morgen früh ist dieses Haus blitzblank!«

Mit diesen Worten und einem arroganten Blick drehte sie sich um und wankte auf ihren Stilettos aus der Küche.

Verdammt! Ich würde keine Sekunde Zeit für mich haben.

Wütend presste ich die Lippen zusammen und verspürte den Drang, gegen etwas zu schlagen. Doch da lenkte mich der Geruch von Verbranntem ab, und ein lautes Zischen aus der Richtung des Herdes ließ mich herumfahren. Verdammt, die Pancakes!

Keine zwei Minuten später hatte ich meiner Stiefmutter den Tisch gedeckt und zog mich wieder nach oben zurück. Dabei trugen mich meine Füße, als wäre es Routine, zum Schlafzimmer meines Vaters.

Ist ja auch Routine!

Gott! Konnte sie mich nicht mal in Ruhe lassen?!

Nein, du Dumpfbacke! Ich bin immerhin der vernünftige Teil von dir!

Einfach ignorieren, Tessa, redete ich mir selbst gut zu.

Schließlich öffnete ich die Schlafzimmertür so leise wie möglich, um meinen Vater nicht aufzuwecken. Sofort schlug mir der Geruch von Erbrochenem entgegen. O Gott, bitte lass ihn nicht ins Bett gekotzt haben!

Dad lag mit dem Rücken zu mir, doch soweit ich es sehen konnte, waren die Laken um ihn herum sauber. Auch im restlichen Zimmer konnte ich kein Erbrochenes erkennen. Also schlich ich auf Zehenspitzen ins anliegende Bad. Jedes unserer Schlafzimmer hatte sein eigenes, und darüber war ich mehr als dankbar. Ich wüsste nicht, was schlimmer wäre: mit der bösen Königin und ihren Tausenden Anti-Falten-Produkten ein

Bad zu teilen oder mit meinem Vater, der sich ständig in die Toilette erbrach.

Wie wär's mit den Toiletten in der Schule?

Ha! Wäre sogar die beste Lösung.

Als ich die Tür zum Bad aufstieß, hielt ich mir die Nase zu, so schlimm wurde der Geruch. Blendend weiße Fliesen strahlten mir entgegen, doch das war das Einzige, was in diesem Raum sauber geblieben war.

Auf dem Boden lagen Handtücher, die teilweise mit Erbrochenem vollgeschmiert waren, genauso wie einige Hosen und Shirts. Das Waschbecken war mit Zahnpasta vollgekleckert, und auf dem Spiegel klebten fettige Handabdrücke. Der Duschkopf tropfte vor sich hin, da das Wasser nicht richtig zugedreht worden war – und das war das Erste, was ich änderte, als mein Kopf auf Automatik umschaltete.

Mit einigen Sprüngen über die Handtücher und Kleidungsstücke drehte ich das Wasser ab. Dann wandte ich mich den schmutzigen Sachen am Boden zu. Die Handtücher waren nicht mehr zu retten, also holte ich kurzerhand einen Müllsack und stopfte sie mit spitzen Fingern hinein, um die Kotze nicht zu berühren. Die einzelnen Hosen und Shirts legte ich in den Wäschekorb.

Die Waschmaschine solltest du später anmachen, erinnerte mich die nervige, aber manchmal hilfreiche Stimme, und ich dankte ihr in meinem Kopf.

Das würde ein langer Tag werden.

Um auf Nummer sicher zu gehen, schrubbte ich kurz den Boden. Inzwischen war es halb acht, und in spätestens fünfzehn Minuten musste ich los, wenn ich nicht zu spät zur Schule kommen wollte. Gut also, dass es mir egal war, ob ich einen Teil der ersten Stunde verpasste.

Nachdem ich Spiegel und Waschbecken geputzt hatte, schaute ich mich zufrieden um. Zwar lagen noch vereinzelt Sachen herum, aber die würde ich später aufräumen.

Den Müllsack mit den Handtüchern hinter mir herziehend ging ich zum Bett meines Vaters und betrachtete ihn. Er trug bequemere Sachen, und mit seinen schwarzen Haaren, die ihm in die Stirn hingen, sowie der zusammengekauerten Haltung sah er wie ein Kind aus.

Nicht er sollte das Kind sein.

Ich widersprach der Stimme nicht, schlicht und ergreifend, weil ich es nicht konnte. Trotzdem strich ich Dad eine Strähne aus dem Gesicht, um ihm ein Küsschen auf die Stirn zu geben.

»Schlaf schön, Daddy. Hab dich lieb.«

Selbst jetzt noch.

Ich steckte seine Decke fest, dann verließ ich ihn, den Müllsack fest umklammernd. Auf dem Flur ließ ich den Sack stehen, eilte in mein Zimmer, um einen Einkaufszettel zu schreiben, lief dann mit der Liste zurück und polterte die Treppe hinunter.

Kathrin saß inzwischen im Wohnzimmer und telefonierte angeregt. Wahrscheinlich mit einer ihrer Freundinnen, die ähnlich wie sie geheiratet hatten: einen reichen Mann, der völlig am Ende war, sodass man ihn richtig gut ausbeuten konnte. Es gab keine Worte, um den Ekel auszudrücken, den ich darüber empfand. Als würde man einem Suizidgefährdeten die letzte Freude rauben.

Einfach widerlich.

Aber das würde ich nie laut sagen. Oder zumindest nicht, bis ich für mich selbst sorgen konnte.

Also lief ich still an ihr vorbei in die Küche, wo ich meine Tasche hatte liegen lassen, stopfte den Einkaufszettel zu meinem Geldbeutel und schnappte mir noch einen Apfel für unterwegs.

»Warte, Tessa!«, rief Kathrin mir hinterher, und ich drehte mich zu ihr um. Sie hatte eine Hand auf den Hörer gelegt und fixierte mich so zornig, als hätte ich sie gerade unterbrochen und nicht sie mich gerufen.

»Wenn das Haus nicht geputzt ist, kannst du schauen, wo du schläfst!«, warnte sie mich scharf und wandte sich schlagartig wieder fröhlich dem Telefon zu.

Wie versteinert starrte ich sie ein paar Sekunden an, ehe ich mich zusammenriss. Kathrin war einfach ein verdammtes Miststück. Ich lebte schon viel länger als sie hier. *Ich* sollte *sie* rausschmeißen, nicht andersherum.

Das Leben ist nun mal ungerecht.

Ich atmete tief ein und aus und schlüpfte in meine Converse. Den Müllsack immer noch mit mir schleppend lief ich nach draußen in unseren riesigen Hof. Unsere Villa war u-förmig und um einen Platz gebaut, dessen Mitte ein Brunnen krönte. Von diesem führte ein Schotterweg zu dem schmiedeeisernen Tor, welches an die Straße grenzte. Rundherum waren Blumenbeete und Grünflächen angelegt, die das Ganze mehr wie einen Park als einen Garten wirken ließen.

Mein Weg führte zu einer großen Garage, die an das Haus grenzte. Das Tor öffnete sich summend und brachte sechs Autos zum Vorschein. Jeweils zwei für meinen Dad und Kathrin, mein eigener schokoladenbrauner Mini Cooper – eines der wenigen Zugeständnisse an mich, um das Familienansehen zu wahren – und ein weißer Porsche Panamera, bei dessen Anblick sich mir jedes Mal das Herz zusammenzog. Ich liebte dieses Auto. Es hatte früher meiner Mutter gehört, und noch heute erinnerte es mich an sie.

Ich war die Einzige, die mit dem Porsche fahren durfte. Mom hatte ihn mir vererbt, und er bedeutete mir alles. Dad hatte ihn Mom damals zum fünfzehnten Hochzeitstag geschenkt, und ich kann mich noch gut daran erinnern, wie glücklich sie damals wirkten. Ich fuhr den Porsche nur selten, um ihn zu schonen. Aber manchmal brauchte ich das Gefühl von Geborgenheit, das mir nur noch dieses Auto geben konnte.

Heute schloss ich jedoch meinen kleinen Brownie auf – so nannte ich den Mini aufgrund seiner Farbe – und legte mit angeekeltem Blick den Müllsack auf den Beifahrersitz. Mann, ich hoffte, der Sack hatte nicht irgendwo ein Loch. Das Letzte, was ich brauchen konnte, wäre, auch noch mein Auto putzen zu müssen.

Ich schaltete den Motor ein, der leise surrend ansprang, und fuhr vorsichtig aus der Garage, über den Schotterweg und durchquerte das Tor. Dort hielt ich an und schleppte den Sack zum Straßenrand, wo ihn die Müllabfuhr später abholen würde.

Als ich endlich zur Schule fuhr, war es bereits 7:57 Uhr.

Kapitel 3 Tessa

Als ich schließlich bei der Schule ankam, hatte der Unterricht schon begonnen. Trotzdem machte ich mir keinen Stress, sondern parkte meinen Mini neben einem top gepflegten weißen Audi R8, der inmitten der anderen Autos herausstach. Die meisten Schüler der Jamestown High School konnten sich gerade so einen zerkratzten Gebrauchtwagen leisten oder fuhren das alte Auto ihrer Gran.

Im Gegensatz dazu war der Audi R8 einfach verdammt perfekt, auch wenn der Besitzer das größte Arschloch der Schule und ein verzogener, reicher Möchtegern-Badboy war. Allein sein Name reichte, um mich auf die Palme zu bringen. Dyan. Man hätte gut daran getan, ihn einfach *Dummkopf* zu taufen.

Von daher blieb mein einziges Zugeständnis an ihn, dass er, was Autos betraf, einen guten Geschmack hatte. Und jeder auf der Schule wusste, dass man sich sein eigenes Grab schaufelte, wenn dieses Auto einen Kratzer abbekam.

Ach was, wenn der R8 einen Kratzer hat, schlägt Dyan jeden krankenhausreif, egal, ob schuldig oder nicht!

Okay. Damit lag sie richtig.

Zu gern wäre ich mit der Hand über den weißen Lack gefahren, aber ich ging lieber auf Nummer sicher, falls noch ein anderer Schüler zu spät kam. Niemand sollte sehen, wie ich Dyans Auto streichelte. Vor allem da es ein offenes Geheimnis war, dass wir uns verabscheuten.

Mit einem letzten Blick auf mein Traumauto wollte ich gerade zur Schule laufen, als mir etwas auffiel – und ich konnte nichts dagegen machen. Ich kugelte mich vor Lachen!

Beschämenderweise liefen die meisten Mädchen Dyan wie treue Dackel hinterher, obwohl dieser sie schlechter behandelte als Sexspielzeug. Um trotzdem seine Aufmerksamkeit zu gewinnen, waren einigen die schrägsten Sachen eingefallen, aber das hier toppte einfach alles!

Mit rotem Lippenstift hatte eines dieser hirnlosen Weiber auf seine Windschutzscheibe geschrieben: **ICH LIEBE DICH!!! BITTE RUF MICH AN!**

Gefolgt von ihrer Telefonnummer. Oh, und diese Farbe war hundertprozentig Stefanies Lippenstift, die Schulmatratze schlechthin. Anhänglich, kein Schamgefühl und immer nach der Aufmerksamkeit der Badboys hechelnd.

Ich lachte lauthals über die kleinen roten Herzen, die neben der Schrift verteilt waren. Damit würde ich Dyan so was von aufziehen – und ich würde noch einen drauflegen. Schadenfroh grinsend kramte ich meinen dunkelroten Lippenstift hervor und schrieb auf die Seitenfenster: **BADBOY IN LOVE!**

Etliche Herzen gab es gratis dazu.

Zufrieden mit meinem Werk trat ich von meinem verunstalteten Baby weg und lief beziehungsweise hüpfte auf die Schule zu. Nichts ließ einen schneller sein beschissenes Leben vergessen als ein kleiner Streich am Morgen.

Die Schulgänge waren komplett ausgestorben, als ich mich auf den Weg zu meinem Matheklassenraum machte. Umso mehr erschreckte mich das laute Knallen, welches mit einem Mal durch die Flure hallte.

Sofort hielt ich inne und schlich mich leise zur nächsten Ecke, hinter der das Geräusch erklungen war, um zu lauschen. Na ja, eigentlich war ich mir schon sicher, *was* da los war. Oder besser gesagt *wer* ...

Im nächsten Moment bestätigte sich meine Vermutung, als eine tiefe Stimme knurrte: »Hey, Kleiner, heute ist Zahltag.«

Mein Gesichtsausdruck verdüsterte sich augenblicklich. Dieser Arsch! Man sollte meinen, dass ein Jugendlicher, der einen Audi R8 fuhr, genug Geld von seinem stinkreichen Dad erhielt, um andere nicht abzocken zu müssen.

Dein Vater ist genauso reich, und du bekommst keinen Penny ab, erinnerte mich diese dämliche Stimme, doch den Gedanken schüttelte ich ab. Dyan liebte es einfach, ein Arschloch zu sein. Mehr steckte nicht dahinter.

Wieder riss mich ein lauter Knall aus meinen Gedanken, und ich zuckte zusammen. Verdammt, der Arme! Warum griff niemand ein? Wo waren denn die Lehr... Ach ja, Unterricht. Die Uhr auf dem Korridor zeigte mittlerweile 8:25 Uhr an.

Schnell spähte ich um die Ecke, um die Situation einzuschätzen. Dyan hatte einen schlaksigen Jungen an die Spinde gedrückt, und nach dem Knallen zu urteilen nicht auf die sanfte Art und Weise. Drei Kerle umkreisten sie, die ich sofort als Dyans *Gang* erkannte – sprich, die anderen Badboys unserer Schule. Nicht sonderlich beeindruckend, wie ich fand.

Ach, versuch nicht, die Mutige zu spielen! Du hast genauso Schiss vor den Muskelprotzen wie jeder andere auch.

Nein, hatte ich nicht! Na ja, also ihre aufgeblähten Arme waren schon ein beeindruckender Anblick. Aber der beste Beweis dafür, dass ich keine Angst hatte, war ja wohl, dass ich nicht davonrannte. Stattdessen straffte ich die Schultern und trat um die Ecke. Ich war so ziemlich die Einzige, die sich überhaupt Dyan und seiner Gefolgschaft in den Weg stellte. Und dementsprechend oft durfte ich das auch machen.

Wieder hob Dyan sein Opfer ein Stück an und knallte es an die Spindwand, woraufhin der Junge leise wimmerte. »Bitte! Ich kann euch das Geld nicht geben! Meine kleine Schwester hat bald ...«

Dyan unterbrach ihn mit einem harschen Auflachen.

»Denkst du wirklich, uns interessiert das? Wenn deine Schwester das Geld braucht, kann sie zu uns kommen. Wenn sie sich richtig anstellt, sind wir vielleicht nachsichtig und geben ihr etwas ab.«

Beim dreckigen Grinsen der Jungs verzog ich angewidert das Gesicht. Diese Typen waren einfach das Letzte!

Rasend vor Wut lief ich auf die Gruppe zu und rief mit einer aufgesetzt fröhlichen Stimme: »Cole, Ben, Marco und mein süßer Dyan! Bin ich froh, euch zu treffen!«

Sofort wirbelten drei angepisste Kerle zu mir herum, und ja, dafür reichte allein der Klang meiner Stimme. Sogar Dyan wandte den Kopf zu mir, drückte allerdings mit dem Unterarm weiter den Jungen gegen den Spind.

»Boah nee! Auf die Schlampe habe ich echt keinen Bock!«, grölte Cole und schaute nach oben, als hoffte er auf Gottes Erbarmen, während die anderen zwei Jungs sich wie eine Mauer aus Muskeln aufbauten.

Selbst als erklärte Hasserin der Jungs musste ich mir eingestehen, dass sie, rein objektiv betrachtet, ein Augenschmaus waren. Cole, der mit seinen blonden Haaren von den anderen hervorstach. Marco, dessen lateinamerikanische Abstammung ihm einen schönen dunklen Teint gab. Und Ben, dessen scharf blickende blaue Augen mir regelmäßig eine Gänsehaut bescherten, vor allem im Kontrast zu seinen dunklen Haaren und dem silbernen Piercing in seiner Braue. Aber mal ehrlich, mussten ihre Eltern bei der Schwangerschaft irgendwelche Hormone schlucken, damit die alle so dermaßen heiß aussahen? Vielleicht hätten sie sich dann nämlich die Nebenwirkungen durchlesen sollen, wie plötzliche Verdummung, gewalttätige Züge, Testosteron-Überschuss ...

Mal wieder in meine Gedanken versunken, katapultierte mich erst Dyans Stimme ins Hier und Jetzt zurück: »Was willst du?«

Ich musterte den Anführer der kleinen Rasselbande.

Dyan war der Inbegriff von *dunkel*. Seine schwarzen Haare, seine düstere Ausstrahlung, seine monochrome Kleidung. Selbst seine Augen, die tiefbraun waren, schauten immer hart, kalt und unerbittlich. Doch das Gruseligste an der Sache war, dass ich diesen Ausdruck in seinen Augen kannte. Mein Blick war genauso kalt, genauso distanziert, genauso verschlossen. Aber bei mir hatte das einen guten Grund, denn sonst würde Kathrin sehen, wie zerbrochen ich war. Und dann würde ich niemals überleben.

Natürlich hatte ich keine Ahnung, ob Dyan nicht einen genauso guten Grund für diesen Blick hatte, trotzdem reichte mir die Erklärung, dass er einfach ein Arschloch war. Manche Leute verdienten es nicht, dass man sich über sie Gedanken machte.

Zuckersüß grinste ich ihn an. »Ach, ich wollte euch nur daran erinnern, dass andere zu bedrohen strafbar ist, und wenn die Lehrer es nicht hinbekommen, euch das zu erklären, übernehme ich das gerne.« Noch einmal blinzelte ich ihn freundlich an und ließ dann meine Gesichtszüge hart werden. »Und zwar auf meine Weise.«

Wie zu erwarten, fingen die vier Idioten bei meiner Drohung nur an zu lachen. Sie konnten ja schlecht wissen, dass ich seit zehn Jahren Kickboxen machte. Na ja, genau genommen hatte ich vor einem Jahr aufgehört, da Kathrin es mir verboten hatte. Wie hatte sie sich noch mal ausgedrückt? Ach ja: *Ein solcher Sport ist viel zu undamenhaft für dich.* Ich bin mir sicher, die eigentliche Motivation dahinter war, mir alles zu nehmen, was mir Spaß machte.

Allein gegen vier mir körperlich überlegene Gegner wäre zwar eine Herausforderung, aber das wäre es mir wert, um diesen Idioten eine Lektion zu erteilen. Auch Dyan schien der Gedanke gekommen zu sein, dass ich in Unterzahl war, denn sein Grinsen wurde noch ein Stück höhnischer.

»Ach ja, und was willst du machen? Uns schlagen? Süße, übernimm dich nicht.« Sein Blick huschte zu dem Jungen, den er noch immer festhielt und dessen Gesicht rot angelaufen war. »Der Kleine hier wird dir kaum eine Hilfe sein.«

»Vielleicht steht sie ja auf Schläge«, ätzte Cole und erinnerte mich daran, dass auch die anderen drei sprechen konnten.

Wie gerne würde ich diesen Lackaffen eine Lektion verpassen. Allerdings waren meine Kampfkünste bisher immer mein Ass im Ärmel gewesen, und das würde ich gerne so beibehalten. Also musste eine andere Lösung her.

»Für was brauchst du überhaupt das Geld?« Zweifelnd zog ich eine Augenbraue hoch. »Oder hat Daddy endlich eingesehen, dass der Sohn eine Enttäuschung ist, und den Geldhahn zugedreht?« Gespielt entsetzt riss ich die Augen auf und legte eine Hand auf meinen Mund.

Dyan spießte mich mit einem wütenden Blick auf, doch ich führte einfach meinen Monolog weiter und kramte in meiner Tasche nach meinem Geldbeutel.

»Das ist für dich sicher schrecklich, mein kleiner Dyan! Hier, nimm das. Sieh es als Spende!«

Als ich ihm zehn Dollar hinstreckte, blitzten seine Augen vor Zorn. Tja, Almosen mochte er wohl nicht. Trotzdem riss er mir mit einem grimmigen Lächeln das Geld aus der Hand, während er mit der anderen immer noch den armen Kerl festhielt, der uns beide nur mit großen Augen betrachtete. »Danke, Tessa, überaus freundlich. Aber ich habe genug Geld.«

Er steckte sich den Schein in seine Hosentasche und gab Cole mit einem Nicken zu verstehen, seinen Platz einzunehmen. Dieser lächelte süffisant und nahm Dyan den Jungen ab. Natürlich nicht, ohne den Armen nochmals gegen die Spinde zu hauen. Doch so leid er mir auch tat, musste ich mich doch zuerst auf den wütenden Anführer der Badboys konzentrieren. Und so ungern ich es auch zugab, ich musste mich zusammenreißen, um nicht zurückzuweichen, als Dyan dicht auf mich zutrat. Zornig und so kurz davor, die Kontrolle zu verlieren, wie mein betrunkener Vater, Nacht für Nacht.

Aber wenn ich inzwischen etwas gut konnte, dann über meine Angst hinwegzutäuschen. Also streckte ich nur provokant das Kinn nach vorne. »Und wieso musst du dann andere Leute bedrängen, um an Geld ranzukommen?«

Mit einem schnaubenden Lachen kam Dyan noch ein Stück näher und baute sich vor mir auf. Wenn er dachte, ich würde auch nur einen Zentimeter nachgeben, hatte er sich geschnitten. Nur über meine Leiche. Ich ballte die Hände so fest ich konnte zusammen.

»Ganz einfach, Süße.« Er beugte sich zu mir vor und hauchte mir ins Ohr: »Weil ich es kann und niemand, absolut niemand, sich mir in den Weg stellt.«

Mir war bewusst, dass das eine unausgesprochene Drohung war. Genauso wie ich mir seines heißen Atems an meinem Hals bewusst war. Doch ich unterdrückte den Schauder, der mir den Rücken hinunterlaufen wollte, und dachte in Sekundenschnelle fieberhaft nach, bis mir die rettende Idee kam. Das ist es!

»Dyan, nimm Hilfe an, wenn man sie dir gibt. Ohne das Geld deines Vaters wirst du meine Spende sicherlich brauchen!«

Dyans Augen loderten wütend auf, und er knurrte mich mehr an, als dass er noch sprach: »Hast du nicht zugehört, du dumme Schlampe! Mein Va...« Mitten im Satz brach er ab und betrachtete mich abschätzend. Ich lächelte ihn nur breit an, während bei ihm endlich der Groschen fiel. »Für *was* sollte ich denn das Geld brauchen?«

Unschuldig wippte ich auf den Füßen vor und zurück und flötete herzallerliebst: »Ach, ich bin gerade an deinem Auto vorbeigekommen, und, verdammt, der R8 sah gar nicht gut aus.«

Dyans Reaktion auf diesen simplen Satz war köstlich. Zunächst weiteten sich seine Augen ungläubig, bevor sich sein Gesicht verfinsterte, bis ich befürchtete, die anschwellende Ader auf seiner Stirn könnte gleich platzen. Der arme Junge, den sie tyrannisiert hatten, und auch unser kleines Machtspielchen war vergessen, als er mich zur Seite schubste und losrannte. Das Einzige, was ich noch zu hören bekam, war ein »Du verdammtes Miststück! Was hast du gemacht?!«.

Ich konnte nicht mehr an mich halten und lachte los. Sein Gesicht! Einfach grandios! Das Ganze hatte sich so sehr ausgezahlt, dass ich es kommentarlos über mich ergehen ließ, wie die anderen Jungs mir ebenfalls einen Stoß versetzten, als sie ihrem Boss hinterhereilten. Gerade noch rechtzeitig rief ich: »Die Idee kam nicht von mir!«

Und dann war die Badboy-Rasselbande auch schon verschwunden.

Noch immer kichernd packte ich meinen Geldbeutel wieder ein. Also wenn meine *Rettungsaktionen* immer so abliefen, könnte das ruhig öfter vorkommen! Autos – und speziell Dyans R8 – waren definitiv die Schwachstelle dieser Idioten. Nach den Gerüchten, die ich so aufgeschnappt hatte, hatte Dyan weit mehr Geld in sein Auto investiert, als die meisten in unserem Alter besaßen.

Mit einem »Schönen Tag noch!« zu dem Jungen, der seine Rettung noch nicht ganz begriffen hatte, hüpfte ich gut gelaunt zu dem Klassenzimmer, in dem ich Mathe hatte. Dort angekommen, klopfte ich kurz an und ging hinein, ohne eine Antwort abzuwarten.

»Guten Morgen, Mr Coleman!«, trällerte ich und unterbrach meinen Lehrer mitten in einer Erklärung.

Er kniff den Mund zusammen und betrachtete mich nicht gerade begeistert. »Es freut mich, dass Sie uns auch mit Ihrer Anwesenheit beehren, Miss Anderson. Aber Sie sind«, er schaute kurz auf die Uhr, »hm ... fast vierzig Minuten zu spät.«

Ich blickte mich in der Klasse um. Zwei weitere Schüler fehlten, und diejenigen, die an ihren Plätzen saßen oder besser auf ihren Tischen lagen, schienen auch nicht sehr interessiert am Unterricht.

»Na ja, ich schätze, allzu viel habe ich nicht verpasst.«

Ich würde mich sicherlich nicht bei diesem Depp entschuldigen. Auch wenn er inzwischen echt angepisst aussah.

»Seien Sie nicht so unverschämt, Miss Anderson! Sie setzen sich jetzt sofort hin! Außerdem erwarte ich Sie das nächste Mal pünktlich!«

Es war offensichtlich, dass er mich am liebsten zum Direktor schicken würde. Aber es war ein offenes Geheimnis, dass mein Vater einer der größten Geldgeber der Schule war. Ich könnte das Gebäude abfackeln und würde danach eine Ehrung erhalten, weil mein Vater die Schule neu errichten ließ. Mr Coleman wusste also aus Erfahrung, dass es ihm nichts bringen würde.

Ich grinste ihn nochmals frech an und wollte nach hinten auf meinen Platz gehen, als mich ein Räuspern aufhielt. »O nein, Miss Anderson, ab heute sitzen Sie hier vorne!«, sagte Mr Coleman streng und deutete auf einen Platz in der ersten Reihe. Der Anblick meiner neuen Sitznachbarin hätte mir beinahe einen Fluch entlockt.

Nein, bitte nicht das!

Doch wenn Mr Coleman meinen Widerwillen sah, hätte er die perfekte Strafe gefunden, von jetzt bis zum Ende des Schuljahres. Also biss ich mir auf die Zunge und schmiss meine Tasche unter den Tisch, bevor ich mich auf den Stuhl neben Ciara plumpsen ließ. Was so schlimm an Ciara war?

Zunächst ihre Outfits: viel zu kurze Röcke, hautenge Oberteile, die auch im Winter bauchfrei blieben, und zur Krönung knallpinker Lippenstift, der ihr mit ihren hellbraunen Haaren einfach nicht stand. Dazu benahm sie sich, als könnte sie sich alles erlauben, nur weil ihr Bruder ein verdammtes Arschloch war, dem sich niemand zu widersetzen traute. Und ja, ihr Bruder war niemand Geringeres als Dyan.

Noch Fragen, weshalb ich sie nicht ausstehen konnte?

Das einzig Gute an ihr war, dass sie im Gegensatz zu Stefanie nur so aussah, als wäre sie leicht zu haben. Obwohl ... das lag vor allem daran, dass Dyan niemanden an seine kleine Schwester ranließ. Sein Schwesterkomplex war noch größer als sein arrogantes Ego.

Ich schnaubte genervt, und auch Ciara schien nicht glücklich über ihre neue Tischpartnerin. Jedenfalls rümpfte sie kurz die Nase und rückte von mir ab.

Toll. Was für ein Spaß!

Schlimmer wäre es nur noch, wenn Dyan den Kurs wiederholen würde und dann zu uns stieße. Aber so grausam wäre das Schicksal nicht einmal zu mir. Hoffentlich.

Kapitel 4 Tessa

Der restliche Schultag verlief wie immer. Schon nach den ersten Minuten Unterricht holte mich mein Schlafmangel ein, und so dämmerte ich vor mich hin, bis ich mich endlich in meinen Brownie fallen lassen konnte – der wohlgemerkt neben einem leeren Parkplatz stand. Eine kleine Aufheiterung, wie ich fand, besonders, da mir noch ein langer Tag bevorstand.

So schnell ich konnte, erledigte ich die Einkäufe und stellte zu Hause erleichtert fest, dass ich anscheinend allein war. Die böse Königin schien woanders ihr Gift zu verteilen, und bezüglich meines Dads sandte ich ein kurzes Stoßgebet gen Himmel, dass er bei der Arbeit war und nicht in einer Bar saß.

Doch sosehr ich mich auch beeilte, alles zu erledigen, rannte ich der Zeit hinterher. Verdammt, ich würde zu spät kommen!

Schneller als der Blitz war ich aus dem Haus und in meinem Mini, um zu dem Restaurant zu rasen, in dem ich seit einigen Monaten jobbte. Nachdem ich auf dem Angestelltenparkplatz angekommen und durch die Hintertür in das Lokal hineingestürmt war, hatte meine Schicht schon vor sieben Minuten begonnen.

So schnell wie möglich holte ich das T-Shirt mit dem Logo des *Dinnertime* aus dem Spind und zog es über.

Nur noch die Schürze, und ich raste zur Küche, um Tony, unseren Koch, zu begrüßen.

»Ahh, mija! Da ist ja meine Lieblingskellnerin! Ich habe dich schon vermisst!«, grüßte er mit seinem spanischen Singsang und zwinkerte mir zu. Ich lachte kurz und wollte gerade wieder die Küche verlassen, als ich Amandas Stimme hörte.

»Das verletzt mich jetzt, Tony!« Die kleine rothaarige Kellnerin stand hinter mir und funkelte Tony gespielt wütend an. »Ich habe gedacht, ich sei dein Liebling!«

Nun lachte auch der Koch. »Ihr beide seid meine Lieblinge! Ihr seid doch eh ein Team!«

Ein fettes Grinsen schlich sich auf Amandas Gesicht. »Da hast du recht«, meinte sie und zog mich in eine Umarmung.

Auch ich konnte dem nicht widersprechen. Amanda, die hier neben ihrem Studium jobbte, und ich waren inzwischen tatsächlich ein gut eingespieltes Team, und so legte ich ebenfalls kurz die Arme um sie.

»Ach, Tessa«, meinte Amanda beiläufig, nachdem sie mich losgelassen hatte, »Henry ist draußen und wartet auf dich.«

Bei dem verträumten Gesichtsausdruck, der sich dabei auf ihr Gesicht schlich, musste ich mir ein Grinsen verkneifen. Henry war ein alter Freund von mir, auch wenn ich früher mehr mit Steven, seinem kleinen Bruder, zu tun gehabt hatte. Na ja, zumindest bis Steven auf ein Internat für Hochbegabte am anderen Ende des Landes geschickt wurde. Trotzdem hatte ich Kontakt zu den beiden Brüdern gehalten, obwohl dieser über die Jahre – und die Geheimnisse, die ich zu verbergen versuchte – immer lockerer geworden war.

Seitdem ich hier arbeitete, sah ich zumindest Henry wieder öfter, da sein College in der Nähe lag und er seine Mittagspause oft im *Dinnertime* verbrachte. Auch wenn ich inzwischen glaubte, dass das nur ein Vorwand war, um eine gewisse rothaarige Kellnerin anzuschmachten, bei der er, aus welchen Gründen auch immer, zu schüchtern war, um sie nach einem Date zu fragen. Das passte gar nicht zu dem sonst so selbstbewussten und vor allem attraktiven Henry. Aber ich kannte ihn lange genug, um zu wissen, dass sich hinter dem charmanten Lächeln ein weiches Herz verbarg. Daher zeigte mir seine Zurückhaltung nur noch mehr, wie viel ihm an Amanda lag.

»Hat er schon seinen üblichen Eistee?«, fragte ich breit grinsend Amanda, die kurz in eine Träumerei über Henry abgedriftet war. Wie ich das wusste? Verklärter Blick. Check. Leicht gerötete Wangen. Check. Dieser Zustand trat bei ihr immer ein, wenn jemand Henry erwähnte. Daher vermutete ich stark, dass das Interesse beiderseitig war. Es war nur eine Frage der Zeit, bis sie zusammenkommen würden.

»Ähh, ja, ich hab's ihm schon gebracht«, sagte Amanda leicht abwesend.

Wissend wackelte ich mit den Augenbrauen, woraufhin sie mir auf den Arm schlug. »Denk nicht mal dran und geh endlich! Wir haben viele Gäste!«

Breit lächelnd folgte ich der Anweisung und betrat den Gastraum des Restaurants. Tatsächlich waren die meisten Tische belegt. Ich blickte mich kurz um und entdeckte Henry an seinem Stammplatz an der Bar, der mir sogleich zuwinkte. Doch bevor ich zu ihm konnte, musste ich einige Bestellungen aufnehmen, welche ich zu Tony in die Küche und Carlos an die Bar brachte.

Carlos war der Barkeeper und gleichzeitig Besitzer des *Dinnertime.* Er hatte dunkle Haare und weiche braune Augen, die, als ich auf ihn zukam, fragend blickten.

»Du bist zu spät, Tessa«, grummelte er mit seiner tiefen Stimme, die bloß einen Hauch eines lateinamerikanischen Akzents verriet.

Ich verzog das Gesicht und entschuldigte mich sofort. »Ich weiß, tut mir echt leid, ich wurde zu Hause aufgehalten.« Von meiner dummen Stiefmutter, der alten Hexe. Aber den Teil ließ ich lieber weg.

Er nickte verständnisvoll, und wieder mal war ich froh, Carlos als Chef zu haben. Bisher hatte er mir keine meiner Verspätungen übel genommen. Ich gab ihm die Bestellungen und ging eine Zeit lang meiner Arbeit nach, bis ich das Gefühl hatte, das alle Gäste versorgt waren, und mir etwas Zeit blieb, um Henry zu begrüßen. Trotzdem holte ich mir vorsichtshalber Carlos' Einverständnis mit einem fragenden Blick ein und ging erst danach zu dem lächelnden Henry.

»Na, wie geht's?« Ich umarmte ihn kurz, ehe ich wieder eine gewisse Distanz zwischen uns schuf. Ein Schutzmechanismus, den ich mir inzwischen angewöhnt hatte.

»Super, Kleine. Und dir?«

Hmmm, mal überlegen, mein Vater trinkt und schlägt mich, ich werde heute Nacht die Villa putzen müssen, weil ich sonst auf einer Parkbank lebe, und der Badboy der Schule bringt mich morgen für meinen Lippenstiftstreich um. Also zusammengefasst: »Auch. Wie läuft's auf dem College?«

Ein skeptischer Ausdruck legte sich auf Henrys Gesicht, und ich gab mein Bestes, unbeschwert und glücklich zu lächeln.

Nach einigen Sekunden schien Henry sich zu entspannen und erzählte mir von seinem Lernstress und was er schon alles für die Semesterferien geplant hatte. Es war nur oberflächlicher Small Talk, trotzdem gefiel es mir, ihm mit einem Lächeln zuzuhören. Es gab mir ein Stück Normalität. Etwas, das ich immer mehr zu schätzen gelernt hatte und das mich dazu brachte, meinen Nebenjob zu lieben. Es war wie ein paar Stunden Pause von dem Wahnsinn meines Lebens. Etwas, wofür ich dankbar genug war, um in Kauf zu nehmen, dass ich heute Nacht putzen statt schlafen würde.

»Das hört sich richtig gut an! Aber ich muss jetzt mal weitermachen. Soll ich dir was zu essen bringen, oder willst du warten, bis Amanda dich bedient?«, fragte ich und lächelte Henry breit an.

»Ich denke, ich warte noch ein bisschen.« Henrys Augen begannen zu funkeln, und der verspielte Ausdruck brachte mich zum Lachen, bevor ich mich mit einem letzten Winken daranmachte, den anderen Gästen ihre Bestellungen zu bringen.

Meine Schicht hier war die einzige Zeit am Tag, in der ich wirklich glücklich war. Selbst wenn einige Idioten aus meiner Schule herkamen, ließ ich mich von ihren dämlichen Blicken nicht aus dem Konzept bringen. Ja, es war wunderlich, dass ich arbeitete. Immerhin könnte mein Vater die halbe Stadt kaufen. Glotzen musste man trotzdem nicht.

Der Mittag verging schnell, sodass die Kundschaft bald wechselte und neue Gesichter das *Dinnertime* betraten. Leider auch ein paar mir viel zu vertraute, wie etwa Ciara und ihre Freundinnen, bei denen eher das Make-up das Gesicht trug als andersherum. Vom ersten Moment an, als sie durch die Tür traten, spürte ich ihre Blicke und hörte das Getuschel. Meine Augen verdrehten sich von allein. Als wären wir noch in der Grundschule, wirklich. Aber wie gesagt, ich ließ mich davon nicht aus der Ruhe bringen. Diese Mädels waren wie fein herausgemachte Chihuahua. Sie bellten viel, doch Angst musste man nicht haben.

Meine Schicht verlief relativ ruhig, und als Amanda und ich schließlich abgelöst wurden, verließ auch Ciaras Bande das *Dinnertime* mit einigen Kerlen im Schlepptau. Nur Ciara selbst blieb sitzen, zu vertieft darin, sich kess die Haare über die Schulter zu werfen und gleichzeitig mit zwei Kerlen zu flirten. Die Leistung verdiente ja fast Respekt ... Aber halt nur fast.

Im hinteren Bereich des Diners zogen Amanda und ich uns schnell um und verabschiedeten uns. Sie musste zurück zum College und noch lernen, weshalb unsere fünf Minuten ausfielen, in denen wir sonst quatschten. Was mir zugegebenermaßen zugutekam, wenn ich bedachte, was zu Hause auf mich wartete. Ganz zu schweigen von meinen Hausaufgaben.

Gerade als ich mich von Tony in der Küche verabschiedet hatte, rief Carlos mir hinterher: »Tessa? Könntest du bitte den Müll rausbringen?«

Ich unterdrückte ein genervtes Aufstöhnen, denn wer war schon gerne für den Müll verantwortlich? Aber da ich heute zu spät gekommen war, rief ich kurz »Ja!« zurück und schnappte mir die Müllsäcke.

Erinnert an heute Morgen, was?

Ohne auf diese dumme Stimme in meinem Kopf einzugehen, lief ich zu der Seitentür, die raus zu den Mülltonnen führte. Ich trat hinaus in eine kleine Gasse und knabberte nachdenklich an meiner Lippe, während ich fieberhaft überlegte, wie ich am schnellsten unsere Villa auf Vordermann bringen könnte. Vielleicht fielen mir deswegen nicht sofort die verräterischen Geräusche auf.

Erst als ich die Müllsäcke in die großen Container geschmissen hatte, vernahm ich ein Scheppern, welches weder von mir noch von einer Ratte hätte stammen können. Für einige Sekunden hämmerte mir mein viel zu lauter Puls in den Ohren, während ich es nicht wagte, mich zu bewegen.

Vielleicht war es doch nur eine Ratte ...

Ich schämte mich selbst dafür, dass ein Teil von mir bloß nach Hause wollte, während der andere laut Alarm schlug.

Ein kaum hörbares Schluchzen bestätigte schließlich meine böse Vorahnung. Das Geräusch war gedämpft, als würde man jemandem den Mund zuhalten. Mein Hals war plötzlich trocken, so sehr erinnerte mich das an einen dieser billigen Filme, in denen die Heldin jemandem helfen wollte und dabei selbst draufging. Aber Weggehen war keine Option.

Na ja, eins machst du besser als diese naiven Mädchen aus den Filmen. Du fragst wenigstens nicht nach, ob da jemand ist.

Wow, danke für das Lob, innere Stimme! Daran könnte ich mich gewöhnen!

Einen großen Unterschied, ob ich mich noch laut ankündigte, machte es jedoch kaum, denn meine Schritte knirschten verräterisch auf den Pflastersteinen. Bevor ich mich bemühen konnte, leiser zu gehen, sprang plötzlich ein Mann auf mich zu. Mit einem kleinen Aufschrei schmiss ich mich gerade noch rechtzeitig zur

Seite, sodass die Gestalt ins Leere taumelte. Mit weit aufgerissenen Augen wirbelte ich herum, die Arme schützend erhoben.

Die langen hellbraunen Haare einer zierlichen Gestalt reichten mir, um die Lage richtig zu erfassen. Ganz hinten, zwischen der Wand und dem Müllcontainer eingequetscht, kauerte eine Frau. Neben ihr kniete ein Hüne von einem Mann und drückte ihr eine Hand auf den Mund. Ihre gedämpften Schluchzer schnürten mir die Brust zu.

Bevor ich jedoch eingreifen konnte, versuchte mein vorheriger Angreifer erneut, mich zu packen und mich mit seinem Gewicht zu Boden zu reißen. Dabei machte der Idiot jedoch einen Fehler: Er vergaß, dass ich dieses Mal darauf vorbereitet war. Also entwischte ich ihm leichtfüßig, um dann seinen Schwung zu nutzen und ihn mit einem Schubs aus dem Gleichgewicht zu bringen. Der Mann fiel, bevor er überhaupt wusste, wie ihm geschah.

Ohne weiter nachzudenken, ging ich auf ihn zu, bevor er sich wieder aufrappeln konnte. Die Technik hatte ich noch nie angewandt, höchstens früher im Training angedeutet, und ich war mir sicher, würde das Adrenalin nicht in meinen Adern rauschen, hätten mich Zweifel davon abgehalten. Dennoch setzte ich zu einem gezielten Schlag an seine Schläfe an, und er ging bewusstlos zu Boden.

Mein Magen krampfte sich bei dem Anblick des regungslosen Mannes zusammen. Ich gab mein Bestes, mein schlechtes Gewissen zu unterdrücken und mich auf das zu konzentrieren, was mein Trainer immer gesagt hatte. *Tue, was nötig ist, um deine Sicherheit zu gewährleisten.* Also atmete ich zittrig aus und rang um meine Beherrschung. Dieser Kerl war dabei gewesen, eine Frau zu vergewaltigen. Meine Sorgen sollten nicht ihm gelten.

Der zweite Kerl sprang fluchend auf und schubste das Mädchen noch einmal hart in die Ecke, bevor er auf mich zukam. Er war ein Stück größer als sein Freund und stürzte sich ebenfalls sofort auf mich.

Doch abgelenkt von einem Wimmern, das das Mädchen von sich gab, reagierte ich eine Sekunde zu spät, und der Kerl riss mich zu Boden. Die Luft entwich meinen Lungen in einem Ächzen, als ich hart aufkam und zudem das volle Gewicht des Kerls auf mir landete. Und obwohl mein Körper den Notstand ausrief, fixierte ein Teil meines Verstandes sich auf das Gesicht dieses Widerlings.

Wahrscheinlich war er kaum zwei Jahre älter als ich, ein Kerl wie jeder andere. Aber ich erkannte schlechte Menschen, wenn ich sie vor mir hatte. Der gewissenlose Ausdruck in seinen Augen und das lüsterne Glitzern, das sich zudem noch hineinschlich, als er mich so auf den Boden drückte, sagten schon alles. Frauen waren ihm völlig egal, Hauptsache, er hatte seinen Spaß.

Ich erschauderte in einer Mischung aus Ekel und Angst. Ich musste weg von ihm, doch sosehr ich auch versuchte, mich zu wehren, mit seinem erdrückenden Gewicht auf meiner Brust nagelte er mich am Boden fest. Und das erkannte auch dieses Arschloch, denn sein Lächeln wurde ein Stück breiter, während er sich weiter zu mir herunterbeugte.

»Na du kleine Schlampe. Lust mitzumachen, hm?«

Mir wurde speiübel, als mich sein Atem traf, der wie der meines Vaters nach einer ganzen Kneipe roch. Mein Hals schnürte sich eng zu, mir schwindelte.

Verdammt, ich musste ihn von mir runterbekommen!

Nicht, weil er nun meinen Hals abschlabberte – küssen konnte man das nicht nennen –, sondern vor allem, weil vor Sauerstoffmangel schwarze Punkte meine Sicht verschleierten. Und je ungenauer ich diesen kranken Typen sah, desto mehr verwandelte mein Gehirn den Mann in meinen Vater.

Verteidige dich!

Meine Lungen brannten, so sehr verlangten sie nach Sauerstoff, während mein Verstand mehr und mehr abdriftete. Mich verteidigen? Irritiert blinzelte ich gegen meine verschwommene Sicht an. Er war doch mein Dad, er würde mich nicht umbringen ...

Ein fremdes Schluchzen drang durch die Watte in meinem Kopf. Weinte mein Vater etwa? Angestrengt versuchte ich, die Kontrolle über meine Sinne wiederzuerlangen, während weiterhin ein schwerer Männerkörper mich zu Boden drückte.

Nein, das hörte sich eher wie ein Mädchen an ...

Ein Ruck ging durch meinen Körper, als der Nebel sich mit einem Mal lichtete und die Situation auf mich einstürmte. Dieser Mistkerl schob seine dreckigen Finger unter mein Shirt!

Nicht dazu gewillt, darüber nachzudenken, dass ich erleichtert darüber war, in einer Gasse angegriffen zu werden, anstatt von meinem Vater, nutzte ich lieber die Wut in mir. Oh, das würde dieser Kerl bitter bereuen!

Ich blieb ruhig liegen, bis dieser Idiot zu sehr davon abgelenkt war, mich zu betatschen. Verdammt schwer, wenn man sich am liebsten bei jeder Berührung übergeben würde, aber anscheinend hatte ich eine gute Resistenz aufgebaut, wenn es darum ging, schreckliche

Dinge über mich ergehen zu lassen. Meine innere Stimme lachte bitter auf.

Endlich lockerte sich der Griff des Widerlings, und ich nutzte die Gelegenheit, mein Bein hochzureißen und ihm kräftig in die Kronjuwelen zu treten. Mit einem jaulenden Schrei krümmte er sich zusammen.

So schnell wie möglich sprang ich auf die Füße und stützte mich an der Wand ab, als mich ein heftiger Schwindel überkam. Verdammt! Ich durfte nicht riskieren, dass dieses Arschloch vor mir wieder auf die Beine kam. Also ging ich nach einem tiefen Atemzug entschlossen, wenn auch taumelnd, auf ihn zu, um ihn nochmals kräftig zu treten.

Mit einer grimmigen Zufriedenheit schaute ich auf die armselige Gestalt am Boden und dankte Gott – na ja oder eher meinem Trainer –, dass ich diejenige war, die noch auf den Beinen stand.

Allerdings konnte ich meinen Sieg nicht auskosten. Eine stinkende Gasse war dafür kaum der richtige Ort. Und der falsche Zeitpunkt war es auch, solange ich die andere Frau nicht von hier weggebracht hatte.

Mit einem neuen Ziel vor Augen drehte ich mich also zu der zusammengekauerten Gestalt um, die sich in die Lücke zwischen den Müllcontainern gequetscht hatte und sich leicht vor und zurück wiegte. Langsam ging ich auf sie zu. Ich wusste, wie machtlos man sich nach einem solchen Übergriff fühlte. Wie klein und verletzlich. Obwohl ich mein Bestes gab, sie nicht zu erschrecken, rückte sie mit einem Wimmern ab und vergrub das Gesicht in ihren Händen.

»Hey! Du musst keine Angst vor mir haben«, sagte ich mit einem ruhigen Tonfall und streckte ihr die Hände entgegen.

Nachdem sie bloß leise schluchzte, kniete ich mich vor sie hin. Das Schwindelgefühl, das mich dabei überkam, ignorierte ich. »Und diese Idioten werden dir auch nichts mehr tun. Das verspreche ich dir.«

Wieder streckte ich ihr meine Hand entgegen und wartete auf ihre Reaktion. Ich war vielleicht nicht die geduldigste Person, aber ich kannte diesen Schock und das lähmende Gefühl, bevor man wieder zu sich selbst fand.

Mehrere Minuten verharrten wir in dieser Position. Ich vor ihr kniend, die Hände ausgestreckt, mit dem Versprechen, ihr zu helfen. Langsam hob sie den Kopf, und ich zauberte mein bestes Lächeln hervor, um sie zu beruhigen.

Doch als sie mich schließlich ansah, wäre es mir beinahe wieder verrutscht.

Ach du Scheiße!

Kapitel 5 Tessa

Ich hatte damit gerechnet, dass ich irgendeine Frau gerettet hatte. Jemanden, den ich noch nie zuvor gesehen hatte und nie wiedersehen würde. Aber sicher nicht meine neue Sitznachbarin! So etwas konnte nur mir passieren. Ausgerechnet Ciara!

Also hättest du nichts unternommen, hättest du das gewusst?

Nein, natürlich hätte ich trotzdem geholfen.

Dann halt die Klappe! Es macht keinen Unterschied, wer es ist, jemand war in Schwierigkeiten.

Ach verdammt! Hör auf, immer recht zu haben!

»Es ist alles gut.« Mit einem Lächeln nahm ich Ciaras Hand.

Aus ihren großen braunen Augen, welche eine erstaunliche Ähnlichkeit mit Dyans hatten, kullerten weiterhin Tränen, doch sie versuchte trotzdem, überzeugt zu nicken und mit meiner Hilfe auf die Füße zu kommen. Um ehrlich zu sein, war ich beeindruckt von ihrer Stärke. Ich weiß nicht, ob ich mich aufgerappelt hätte.

Als Ciara endlich stand, wollte ich ihre Hand loslassen, doch sie klammerte sich an mich, als wäre ich alles, was sie aufrecht hielt.

»Du musst loslassen, Ciara. Fahr nach Hause und geh zu deinem Bruder.« Dyan beschützte Ciara immer, und niemand würde es wagen, sich mit ihm anzulegen, wenn es um seine kleine Schwester ging. Nicht mal ich, obwohl das eher daran lag, dass ich niemals jemanden verletzen würde, um Dyan eins auszuwischen.

Ciaras panischer Blick versetzte mir einen Stich ins Herz. Sie brauchte jetzt jemanden, der für sie da war, aber ich war sicherlich die Falsche dafür. Trotzdem ließ sie mich nicht los, und auch ich entzog ihr nicht mehr meine Hand. Stumm beobachtete ich sie dabei, wie sie den Mund mehrfach öffnete und wortlos wieder schloss.

Ich versuchte wirklich, hart zu bleiben. Das Leben hatte für mich heute noch genug vorgesehen, da konnte ich nicht auch noch Babysitter spielen! Aber ein anderer Teil von mir hatte bereits entschieden, und so zog ich Ciara sachte die Gasse hinunter zum Parkplatz des *Dinnertime*.

»Komm, ich fahre dich nach Hause.« Ich fühlte regelrecht, wie sie sich erleichtert entspannte.

Das hier ist wichtiger als Kathrins bescheuerte Putzaktion.

Ja, das war es. Erstaunlicherweise waren meine innere Stimme und ich einer Meinung.

Ich straffte meine Schultern und versuchte, nicht daran zu denken, was mir diese Nacht noch alles bevorstand. Einen Schritt nach dem anderen.

Auf dem Parkplatz blieb ich kurz stehen, um nach Ciaras Auto zu suchen und sie fragend anzusehen. Aber sie schüttelte nur den Kopf und drückte fest meine Hand. Ich erwiderte den Druck, um ihr meinen Beistand zu vermitteln, und schob sie dann auf meinen Mini zu. Dabei hatte sie noch immer kein Wort gesagt, und das machte mir mittlerweile eine Heidenangst. Also tat ich so, als würde nicht jeder in dieser Stadt die Villa der Lawyers kennen, und fragte sie nach der Adresse, sobald wir im Auto saßen. Sie schaute mich mit riesigen Augen an, als wollte sie darum bitten, dass ich sie nicht dazu zwang. Aber ich wartete nur geduldig auf Ciaras Antwort, und tatsächlich sprach sie nach einigen Anläufen mit zittriger Stimme.

Mit einem stolzen Lächeln strich ich kurz sanft über ihre Schulter, bevor ich den Motor startete und losfuhr.

Während der Fahrt überließ ich sie ihrem Schweigen. Ich schätzte, sie brauchte ihre Zeit, um mit dem Ganzen umzugehen, und um ehrlich zu sein, waren tröstende Worte weder meine Stärke, noch kannte ich Ciara gut genug, um zu wissen, was ihr helfen würde.

Vor dem Tor zu ihrem Anwesen gab sie einen Code ein, und die eisernen Torflügel schwangen auf. Ich nahm es als ein gutes Zeichen, dass sie sofort reagiert hatte. Vielleicht würde sie den Übergriff einigermaßen verkraften. Das wünschte ich mir zumindest für sie.

Ähnlich wie bei unserem Anwesen öffnete sich die Auffahrt zu einem großen Hof, auf dem ich anhalten konnte, bevor ich mich an Ciara wandte. Die Furcht, die noch immer in ihren Augen lag, ließ mein Herz kurz schmerzhaft pochen.

»Du bist zu Hause sicher, Ciara«, versuchte ich, sie zu beruhigen, doch sie machte keine Anstalten auszusteigen, sondern schaute nur auf ihre verkrampften Hände. Es dauerte einige Anläufe, bevor sie mit kratziger Stimme antwortete: »Ich ... ich weiß nicht, ob Dyan da ist und ... ich will jetzt nicht allein sein.«

Als sie wieder zu mir aufblickte, glänzten Tränen in ihren Augen. Wo ihre Eltern waren, fragte ich erst gar nicht. In unseren Kreisen war es normal, dass die Kinder stets allein zu Hause waren. Ich wollte ihr anbieten, bei ihr zu bleiben, aber so langsam steckte ich wirklich in Schwierigkeiten.

Flehentlich ergriff Ciara meine Hand. »Kannst du bitte hierbleiben?«

Sie sprach voller Hoffnung, und ohne dass ich es verhindern konnte, nickte mein Kopf. Also stieg ich aus, und wir betraten zusammen die Villa. Allein der Schritt über die Türschwelle des Hauses, in dem Dyan wohnte, fühlte sich wie eine Straftat an. Aber ich fühlte mich selbst wie erschlagen von der Kampfeinlage, und auch Ciara war unsicher auf den Beinen, sodass ich kurzerhand beschloss, alle Bedenken über Bord zu werfen.

Nicht im Traum hätte ich daran gedacht, jemals in Ciaras Zimmer zu stehen, und doch tat ich jetzt genau das, während sie sich schnell umzog und dann in ihr gigantisches Bett krabbelte. Ihr Zimmer war in einem sanften Lavendel gestrichen, die Möbel dazu in Weiß gehalten. Auf dem Himmelbett türmten sich kuschelige Kissen, und als Ciara darin versank, erinnerte sie mich an eine verwunschene Prinzessin aus den Märchen.

Bestimmt ist sie in diesem Haushalt auch eine Prinzessin.

Langsam ließ ich mich neben ihr Bett sinken und ergriff wieder ihre Hand. Was sollte ich sonst tun? Wir waren keine Freundinnen, und Versprechungen würde ich nicht machen. Ich wusste, wie mies das Leben war. Jedes aufheiternde Wort wäre eine Lüge gewesen. Also blieb ich einfach bei ihr sitzen.

Ciara schwieg ebenfalls. Keine Ahnung, ob das an ihrem Schock lag oder daran, dass ihr die Situation genauso komisch erschien.

Aber schließlich schlief sie ein, und auch meine Augen wurden schwerer und schwerer. Immer stärker spürte ich den Kampf in meinen verspannten Muskeln und meinem schmerzenden Rücken. Doch wenn ich Ciara so verletzlich vor mir sah und daran dachte, was ohne mein Eingreifen passiert wäre, wusste ich, dass es das wert gewesen war.

Irgendwann nickte ich ein, die Strafe dafür, dass ich das Haus noch immer nicht geputzt hatte, vergessend.

Erst eine Tür, die laut ins Schloss fiel, ließ mich hochfahren. Verwirrt schaute ich mich in dem fremden Zimmer um, bis ich mich schließlich an die letzten Stunden erinnerte. Ein Blick auf Ciara zeigte mir, dass sie nicht aufgewacht war, dafür jedoch meine Hand losgelassen hatte. Also ergriff ich meine Chance und stand schlaftrunken auf.

Zwar hatte ich Ciara geholfen, aber sobald der Schock nachgelassen hatte, würde wieder alles beim Alten sein. Und das bedeutete, dass ich sie nicht mochte und sie mich nicht.

Also schlich ich mich leise aus dem Zimmer und wollte die Treppe hinunterstolpern, als ich von irgendwo Musik hörte. Sie klang wie die Lieder, die sonst immer aus der Soundanlage von Dyans R8 plärrten.

Kurz blieb ich unentschlossen stehen und überlegte, ob ich ihm erzählen sollte, was Ciara passiert war. Doch dann erinnerte ich mich an die Lippenstift-Aktion. Dyan würde mich nicht mal zu Wort kommen lassen und mir erst recht nicht glauben. Die Mühe wäre völlig umsonst. Also ging ich weiter und schaffte es ungesehen in meinen Brownie. Verdammt! Hoffentlich hatte Dyan mein Auto nicht erkannt! Aber wäre ich dann so einfach aus diesem Haus entkommen? Sicherlich nicht.

Schnell verbannte ich Dyan aus meinen Gedanken und konzentrierte mich auf meine nächste Mission: *Villa putzen.*

Gleich nachdem ich zu Hause angekommen war, holte ich das Putzzeug heraus und fing an, das Haus von oben bis unten auf Vordermann zu bringen.

Ein langwieriges Unterfangen bei drei Stockwerken, die jeweils genug Platz für eine Familie boten. Und da ich nach dem Übergriff auf Ciara erst um halb zwölf nach Hause gekommen war, auch ein sehr nächtliches. Es war bereits kurz vor zwei, als ich mit Staubsaugen und Bäderputzen so weit fertig war, um mich den Fliesen in der Eingangshalle zu widmen. Alle zwei Minuten hatte ich mit einem Gähnen zu kämpfen, trotzdem versuchte ich durchzuhalten und wischte in müden Kreisen den Boden. Ich war so in Trance, dass mich erst das geräuschvolle Aufschließen der Haustür aufschrecken ließ. Wie ein elektrischer Schlag durchfuhr es meinen Körper.

O mein Gott! Ich hatte meinen Vater vollkommen vergessen!

Stocksteif stand ich da, während mein Vater hereingetorkelt kam. Schon von Weitem konnte ich die Alkoholfahne riechen. Wut spiegelte sich in seinem Gesicht, und sobald er mich mit dem Wischmopp in der Hand erblickte, verdüsterte es sich sogar noch mehr.

»Was trägst du da, verdammt?!«, brüllte er und deutete vorwurfsvoll auf die Schürze, die ich mir umgebunden hatte.

Nervös kaute ich auf meiner Unterlippe. Was sollte ich darauf antworten? Egal, was ich sagte, er würde nur noch wütender werden.

»Wie eine Bedienstete läufst du herum! Das ist unter der Würde unserer Familie! Was sollen denn die anderen denken, wenn *meine Tochter* Putzhure spielt?!«

Meine Brust schnürte sich vor Angst zusammen. Alles in mir schrie, die Flucht zu ergreifen, trotzdem rührten sich meine Füße nicht von der Stelle, während mein Vater auf mich zuwankte.

Dieser Mann vor mir war immer noch mein Dad. Der Dad, der mit mir zusammen auf den Spielplatz gegangen war, der mir immer ein Eis gekauft hatte, der mich immer getröstet hatte. Doch sosehr ich es auch versuchte, von diesem Mann konnte ich nichts mehr erkennen.

»Nur ein einziges Mal will ich sehen, dass du deinem Namen Ehre machst. Deiner Mutter Ehre machst!«, knurrte er und war mit zwei großen Schritten bei mir. Zu schnell, als dass ich hätte reagieren können.

Er holte aus, und im nächsten Moment brach ein gewaltiges Feuer in meinem Gesicht aus, während ich auf dem Boden landete. Meine Sicht verschwamm, als ich mir mit der Hand das Kinn hielt, wo seine Faust mich getroffen hatte.

Mein Vater thronte immer noch wutentbrannt über mir, und sosehr ich mir auch wünschte, dass er sich zu mir beugte, sich entschuldigte und mich in den Arm nahm, wandte er sich doch nur schnaubend ab. Seine schweren Schritte entfernten sich von mir. Regungslos blieb ich liegen, in der Hoffnung, dass mich das vor Schlimmerem bewahrte. Ein Zittern erfasste mich langsam. Auch das altbekannte Brennen in den Augen meldete sich. Aber ich würde nicht weinen. Egal, wie verschwommen ich sah, egal, wie müde ich war, ich würde nicht weinen.

In diesem Moment wünschte ich mir nichts sehnlicher, als auch jemanden zu haben, der meine Hand hielt, bis ich einschlief. Aber das hatte ich nicht. Ich musste selbst auf mich aufpassen. Und ich musste mich selbst um meine Angelegenheiten kümmern. Ich hatte keinen großen Bruder, der mich beschützte. Und das war auch gut so. Ansonsten wäre ich niemals so unabhängig und stark geworden.

Mit einem tiefen Atemzug stand ich auf und straffte die Schultern, als wäre jemand hier, dem ich beweisen musste, dass ich nicht besiegt war. Gewissermaßen musste ich das auch. Ich musste es mir selbst beweisen.

Keine Schwäche, keine Hilfe, keine Träne.

Stolz marschierte ich in die Küche und holte mir einen Kühlakku. Dann ging ich zurück in die Halle und putzte weiter, ohne einen Gedanken daran, wie ungerecht mein Leben war oder dass es anderen so viel besser erging. Mit so etwas verschwendete man nur Energie. Das hier war nun mal mein Leben, und kein Wunschdenken würde an dieser Welt etwas ändern.

Als ich endlich mein Zimmer betrat, war es bereits vier Uhr morgens.

Kapitel 6 Dyan

Als ich am Morgen aufwachte, lief noch immer meine Playlist und ließ mich stöhnend das Gesicht im Kissen vergraben. Mein Kopf dröhnte bei dem lauten Beat und erinnerte mich daran, dass ich die Drinks nach dem gestern gewonnenen Rennen lieber hätte weglassen sollen.

Aber verdammt, wenn man einen Porsche 911 Turbo S schlug, musste man das ordentlich feiern. Nicht nur, dass es ein absoluter Adrenalinrausch war, im Dunkeln mit dreihundert Sachen durch die Stadt zu rasen, als Newcomer gegen einen der Besten der Region zu bestehen, war wie das Äquivalent zur Grammy-Nominierung – nur für illegale Autorennen. Allein der Gedanke brachte wieder ein breites Grinsen auf meine Lippen, auch wenn es schnell von einem Gähnen abgelöst wurde.

Auf dem besten Weg zurück ins Land der Träume wurde ich unsanft aus meinem Halbschlaf gerissen, als meine Tür aufflog. Stöhnend rollte ich mich herum und blickte zu meiner verzottelten Schwester, die mit zusammengepressten Lippen vor meinem Bett stand. Ich zog eine Augenbraue hoch, denn sie wusste genau, was für ein Morgenmuffel ich war. Bevor ich nicht eine Aspirin genommen hatte, war hier reinzuplatzen geradezu eine Mutprobe.

»Was ist los, Ciara?«

Sie zog scharf die Luft ein und fuhr sich angespannt durch die langen hellbraunen Haare, als wüsste sie nicht genau, wie sie beginnen sollte. Okay, jetzt hatte sie meine volle Aufmerksamkeit. Es passierte nicht oft, dass meiner Schwester die Worte fehlten.

»Wir schulden jemanden etwas.«

Unsicher, was das Zögern zu bedeuten hatte, setzte ich mich auf und starrte sie mit gerunzelter Stirn an. »Und was noch?«

Wieder fuhr sie sich durch die Haare.

»Nichts weiter. Es wird dir nur nicht gefallen, *wem* wir etwas schulden.«

Da gab es so einige Kandidaten. Trotzdem versuchte ich, zunächst die Ruhe zu bewahren.

»Gut, und wer ist dieser Jemand?«

Gequält verzog sie das Gesicht und zögerte die Antwort weiter heraus, bis mir der Geduldsfaden riss.

»CIARA!«

Sie stöhnte genervt und zischte schließlich zwischen zusammengepressten Zähnen hervor: »Tessa.«

Ich versteifte mich und betete, dass ich mich verhört hatte. Doch der Gesichtsausdruck meiner Schwester zeugte vom Gegenteil. O nein! Diesem verdammten Mädel würde ich nichts schulden!

Allein bei der Erinnerung, was sie mit meinem R8 gemacht hatte, knirschte ich vor Wut mit den Zähnen. Natürlich war mir klar, dass das Geschmiere auf der Windschutzscheibe nicht von Tessa stammte, aber der Kommentar auf dem Seitenfenster trug definitiv ihre Handschrift. Und allein, dass sie ständig meinte, sich mit uns anlegen zu müssen, brachte mich zur Weißglut.

Abwehrend schüttelte ich den Kopf. »Nein, ganz sicher nicht. Was hat die kleine Diva denn gemacht? Dir den passenden Nagellack zu deinen Schuhen geschenkt?«

Ich lief in mein Ankleidezimmer, meine Schwester im Schlepptau, und schnappte mir irgendwelche Sachen, die zueinanderpassten. Da der Großteil in Schwarz oder Weiß gehalten war, klappte das sogar trotz mittelschwerer Katerkopfschmerzen.

»Dyan, hör auf mit der sarkastischen Scheiße! Sie hat mich davor gerettet, vergewaltigt zu werden!«

Wie eingefroren hielt ich mitten in der Bewegung inne und brauchte einen Moment, bis Ciaras Worte einen Sinn machten. Dieses Mal *musste* ich mich verhört haben ... oder? Eiskaltes Entsetzen überkam mich, und da ich nicht wusste, wie ich mit diesem Gefühl umgehen sollte, wandelte ich es in das um, mit dem ich mich auskannte: Wut.

»Wer war es?! Ich schwöre dir, derjenige wird das letzte Mal ein Mädchen auch nur angesehen haben!«

Instinktiv hatten sich meine Hände zu Fäusten geballt. Ich wäre hier und jetzt bereit gewesen, es mit jedem aufzunehmen, der meiner Schwester zu nahe kam.

Mir entging nicht, wie ein Schatten über ihr Gesicht huschte, als sie sich an das Geschehene zurückerinnerte.

»Keine Sorge. Das werden sie nicht. Tessa hat sie ganz schön fertiggemacht.«

Um ehrlich zu sein, fand ich den Gedanken, dass dieses Biest Ciara geholfen hatte, ziemlich befremdlich. Immerhin beruhte unsere Abneigung auf Gegenseitigkeit. Aber wenn sie meine Schwester wirklich davor bewahrt hatte ... Meine Zähne knirschten, so sehr presste ich die Kiefer aufeinander. Ja, wir schuldeten ihr tatsächlich etwas. Und zwar etwas Großes.

Ich mochte oft nicht regelkonform handeln, aber auch ich hatte meinen Kodex. Und eine der ersten Regeln lautete, eine Schuld immer abzuzahlen. Das war eine Sache der Ehre.

Mit ein paar Schritten war ich bei Ciara und nahm sie fest in den Arm. Auch sie schlang ihre zierlichen Arme um mich und entspannte sich sichtlich.

Seitdem sie laufen konnte, war sie mir überallhin gefolgt, und ich hatte mir schon damals geschworen, dass ich sie vor jedem und allem beschützen würde. Doch gestern musste sie die Hölle durchgestanden haben, und ich war nicht für sie da gewesen. Das würde vergolten werden. Sowohl was Tessa betraf als auch die Idioten, welche es gewagt hatten, meine Schwester zu verletzen.

Als Ciara und ich später in meinem R8 zur Schule fuhren, erzählte sie mir, dass ihr Auto noch immer auf dem Parkplatz des *Dinnertime* stand. Tessa hatte sie nach Hause gefahren und gewartet, bis sie eingeschlafen war.

Dunkel erinnerte ich mich, in meinem Rausch tatsächlich ein Auto in der Einfahrt gesehen zu haben. Mann, der Gefallen, den ich ihr schuldete, wurde immer größer.

Ich machte mit Ciara aus, sie nach der Schule zum *Dinnertime* zu fahren, damit sie ihr Auto holen konnte, und verbrachte den restlichen Weg zur Schule damit, darüber nachzudenken, wie ich Tessa am besten ansprechen könnte. Eigentlich lächerlich, aber wir hatten immerhin noch nie ein nettes Wort gewechselt.

Auf meinem Standardparkplatz angekommen, stiegen wir aus und liefen zu meinen Kumpels. Cole hatte mal wieder eine Cheerleaderin im Arm und knutschte heftig mit ihr herum, während Ben und Marco sich über die neue Auspuffanlage unterhielten, die sich Ben zugelegt hatte. Doch sobald sie meinen grimmigen Gesichtsausdruck sahen, merkten alle drei auf.

»Shit, wer hat dir denn heute Morgen die Vorfahrt genommen, Alter?« Für den dummen Spruch kassierte Cole nur einen mahnenden Blick. Mir war nicht nach Späßen zumute.

»Habt ihr schon Tessa gesehen?«

Die Frage überraschte meine Freunde. Für einen Moment erntete ich nur verständnislose Blicke, bis ich ungeduldig eine Augenbraue hochzog. Das brachte zumindest Ben dazu, aus seiner Erstarrung zu erwachen. Auf seine typisch ruhige Art schüttelte er den Kopf. »Nein, die Prinzessin ist noch nicht hier. Wieso?«

Dankbar für die knappe und direkte Antwort tat ich es meinem Freund gleich. »Sie hat gestern meine Schwester vor ein paar Arschlöchern gerettet.« Bei dem Gedanken, dass jemand Ciara zu nahe gekommen war, ballte ich die Fäuste. »Jetzt schulde ich ihr was.«

Ein Unterfangen, bei dem ich absolut nicht wusste, wie ich es umsetzen sollte. Immerhin war Tessa stinkreich, und mal von Freunden abgesehen fehlte ihr nichts im Leben.

»Na dann werden wir wohl auf das Prinzesschen warten«, schaltete sich auch Marco ein und warf dabei einen nachdenklichen Blick zu Ciara, die mit einer Horde anderer Mädchen quatschte. Nur wenn man sie gut genug kannte, merkte man ihr aufgesetztes Lächeln. Dankbar für seine Anteilnahme, die in diesem kurzen Blick lag, klopfte ich ihm auf die Schulter und lehnte mich an die Mauer in meinem Rücken, um einen Joint aus meiner Jackentasche zu holen. Der war dringend nötig, um nach diesem Morgen runterzukommen. Und dabei lag der schwerste Teil noch vor mir: ein Gespräch mit Tessa, ohne dass wir uns gegenseitig an die Gurgel gingen.

Doch auch fünfzehn Minuten nach dem Läuten war ihr Mini immer noch nicht in Sicht.

»War ja klar, dass sie gerade heute nicht kommt«, brummte ich entnervt und gab meinen Freunden einen Wink, dass wir reingingen. Ich würde sicherlich nicht noch länger auf Miss Zu-gut-für-die-Welt warten.

Aber so gerne ich damit das Thema als abgeschlossen erklärt hätte, würde es nichts daran ändern, was Tessa für Ciara getan hatte. Um ehrlich zu sein, könnte sie mich tagelang warten lassen, ich stände trotzdem knietief in ihrer Schuld.

Nach den ersten paar Schulstunden ging ich wortlos in die Cafeteria und setzte mich an unseren Tisch, während alle um mich herum fröhlich quatschten. Dabei hielt ich den Blick stur auf die Tür gerichtet, damit Tessa mir nicht entkam. Wenn sie denn so gnädig gewesen war und sich zur Schule bewegt hatte.

Insgeheim hoffte ich immer noch, dass meine Schwester sich vertan hatte und jemand anders ihr geholfen hatte. Doch als Tessa schließlich den Raum betrat, war nicht mehr zu verleugnen, dass sie in eine Schlägerei involviert gewesen war. Ihr Kiefer war auf der linken Seite blau und angeschwollen und ihr Gesicht zu einer finsteren Maske verzogen. Auf die gaffenden Blicke der anderen Schüler gab sie nichts, stattdessen stolzierte sie an einen leeren Tisch.

Ich lächelte schief. Tja, stolz wie eine Prinzessin.

Mit einem Nicken verdeutlichte ich den anderen, dass ich zu ihr hinübergehen würde, auch wenn Tessa nicht wirkte, als wollte sie Gesellschaft.

Na, das konnte ja heiter werden.

Kapitel 7 Tessa

Schon den ganzen Tag starrten mich die Leute an, und ehrlich, ich war kurz davor, ihnen allen eine reinzuhauen, damit sie auch wussten, wie das war.

Okay, ich war genauso entsetzt gewesen, als ich heute Morgen aufgewacht war und diese riesige Prellung mein Gesicht verziert hatte. Aber es war eine Sache der Höflichkeit, nicht zu starren, als wäre ich ein spektakulärer Autounfall!

Böse blickte ich mein Sandwich an, als wäre es für die Dummheit der anderen Schüler verantwortlich. Allerdings wurde ich aus meinen Mordgedanken gegen das Essen gerissen, denn ... o nein, bitte nicht auch noch das!

Dyan kam mit seiner Rasselbande auf mich zu. Super. Da rettete man die kleine Schwester des Trolls, und trotzdem wurde man nicht in Ruhe gelassen.

Ich versuchte, ihnen mit meinem Blick zu vermitteln, dass sie verschwinden sollten und ich nicht in der Laune war, mich mit ihnen herumzuschlagen. Aber entweder sie missdeuteten meinen abwehrenden Blick, oder ich hatte die einzelnen Nuancen noch nicht raus, um Leute ohne Worte zu verscheuchen. Jedenfalls saß ich plötzlich inmitten meiner erklärten vier Feinde. Abschätzig schaute ich in die Runde und musste feststellen, dass auch die Jungs nicht begeistert wirkten. Was für Idioten! Wieso setzt ihr euch hierher, wenn ihr es selbst nicht wollt?!

»Ich weiß ja nicht, ob ihr einen Autounfall hattet und alle unter Gedächtnisverlust leidet, aber wir können uns absolut nicht ausstehen.« Meine Stimme triefte vor Verachtung.

»So, wie du aussiehst, hattest eher du den Unfall«, kommentierte Dyan prompt. »Was ist passiert, Prinzesschen? Hat dem Kerl nicht gefallen, was er gesehen hat?«

Bei seinen Worten versteifte ich mich. Wow, exzellenter Treffer, wenn er den Kerl durch *Vater* ersetzen würde. Anscheinend hatte Dyan meine Angespanntheit mitbekommen, denn er verzog das Gesicht und nuschelte eine Entschuldigung.

Moment, hatte ich mich verhört? Ungläubig starrte ich ihn an. Eine Entschuldigung? Wusste nicht mal, dass das in Dyans Wortschatz vorkam. »Okay, was für ein Zeug hast du genommen? Denn hier oben«, ich tippte mir gegen die Stirn, »stimmt was nicht.«

Genervt verdrehte er die Augen und ich wartete schon auf die nächste Runde *Wer macht wen fertig?*, doch erneut irrte ich mich. »Du hast meiner Schwester geholfen, da sollte ich mich kaum über dich lustig machen.«

Okay, das war zu viel für mein Herz. Ich glaubte, ich würde gleich umkippen. Aber dann entschied ich mich lieber für den altbewährten Sarkasmus.

»Mach dir keine Sorgen. Ich erwarte nicht, dass ich von dir auf die nächste Pyjamaparty eingeladen werde und wir uns gegenseitig die Nägel lackieren.«

Seine Mundwinkel zuckten kurz, und ich fragte mich wirklich, ob heute *Verarscht Tessa*-Tag war. Hatte er fast über meinen Spruch gelacht?!

Ja, klar. Lass dich mal auf einen Hirntumor untersuchen.

Keine schlechte Idee.

»Vertrau mir. Meine Pyjamapartys enden für gewöhnlich nicht mit angemalten Nägeln«, führte Dyan meine Bemerkung weiter.

»Wow, da haben die Jungs aus deiner Rasselbande wohl Glück«, erwiderte ich trocken.

»Rasselbande?«, wollte Cole sich sofort empören, doch eine Handgeste von Dyan brachte ihm zum Verstummen. Am liebsten hätte ich schnaufend gelacht. Der Boss hatte gesprochen, und jeder der anderen gehorchte. Da ich mir dieses Trauerspiel nicht länger als nötig mit ansehen wollte, beschloss ich, endlich zum Punkt zu kommen: »Also, was willst du?«

Dyan legte den Kopf leicht schief und antwortete ebenfalls ernst: »Die Frage ist, was *du* willst.«

Verwirrt zog ich beide Augenbrauen hoch. »Du bist zu mir gekommen, nicht ich zu dir. Ich will nichts.«

Oder zumindest nichts, was sie anging.

Er seufzte genervt. »Hör zu. Du hast meine Schwester vor etwas wirklich Üblem bewahrt. Das wäre eigentlich meine Aufgabe gewesen, also stehe ich in deiner Schuld. Von daher sag mir einfach, was du als Ausgleich willst.«

Jetzt war ich wirklich erstaunt. Damit hätte ich nicht gerechnet. Aber Ehre schien Dyan ein gängiger Begriff zu sein. Zum ersten Mal empfand ich so etwas wie Achtung ihm gegenüber. Trotzdem schüttelte ich den Kopf.

»Du schuldest mir nichts. Jemandem zu helfen, ist eine Sache der Selbstverständlichkeit, und auch wenn ich dir dankbar für dieses Angebot bin, so lehne ich es ab.« An dem Wort *dankbar* hätte ich mich beinahe verschluckt.

Dyans Gesicht verdunkelte sich. Dass ich ihm nicht einfach einen Preis nannte, passte ihm wohl nicht in den Kram. Trotzdem schüttelte er nur den Kopf, anstatt wie sonst direkt auf Angriff zu gehen.

»Ich weiß nicht, was ich machen würde, wenn du Ciara nicht beschützt hättest. Wahrscheinlich Amok laufen oder so. Also, bitte sag mir, wie ich es begleichen kann.«

Sosehr mich das Wort *bitte* aus Dyans Mund auch schockierte, würde ich nicht darauf eingehen. Ich wusste, dass er es ernst meinte, aber ich konnte nicht. Es würde sich so anfühlen, als hätte ich nicht um des Opfers willen eingegriffen, sondern nur, um einen Gefallen von Dyan zu erhalten. Auch wenn das kompletter Unsinn war, da ich Ciara erst *danach* erkannt hatte.

»Tut mir leid, ich lehne weiterhin ab. Es gibt nichts, was du für mich tun könntest. Sobald ihr irgendeinen Mist verzapft, mache ich euch eh wieder das Leben zur Hölle.«

Entgegen meiner Hoffnung ging Dyan nicht auf meine Worte ein, sondern verschränkte nur die Arme vor der Brust und lehnte sich in seinem Stuhl zurück.

»Es gibt immer etwas, und du wirst uns so lange nicht los, bis wir es herausgefunden haben.«

Die Aussage brachte Cole dazu, verzweifelt den Kopf auf den Tisch fallen zu lassen. Und er brachte meine Meinung mit einem Wort auf den Punkt: »Verdammt!«

Die Hoffnung, dass Dyan mich verarscht hatte, löste sich leider in Luft auf, als die vier auch nach unserem Gespräch blieben. Verwundert und genervt von den dummen Sprüchen, die die Jungs die ganze Zeit rissen, schnappte ich mir beim Klingeln schnellstmöglich meine Tasche. Wenn sie mich beobachten wollten, bitte schön, aber ich würde sie ignorieren.

Allerdings gestaltete sich das schwieriger als gedacht. Angespannt schaute ich über meine Schulter, doch auch nach dem hundertsten mordenden Blick liefen alle vier weiter fröhlich plaudernd hinter mir her. Mussten die Idioten nicht in den Unterricht?!

Meine Haut juckte von der vielen ungewollten Aufmerksamkeit, da alle Schüler uns mit brennender Neugier beobachteten. Mir war es unangenehm, mit den Jungs gesehen zu werden. Ich wollte nicht, dass irgendjemand dachte, ich sei zu den Weibern übergelaufen, die Dyan anhimmelten. Jeder an dieser verdammten Schule dachte, immer das Recht zu haben, über andere zu urteilen, und für heute war ich die gaffenden Blicke endgültig leid!

Zum Glück rettete mich keine Minute später das Klassenzimmer, in das ich schnellstmöglich flüchtete. Zumindest im Unterricht konnte Dyan mich nicht weiter belästigen. Allerdings hatte ich vergessen, dass es die Lawyers im Doppelpack gab und Ciara direkt neben mir saß. Fürs Erste musste ich die Geschwister also ertragen. Hoffentlich hielten das meine Nerven aus.

Ich bezweifle es.

Zehn Minuten später musste ich meiner inneren Stimme recht geben. Ich würde Ciara am liebsten aus dem Fenster schmeißen!

Unaufhörlich zischte sie meinen Namen und tippte immer wieder auf meine Schulter.

Zumindest schienen ihr die Typen von gestern nicht allzu sehr zugesetzt zu haben. Jedenfalls stand sie nicht mehr unter Schock. Aufdringlich, nervend und hartnäckig war sie trotzdem.

Ich atmete tief durch und versuchte, mich auf meinen Erdkundelehrer zu konzentrieren. Allerdings war der trockene Unterricht von Mr Steward keine gute Ablenkung. Über was redete er überhaupt?

»Ah!« Erschrocken zuckte ich zusammen und klammerte mich an der Tischkante fest, um nicht aufzuspringen. Danach drehte ich mich fassungslos zu Ciara um, die mich triumphierend angrinste und ihren Bleistift wie eine Trophäe hochhielt.

»Du hast mich gerade nicht wirklich mit diesem Stift gepikt!«, knurrte ich mit zusammengepressten Zähnen. Mein Griff um die Tischkante verkrampfte sich, damit ich sie nicht ansprang.

Wenn ich eins noch mehr hasste als ihren Bruder, dann wenn mich jemand pikte. Ich war verdammt kitzlig!

»Anders hast du mich ja nicht gehört.« Unschuldig zuckte Ciara mit den Schultern.

Fassungslos starrte ich sie weiter an und konnte nicht verhindern, dass sich mein Kopf ungläubig schüttelte. Sie verarschte mich doch, oder?!

»Vielleicht habe ich dich mit Absicht *über*hört?!«

Meine Stimme wurde am Ende des Satzes lauter, was mir einen mahnenden Blick von Mr Steward einbrachte. Den Lehrer ignorierend, presste ich die Lippen zusammen und blickte Ciara weiter böse an. Doch diese zuckte nur erneut mit den Schultern. O natürlich. Anscheinend lag es in der Familie, Spaß daran zu haben, mich zur Weißglut zu bringen.

Ich ließ den Kopf in meine Hände sinken und stöhnte gepeinigt auf. Womit hatte ich das verdient?!

Aus dem Augenwinkel sah ich gerade noch Ciaras Bewegung und wich in letzter Sekunde dem Stift aus. Dann riss ich ihn ihr aus der Hand und schleuderte ihn quer durch das Klassenzimmer. Mit blitzenden Augen fuhr ich wieder zu Ciara herum: »Wehe, du wagst es, einen anderen Stift aus deinem Mäppchen zu holen!«

Dieses Mal war sie es, die mit offenem Mund glotzte.

Mein Blick huschte zum Lehrer, der mich ebenfalls misstrauisch betrachtete, aber nichts weiter sagte. Also galt meine volle Aufmerksamkeit erneut Ciara, die schon wieder breit grinste.

»Lass mich in Ruhe!«, knurrte ich. »Im Gegensatz zu dir interessiert mich der Unterricht!«

Verkrampft wandte ich mich Mr Steward zu und versuchte, mich wirklich auf sein Geplapper zu konzentrieren. Trotzig stützte ich den Kopf auf meine Hand und zuckte schmerzhaft zusammen. Mist, ich hatte die Prellung an meinem Kiefer vergessen. Vorsichtig strich ich über meine Wange.

Zum Glück hatten mich die Lehrer bisher nur komisch angeschaut und keine Fragen gestellt. Fürs *Dinnertime* hatte ich mir bereits eine Erklärung zurechtgelegt. Immerhin war es nicht gelogen, dass ich gestern in der Gasse in einen Kampf verwickelt wurde, es entsprach nur nicht der Wahrheit, dass die Verletzung daher rührte. Trotzdem sollte ich zumindest versuchen, die blaue Verfärbung meines Kiefers abzudecken, um nicht alle Gäste zu verschrecken.

Erneut wurde ich von Ciaras Stimme aus meinen Überlegungen herausgerissen, die auf einmal dicht neben meinem Ohr erklang. »Dyan sagt, wenn du nicht zufällig in einem anderen Unterricht sitzt als ich, wirst du nichts verpassen. Ich soll dich fragen, was du als Gegenleistung für gestern willst.«

Erstaunt, wieso sie auf einmal damit anfing, entdeckte ich unter dem Tisch ihr Handy, auf dem ein Chat geöffnet war. Na, wenn das nicht Dyan ist, fresse ich einen Besen ...

Bevor ich Ciara unmissverständlich klarmachen konnte, dass sie mich einfach in Ruhe lassen sollte, schaute diese auf einmal verlegen auf ihre Hände und brachte mich damit zum Verstummen.

»Also ich wollte noch sagen ... wegen gestern ... na ja, danke, dass du mir geholfen hast. Und tut mir leid, dass du dabei verletzt wurdest.« Mit zerknirschtem Gesichtsausdruck huschte ihr Blick zu meinem Kiefer.

Die Worte kamen so zögerlich, dass ich einen Moment brauchte, bis ich verstand, was hier gerade passiert war.

Sie hatte sich wirklich bedankt.

Wow, nicht schlecht. Beide Lawyers sagen zu dir Danke, und das auch noch am gleichen Tag!

Sanft lächelnd schaute ich Ciara in die Augen. »Das war selbstverständlich, und ich bin froh, dass ich helfen konnte.«

Sie seufzte erleichtert und lächelte kurz zurück, bevor Mr Steward uns ermahnte, im Unterricht aufzupassen.

Kaum hatte die Glocke zum Schulschluss geklingelt, stürmte ich aus dem Raum. So schnell wie möglich drängte ich mich durch die dichten Schülermassen und schaffte es tatsächlich auf den Parkplatz, ohne zerquetscht zu werden.

Meine Tasche an die Brust drückend, schaute ich mich verstohlen um, doch weder einer der vier Machos noch die kleine Teufelsschwester war in Sicht. Erleichtert stieß ich die Luft aus.

Nach der quälend langen Erdkundestunde hatte ich nur noch Kurse ohne Ciara, und auch Dyan und den anderen war ich nicht mehr über den Weg gelaufen. Und da ich das nicht ändern wollte, hatte ich vor, so schnell wie möglich das Schulgelände zu verlassen. Dass ich mir dabei wie James Bond vorkam, war kein Wunder, so wie ich mich hinter den Autos versteckte. Mann, die anderen mussten mich für völlig gestört halten.

Abgelenkt davon, mich misstrauisch nach Dyan oder seinen Gefolgsleuten umzuschauen, rannte ich im nächsten Moment in jemanden rein.

Ich wollte gerade ein »Entschuldigung« nuscheln, als sich die Person umdrehte. O Mist!

Stefanie starrte mich angewidert aus ihren viel zu stark geschminkten Augen an und verzog abwertend die knallroten Lippen, die haargenau den gleichen Farbton hatten wie das Gekritzel auf meinem Baby (auch bekannt als Dyans R8) gestern.

»Pass doch auf, wo du hinläufst, Miststück. Oder beeinträchtigt dein schlechter Modegeschmack inzwischen auch deine Augen?«

»Na ja, wahrscheinlich sind sie kaputtgegangen, als sie sich im Spiegel betrachten musste«, hängte eine ihrer Gefolgsbitches an und lachte, als hätte sie den besten Witz des Jahrhunderts gemacht. Ich verurteilte andere wirklich nicht gern. Aber diese hohe, wiehernde

Lache klang einfach billig. Ich schluckte die Entschuldigung herunter und verdrehte genervt die Augen.

»Dir sind schon bessere Wege eingefallen, meine Kleidung zu beleidigen. Du lässt nach, Stefanie.«

Nahezu ausdruckslos schaute ich in ihr überschminktes Gesicht. Ich hatte schon Angst, dass die Make-up-Schicht zerbröseln würde, als sich ihre Lippen zu einem hinterhältigen Lächeln verzogen.

»Na ja, die blaue Schwellung unterstreicht deine hässliche Fratze heute schon zur Genüge.«

Sie lächelte arrogant, und ich lächelte zurück. Gott, war dieses Mädel eingebildet! Aber umso einfacher war es, sie abzulenken.

»O nein, Stefanie! Ich glaube, ich kann da einen Pickel auf deiner Stirn sehen!« Gespielt geschockt presste ich eine Hand auf den Mund.

Sofort fasste sie sich besorgt an die Stirn, und der Anblick erzeugte dieses Mal ein echtes Grinsen bei mir. War ja klar, dass sie darauf hereinfiel. Schnell drückte ich mich an der Gruppe vorbei.

Gerade wollte ich schon meinen Triumph genießen, da schrillte auf einmal Stefanies Stimme los: »Dyan, mein Süßer! Ich glaube, Tessa könnte mal wieder eine Lektion vertragen.« Ich spürte geradezu, wie sie auf mich deutete.

Verdammte Kacke! Ertappt verzog ich das Gesicht und drängte mich durch die Menge. Allerdings fand ich mich Sekunden später eingekesselt von allen vier Badboys.

Dyan trat mit verschränkten Armen und einem schiefen Grinsen auf mich zu. »Hast du wirklich gedacht, du könntest dich wegschleichen, ohne dass wir es bemerken?«

Lässig winkte ich ab und betrachtete interessiert meine Fingernägel.

»Ach was. Ich wollte nur schnell weg.«

Genau, James Bond, kam prompt der sarkastische Kommentar meiner inneren Stimme.

Bevor Dyan etwas erwidern konnte, schubste Stefanie Ben zur Seite und trat zu mir in die Mitte des Kreises, ihre Lippen zu einem Schmollmund verzogen – und das Make-up hielt, ein Wunder! »Dann verschwinde doch! Allein bei dir zu stehen, ist für uns eine Beleidigung, du Abschaum!«, verkündete sie überheblich.

Ich musste meine Augen schließen, um nicht irgendetwas Dummes zu machen. Wie zum Beispiel in ihre aufgemalte Visage zu schlagen.

»Ihr habt die Königin sprechen gehört! Meine Anwesenheit ist eine Beleidigung, also dürfte ich jetzt bitte gehen?« Auffordernd schaute ich Dyan an, aber dieser verschränkte unnachgiebig die Arme und forderte wie schon in der Mittagspause: »Nein, erst wenn du mir gesagt hast, was du willst. Dann können wir dich auch endlich in Ruhe lassen.«

Was sollte das denn heißen? Ich zwang sie ja nicht, mir am Rockzipfel zu hängen!

»Ich will aber nichts von euch! Außerdem war es deine Entscheidung, mir hinterherzurennen, ich bin ja wohl die Letzte, die das wollte!«

Die Anschuldigung ließ einen Muskel an Dyans Kiefer gefährlich zucken, doch er blickte mich nur weiter unerbittlich an. Verzweifelt und am Ende mit meinen Nerven schmiss ich die Hände in die Luft. Wieso konnte er meine Meinung nicht akzeptieren? Ich wollte bloß in Ruhe gelassen werden! Wir konnten uns absolut nicht ausstehen, und nur wegen Dyans verdammter Ehre wollte ich nicht etliche Gerüchte über uns im Umlauf haben. Mein Leben war schon stressig genug.

Sag doch einfach irgendetwas.

Keine schlechte Idee, wenn ich damit diese Nervensägen endlich los wäre.

»Gut, lass mich mit dem R8 eine Runde drehen, und wir sind quitt.«

Dyans Gesicht verschloss sich innerhalb eines Wimpernschlags. »Nein. Such dir was anderes aus.«

Eigentlich war der Wunsch nicht ernst gemeint gewesen, sondern nur das Erste, was mir eingefallen war. Doch seine kategorische Ablehnung, nachdem er mich Stunden lang genervt hatte, ärgerte mich. Ich knirschte mit den Zähnen. Also war seine Schuld nicht mal groß genug für eine kleine Spritztour. Ich hatte von Anfang an recht gehabt. Ich sollte seine Entschädigung nicht annehmen.

Ein kaltes Lächeln legte sich auf mein Gesicht. »Wow, deine Schwester bedeutet dir ja viel. Steck dir deine *Entschädigung* sonst wohin. Aber weißt du was? Sogar dir hätte ich mehr Ehre zugetraut.«

Mit diesen Worten drehte ich mich um, schubste Ben zur Seite, der mich mit seinem stechenden Blick betrachtete, und lief zu meinem Brownie.

Das war ja mal ein langer Vormittag gewesen. Und der Nachmittag sollte nicht besser werden.

Kapitel 8 Dyan

Wir alle schauten Tessa hinterher, wie sie in ihren Mini stieg und mit einem letzten kalten Blick davonfuhr. Ich biss meine Zähne fest zusammen und lief zum nächstbesten Auto, um heftig gegen den Reifen zu treten.

»Verdammt!«

Ihre Worte hatten sich wie glühende Messer in meine Brust gebohrt. *Wow, deine Schwester bedeutet dir ja viel.*

Mann! Ich würde für Ciara sterben! Sie war alles, was mich zu Hause hielt. Ansonsten wäre ich schon längst weggegangen.

Aber es war nun mal meine eiserne Regel, dass niemand außer mir dieses Auto fuhr. Dafür steckte viel zu viel Geld und Arbeit in dem Wagen. Zumal die meisten nicht dazu in der Lage waren, mit dem Auto zu fahren. 600 PS boten kräftig Zug, und eine F1-Lenkradschaltung kannte kaum jemand außerhalb der Rennfahrergemeinde. Außerdem hatte sie sich so angehört, als würden wir ihr gerne hinterherlaufen. Nur weil ich in ihrer Schuld stand, sollte sie sich darauf nichts einbilden!

Die Kleine hielt echt viel zu viel von sich. Ich hatte ihr meine Hilfe angeboten, und sie hatte abgelehnt, damit war die Sache für mich ab sofort erledigt. War doch ihre Schuld, wenn sie so eine einmalige Chance verstreichen ließ.

Noch einmal trat ich gegen den Reifen und wirbelte dann zu meinen Freunden herum. Ohne etwas zu sagen, lief ich auf unseren Stammplatz an der Mauer zu und holte einen Joint hervor, um auf andere Gedanken zu kommen. Auch der Rest stellte sich zu mir und Marco nahm ebenfalls einen Zug.

»Ich muss auf Ciara warten, ihr Auto steht noch beim *Dinnertime*«, murmelte ich zwischen zwei Zügen. Ich legte den Kopf in den Nacken und stieß den Rauch aus. Tessa war nicht länger mein Problem. Miss Perfect hatte doch eh alles im Griff.

Einige Minuten blieb es still, während ich versuchte, meinen Kopf frei zu machen. *Sogar dir hätte ich mehr Ehre zugetraut.*

Verdammt! Diese scheiß Stimme sollte die Klappe halten!

Als hätte Ben meine Gedanken gelesen, sagte er in seinem stets ruhigen Tonfall: »Willst du das mit Tessa einfach so belassen?«

Wütend funkelte ich ihn an. »Ja! Sie wollte nichts, jetzt bekommt sie auch nichts!«

Ben zog eine Augenbraue hoch, was das Piercing darin fast höhnisch in der Sonne aufblitzen ließ. Anscheinend nahm er mir das nicht ab. Finster blickte ich ihn an und hoffte, dass er die Klappe hielt, aber er hatte sich von meinen Wutausbrüchen noch nie abschrecken lassen. Ben blieb immer der Stille im Hintergrund, bis er der Meinung war, dass seine Worte wichtig genug waren, damit er sich einmischte.

»Ich mein ja nur. Das ist normalerweise nicht deine Art.«

Ich kniff die Augen zusammen, wusste aber, dass er recht hatte. Trotzdem würde ich das nicht zugeben.

»Scheiße doch! Genau das ist unsere Art! Kümmert uns nicht, ob die kleine Diva unsere Hilfe annimmt oder nicht! Wir haben es angeboten!«

Ich schmiss den abgebrannten Joint auf den Boden und trat ihn energisch aus. Auch Marco sah mich jetzt zweifelnd an.

»Alter, mich regt dieses Mädel genauso auf, aber du stehst zu deinem Wort. Also werden wir ihr so lange am Arsch kleben, bis du deine Schuld beglichen hast.«

Es nagte an mir, dass die beiden, ja sogar Tessa, richtiglagen. Ich hatte mehr Ehre. Ich stand zu dem, was ich sagte. Frustriert fuhr ich mir mit den Händen durch die Haare. Ach verdammt!

»Ist jetzt auch egal. Lasst uns lieber über Wichtigeres reden. Ich habe Jake vorhin geschrieben, ob er uns im *Dinnertime* trifft. Er hat neue Infos zum nächsten Rennen.«

Damit hatte ich sofort die Aufmerksamkeit der anderen Jungs. Jake war so was wie unser Mittelsmann für die nächtlichen Autorennen, an denen Ben und ich teilnahmen. Er sagte uns, wann und wo wir mit wie viel Geld zu sein hatten, um starten zu dürfen, und kümmerte sich während des Rennens um die Wetteinsätze. Ich kannte ihn schon lange und vertraute ihm blind, auch wenn er tief in diese Szene abgerutscht war. Ich selbst sah es nur als ein Hobby, bei dem man nebenbei vierstellige Summen verdienen konnte. Oder eben verlieren.

»Sehr schön! Ihr beiden seid in Topform, wenn es so weitergeht, seid ihr bald bei den großen Dingern dabei.« Marco klopfte Ben und mir auf die Schultern, während sich auf Coles Gesicht ein schmutziges Lächeln schlich. »Ja, bald sind die richtig scharfen Weiber dabei, also strengt euch bloß an!«

Der Kommentar konnte auch nur von Cole kommen, trotzdem brachte mein Freund mich damit zum Lachen. »Glaub mir, wenn du weißt, dass jeden Moment der Startschuss ertönt, ist eine Frau das Letzte, woran du denkst.«

Da nur Ben dieses Gefühl nachvollziehen konnte, tauschten wir einen kurzen, verschworenen Blick. Wir wussten beide, was für einen Kick einem ein Rennen gab. Sex war damit nicht vergleichbar.

»Wenn ihr wollt, schau ich, ob es noch was zu reparieren gibt. Beim letzten Rennen musstest du in den Kurven ständig hart gegensteuern, Ben«, murmelte Marco nachdenklich und ging zu Bens Ford Mustang Shelby GT hinüber, um den Wagen fachmännisch zu betrachten. Niemand kannte sich so gut mit Autos aus wie er. Da sein Vater selbst eine Kfz-Werkstatt führte, war er quasi mit dem Geruch von Benzin aufgewachsen, und ich würde niemand anderen Hand an mein Baby legen lassen.

»Wirf auch mal einen Blick auf mein Getriebe, ich hatte das Gefühl, dass ich nicht so weich schalten konnte wie sonst.«

Die nächste Viertelstunde fachsimpelten wir über Marcos Idee, sich eine Unterbaubeleuchtung anzuschaffen, bis es klingelte und meine Schwester mit einem Teil von Stefanies Anhängern aus dem Schulgebäude schlenderte. Mir gefiel es nicht, dass sie mit denen abhing, allerdings konnte ich es ihr kaum verbieten, da ich selbst immer von ihnen umschwärmt wurde. Auch jetzt versammelten sich die Weiber um uns, was zumindest Cole gerne hinnahm. Mann, der konnte nie genug bekommen.

Auch zu mir gesellte sich sofort ein Mädchen aus Ciaras Jahrgang und versuchte krampfhaft, ein Gespräch zu beginnen. Sie war nicht mein Typ. Weder blond noch sonderlich gut ausgestattet. Aber da ich im Moment dankbar für die Ablenkung war, ließ ich mich darauf ein und zog das Mädchen zu mir.

Kapitel 9 Tessa

Rasend vor Wut fuhr ich mit einer Geschwindigkeit nach Hause, bei der man einen starken Magen brauchte.

Diese gottverdammten Affen! Ja, ich war inzwischen zu dem Entschluss gekommen, dass die vier unterentwickelte, gehirnlose Primaten waren, bei denen die Evolution leider ausgesetzt hatte. Vielleicht sollte ich mir Bücher über das Verhalten wilder Gorillas besorgen, dann würde ich aus ihrem sinnfreien Herumgegröle wenigstens schlau werden. Schnaubend bremste ich mit quietschenden Reifen an einer roten Ampel. Ja klar, als könnte man daraus überhaupt schlau werden.

Trotzdem hatte ich mich durch die Autofahrt so weit abreagiert, dass ich an der Kreuzung, die zum *Dinnertime* oder aber nach Hause führte, kurz innehielt. Eigentlich hatte ich noch Zeit, bevor ich zu meiner Schicht musste, nur hielt sich meine Lust in Grenzen, mich nach diesem Schultag auch noch mit meiner Stiefmutter auseinanderzusetzen. Also beschloss ich kurzerhand, die Zeit stattdessen lieber im Diner zu verbringen. Bei dem Gedanken an die grandiosen Burger, die unser Koch Tony zauberte, schlich sich sogar ein Lächeln auf mein Gesicht.

Ungewohnterweise betrat ich das *Dinnertime* dieses Mal nicht durch den Personaleingang, sondern ging wie jeder Kunde durch die großen Schwingtüren in den gut gefüllten Hauptraum. Freundlich winkte ich den Kellnerinnen zu, die vor mir Schicht hatten, und setzte mich an einen kleinen Tisch in der Ecke. Dort stützte ich geduldig den Kopf auf die Hand, doch sofort zuckte ich wieder hoch und zog scharf die Luft ein. Schon wieder hatte ich die verdammte Prellung vergessen! Und hatte ich nicht eigentlich vorgehabt, sie zu überschminken?

Wie von einer Tarantel gestochen riss ich meine Handtasche von der Stuhllehne, wo ich sie aufgehängt hatte, und wühlte in ihr herum. Oh, bitte, bitte, bitte!

Und tatsächlich hielt ich nach verzweifelter Suche triumphierend eine Tube Abdeckcreme, Puder und einen Handspiegel hoch. Vorsichtig begann ich, den großen blauen Fleck zu überdecken, und musste sogar bei der sanften Berührung die Zähne zusammenbeißen. Eins musste man meinem Vater lassen, selbst betrunken hatte er einen ganz schönen Schlag drauf.

Ja, das ist wirklich die Eigenschaft, die ein guter Vater haben sollte, gab meine innere Stimme von sich, und ich musste ihr mit einem traurigen Lächeln recht geben. Außerdem offenbarte ein Blick in den kleinen Spiegel, dass man weiterhin einen blauen Schatten an meinem Kiefer sah.

Bevor ich jedoch in Selbstmitleid versinken konnte, kam eine der zwei Kellnerinnen an den Tisch und begrüßte mich freundlich, bevor ich meine Bestellung an sie weitergab. Ich kannte zwar ihren Namen, Camilia, aber mehr auch nicht, da wir selten eine Schicht zusammen hatten und ich, um ehrlich zu sein, nicht die kontaktfreudigste Person war. Das war so auch okay für mich ... zumindest sagte ich mir das immer wieder.

Gedankenverloren spielte ich an der Serviette herum und schaute mich unter den Gästen um, bis mein Burger kam, ohne nach etwas Bestimmten Ausschau zu halten. Es war seltsam, inmitten eines lauten Restaurants allein an einem Tisch zu sitzen. Es machte mir zu deutlich bewusst, wie einsam ich war. Und gleichzeitig war das leichte Pochen der Schwellung in meinem Gesicht Erinnerung genug, wieso ich diese Einsamkeit auf mich nahm. Ich konnte nicht riskieren, dass irgendjemand die Wahrheit herausfand. Viel zu groß war meine Angst, damit auch den Rest meines alten Lebens und die Erinnerungen an meine Mutter zu verlieren. Und vielleicht brannte auch noch die Hoffnung in mir, mein früherer Vater würde irgendwann hinter all dem Alkohol wieder zum Vorschein kommen.

Als es Zeit für meine Schicht wurde, ging ich nach hinten und zog im Personalraum meine Arbeitskleidung an, bevor ich die Küche betrat.

»Hey, Tony! Danke für den grandiosen Burger!«

Unser über alles geschätzter Koch drehte sich zu mir um und grinste schief. »Immer gern, mi cariño«, meinte er zwinkernd und stellte mir einige Bestellungen auf den Tresen.

Bald schon war ich in meinen Arbeitsrhythmus verfallen und bediente Gast um Gast mit einem aufgesetzten, freundlichen Lächeln. Gerade war eine Gruppe Jugendlicher hereingekommen, und ich wollte zu ihrem Tisch gehen, als mir auffiel, wer diese waren.

Wie erstarrt blieb ich stehen und betrachtete geschockt vier Schimpansen mit einem weiteren, mir unbekannten Affen im Schlepptau, die an einem Tisch Platz nahmen. Natürlich fehlten auch die Mädchen nicht, die die Jungs wie Bienen den Honig umschwärmten. Vor allem eine himmelte Dyan flehentlich an. Und genau dieser Ausdruck brachte mich wieder zur Besinnung. Angewidert verzog ich das Gesicht.

Als hätten sie meinen Blick bemerkt, drehten sich die Jungs zu mir herum. Während der eine Kerl, den ich nicht kannte, sofort ein flirtendes Lächeln aufsetzte und mich herbeiwinkte, betrachtete mich Dyan mit einem Blick, den ich nicht einordnen konnte. Zum einen sah ich immer noch Wut in seinen Augen und gleichzeitig so etwas wie Entschlossenheit.

O super! Das war sicherlich keine gute Mischung. Aber für den Moment schoss ich ihnen nur einen eindeutigen Blick zu: Ich wollte einfach meine Ruhe.

Dann verzog ich mich in die Küche, um mich dort, zugegeben, zu verstecken. Tony betrachtete mich mit einem verwirrten Blick, anscheinend hatte er meine Flucht mitbekommen, bevor er sich wieder um die Fritteuse kümmerte.

Nervös tigerte ich im Raum auf und ab. Wenn ich jetzt wieder rausging, war es gut möglich, dass einer der Jungs mich herbeirief. Und in Carlos' Anwesenheit würde mir nichts anderes übrig bleiben, als sie zu bedienen. Hm, wie lange konnte ich wohl warten? Mit einem kurzen Blick raus musste ich leider feststellen: nicht allzu lange. Die beiden Kellnerinnen aus der früheren Schicht waren bereits gegangen, und von Amanda fehlte jede Spur.

Frustriert stöhnte ich auf. Mist! Natürlich war es lächerlich, mich vor Dyan zu verstecken. Aber es hatte schon genug Trubel für einen Tag gegeben. Außerdem empfand ich meine Anschuldigung von vorhin inzwischen als zu hart. Ja, Dyan war ein Vollidiot, doch selbst ich wusste, wie viel ihm seine Schwester bedeutete. Allerdings würde ich den Teufel tun und mich bei ihm entschuldigen!

Und das Schicksal zeigte tatsächlich Erbarmen mit mir in Form einer rothaarigen Kellnerin, die gestresst in die Küche rauschte.

»O Mann, 'tschuldigung für die Verspätung, Tessa!«

Meine Rettung! Mit einem strahlenden Lächeln wirbelte ich zu Amanda herum und erntete dafür einen verwirrten Blick. Aber das war es mir vollkommen wert.

»Kein Problem, Hauptsache, du bist jetzt da! Kannst du mir einen riesigen Gefallen tun und Tisch Sieben bedienen?«

Voller Elan trat ich auf meine Kollegin zu und drehte sie an den Schultern um, sodass ich sie Richtung Hauptraum schieben konnte. Von meinem Verhalten sichtlich irritiert nickte Amanda zögerlich. »Klar ... aber wieso?«

Weil Tessa den letzten Rest ihres Verstandes verloren hat und zu feige ist, sich einem Kerl aus ihrer Schule zu stellen.

Ach, halt du dich da raus, immerhin musst du nicht mit Dyan fertig werden!

Ich bin ein Teil von dir, natürlich muss ich das.

Nicht bereit, auf meine innere Stimme einzugehen, konzentrierte ich mich lieber auf Amanda.

»Ach, da sind ein paar Kerle aus meiner Schule, und der eine möchte was von mir.«

Erst als sich auf Amandas Gesicht ein wissendes Lächeln schlich, bemerkte ich, wie falsch man die Worte verstehen konnte, und schüttelte schnell den Kopf. »Also nicht *das*, sondern ... egal. Kannst du mir den Gefallen tun?«

Amüsiert über meine Erklärungsnot drückte Amanda mir kurz den Arm.

»Natürlich. Wenn du mit einem Verehrer nicht zurechtkommst, stehe ich dir gerne bei.«

Bevor ich sie darauf hinweisen konnte, dass das nicht der Fall war, hatte Amanda mich bereits frustriert zurückgelassen.

Kapitel 10 Dyan

Als wir schließlich alle beim *Dinnertime* ankamen, verabschiedete sich meine Schwester sogleich von uns und fuhr mit ihrem Auto davon. Mit einem unguten Gefühl blickte ich ihr nach. Wundern tat es mich nicht, dass sie fürs Erste diesen Ort meiden wollte, doch ich sorgte mich darum, ob sie mit der ganzen Sache zurechtkam. Allerdings hatte sie verneint, als ich gefragt hatte, ob ich mit ihr fahren sollte. Anscheinend wollte sie erst mal Zeit für sich.

In Gedanken versunken beteiligte ich mich kaum an den Gesprächen der anderen, während wir auf Jake warteten.

Ciara versuchte zwar, es zu überspielen, doch gut ging es ihr nicht. Gerade deswegen würde ich sie auf all das ansprechen müssen, auch wenn sie für den Moment lieber ihre Ruhe haben wollte. Ich war immerhin ihr großer Bruder! Ich musste sie beschützen! Vielleicht sollte ich anbieten, ihr ein paar Selbstverteidigungstricks zu zeigen, damit sie sich nicht so wehrlos fühlte.

Und was Tessa betraf, die rauchte sicher noch vor Wut. Keine Chance, normal mit ihr zu reden. Aber bestimmt hatte sie ein paar Bekannte, denen ich die gewünschten Informationen entlocken könnte. Bevor ich mir genauere Gedanken darüber machen konnte, wurde ich von einem laut röhrenden Motor zurück in die Realität geholt, der nur zu Jakes Chevrolet Camaro gehören konnte. Die anderen riefen Jake spaßhafte Beleidigungen zu, als dieser mit heruntergelassenen Seitenfenstern an uns vorbeifuhr und neben meinem R8 parkte. Die zwei Autos nebeneinander waren ein Anblick für sich.

»Na, Jungs, alle gut die letzte Nacht überstanden?«

Für einen Moment wusste ich nicht, was Jake meinte, bis mir klar wurde, dass erst letzten Abend das Rennen stattgefunden hatte. Seitdem war nur so viel passiert, dass ich gar nicht mehr daran gedacht hatte.

»Klar, aber ein Gentleman genießt und schweigt«, meinte Cole mit einem bedeutungsvollen Blick zu den Mädels, die uns nach der Schule begleitet hatten. Die Aussage brachte Jake zum Lachen, während er aus seinem Auto ausstieg und wir uns endlich ins *Dinnertime* setzten.

Schnell entstanden die verschiedensten Gespräche über Motoren, Chiptuning und die nächsten Rennen. Eigentlich hätte ich mich pudelwohl fühlen müssen, vor allem mit dem Mädchen von vorhin auf meinem Schoß. Trotzdem ließ mich ein komisches Gefühl nicht los und brachte mich schlussendlich dazu, mich misstrauisch umzuschauen. Halb drehte ich mich um, als ich sie auch schon erblickte.

Tessa stand im Kellnerinnen-Outfit des *Dinnertime* einige Meter entfernt und starrte angeekelt zu uns hinüber. Neben mir hörte ich Jake rufen. Aber bei der selbstverständlichen Art, mit der er sie herzuwinken versuchte, würde er sicherlich nicht die gewünschte Reaktion bekommen. Und natürlich behielt ich damit recht. Anstatt zum Tisch zu kommen, warf sie uns einen bösen Blick zu, dann wirbelte sie herum und lief in die Küche.

Verdammt! Ich hatte total vergessen, dass Tessa hier arbeitete!

Aber jetzt war es eh zu spät, um abzuhauen. Ich unterdrückte ein genervtes Stöhnen und blickte zu Ben, Cole und Marco, die genauso ratlos wirkten. Tja, könnte noch ein bisschen dauern, bis wir bedient wurden.

Und tatsächlich kam erst fünf Minuten später eine Kellnerin zu unserem Tisch, die, welch Überraschung, nicht Tessa war, sondern eine zierliche Rothaarige. Sie lächelte freundlich in die Runde und fragte, was wir wollten. Während die anderen ihre Wünsche äußerten, ließ ich meinen Blick durch den Raum schweifen. Tessa bediente gerade einen anderen Tisch, beobachtete uns aber dabei. Ich schmunzelte. Traute sie uns etwa nicht? Wie schaaade!

Allerdings brachte mich das auf eine Idee. Geduldig wartete ich, bis die anderen fertig waren, und bestellte schließlich ein Getränk und eine Portion Pommes. Doch als sich die Kellnerin abwenden wollte, hielt ich sie zurück.

»Warte mal kurz!« Fragend hatte sie eine Augenbraue hochgezogen, und ich versuchte es mit einem charmanten Lächeln. »Du arbeitest doch mit Tessa zusammen. Könntest du mir ein bisschen was über sie erzählen?«

Ein Schmunzeln zupfte an den Lippen der rothaarigen Kellnerin. »Nun ja, viel kann ich dir nicht sagen, außer dass sie meistens nachmittags kellnert. Wenn du wirklich mehr von ihr wissen willst, musst du sie selbst fragen.«

Als wäre ich enttäuscht, verzog ich das Gesicht. »Wirklich nichts? Vielleicht ihre Hobbys oder Interessen?«

»Ich schätze, allzu viele Hobbys kann man neben einem Job und der Schule nicht haben, oder?«

Sie funkelte mich belustigt an, und irgendwie mochte ich das Mädchen. Es hatte eine so unschuldige und offene Art, ganz im Gegensatz zu Tessa. Auch ich grinste und ließ ausnahmsweise nicht den Badboy raushängen. Sie hatte einfach diese Ausstrahlung, dass man ihr nichts Böses wollte.

»Tja dann, trotzdem danke.«

Mit einem freundlichen Nicken sagte sie noch, bevor sie ging: »Es wäre sicherlich nicht schlecht, wenn du sie selbst ansprechen würdest.«

Natürlich verstand ich, was das Zwinkern am Ende des Satzes bedeutete, aber für den Moment war es mir egal, ob sie dachte, ich hätte Interesse an Tessa. Immerhin wusste ich jetzt, dass es wohl nicht leicht werden würde, etwas über unsere Prinzessin herauszufinden.

Die nächsten Stunden vergaß ich dennoch meine *Mission* und verbrachte die Zeit mit meinen Freunden. Cole erzählte, dass am Wochenende eine Party bei Patrick, einem Freund aus der Schule, stattfinden würde, und schaffte es damit tatsächlich, meine Stimmung zu heben. Patricks Partys waren legendär. Ansonsten wartete Jake noch mit einigen interessanten Informationen bezüglich der nächsten Rennen auf, die Ben und mich einen aufgeregten Blick tauschen ließen.

»Das meinst du nicht ernst! Glaubst du wirklich, dass wir bei so einem großen Ding starten können?«

Ernsthaft interessiert lehnte ich mich nach vorne und beobachtete, wie Jake mit den Schultern zuckte.

»Wieso nicht? Ihr seid auf jeden Fall gut genug. Klar, ihr habt nicht die Connections, aber dafür bin ich ja da. Lasst mich mal machen. Ihr werdet bei der *Race Night* definitiv nicht neben der Seitenlinie stehen.«

Das wäre unfassbar! Die *Race Night* war im ganzen County bekannt. Legenden der illegalen Racing-Szene kamen in dieser Nacht zusammen und maßen sich und ihre Autos gegeneinander. Dabei mitzufahren ... das wäre der Sprung, den Ben und ich machen wollten.

»Das wäre einfach unglaublich! Aber die *Race Night* ist schon nächste Woche, wie willst du das schaffen?«

Auf Marcos berechtigten Einwand hin winkte Jake lässig ab. »Lasst das meine Sorge sein. Seid ihr einfach startklar, sobald ich euch Bescheid gebe.«

Hätte ich Jake nicht schon so lange gekannt, hätte ich ihm die Worte genauso erfreut abgekauft wie die anderen. Aber da ich ihm direkt gegenübersaß, bemerkte ich das verräterische Zucken seines rechten Mundwinkels, bevor er die Lippen zu einem breiten Grinsen verzog. Da war etwas, das er uns nicht erzählte ...

Bevor ich nachhaken konnte, wurde ich von einer aufgebrachten Frauenstimme unterbrochen. »Billy, ich bitte Sie, jetzt zu gehen, ich werde Ihnen nichts mehr zu trinken bringen!«

Die rothaarige Kellnerin hatte sich vor einen älteren Gast gestellt, der sichtlich betrunken war, und bat ihn, das Restaurant zu verlassen. Dieser jedoch richtete sich bedrohlich vor der Kellnerin auf.

»Was fällt dir ein, du Göre! Mich so zu behandeln!«

Aus dem Augenwinkel nahm ich eine Bewegung wahr und sah, wie Tessa und ein weiterer Gast von der Bar losstürzten. Doch dann ging alles zu schnell – der Mann holte in einer unkoordinierten Bewegung aus und verpasste der Kellnerin eine Ohrfeige, gerade als diese widersprechen wollte.

Aufgebrachtes Murmeln ging durch die restlichen Gäste, und sowohl ich als auch meine Freunde sprangen auf, um gegebenenfalls einzugreifen. Aber da hatten Tessa und der Fremde den betrunkenen Mann bereits erreicht.

Der Kerl zog die Kellnerin aus der Gefahrenzone und nahm sie fürsorglich in die Arme, während der Betrunkene weiterbrüllte. Und Tessa? Die hatte die Hände beschwichtigend gehoben und ging auf den Mann zu. Vermutlich wollte sie ihn beruhigen, doch der Betrunkene wirbelte erstaunlich schnell herum und holte nach ihr aus.

Ich machte einen Schritt nach vorne, in der Erwartung, dass auch Tessa zu Boden ging. Allerdings wich sie geschickt und flink den Schlägen aus, und verblüfft musste ich mit ansehen, wie sie innerhalb weniger Sekunden die Arme des Kerls in einem schraubstockartigen Griff hatte. Ich war wirklich beeindruckt, wie ruhig sie mit der Situation umging, vor allem, als der Mann sich heftig wehrte, während sie ihn nach draußen führte.

Selbst als sie sich kurz im Raum umschaute, blitzte nur kalte Professionalität in ihren Augen. Mit einem Nicken gab sie dem Mann hinter der Bar, bestimmt ihrem Chef, zu verstehen, dass sie alles unter Kontrolle hatte. Als sie jedoch zu der Kellnerin und dem fremden Typ schaute, wurde ihre Miene ganz weich. Diesen Ausdruck, voller Besorgnis und Wehmut ... ohne dass ich es wollte, erschien sie mir für eine Sekunde in einem anderen Licht. Nicht als das nervige Mädchen, das überall ihre Nase reinsteckte und nicht wusste, wann es genug war. Sondern als eine besorgte und treue Freundin.

Tessa mimte immer die kalte, harte Frau, die nichts berührte. Doch dass sie meine Schwester gerettet hatte und auch diese Hilfsbereitschaft gegenüber ihrer Kollegin zeugten vom Gegenteil. Ich wurde einfach nicht schlau aus ihr. Bisher hatten für mich nie Zweifel daran bestanden, dass sie eine reiche Göre war, die sich für nichts und niemanden außer sich selbst interessierte. Aber das gerade eben …

Mit einem Kopfnicken bedeutete ich meinen Jungs, dass wir ihr folgen würden, als Tessa zusammen mit dem betrunkenen Alten das Diner verließ. Sofort jammerten die Mädels in unserer Begleitung, aber ein abwehrender Blick meinerseits, und sie blieben stumm sitzen, während wir nach draußen liefen. Dort trafen wir Tessa an einer Parkbank, auf der der Betrunkene zusammengesunken war, gerade als sie ihr Handy vom Ohr nahm und wegsteckte.

Der Klang unserer Schritte auf dem mit Kies ausgelegtem Weg ließ sie zu uns herumfahren, und für einen Moment überraschte mich die Mischung aus Erschöpfung und Entschlossenheit, die sich in ihrem Gesicht widerspiegelte.

Bevor ich es verhindern konnte, rutschte mir ein »Na, du hast wohl alles im Griff, Tessa« aus Gewohnheit heraus.

In ihren Augen lag wie immer eiserne Härte, und kurz schienen unsere Blicke einen Kampf auszufechten, während sie schnippisch antwortete: »Ich finde nicht, dass das der richtige Moment ist, um sich über mich lustig zu machen, Dyan. Aber ja, ich habe alles unter Kontrolle, also lasst mich einfach in Ruhe.«

Die aufbrausende Art war zu typisch für Tessa und ließ mich die Augen verdrehen. Jake, der sie bisher noch nicht kannte, sah es wohl als Einladung für etwas anderes. Lachend trat er neben mich und betrachtete Tessa mit seinem üblichen Aufreißerlächeln. »Oh, Süße, glaub mir, auf unsere Art von Ärger stehst du.«

Ich hätte ihn gerne gewarnt, dass die Schiene bei Tessa kein Wohlwollen auslöste, aber um ehrlich zu sein, ärgerte es mich, dass er sich überhaupt einmischte. Mit dem dummen Spruch hatte er mein Leben gerade noch ein Stück schwerer gemacht.

Schnaubend lachte Tessa auf, bevor sie mit verschränkten Armen entgegnete: »Oh, *Süßer*, ich weiß, was für eine Art von Ärger das ist. Und ich verzichte dankend. Also spar dir dieses dumme Grinsen. Und *du* ...« Damit wandte sich die Prinzessin wieder an mich. »Was willst du von mir? Und wie kannst du es wagen, meine Kollegin über mich auszufragen?!«

Da ich mich dafür nicht schämte, zog ich nur eine Augenbraue nach oben und musterte Tessa weiterhin kühl. »Irgendwie muss ich herausfinden, was dir fehlen könnte, Prinzesschen. Aber anscheinend läuft bei dir alles wie geschmiert«, meinte ich mit einem Nicken zu dem schlafenden Betrunkenen.

Sie wandte keine Sekunde den Blick von mir ab und verschränkte die Arme vor der Brust. »Japp, es gibt nichts in meinem Leben, das nicht perfekt wäre, außer der Anwesenheit von euch Lackaffen.«

»Hm ...« Nachdenklich strich ich mir übers Kinn. »Sicher, dass dir nichts fehlt? Vielleicht ein Kerl, der dir mal Manieren beibringt? Klar, es gibt hübschere Mädchen als dich, aber ich bin mir sicher, wenn du meine Hilfe annimmst, bekommst du jemanden ab.«

Ihre Lippen verzogen sich zu einem verächtlichen Grinsen, und sie trat einen Schritt auf mich zu. »Auch darauf verzichte ich dankend. Mischt euch einfach nicht in mein Leben ein.«

Ich wollte gerade etwas sagen, als ich von einer anderen männlichen Stimme unterbrochen wurde. »Hey, Tessa! Ich bin so schnell gefahren, wie ich konnte! Ich hoffe, er hat euch nicht viele Probleme gemacht?«

Ein Mann etwa Mitte dreißig streckte, freundlich lächelnd, den Kopf aus einem älteren Jeep. Regelrecht erschrocken drehte Tessa sich um, als rechnete sie gleich mit dem nächsten alkoholisierten Mann, der nach ihr schlug. Erst als sie den Jeep erblickte, der neben uns zum Stehen kam, entspannte sie sich wieder.

»Gut, dass du so schnell kommen konntest, Rick. Er schläft schon, deswegen müsstest du mir kurz helfen«, sagte sie, und ich meinte zu sehen, wie sich ihre Schultern unter einem lautlosen Seufzen hoben. Als der Mann aus dem Auto stieg, schob ich Tessa, ohne lange nachzudenken, zur Seite und hievte den Herrn zusammen mit diesem Rick hoch.

Zuerst sah mich Tessa überrascht an, dann schüttelte sie nur kurz den Kopf und öffnete die Beifahrertür des Jeeps, sodass wir unsere Last auf den Sitz setzen konnten.

»Danke«, nickte mir Rick zu und nahm wieder auf dem Fahrersitz Platz. Zu Tessa fügte er noch hinzu: »Tut mir leid, dass er deinen Feierabend herausgezögert hat.« Erschöpft seufzte er auf und wirkte mit einem Schlag einige Jahre älter.

Mit einem winzigen Lächeln schmiss Tessa die Autotür zu und klopfte auf das rostige Blech. »Kein Problem. Pass auf dich auf!«

Rick warf den Motor an und fuhr mit seinem betrunkenen Vater davon. Ich beobachtete genau, wie Tessa die Schultern kreisen ließ und dabei das Gesicht verzog. Dann schaute sie zu mir, und unsere Blicke verhakten sich. Ich wusste nicht wieso, aber mir fiel zum ersten Mal auf, wie grün ihre Augen eigentlich waren.

Erst Coles Stimme ließ mich wieder aus ihnen auftauchen. »Hey, Dyan! Gehen wir so langsam?«

Die Mädels waren aus dem Restaurant herausgekommen und lagen in den Armen einiger meiner Kumpels. Klar wollten sie los. Ich nickte ihnen zu, und sie machten sich auf den Weg zu unseren Autos. Ich wandte mich jedoch zu Tessa. Nachdenklich ließ ich den Blick über sie schweifen. Die Entschlossenheit von vorhin war mehr und mehr der Erschöpfung gewichen.

Sie räusperte sich. »Danke, dass du ihn ins Auto gesetzt hast.«

Meine Stimme klang nachdenklich, als ich antwortete. »Kein Ding. Ich glaube, ich weiß jetzt, wie ich meine Schuld begleiche.«

Erstaunt zog sie die Augenbrauen nach oben, und ihr Atem ging eine Spur schneller.

Ich schmunzelte. »Ich werde dich beschützen, so wie du meine Schwester. Und bevor du widersprichst, mir ist klar, dass du nicht schwach bist, aber glaub mir, irgendwann wird es dazu kommen, dass du meine Hilfe brauchst, und dann werde ich meine Schuld begleichen.«

Ihre Reaktion überraschte mich erneut. Für einen Moment meinte ich etwas wie Wehmut in ihren Augen zu sehen, bevor sie fast schüchtern den Blick senkte und auf ihre ineinander verschränkten Hände starrte.

»Pass auf Ciara auf. Ihr geht es nicht gut, auch wenn sie versucht, es zu überspielen.«

Sie sprach so leise und sanft, dass ich sie kaum verstand. Ich schluckte und nickte, als sie kurz aufschaute. Dann drehte ich mich um und folgte meinen Freunden.

Während der Fahrt schwirrte mir immer wieder die Situation von gerade eben im Kopf herum. Wieso interessierte Tessa sich für das Wohlbefinden meiner Schwester? Und dieser Ausdruck in ihren Augen ... Was war das gewesen?

Kapitel 11 Tessa

Unruhig schaute ich Dyan hinterher, wie er zu seinem Audi lief, und musste mich über mich selbst ärgern. Für einen Moment hatte ich mich in seinen Augen verloren, sodass meine Maske verrutscht war. Ein Fehler, der mir nicht mehr passieren würde!

Aber wieso hatte er mir auch mit Billy geholfen?

Okay, viel war nicht dabei gewesen, trotzdem hatte mich sein Eingreifen überrascht. Vielleicht sollte ich aufhören, immer gleich vom Schlechtesten bei Dyan und seinen Freunden auszugehen. Allerdings ... ach nein! So oft, wie sie mir schon bewiesen hatten, was für Arschgeigen sie waren, würde ich meine Meinung nicht wegen einer kleinen Geste ändern!

Fest entschlossen, nicht weiter über diese Möchtegern-Badboys nachzudenken, stapfte ich wieder in den Hauptraum des Restaurants, der sich inzwischen geleert hatte. Den Gästen war der Appetit nach diesem Zwischenfall wohl vergangen, jedenfalls packten die letzten drei gerade ihre Sachen zusammen.

Ich wollte gerade weiter nach hinten laufen, als Carlos mich zu sich rief. Ehe ich fragen konnte, was er wollte, zog er mich in eine enge Umarmung.

»Danke für dein schnelles Eingreifen, Tessa!«

Verdattert erwiderte ich die Umarmung und brachte nur ein schlichtes »Ist doch selbstverständlich« hervor.

Nachdem er mich noch mal kräftig gedrückt hatte, scheuchte er mich mit einer Handbewegung fort. »Ich weiß doch, dass du zu Amanda willst, also los, los! Ich wollte nur sichergehen, dass bei dir alles okay ist.«

Ich lächelte ihn kurz an, bevor ich schnellen Schrittes nach hinten ging. Mein Herz platzte fast vor Sorge, wie schlimm es Amanda erwischt hatte, weshalb ich, noch bevor ich den Personalraum betrat, rief: »Amanda, alles in Ordnung?«

Schwungvoll stieß ich die Tür auf und blieb überrascht stehen.

Ich hatte vieles erwartet. Von einer Wasser und Rotz heulenden Amanda bis zu einer gefassten und selbstkritischen Amanda. Womit ich nicht gerechnet hatte, war eine wild mit Henry herumknutschende Amanda. Sofort fuhren die beiden auseinander, und Henry raufte sich verlegen das Haar. Amanda, süß und unschuldig wie eh und je, lief prompt purpurrot an.

»Ähm, ich schätze mal, es ist alles in Ordnung«, meinte ich und biss mir kräftig auf die Lippen, um nicht sofort loszukichern.

Amanda ließ sich mit einem leisen Ächzen nach vorne fallen und vergrub beschämt das Gesicht in Henrys T-Shirt, der mich wiederum glücklich anstrahlte. »O ja, alles in bester Ordnung!«

Für diesen Satz bekam er sofort von Amanda einen Schlag gegen die Schulter, und mir kam es vor, als wären die beiden schon ewig zusammen. Oder zumindest ging ich davon aus, dass sie jetzt zusammen waren.

Vielleicht solltest du ihnen Freiraum geben, um genau so was zu regeln.

O ja! Gute Idee.

Langsam machte ich einen Schritt nach hinten und streckte dabei beide Daumen in die Luft. »Ich lass euch besser allein. Macht einfach da weiter, wo ich gestört habe.«

Bevor die beiden etwas erwidern konnten, wirbelte ich herum und haute schnell ab. Das fette Grinsen klebte jedoch auch noch während der Autofahrt nach Hause auf meinem Gesicht.

Leise summend parkte ich meinen Brownie in der Garage und hopste dann zu unserem Haus. Allerdings verging mir meine gute Laune schlagartig, als ich unser Wohnzimmer betrat. Wie erstarrt blieb ich stehen.

In diesem Haus erwarteten mich normalerweise zwei Dinge: mein kotzender Dad und eine stinkwütende Kathrin. Was ich jetzt jedoch erblickte, war mein Dad, der friedvoll in einem Sessel schlief, wenn auch mit einer leeren Whiskeyflasche neben sich, und Kathrin, die auf der Couch in einer Zeitschrift blätterte.

Interessant. Und ein schöner Anblick, wie ich feststellen musste. Es hatte fast den Anschein, als wären wir eine richtige Familie und nicht nur der zerbrochene Scherbenhaufen davon.

Aber egal, wie friedvoll es aussah, und egal, wie sehr ich mir wünschte, Kathrin und mein Dad hätten darauf gewartet, dass ich nach Hause kam und von meinem Tag berichtete, so blieb es Wunschdenken. Das machte mir Kathrins strenger Blick sofort wieder klar, den sie mir über den Rand ihrer Lesebrille zuwarf, sobald sie mich bemerkt hatte.

»Wo warst du so lange?«, fragte sie kühl und blätterte eine Seite in ihrem Modemagazin um.

Überrumpelt stotterte ich: »Ich ähm ... ich komme von der Arbeit.«

Wieder blickte die böse Königin von ihrem Magazin auf und hob fragend eine Augenbraue. »Ach ja, stimmt, du arbeitest ja. Ist das auch der Grund, weshalb du gestern deine Aufgabe so schludrig erledigt hast?«

Ihre Stimme klang ruhig, doch das war nur gespielt. Ihre Worte waren darauf ausgelegt, mich aufzuregen. Und das schafften sie auch.

»Was?! Ich habe alle Stockwerke geputzt!« Unverständnis ließ meine Stimme schrill klingen.

Mit einem scharfen Blick brachte Kathrin mich zum Verstummen. »Das stimmt vielleicht, aber wenn man es nicht gründlich macht, kann man es auch gleich lassen.«

Ich knirschte heftig mit den Zähnen, um mir zu verkneifen, dass sie erst einmal selbst putzen sollte, bevor sie die Arbeit anderer kritisierte. Stattdessen murmelte ich ein leises »Das nächste Mal werde ich darauf achten«, in der Hoffnung, so einer neuen *Aufgabe* zu entkommen, und wollte dann mit geballten Fäusten schnellstmöglich nach oben verschwinden.

»Ah, komm schön wieder her, junges Fräulein!«

Gequält drehte ich mich wieder zu ihr um, dabei waren es nur noch ein paar Schritte, bis zur Treppe gewesen ...

»Als Strafe wirst du morgen meine Autos waschen. Und ich warne dich, erledige dieses Mal deine Aufgabe gründlich!«

Ein letzter strenger Blick über den Brillenrand, und sie entließ mich mit einer gebieterischen Handbewegung.

O Mann, diese eingebildete Schnepfe!

Schnellstmöglich verschwand ich die Treppen hinauf, bevor mir eine Beleidigung über die Lippen kommen konnte, die alles nur noch schlimmer gemacht hätte. Um meinen Frust abzubauen, wollte ich den angebrochenen Abend nutzen, um mal wieder Sport zu machen – und zwar am besten Boxen. Also verzog ich mich so leise wie möglich, um kein Aufsehen zu erregen, in den Fitnessraum im Keller. Doch während ich mich am Sandsack verausgabte, gingen mir Dyans Worte darüber, wie er seine Schuld begleichen wollte, nicht mehr aus dem Kopf: *Irgendwann wird es dazu kommen, dass du meine Hilfe brauchst.*

Wollte er damit sagen, dass ich zusammenbrechen würde? Dass es Risse in meiner Fassade gab, die durchblitzen ließen, wie nah ich am Abgrund taumelte?

Glücklicherweise verjagte die Anstrengung bald jeden Gedanken dieser Art.

Erst als ich schließlich um kurz nach zwölf frisch geduscht und sogar mit gemachten Hausaufgaben ins Bett fiel, schweiften meine Gedanken ein letztes Mal zu den Lawyers. Dieses Mal jedoch zu Ciara. Hoffentlich würde es ihr bald wieder gut gehen.

Kapitel 12 Tessa

Als am nächsten Morgen der Wecker klingelte, war ich sofort hellwach und war – wow, hätte nie gedacht, das mal wieder zu sagen – ausgeschlafen! Keine dunklen Schatten unter den Augen, keine vor Müdigkeit schlurfenden Schritte und generell kein zombiehaftes Erscheinen.

Willkommen zurück unter den Lebenden!

Gut gelaunt schwang ich mich aus dem Bett und zog mich um. Doch vor dem Spiegel in meinem Bad graute es mir kurz. Was, wenn mein Kiefer noch dunkler angelaufen war? Auf eine weitere Runde Starren-bis-die-Augen-rausfallen hatte ich echt keinen Bock, und auf die Kommentare meiner liebenswürdigen Mitschüler konnte ich auch verzichten.

Hilft doch nichts. Es ist so, wie es ist, ändern kann man es nicht.

Soll das ein Versuch sein, mich aufzubauen? Weil, dann müssen wir daran noch arbeiten.

Mit geschlossenen Augen hob ich den Kopf und linste vorsichtig, um mein Spiegelbild zu betrachten.

Und dann riss ich erstaunt die Augen auf. Die Schwellung war ein gutes Stück zurückgegangen, sodass nur noch die blaue Färbung hervorstach.

Ein breites Lächeln schlich sich auf mein Gesicht. Ich hatte das Gefühl, heute würde ein guter Tag auf mich warten.

Innerhalb von zehn Minuten hatte ich mich geschminkt, den Bluterguss mit Concealer abgedeckt und meine Zähne geputzt. Meine Schulsachen richtete ich darauf fröhlich pfeifend, und irgendwie verspürte ich die Lust, Rührei zu machen. Mit Bacon und Toast, mhhm ja! Das passte zu diesem Morgen!

Also machte ich eine große Portion Ei, sodass es locker für mich und Kathrin reichte. Gerade als der Speck fertig angebraten und die Toastscheiben herausgesprungen waren, hörte ich Schritte auf der Treppe, und einige Sekunden später stand Kathrin in ihrem üblichen Hosenanzug vor mir.

Sogleich drückte ich ihr einen Teller mit Rührei, Bacon und zwei Toasts in die Hand und schaufelte mir den Rest auf meinen eigenen. Irritiert von meiner guten Laune zog die böse Königin eine Augenbraue nach oben und erinnerte mich in einem herablassenden Tonfall: »Vergiss nicht, du musst die Autos waschen.«

Als ich nichts erwiderte, drehte sie sich um und stapfte mit ihrem Essen davon.

Ich atmete einmal tief ein und wieder aus, musste aber feststellen, dass mir meine Strafe nichts ausmachte.

Wow, Dumbo, heb nicht gleich ab. Schon vergessen, man soll ...

... den Tag nicht vor dem Abend loben, ich weiß, ich weiß.

Bei deinem Glück baust du gleich einen Autounfall.

Ach was, ein bisschen gute Laune war selbst mir vergönnt.

Deswegen schnappte ich mir auch ohne Umschweife meine Tasche und lief raus in die Garage. Doch dort blieb ich zögerlich stehen. Ich hatte so selten gute Laune, deswegen wollte ich aus dem Tag etwas Besonderes machen. Und was würde sich dafür mehr eignen als ... Mein Blick blieb am Porsche meiner Mutter hängen, und ein Lächeln schlich sich auf mein Gesicht.

Sobald ich mich in den weichen Ledersitz gleiten ließ, strich ich liebevoll über das Lenkrad. Draußen schien bereits die Sonne und verlockte mich dazu, das Cabrioverdeck zurückzufahren, bevor ich den Motor aufheulen ließ und anfuhr. Die Fahrt war der Wahnsinn. Nicht nur das Gefühl des Windes, der durch meine Haare strich, sondern auch die Geborgenheit, welche das Auto mir jedes Mal gab – beides ließ mich für einen Moment vergessen, was mir heute noch bevorstand.

Da ich diese Sorglosigkeit nicht loslassen wollte, entschied ich mich, kaum auf dem Schulparkplatz angekommen, noch ein paar Minuten sitzen zu bleiben, auch wenn ich das Verdeck wieder schloss, um nicht vom Lärm der anderen Schüler gestört zu werden. Mit einem Seufzen lehnte ich mich zurück und ließ zu, dass mich all die Kindheitserinnerungen überrollten, die ich mit diesem Wagen verband. Damals war alles so einfach und schön gewesen.

Umso mehr erschreckte ich, als es plötzlich am Seitenfenster klopfte. Kaum wirbelte ich zum Autofenster herum, blickte ich direkt in Dyans Gesicht.

O Gott, Herz, bleib nicht stehen!

Der Arsch musste sich tatsächlich über meinen erschrockenen Gesichtsausdruck ein Lachen verkneifen! Mein Blick verfinsterte sich, doch er machte nur eine Handgeste, die so viel hieß wie »Mach die Tür auf«.

Am liebsten hätte ich ihm den Vogel gezeigt und wäre wie ein eingeschnapptes Kleinkind sitzen geblieben. Da es aber gleich klingeln würde, musste ich so oder so aussteigen. Dennoch öffnete ich die Tür mit so viel Schwung, dass er nicht ausweichen konnte und der Rahmen gegen seine Knie knallte.

Jupp, das hatte meine Laune wieder ein Stück gehoben.

Grinsend schmiss ich die Autotür hinter mir zu und schloss den Panamera ab.

An Dyan gewandt fragte ich: »Was gibt's?«

Der betrachtete mich mit einem halb wütenden Gesichtsausdruck, der ganz schön sexy aussah. Ich hörte geradezu, wie die Mädchen reihenweise in Ohnmacht fielen.

Mit einem Stirnrunzeln antwortete er mir schließlich. »Ich wollte dir nur sagen, dass du dich zu uns stellst.«

Natürlich, er fragte nicht, ob ich das möchte, und er bot es mir auch nicht an, er *befahl* es mir.

So typisch. Idiot.

Ich zog eine Augenbraue genervt nach oben und lief los, ohne auf ihn zu achten. Nach kurzem Zögern eilte er mir hinterher, immerhin kam das ja nicht sonderlich Badboy-mäßig rüber ... nochmals Idiot!

»Nein danke, auf euer dummes Geschwätz kann ich verzichten. Also versuch es erst gar nicht.«

Ich hatte fast das Schulgebäude erreicht, als er mich hart am Arm packte und mich zu ihm herumwirbelte. Seine Augen blickten wütend, und ein Muskel an seinem Kiefer zuckte. O shit, anscheinend war ich zu weit gegangen.

»Hör zu, Süße. Ich muss nichts *versuchen*. Du machst, was ich sage, und damit basta. Ich erwarte dich in der

Mittagspause an unserem Tisch.« Seine Stimme war Stahl in Samt verpackt. Die Haare in meinem Nacken stellten sich auf. Nachdem er mich noch einige Sekunden eindringlich angestarrt hatte, stieß er mich unsanft weg. Zeitgleich läutete es zur ersten Stunde. Ich stolperte einige Schritte nach hinten und blickte Dyan verschreckt nach, wie er auf seine Freunde zuging. Dabei fing ich Bens Blick auf, der mich aus seinen unergründlich eisblauen Augen anstarrte. Die Gänsehaut breitete sich noch weiter aus, und schnell ließ ich mein Gesicht wieder versteinern. Ich würde keine Angst gegenüber diesen Neandertalern zeigen.

Stolz reckte ich das Kinn in die Höhe und stierte finster zu Ben zurück.

Vielleicht bildete ich mir das kleine Lächeln ein, das über sein Gesicht huschte, aber Ben war schon immer ein Buch mit sieben Siegeln gewesen.

Auf dem Weg ins Schulgebäude rieb ich mir leicht über die Stelle am Arm, an der Dyan mich gepackt hatte. Ganz sicher würde ich nicht auf ihn hören! Ich setzte mich dahin, wo ich sonst auch immer saß! War mir doch egal, ob ihn das wütend machte!

Die Stunden bis zur Mittagspause vergingen meiner Meinung nach viel zu schnell, und so kam es, dass ich im Schneckentempo in die Cafeteria schlich.

Hast du etwa Aaangst?, ärgerte mich meine innere Stimme und hatte mich natürlich gleich am Haken.

Nein, ich hatte keine Angst! Doch nicht vor so hirngestörten Gemüsesorten! Japp, inzwischen hatte ich sie von Affen auf Gemüse und Obst herabgestuft. Da hätten wir einmal den allbekannten BlumenCOLE, dann noch DYANanas, BENanen und MARCOkosnuss.

Mit diesem Gedanken betrat ich den lauten, von Hormonen und Jugendlichen überfüllten Saal. Ohne einen Blick an irgendwen zu verschwenden, stellte ich mich an der Essensausgabe an und griff mir ein leckeres Sandwich und einen Smoothie. Kichernd musste ich feststellen, dass in dem Getränk Kokosnuss und Banane verarbeitet war.

Nachdem ich bezahlt hatte, lief ich direkt auf meinen Stammplatz zu. Dort setzte ich mich und wagte erst einen Blick in Richtung Gemüsekolonie, nachdem ich einmal groß von meinem Sandwich abgebissen hatte. Man könnte fast meinen, sie hätten mich vergessen, so fröhlich plauderten alle ... würde Marco, der Muskelprotz, nicht mit einem fetten Grinsen auf mich zukommen. Ich schluckte schwer den Bissen Sandwich hinunter.

Wieso hatte ich nur das Gefühl, als hätte Dyan seinen Schläger vorgeschickt?

Um nichts Dummes zu sagen, stopfte ich mir schnell einen weiteren Bissen in den Mund, ehe Marco meinen Tisch erreichte und neben mir Platz nahm. »Hey, Tessa!«

Ich winkte nur zur Begrüßung, da mein Mund zu voll zum Sprechen war. Immer noch hatte Marco ein fettes Grinsen im Gesicht, und ich versuchte, ihm mit den Händen zu verdeutlichen, dass er mit der Sprache rausrücken sollte. Wahrscheinlich sah das eher so aus, als würde ich nach einem Fliegenschwarm schlagen. Trotzdem schien Marco zu wissen, auf was ich hinauswollte. Hm, mehr Intelligenz, als ich ihm zugetraut hatte.

»Vermutlich hast du unsere kleine Verabredung in der Mittagspause vergessen. Du sitzt am falschen Tisch.«

Entschlossen schüttelte ich den Kopf.

Nach einem schnellen Blick zu Dyan beugte Marco sich lächelnd zu mir vor und winkte mich heran, als wollte er mir ein Geheimnis erzählen. Nervös kam ich der Aufforderung nach, das ungute Gefühl blieb.

»Weißt du, ich kann ein Nein nicht akzeptieren, denn mein Auftrag lautete explizit, dich an unseren Tisch zu bringen.« Mit einem verschwörerischen Blick in meine Augen hängte er noch an: »Das bedeutet, im Notfall trage ich dich rüber.«

Bei den Worten verschluckte ich mich heftig. Mein Kopf lief knallrot an, während ich nach Luft schnappte und gleichzeitig hustete. Marco hatte natürlich nichts Besseres zu tun, als von einem Lachen geschüttelt halb vom Stuhl zu fallen, sodass auch ich lachen musste und noch weniger Luft bekam. Ein nicht enden wollender Teufelskreis.

Irgendwann hatte Marco sich wieder so weit zusammengerissen, dass er mir kräftig auf den Rücken schlug, bis ich es endlich schaffte, erst zu schlucken und dann zu atmen. Mit einem Stöhnen ließ ich meinen Kopf auf den Tisch knallen. Super. Das reichte dann auch schon an Peinlichkeiten für einen Tag.

»Also kommst du jetzt mit rüber?«, griff Marco das eigentliche Thema wieder auf, als wäre das Ganze nicht entsetzlich peinlich gewesen.

Völlig am Ende mit meinen Nerven hob ich nur meinen Kopf hoch. »Nein! Und du wagst es nicht, mich zu tragen!«

Damit knallte ich meinen Kopf wieder auf den Tisch. Als ich das Quietschen eines Stuhles hörte, wollte ich schon erleichtert seufzen. Doch plötzlich lag ich nicht mehr auf der Tischplatte, sondern wurde durch die Luft gewirbelt, bis ich mit dem Bauch auf einer harten Schulter landete.

Er hatte nicht wirklich ...

»MARCO, LASS MICH SOFORT RUNTER!!«, brüllte ich und hämmerte auf seinem Rücken herum. Aber wer hätte das gedacht, ihn interessierte das überhaupt nicht. Genauso wenig wie die Blicke aller Schüler, die auf uns gerichtet waren. Ich hasste das. Wieso schaffte ich es nie, unter dem Radar zu fliegen? Zähneknirschend musste ich mir jedoch selbst eingestehen, dass mich nichts vor meinem Schicksal bewahren würde. Also wollte ich schon die Klappe halten, um nicht noch mehr Aufsehen zu erregen, da fiel mein Blick zurück auf meinen Tisch.

»WARTE! DU HAST MEIN ESSEN VERGESSEN! HOL SOFORT MEIN ESSEN!«

Ich zappelte herum und streckte mich in Richtung meines angebissenen Sandwichs, bis sich Marco mit einem Seufzen umdrehte und mit großen Schritten zu meinem Tisch zurücklief. Dort angekommen, drehte er sich dann so, dass ich mir mein Getränk und das Sandwich schnappen konnte, während er nach meiner Tasche griff, die auf dem Boden stand. Mit piepsiger Stimme bedankte ich mich und klammerte mich an meinem heiligen Mittagessen fest, bis Marco mich erstaunlich sanft auf einem Stuhl absetzte und meine Tasche neben mir abstellte.

Als ich mich umblickte, schaute ich in die lachenden Gesichter von vier Vollidioten und lief hochrot an. Am liebsten wäre ich unter den Tisch gekrabbelt. Aber nein, das wäre zu kindisch.

Stattdessen räusperte ich mich und unterbrach das Gelächter der anderen mit einem »Ähm ... hi!«.

Keine Ahnung, was genau an diesen zwei Wörtern sie dazu brachte, noch lauter zu lachen, aber so langsam wurde ich wütend. Immerhin war ich hierher verschleppt worden!

»Musstest du mich unbedingt über deine Schulter werfen, Marco?«, warf ich also erbost ein.

Die Kokosnuss saß schon wieder halb auf dem Boden und schüttelte sich vor Lachen, antwortete mir aber schließlich nach einigen gescheiterten Anläufen. »Das war doch nicht schlimm! Aber deine Aktion mit dem Essen«, er japste nach Luft, »das ... das war einfach genial!«

»Zumindest wissen wir jetzt, dass wir sie mit gutem Essen herlocken können«, merkte Ben mit einem für ihn seltenen Lächeln an, und schon wieder prusteten die Jungs los. Sogar Ciara, die neben Dyan saß, kicherte leise vor sich hin, was mich daran hinderte, weiter wütend zu sein. Wenn Marco mit seiner »Ich Tarzan, du Jane«-Aktion sie zum Lachen gebracht hatte, war es zumindest für einen guten Zweck gewesen.

Als alle sich beruhigt hatten, stellte sich das normale Geplauder ein, aus dem ich mich aber heraushielt. Ich kaute gespielt desinteressiert auf meinem Sandwich herum, während ich mit einem Ohr jedes Wort der Jungs aufsog, die sich über ihre Autos unterhielten. Ich würde mich zwar nicht für den absoluten Crack halten, aber auch ich wusste einige PS unter der Motorhaube zu schätzen. Und es faszinierte mich, wie fachmännisch die Jungs klangen. Das hätte ich ihnen gar nicht zugetraut.

Sobald es jedoch klingelte, verschwand ich ohne großen Abschied. Immerhin saß ich nicht freiwillig bei ihnen!

Kapitel 13 Tessa

Der Schultag verging nach der Mittagspause wie jeder andere, und eigentlich hätte ich mich darüber gefreut, als ich endlich auf dem Weg zu meiner letzten Stunde war. Doch das Wissen, dass es sich dabei um Mathe handelte, trübte die Freude.

Mein Lieblingslehrer Mr Coleman begrüßte mich bereits auf seine charmante Art: »Ah, Miss Anderson, ich freue mich, dass Sie es pünktlich geschafft haben.«

Ich grummelte dazu nur ein »Sollten Sie sich auch, war nämlich echt nicht leicht«.

Den sauren Blick darauf ignorierte ich, versuchte aber, Mr Coleman während der Stunde nicht weiter zu reizen. Als mir allerdings auffiel, dass Ciara neben mir ebenfalls ungewohnt ruhig war und nicht mal unter dem Tisch auf ihrem Handy tippte, vergaß ich meine Vorsicht.

»Bei dir alles klar?«, raunte ich leise, und Ciara, die auf ihrem Block herumgekritzelt hatte, hob erstaunt den Kopf. Kurz blickte sie sich hektisch um, nur um danach abschätzig zu mir zu schauen.

»Wüsste nicht, was dich das angeht, Tessa!«, zischte sie, und ich hob überrascht eine Augenbraue.

Okaaaay, noch alles in Ordnung da oben?

»'tschuldigung, wollte nur höflich sein«, murmelte ich und hob abwehrend die Hände in die Luft.

»Tja, musst du aber nicht.« Mit zusammengepressten Lippen hängte sie noch ein »Was außerhalb der Schule passiert, bleibt auch dort, verstanden?« an.

Mhm, musste ich das jetzt verstehen? Aus Ciara und Dyan wurde ich einfach nicht schlau. Vielleicht hatten ihre Stimmungsschwankungen etwas mit ihren Genen zu tun?

Fest entschlossen, mich nicht mehr damit auseinanderzusetzen, wollte ich wieder dem Unterricht folgen, gab jedoch schnell auf. Ich hatte miterlebt, wie schlecht es Ciara in dieser Nacht gegangen war. Und ich wusste aus Erfahrung, dass man solche Ereignisse nicht vergaß oder komplett verdrängte. Was würde es also über mich aussagen, wenn ich ihr nicht beistand? Ganz sicher nichts, was ich wollte.

Also beugte ich mich fünf Minuten später wieder zu Ciara: »Na gut, wenn es außerhalb der Schule bleibt, könnte ich dich dann morgen im Eiscafé *Giondo* fragen, wie es dir geht?«

Erstaunt schaute sie zu mir hinüber und öffnete den Mund, um etwas zu sagen, da wurde sie scharf von Mr Coleman unterbrochen. »Miss Anderson! Sie sollen im Unterricht aufpassen!«

Als ich auf seine Aussage nur kalt eine Augenbraue nach oben zog, schnaubte Mr Coleman wütend und fuhr mit gepresster Stimme fort: »Ich erwarte Sie nach der Stunde vorne am Pult!«

Dann wandte er sich ab und erklärte etwas zu einer Gleichung an der Tafel.

Ein Stöhnen unterdrückend sank ich gegen die Lehne meines Stuhls. Einfach super. In Gedanken suchte ich nach dem schnellsten Weg, wie ich meinen Lehrer eliminieren könnte, um hier rauszukommen. Ich schwankte noch zwischen An-der-Kreide-Ersticken und Aus-Versehen-aus-dem-Fenster-Stolpern, als ein kleiner Zettel in meinem Schoß landete. Überrascht faltete ich ihn auseinander.

Um 16 Uhr ginge.

Mehr stand nicht drauf, aber das reichte vollkommen.
Mit einem kleinen Lächeln schaute ich zu Ciara hinüber, die ganz konzentriert Mr Coleman zuhörte.

Nach dem Unterricht ging ich zu meinem liebenswürdigen Lehrer, besänftigt von dem Gedanken, dass sich dieses Strafgespräch zumindest gelohnt hatte.
»Miss Anderson, so langsam reicht es mir! Sie sind unhöflich, respektlos und verzogen!«, begann Mr Coleman seine Predigt und starrte mir dabei unverwandt in die Augen. Noch gute fünf Minuten ging es damit weiter, dass er mir erklärte, dass mein Benehmen Konsequenzen haben würde.
»Ich will von Ihnen bis zur nächsten Stunde einen dreiseitigen Aufsatz über Respekt gegenüber Lehrern und anderen Autoritätspersonen, und jetzt gehen Sie.« Mit einer scheuchenden Handbewegung entließ er mich, und ich verdrehte genervt die Augen, während ich nach draußen lief und mich wütend durch die Schülermengen drängelte. Das war so unnötig! Am liebsten würde ich drei Seiten über beschissene Lehrer schreiben!
Draußen angekommen verging meine Empörung jedoch schnell, als ich verwirrt feststellte, dass sich eine Traube von Schülern um meinen Parkplatz versammelt hatte. Was war jetzt schon wieder los?

Von einer bösen Vorahnung angetrieben schob ich die Leute zur Seite, und mit jeder Person verschlimmerte sich die Panik in meiner Brust. Nicht heute, nicht an dem einen Tag, an dem ich mit dem Auto meiner Mom gefahren war.

Geschockt blieb ich vor dem Porsche stehen.

Oh. Mein. Gott!

Überall waren rohe Eier verschmiert. Auf dem Dach, auf der Windschutzscheibe, an den Seiten. Und als würde das nicht reichen, hatte jemand sich noch die Mühe gemacht, alles mit Toilettenpapier einzuwickeln. Der Anblick trieb mir Tränen in die Augen. Das konnte nicht real sein.

Ungläubig ging ich um den Wagen herum und ballte immer wieder die Fäuste, während eine Mischung aus Entsetzen, Trauer und Wut sich in mir breitmachte. Klar, eine Wäsche würde das Auto wieder sauber kriegen, aber dieser Wagen war eines der letzten Andenken an meine Mom. Der Panamera bedeutete mir alles. Und das hier war mutwillige Sachbeschädigung.

Wieder an der Front des Porsches angekommen, schnappte ich mir wutentbrannt einen Zettel, den man unter den Scheibenwischer geklemmt hatte, und zerriss ihn fast beim Auseinanderfalten.

Halt dich von Dyan und unseren Jungs fern, Schlampe! Oder es wird noch schlimmer!

Diese gekringelte Schrift und die Überheblichkeit der Worte konnten nur von einer Person stammen.

Kurz davor, mich selbst zu vergessen, bahnte ich mir erneut unsanft einen Weg durch die Zuschauermenge, bis die Leute von sich aus zurückwichen. Besser so, denn kaum, dass ich Stefanie ausgemacht hatte, sah ich rot. Ich hatte noch nie so viel Verachtung für jemanden empfunden.

Natürlich waren sie und ihre Anhänger die Einzigen, die sich nicht um meinen Wagen versammelt hatten. Oh, und wie subtil sie das übrig gebliebene Toilettenpapier neben dem Reifen ihres Autos platziert hatten.

»Wow, Tessa! Dein neues Auto ist richtig schick. Aber was ist denn da drüben los? Ist ja ein ganz schöner Trubel!«, piepste Stefanie mit ihrer schrillen Stimme, und die platinblonden Doubles hinter ihr kicherten.

Ich schenkte ihnen nur ein grausames Lächeln, bevor ich Stefanie an ihren billigen Extensions packte. Damit hatte sie nicht gerechnet, denn sie schrie laut auf und versuchte, meinen Griff zu lösen. Da hatte ich sie allerdings schon von der Motorhaube ihres Wagens heruntergezogen und sie vor mir auf den Boden geschubst.

»Du Miststück! Glaubst du ernsthaft, mich fertigmachen zu können?«, fauchte ich wütend und schmiss den zusammengeknüllten Zettel nach ihr. »Ich zeig dir, was es bedeutet, jemanden fertigzumachen!«

Ihre ach so tollen Freundinnen, die soeben mit ihr gelacht hatten, verzogen sich ängstlich. Aber das war mir egal. Selbst wenn sie bei dieser Aktion beteiligt gewesen waren, ging der Mist trotzdem auf Stefanies Kappe. Sie war die Anstifterin, davon war ich überzeugt.

Stefanie versuchte, sich vom Boden hochzurappeln, doch ich stieß sie zurück, bevor es ihr gelingen wollte.

In diesem Moment hätte ich für nichts mehr garantieren können. Alles, was ich vor Augen hatte, war, wie sie mir eine meiner letzten schönen Erinnerungen zerstört hatte. Mom hatte dieses Auto geliebt. Und ich hatte mir nach ihrem Tod geschworen, es immer in Ehren zu halten. Und jetzt ...

Bevor ich Stefanie alles heimzahlen konnte, wurde ich plötzlich von hinten gepackt und weggezogen. Gleichzeitig trat Ben zu Stefanie heran und half ihr beim Aufstehen, die sich dabei anstellte, als würde sie gleich zusammenbrechen.

Ja klar, ich hatte sie kaum angefasst!

Und wer wagte es überhaupt, sich hier einzumischen?! Ich hatte verdammt noch mal alles Recht dazu, dieser dummen Schnepfe eine Lektion zu erteilen!

Natürlich hätte ich mir denken können, wer mir in die Quere gekommen war und gegen wessen eisernen Griff um meine Taille ich mich wehrte. Trotzdem wurde ich mir dessen erst bewusst, als ich *seine* Stimme neben meinem Ohr hörte: »Ben, bring Stefanie weg!«

Wirklich?! Wenn das mit seinem R8 passiert wäre, hätte er Stefanie in der Luft zerfetzt!

»O nein, Ben! Du bringst sie auf keinen Fall weg!«, fauchte ich und streckte mich so weit nach vorne, wie Dyans Griff es zuließ. Allerdings hatte ich nicht damit gerechnet, dass meine Worte Ben tatsächlich zögern ließen. Sein Blick glitt von mir zu dem versauten Auto, dann zu Stefanie, und ich sah für einen Moment eine Verachtung in seinem Gesicht aufblitzen, die meiner in nichts nachstand.

»Ach und wieso nicht? Damit du sie windelweich prügeln kannst?«, fragte Dyans Stimme, so nah an meinem Ohr, dass ich seinen Atem im Nacken spürte.

»Selbst wenn, ist das nicht *dein* Problem!«

Nach einem weiteren Versuch, mich aus Dyans stählernem Griff zu winden, gab ich es schwer atmend auf. Ich wusste, wann es zwecklos war, sich weiter zu wehren. Leicht fiel es mir trotzdem nicht. Vor allem da mir jetzt bewusst wurde, wie dicht gedrängt wir beieinanderstanden. Mit jedem Atemzug drückte sich sein Brustkorb an meinen Rücken. Das Gefühl bescherte mir eine Gänsehaut, und am liebsten hätte ich meinen Körper für diese Reaktion gefeuert.

»Dyan, bring diese Verrückte von mir weg! Die ist völlig durchgeknallt.«

Richtig in der Opferrolle aufgehend drängte sich Stefanie an Ben, der daran keinen Gefallen fand. Das brachte sie aber nur dazu, noch flehentlicher zu Dyan zu schauen. Als würde sie erwarten, dass er sie gleich auf einem weißen Ross in Sicherheit brachte.

»Die einzig Durchgeknallte hier bist du!«

Mit neuer Wut im Bauch zappelte ich in Dyans Griff und gab einen frustrierten Schrei von mir. Noch nie hatte es diese Idioten interessiert, was ich tat. Warum mischten sie sich jetzt in meine Angelegenheiten ein? Zumal ich mir sicher war, dass ich Stefanies böswillige Attacke nur Dyan und seiner neusten Stalker-Neigung gegenüber mir zu verdanken hatte. Konnte er nicht zumindest seine Groupies so weit unter Kontrolle haben, dass diese nicht vandalierten?

Ich zitterte förmlich, so außer mir war ich.

»Jetzt stell dich nicht so an, es ist ein verdammtes Auto, noch nie von Spaß gehört?«, empörte sich Stefanie, während sie schniefte, als würde ihr die Situation schrecklich zusetzen.

»Spaß?! Das ist das Auto meiner Mom!« Diese Worte kamen eher als Knurren aus meinem Mund. Wie dreist konnte man bitte sein? »Willst du mich verarschen, das ist doch kein Spaß mehr!«

Mit neuer Entschlossenheit holte ich mit dem Fuß aus und trat Dyan heftig gegen das Schienbein. Mir tat es fast leid, dass er meine Wut abbekam, aber immerhin war er selbst schuld. Der Tritt zeigte auf jeden Fall seine gewünschte Wirkung, denn sein Griff lockerte sich, als er zischend die Luft einsog, und im nächsten Moment war ich frei.

Na ja, zumindest fast, denn der Idiot bekam in der letzten Sekunde mein Handgelenk zu fassen.

»Tessa, verdammt! Das ist es nicht wert. Der Direktor ist bestimmt jeden Moment hier, und dann ...«

Wie eine Furie fuhr ich zu ihm herum und fauchte zornig: »Nicht wert? Wenn jemand das mit deinem R8 gemacht hätte, würde er nicht mehr atmen! Also lass den Moralapostel! Ihr seid doch alle völlig durchgeknallt! Wisst ihr überhaupt, was ...« ... *mir dieses Auto bedeutet?*

Die letzten Worte konnte ich mir verkneifen, indem ich mir heftig auf die Zunge biss. Dafür begannen meine Augen zu brennen, und ich musste mit einem zittrigen Atemzug an mich halten. Das war einfach zu viel.

Keine Ahnung, wie ich gerade auf andere wirkte, anscheinend ziemlich verstörend, denn Dyan ließ mich augenblicklich los. Was auch immer er über mich dachte, es war mir egal. Es war mir auch egal, dass ich Schwäche zeigte. Zeigte, wie sehr mich Stefanies Attacke tatsächlich getroffen hatte. Selbst das Verlangen, diesem Miststück die Augen dafür auszukratzen, war mir vergangen. Ich wollte nur noch weg. Weg von all diesen Verrückten, die nur ihren Mitmenschen schadeten. Trotzdem gab ich mein Bestes, mich für einen letzten Moment zusammenzureißen und Dyan mit fester

Stimme zu entgegnen: »Der Direktor ist mir scheißegal. Mein Vater finanziert quasi diese Schule, was denkst du, wäre passiert? Aber mir reicht es mit eurer Heuchelei. Ihr macht tagtäglich Leute für nichts fertig! Du meinst, du stehst in meiner Schuld? Dann hör endlich auf, mir das Leben noch schwerer zu machen, als es sowieso schon ist!«

Dann drehte ich mich mit einem letzten vernichtenden Blick zu Stefanie um und marschierte auf den verunstalteten Porsche meiner Mutter zu. Der Anblick brach mir das Herz, aber umgeben von all den anderen Schülern, die bloß die Show genießen würden, wollte ich mir keine weitere Blöße geben. Stattdessen räumte ich mit so viel Beherrschung, wie ich aufbringen konnte, das Gröbste der Sauerei weg, sodass ich zumindest durch die Windschutzscheibe sehen konnte. Danach hielt mich nichts mehr, und ich fuhr mit quietschenden Reifen davon. Die erste Träne kullerte mir über die Wange, kaum dass ich den Parkplatz verlassen hatte.

Kapitel 14 Dyan

Tessa festzuhalten, wenn sie vor Wut fast platzte, war gewiss schwerer, als ich geglaubt hatte. Die Kleine war eine richtige Kämpfernatur, aber mein Dickschädel konnte es mit ihrem aufnehmen, da war ich mir sicher. Und ich würde sie nicht auf dem Schulhof einen Mord begehen lassen. Nicht, dass mich Stefanie sonderlich kümmerte – mal davon abgesehen, dass diese Eier-und-Toilettenpapier-Aktion wirklich das Allerletzte war. Aber ich hatte eine Schuld zu begleichen, und diese Furie davon abzuhalten, von der Schule geschmissen zu werden, schien mir ein guter Anfang zu sein.

Allerdings hatte ich nicht mit dem Tritt gegen mein Schienbein gerechnet ... oder dem verzweifelten Ausdruck auf Tessas Gesicht, als sie sich zu mir umgewandt hatte.

Natürlich hatte sie mit ihren Worten recht. Wenn jemand das mit meinem R8 abgezogen hätte – Gott erbarme. Allerdings hatte ich nicht gedacht, dass ihr so viel an ihrem Auto lag. Erst ihre Worte – »Das ist das Auto meiner Mom!« – und der Schmerz in ihren Augen hatten mir bewusst werden lassen, wie schlimm das Ganze für sie sein musste. Natürlich wusste ich, dass Tessas Mutter vor drei Jahren gestorben war. Die Nachricht hatte sich damals wie ein Lauffeuer verbreitet. Doch irgendwie hatte ich das verdrängt, und die Erkenntnis, wie schmerzhaft der besudelte Panamera für sie war, schockierte mich.

Es passte nicht zu dem Bild, das ich von der widerspenstigen, harten Tessa hatte. Und vor allem war ich selbst völlig unfähig, mit solchen Gefühlen umzugehen. Ich kannte nur Zorn. Das war meine Art, mit allem fertig zu werden. Manchmal war es leichter, wild um sich zu schlagen, als sich wirklich mit dem Geschehen zu beschäftigen. Vielleicht ließ ich Tessa deswegen los. Damit sie sich auf Stefanie stürzen und etwas gegen diese tiefe Verletztheit, die ich für einen Moment gesehen hatte, tun konnte.

Stattdessen machte sie jedoch eine Hundertachtzig-Grad-Wende und fauchte mich an, bevor sie mit wehenden Haaren davonmarschierte und ihren Wagen grob säuberte. Erst als sie mit quietschenden Reifen davonfuhr, kam wieder Bewegung in mich, die daraus bestand, mir frustriert durch die Haare zu fahren. Das war ja super gelaufen.

»Was ist das denn gewesen?«, grummelte Marco, der neben mich trat, aber ich schüttelte nur den Kopf. »Keine Ahnung.«

Bevor ich mir jedoch weiter darüber Gedanken machen konnte, wurde ich von einer aufgelösten Stimme unterbrochen.

»Dyan? Kannst du mich vielleicht nach Hause bringen? Ich weiß nicht, ob ich mir noch zutraue, selbst zu fahren.«

Stefanie hatte ihre Suche nach Mitleid bei Ben wohl aufgegeben und hing nun an meinem Arm wie ein kleines Püppchen. Ohne einen Hehl aus meiner Abneigung zu machen, schob ich sie auf Abstand.

»Du solltest lernen, deine Grenzen zu kennen, Stefanie. Wenn ich dich noch einmal mit einem Lippenstift oder einem Ei in der Nähe eines Autos sehe, bekommst du mit mir Probleme und nicht mit Tessa. Und jetzt geh.«

In der Hoffnung, dass selbst sie damit verstanden hatte, dass ich Sachbeschädigung nicht durchgehen ließ, lief ich zu meinem R8, gefolgt von meinen Freunden.

»Wie sieht der Plan für heute aus?« Dankbar, dass die anderen genauso wenig über das Geschehene reden wollten wie ich, zuckte ich auf Coles Frage hin nur mit den Schultern.

»Wenn Jake uns wirklich in die *Race Night* bekommt, sollten wir die Autos richtig durchchecken. Aus Bens Motor bekommt man bestimmt noch ein paar PS raus. Und ich muss unbedingt an meiner Kurvenlage arbeiten. Das könnten am Ende die entscheidenden Sekunden sein.«

»O Mann, ich kann's immer noch nicht fassen. Wenn ihr da mitfahrt, habt ihr es geschafft!«

Überschwänglich klopfte Marco mir auf die Schulter und entlockte mir damit ein kleines Lächeln. Ja, das stimmte. Die *Race Night* könnte das Sprungbrett sein. Darauf sollte ich mich konzentrieren, anstatt auf reiche Mädchen, die nichts als Ärger machten.

»Okay, dann in einer Stunde bei mir an der Werkstatt. Mein Vater hat bestimmt nichts dagegen, wenn wir ein bisschen herumschrauben.«

Erst am Abend kehrte ich schließlich aus der Werkstatt von Marcos Vater zurück, mit einem fast leeren Tank durch die Proberunden, die Ben und ich in einem verlassenen Industriegebiet gedreht hatten. Dafür aber in einer ausgelassenen Stimmung, die mir nur das Fahren und Gras bescherten. Ich hatte schon lange akzeptiert, dass die einzigen zwei Dinge, die mich wirklich zufrieden stimmten, illegal waren. Es gab genug andere Probleme in meinem Leben, über die ich mir den Kopf zerbrechen konnte. Angefangen mit Tessa Anderson bis hin zu meinen Eltern, die in einigen Tagen von ihrer Geschäftsreise zurückkommen würden.

Mir machte es schon lange nichts mehr aus, wenn ich mit Ciara allein in unserer Villa war. Um genau zu sein, war es sogar eine Erleichterung. Dann mussten wir nicht jeden Schritt und Atemzug vor unserem Vater rechtfertigen. Allein der Gedanke daran, wie sehr sich die Stimmung wieder ändern würde, wenn meine Eltern zurückkamen, ließ mich finster dreinschauen. Wäre es nur meine Mutter, gar kein Problem. Darüber würde ich mich sogar freuen. Aber Vater ...

Vater hatte keine hohe Meinung von Frauen. Er glaubte, wir Männer wären ihnen von Geburt aus überlegen. Das Geschlecht, das die Familie versorgt. Und da machte er auch keine Ausnahme bei seiner Frau oder seiner Tochter. Ich weiß noch, wie mir mit elf Jahren das erste Mal klar wurde, dass es nicht normal war, wenn ein Mann seine Frau wie eine Sklavin herumkommandierte. Ich war damals über Nacht bei einem Freund und schockiert davon, als dessen Mutter sich der Meinung des Vaters widersetzte. Trotzdem hatte es noch Jahre gebraucht, bis mir im vollen Ausmaß klar wurde, wie falsch es bei uns zu Hause lief. Und manchmal machte es mir Angst, wie viel von meinem Vater auch in mir stecken könnte. Wie sehr er mich in meiner Jugend geprägt hatte. Der entscheidende Punkt, um die

Erziehung meines Vaters infrage zu stellen, war gewesen, dass er auch Ciara schlechter und schlechter behandelt hatte, als sie zu einer jungen Frau heranwuchs. Er hatte sie zwar schon früher bei Vater-Sohn-Ausflügen ausgeschlossen, aber inzwischen würdigte er Ciara kaum noch eines Blickes. Während ich zum Erben des Lawyer-Imperiums erzogen wurde, wurde Ciara nicht besser als ein unwillkommener Gast behandelt. Und ich wartete nur auf den Moment, wo es in die Verachtung umschlug, die Vater meiner Mutter zollte.

Das Einzige, was ich dagegen machen konnte, war als Puffer zu fungieren und Ciara die Liebe zu geben, die sie eigentlich von ihrem Vater erhalten sollte. Gleichzeitig musste ich den Vorstellungen meines Vaters gerecht werden, der ständig tierischen Druck auf mich ausübte. Jede Woche sollte ich an zwei Tagen nach der Schule noch in das Unternehmen kommen, um mich mit allem vertraut zu machen. Immerhin hatte Vater beschlossen, dass ich nach dem College, das er ebenfalls ausgewählt hatte, bei ihm arbeiten würde. *Meine* Meinung dazu war nicht wichtig.

Heftig knirschte ich mit den Zähnen und schmiss die Autotür knallend hinter mir zu. Ich hasste es. Vor allem da man mit meinem Vater nicht reden konnte. Egal, wie oft ich schon mit ihm diskutiert hatte, am nächsten Tag hatte er stets so getan, als hätte das Gespräch nicht stattgefunden. Und wenn ich mich seinen Anweisungen verweigerte, war es Ciara, die darunter leiden musste. Zum Glück nie in dem Sinne, dass er sie schlug oder anders körperlich anging. Bei Gott, dann wäre mir schon lange der Kragen geplatzt. Aber Ciara sehnte sich nach der Aufmerksamkeit unseres Vaters. Sie wollte von ihm geliebt werden oder zumindest beachtet und akzeptiert.

Doch sobald ich rebellierte, behandelte er seine Tochter mehr wie eine Bedienstete als sein eigenes Fleisch und Blut. Den Schmerz, der darauf immer in Ciaras Augen stand, konnte ich nicht aushalten. Und dessen war sich mein Vater bewusst. Damit hatte er mich in der Hand.

In meine Gedanken versunken zog ich einen Joint aus der Zigarettenpackung, die ich immer in der Jackentasche aufbewahrte, und verweilte noch einen Moment draußen, während ich einige tiefe Züge nahm.

Diesen Schmerz in Ciaras Augen hatte ich heute noch bei jemand anders gesehen. Bisher hatte ich erfolgreich die Gedanken an Tessa verdrängt, doch ich wusste, dass das auf Dauer keine Lösung war. Wenn ich meine Schuld begleichen wollte, musste ich irgendwie zu diesem Mädchen vordringen. Vielleicht lag es an der Ähnlichkeit zu Ciara, die ich in ihrem traurigen Gesichtsausdruck gesehen hatte, aber irgendetwas hatte sich an meiner Wahrnehmung von Tessa verändert. Sie war ein Buch mit sieben Siegeln, doch irgendwie juckte es mich inzwischen in den Fingern, diese Siegel zu knacken. Sie tickte so ganz anders als die meisten Mädchen. Und ja, das machte sie die meiste Zeit zu einer richtigen Nervensäge. Doch ich wollte herausfinden, was sie sonst noch verbarg.

Fuck, welches Mädchen auf unserer Schule konnte mit einem Porsche Panamera mit Vollgas starten und dabei die Kontrolle behalten?

Als ich genug hatte, drückte ich den Joint aus und steckte den Rest wieder ein, bevor ich mich auf den Weg zum Haus machte.

In den letzten zwei Tagen drehten sich viel zu viele Fragen um Tessa. Sie war wie ein Poltergeist in meinem Kopf, der nach und nach alles umräumte und mich in einem riesigen Chaos zurückließ. Aber darüber würde ich mir wann anders Gedanken machen. Jetzt war es erst mal an der Zeit, mit meiner Schwester zu reden.

Wie dringend das nötig war, wurde mir erst bewusst, als ich Ciaras leise, erstickte Schluchzer durch die Tür ihres Zimmers hörte. Ich konnte mich nicht entscheiden, was ich in diesem Moment lieber tun würde. Den Kerlen, die meine Schwester zum Weinen gebracht hatten, eine deftige Tracht Prügel verpassen oder meine Schwester in die Arme schließen und nie wieder loslassen.

Schließlich entschied ich mich dafür, leise anzuklopfen, sodass sich Ciara nicht überfallen fühlte.

Ich hörte, wie sie noch ein letztes Mal schniefte und dann leises Poltern, als würde sie etwas hastig weglegen, aber ich wartete höflich, bis ein »Herein« erklang. Geräuschlos ließ ich die Tür aufschwingen.

Ciara saß im Schneidersitz auf ihrem gigantischen Bett, ihr Handy in der Hand, als hätte sie gerade mit jemanden geschrieben. Ein tapferes Lächeln zierte ihr Gesicht. Aber auch ohne das verräterische Schluchzen wäre mir die Rötung ihrer Augen aufgefallen und die große Schachtel Taschentücher hinter ihrem Rücken.

Wortlos ging ich auf sie zu und zog sie in eine enge Umarmung, die sie augenblicklich erwiderte. Sie klammerte sich an meinem Rücken fest und vergrub ihr Gesicht an meiner Brust, während mir der leichte Pfirsichduft ihres Shampoos in die Nase stieg.

Ich setzte mich auf die Bettkante und hob sie auf meinen Schoß, um ihr so nah wie möglich zu sein. Der Teil von mir, der sonst immer leer und kalt war, füllte sich mit der fast schmerzenden Wärme, die mir nur Ciara schenkte. Meine kleine Schwester bedeutete mir die Welt.

Mehrere Minuten saßen wir so da. Ich strich ihr immer wieder sachte über die hellbraunen Haare, und sie krallte sich fest in mein Shirt. Ein Schmunzeln schlich sich auf mein Gesicht. Das hatte sie schon immer gemacht, selbst als sie drei Jahre alt gewesen war und ich sie huckepack durchs Haus getragen hatte. Mutter hatte es zwar aufgeregt, da meine Kleidung ausleierte, mich störte es jedoch weder damals noch heute. Im Gegenteil, ich fand es beruhigend zu wissen, dass sie sich an mir festhielt, weil sie wusste, dass sie sich auf mich verlassen konnte.

Als ich bemerkte, dass Ciaras Atmung immer gleichmäßiger wurde und sie sich entspannt an meiner Brust zusammenrollte, hob ich sachte ihr Kinn an, bis sie mir verschlafen entgegenblickte.

»Hey, nicht einschlafen, Prinzesschen.« Ich betrachtete sie mit einem milden Lächeln, und es tat mir im Herzen weh, sie auf das Thema ansprechen zu müssen. Aber sie sollte es jemanden erzählen. Ich sah doch, wie sie sich durch die Tage quälte.

Sachte strich ich mit dem Daumen über ihre Wange. »Ich kann deine Situation sicherlich nicht nachempfinden, aber ich bitte dich, rede mit jemandem über das, was geschehen ist.«

Der sorglose Ausdruck auf ihrem Gesicht verschwand und machte einer von Trauer gezeichneten Maske Platz. Schnell wollte sie ihr Gesicht an meiner Brust verstecken, aber das konnte ich nicht zulassen, also umfasste ich ihr Kinn etwas fester, darauf bedacht, ihr nicht wehzutun.

»Bitte«, murmelte ich flehentlich. »Du musst es nicht mir erzählen. Geh zu einer Freundin oder zu einem Pfarrer, wem auch immer. Aber rede darüber!«

Ihre Augen füllten sich mit Tränen, und ein gequältes Lächeln huschte über ihr Gesicht.

»Jetzt albere nicht herum. Wann waren wir bitte das letzte Mal in der Kirche? Und welchen Freunden soll ich es erzählen? Die, die schreiend weggelaufen wären, wenn sie mich an Tessas Stelle gefunden hätten?«

Tiefe Verbitterung lag in ihrer Stimme, und obwohl ich genau wusste, dass sie recht hatte, wollte ich sie nicht auch noch darin bestätigen. »Ach was ...«

Ihr vorwurfsvoller Blick brachte mich zum Verstummen.

»Dyan, lüg mich nicht an. Keine von diesen Zimtzicken hätte mir geholfen, und das weißt du genauso gut wie ich. Aber du hast recht, ich muss darüber reden. Es zerfrisst mich sonst von innen heraus.«

Bei den Worten schlang sie die Arme fest um sich, als müsste sie sich selbst zusammenhalten.

Für einige Momente blieb es still, während Ciaras Atem sich beschleunigte. Ich traute mich nicht, mich zu rühren, also wartete ich ab, was ihr nächster Schritt war.

»Du bist einer der wenigen, mit denen ich reden kann, Dyan, und dafür bin ich dir unendlich dankbar. Ich könnte keinen besseren Bruder haben als dich. Aber ...« Sie schloss gequält die Augen und atmete zitternd aus. »... wenn ich dir von dieser Nacht erzählen soll, musst du mir versprechen, nicht wie mein Bruder zu reagieren, sondern wie ein Freund. Ich brauche jemanden, der mich tröstet und aufbaut. Keinen großen

Beschützer, der mich die nächsten Jahre nicht mehr aus dem Haus lässt.«

Ich biss mir auf die Zunge, um nicht sofort Einwände zu erheben. Aber ich rief mir ins Gedächtnis, vor welcher Entscheidung ich gestanden hatte, als ich draußen im Flur vor ihrer Zimmertür wartete. Im Endeffekt war es genau die gleiche. Ciara half es im Moment am meisten, wenn jemand für sie da war.

»Ich verspreche es dir.«

Skeptisch betrachtete sie mich. Anscheinend hatte sie mit Widerspruch gerechnet. Trotzdem nickte sie langsam.

»Das heißt aber auch, dass du nicht mitten in der Erzählung ein Loch in die Wand schlägst, sondern mich aussprechen lässt. Ich will keinen einzigen Mucks hören, bis ich am Ende angelangt bin!«

Ich verdrehte die Augen, musste jedoch ein Lächeln unterdrücken. So bestimmend gefiel mir meine Schwester viel besser. Dann hatte sie etwas von Tessa – der Gedanke ließ mich kurz stutzen. O Mann, das Mädchen brachte mich echt durcheinander.

Aber Konzentration zurück auf Ciara!

»Ich verspreche dir, dich nicht zu unterbrechen und in deinem Zimmer alles heil zu lassen.« Wie bei einem Schwur hob ich die Hand und drückte ihr einen Kuss auf die Stirn.

Sie schenkte mir ein erleichtertes und süßes Lächeln, bevor sie sich wieder an meine Brust kuschelte.

»Wir waren den Nachmittag über im *Dinnertime* und wollten gegen acht aufbrechen, mit den Jungs im Schlepptau, die sich zu uns gesellt hatten. Ich bat Lilly und Rebecca, draußen auf mich zu warten, weil ich noch mal auf die Toilette wollte, doch als ich zurückkam, standen dort nicht meine Freundinnen, sondern zwei fremde Typen, die sagten, sie würden auf mich warten. Du kannst dir sicherlich vorstellen, wie angepisst ich war. Als hätte es Rebecca und Lilly umgebracht, mit mir anstatt den Jungs mitzufahren. Um nicht unhöflich zu sein, bedankte ich mich kurz, lehnte aber ihr Angebot ab, noch in einen Klub zu gehen. Ich wollte einfach nur ins Bett. Aber ...« Sie schluckte schwer, und ich wusste, dass ich mich nun zusammenreißen musste. Kein Loch in der Wand, Dyan, ermahnte ich mich selbst.

»Aber als ich weggehen wollte, packte mich der Kleinere von ihnen am Handgelenk und meinte, dass sie erst eine Entschädigung für ihre verschwendete Zeit wollten. Ich war zuerst total verwirrt. Wollten sie Geld, oder was? Als der Kerl mir dann eine Hand auf den Mund presste und mich in die Gasse zog, verstand ich.«

Ich spürte ihre Fäuste an meiner Brust, und obwohl ich selbst an mich halten musste, nahm ich sie in meine Hände und löste sie sachte. Das bekam Ciara gar nicht mit, sondern erzählte mit glasigem Blick weiter.

»Ich war wie eingefroren vor Schock. Normalerweise traut es sich niemand, mich anzufassen, dafür achtet dich jeder viel zu sehr. Aber diese Typen packten mich einfach, und ich schrie noch nicht mal. Wieso habe ich nicht geschrien? Ich meine, sonst halte ich auch nie die Klappe.«

Dicke Tränen kullerten über ihre Wangen, und während sie in ihren Erinnerungen gefangen war, klammerte sie sich immer fester an mich.

»Erst bei den Müllcontainern fing ich an, mich zu wehren. Aber sie drängten mich in eine Ecke, bis ich nicht mehr ausweichen konnte und ihnen ausgeliefert war.«

Wie in Trance blickte sie zu mir auf, und die Leere in ihren Augen machte mir höllisch Angst.

»Ich schloss die Augen«, wisperte sie leise, und flatternd schlossen sich ihre Lider. »Und betete einfach, dass es schnell vorbeigehen würde. Dass ich aus meinem Körper entfliehen könnte und nie wieder die Fratzen der beiden Kerle sehen müsste.«

Ihre Unterlippe bebte, und mir stanzten ihre Worte ein riesiges Loch ins Herz. Ich kannte keinen anderen Weg, als meine Angst mit Gewalt zu betäuben, doch ich hatte es ihr versprochen. Kein Wutausbruch. Es ging um sie. Ich vergrub mein Gesicht in ihren Haaren, versuchte, mir anhand ihres Duftes in Erinnerung zu rufen, dass sie in Sicherheit war.

»Ich glaube, in gewisser Hinsicht war ich nicht mehr in meinem Körper, nicht mehr in dieser dreckigen Gasse. Denn als Tessa kam, die Kerle von mir wegzog und sie k. o. schlug, bekam ich das alles kaum mit. Eher so, als würde ich durch ein Fenster spitzeln und im Fernseher der Nachbarn mitschauen.«

Ich spürte, wie sie sich bewegte, und gab ihr etwas Platz, sodass sie mir wieder direkt ins Gesicht sehen konnte.

»Ich will das nie wieder erleben. Mein eigenes Leben in einem fremden Fernseher sehen.« Sie schüttelte heftig den Kopf, während ihre hellbraunen Augen intensiv leuchteten. »Ich will mein Leben selbst in der Hand haben.«

Ein mulmiges, schweres Gefühl breitete sich in meinem Magen aus. So entschlossen und kämpferisch hatte ich Ciara schon lange nicht mehr erlebt. Mir wurde klar, dass ich sie schon viel zu lange abgekapselt hatte.

»Dann werde ich dir beibringen, dich selbst zu verteidigen. Du musst nie wieder zusehen, das verspreche ich dir.«

Kapitel 15 Tessa

Wahrscheinlich war es ziemlich verantwortungslos, nach meinem Abgang vom Schulhof weiter Auto zu fahren, während die Tränen wie Sturzbäche über meine Wangen liefen. Aber mich ans Lenkrad zu klammern, war alles, wozu ich gerade noch in der Lage war, während mich eine Flut von Gefühlen überrollte, die sich völlig meiner Kontrolle entzog.

Vielleicht war es lächerlich, wegen eines Autos so einen Aufstand zu machen. Immerhin würde ich die Eierreste abgewaschen bekommen, und alles würde wie zuvor aussehen. Aber es würde sich nicht mehr wie vorher anfühlen. Dieses Auto war mir heilig gewesen. Ein Ort, an dem ich mich meiner Mutter nahefühlen konnte und der mir Frieden schenkte. Doch durch Stefanie war es entweiht worden. Jetzt war dieser Wagen überlagert von ihrer Bosheit.

Ein Wimmern schlüpfte mir über die Lippen, und die nächste Kurve nahm ich besonders scharf. Mein Leben war ein einziger Scherbenhaufen. Wann war nur alles so kompliziert geworden? Seit wann konnten Menschen wie Stefanie mich aus der Fassung bringen? Und wie traurig war es, dass ein Auto die einzige Verbindung zu meiner Familie war?

Irgendwie schaffte ich es, ohne einen Unfall bis zu mir nach Hause. Oder eher zu dem Ort, der mir ein

Dach über dem Kopf bot, wie ich mit zugeschnürter Kehle feststellen musste, als ich die große Villa vor mir aufragen sah. Tag für Tag kam ich zurück, aber was hatte ich hier schon? Liebevolle Unterstützung? Zuneigung? Eine Familie? Sicherheit? Nichts davon konnte ich bejahen, und diese Erkenntnis fraß ein riesiges Loch in mein Herz.

In dem Versuch, mich zu beruhigen, schlang ich die Arme um mich selbst, sobald ich das Auto vor der Garage geparkt hatte. Es half jedoch nicht, stattdessen musste ich mit einem bitteren Auflachen akzeptieren, dass niemand mich in den Arm nehmen wollte. Ich saß allein und verheult im Auto meiner verstorbenen Mutter und umarmte mich selbst. Wie traurig war das denn bitte schön? Wie verzweifelt und armselig.

Der Gedanke brachte meine Tränen zum Versiegen, und statt der Trauer und dem Schmerz stellte sich eine willkommene Leere in mir ein. Ich hatte es so satt, irgendetwas zu fühlen. Wie ein Roboter öffnete ich die Tür des Wagens und machte mich mechanisch auf den Weg zur Garage. Wie passend, dass meine heutige Aufgabe daraus bestand, die Autos zu putzen. Vielleicht hatte Gott alles so geplant. Vielleicht war das die Strafe für welche Übeltat auch immer, die ich begangen hatte. Sollte es so sein, hatte ich mein Schicksal akzeptiert.

Gehorsam fuhr ich ein Auto nach dem anderen auf den Kiesplatz und begann, mit Gartenschlauch und Schwamm bewaffnet, Motorhaube für Motorhaube zu putzen. Dabei fühlte sich alles wie in Watte gepackt an. Ich arbeitete, ohne die Anstrengung wahrzunehmen. Ich funktionierte, ohne wirklich zu leben. Nur als ich vorsichtig den weißen Lack des Porsches wusch, durchbrach ein kurzer Stich die Taubheit. So schnell ich konnte, verpackte ich diese Empfindung in meinem tiefsten Inneren. Taubheit war besser als Schmerz.

Um rechtzeitig für meine Schicht aufzubrechen, parkte ich die geputzten Autos wieder in der Garage und sprang dieses Mal in meinen Mini. Aus meinem Fehler hatte ich definitiv gelernt. So schnell würde ich nicht wieder das Auto meiner Mutter riskieren. Eigentlich war ich selbst schuld an Stefanies Attacke. Ich war immerhin so verantwortungslos gewesen, im Porsche zur Schule zu fahren.

Bevor ich einstieg, fiel mein Blick kurz auf mein Spiegelbild in der Fensterscheibe, und wäre nicht alles in mir erstarrt gewesen, hätte der Anblick mich zusammenzucken lassen. Meine Augen waren zwar kaum noch gerötet, und auch die Prellung schwoll weiter ab, aber meine stumpfen, glanzlosen Augen in dem blassen, ernsten Gesicht mit den schmalen Lippen wirkten grausam, ernst und alt. So alt und voller Leid ...

Angeekelt wandte ich den Blick ab und fuhr in völliger Stille zum *Dinnertime.*

Die Arbeit war heute reine Pflichterfüllung. Ich grüßte niemanden, brachte kaum ein sprödes Lächeln zustande und klapperte nur einen Tisch nach dem anderen ab. Selbst als Amanda mir aufgeregt erzählte, dass Henry sie nach einem Date gefragt hatte, regte sich keine Freude in mir, obwohl ich schon seit Wochen auf diesen Moment gewartet hatte. Dabei waren die beiden für mich am ehesten so etwas wie Freunde. Aber ein Teil von mir wehrte sich, die Freude über das Glück der beiden zuzulassen. Wenn ich dem Guten die mentale Tür öffnete, würde sich auch das Schlechte erneut einschleichen.

Natürlich fragte Amanda auf meine nur sehr zurückhaltende Reaktion nach, was mit mir los sei. Aber was hätte ich schon groß sagen sollen?

Ach, seit dem Tod meiner Mutter ist einfach alles nur noch den Bach runtergegangen. Ich habe sogar Angst davor, nach Hause zu gehen, weil nicht auszuschließen ist, dass mein betrunkener Vater mich schlägt, während meine Stiefmutter stumm danebensteht.

Das konnte ich niemandem sagen. Vielleicht, weil ich mir damit die letzte Hoffnung nehmen würde, dass all das nur ein schlimmer Traum war. Oder weil ich nicht den Mumm besaß mir einzugestehen, wie kaputt mein Leben war. Oder weil ich nicht den letzten Rest meines früheren Lebens verlieren wollte.

Jedenfalls murmelte ich als Antwort nur etwas von einem schwierigen Schultag, was nicht gelogen war, und gab danach mein Bestes, allen aus dem Weg zu gehen, bis ich mich am Abend wieder in meinen Mini fallen lassen konnte.

Die Taubheit war abgestumpft zu einem dumpfen Gefühl der Lethargie, und ich sehnte mich bloß nach meinem Bett und der süßen Dunkelheit des Schlafes.

Nur hatte ich dabei meinen Vater vergessen, der vollkommen dicht in dem Sessel fläzte, in dem er gestern schon geschlafen hatte. In einer Hand ließ er ein halb geleertes Whiskeyglas kreisen und schien vollkommen eingelullt von der bernsteinfarbenen Flüssigkeit, die träge hin und her schwappte.

An der Tür zum Wohnzimmer blieb ich stehen, ein blechernes Gefühl machte sich in mir breit. Ein Abklatsch von Aufregung – oder sogar Angst –, die nicht ganz bis zu mir durchdrang. Taub schritt ich in den Raum hinein, und das leise Tapsen meiner Füße ließ meinen Vater aus seiner Traumwelt aufschrecken. Sein vernebelter Blick fand mich, und seine Lippen verzogen sich zu einem kleinen Lächeln. »Tessa, mein Schatz, wie schön, dass du da bist.«

Ein mechanisches Lächeln lege sich auf mein Gesicht, doch mein Kopf war leer.

»Vater, willst du dich nicht schlafen legen? Du musst morgen früh raus.«

Ich hörte meine eigene Stimme nur gedämpft und hohl. Keine große Bedeutung hinter den Worten, außer dem leeren Wunsch, dass es keine weiteren Probleme geben würde.

Schnaubend winkte mein Vater ab und kippte dann den restlichen Inhalt seines Glases mit einem Schluck herunter.

»Es ist noch früher Abend, und ich bin alt genug, um selbst zu entscheiden, wann ich schlafen gehe.«

Ich musste mir ein bitteres Auflachen verkneifen. Er wäre alt genug, wenn er nicht total besoffen wäre. Aber das sagte ich nicht, sondern blieb einfach still stehen.

Mein Vater hob erneut das Glas zu den Lippen und zog verwirrt die Augenbrauen zusammen, als würde ihm erst jetzt auffallen, dass es bereits leer war.

»Wenn du bloß herumstehst, kannst du mir auch nachschenken«, meinte er und streckte mir auffordernd das Glas entgegen.

Ich versteifte mich und krallte meine Hände ineinander.

Ja, ich holte niemanden zu Hilfe. Sagte niemandem Bescheid, wie mein Vater sich selbst und auch mich zerstörte, aber ich würde nicht diejenige sein, die ihm seinen Drink einschenkte. Ich würde ihn nicht darin unterstützen, sein eigenes Wesen zu vergiften und ihn zu dem Monster zu machen, das ich mittlerweile genauso gut kannte wie meinen früheren Vater. Ich versuchte, meine Stimme ruhig zu halten, während ich sagte: »Tut mir leid, Vater, aber für heute hattest du genug.«

Einige Sekunden blieb es vollkommen still. Nur unsere regelmäßigen Atemzüge waren zu hören. Erstaunt wanderten die Augenbrauen meines Vaters nach oben, und dann, von einem Augenblick auf den anderen, färbten sich seine Augen dunkel vor rasender Wut.

Mit einer so schnellen Handbewegung, dass ich sie kaum bemerkte, schleuderte er das Glas von sich, sodass es neben meinem Kopf vorbeizischte und in tausend Scherben an der Wand hinter mir zerbrach.

Mein Herz setzte einen Schlag aus, doch mein Atem ging hektisch weiter. Die donnernde Stimme meines Vaters erfüllte den gesamten Raum. »WIE KANNST DU DICH MIR WIDERSETZEN! UND DANN AUCH NOCH GLAUBEN, MIR ETWAS SAGEN ZU KÖNNEN! WIE KONNTE NUR SO EINE RESPEKTLOSE GÖRE AUS DIR WERDEN!«

Wie eingefroren blieb ich stehen. Ich rührte mich auch nicht, als mein Vater sich ächzend hochhievte und auf mich zukam, die Hand bereits drohend erhoben. Ich konnte nichts anderes tun, außer in sein wutentbranntes Gesicht zu starren, während er sich vor mir aufbaute und ausholte. Auf den Schmerz, das prickelnde Brennen meiner Wange wartend, schloss ich die Augen. Doch der wahre Schmerz kam schließlich aus einer ganz anderen Richtung.

»Nein, nicht mal das bist du wert!«, zischte er, und ich hörte, wie seine stampfenden Schritte den Raum verließen und die Treppe hochtrampelten.

Ich zwang mich zu schlucken, obwohl das durch meine zugeschnürte Kehle kaum möglich war. Ein starkes Zittern ergriff meine Knie und wurde schließlich so schlimm, dass ich am Boden zusammensank. Das leise Knirschen der Scherben unter mir ließ die Frage in meinem Kopf noch lauter hallen: Hatte er mit Absicht danebengeworfen, oder hatte ich es seiner Trunkenheit zu verdanken, nicht ohnmächtig am Boden zu liegen?

Kapitel 16 Tessa

Mit brummendem Schädel und tiefen Augenringen fuhr ich am nächsten Morgen zur Schule, ohne sonderlich auf die Verkehrsregeln zu achten. Eigentlich hatte ich vorgehabt zu schwänzen, doch dann war mir mein Treffen mit Ciara eingefallen, und ich wollte ihr keine Möglichkeit geben, sich davor zu drücken. Deshalb würde ich meinen Schlaf auf den harten, unbequemen Schulbänken statt in meinem warmen und himmlischen Bett nachholen.

Scharf fuhr ich in die Parklücke neben Dyans R8. Keine Ahnung, weshalb ich ausgerechnet diesen Parkplatz genommen hatte und nicht einen der hundert anderen. Aber ich schätzte, ich wollte Marco die Mühe ersparen, sich das Auto über die Schulter zu werfen und rüberzutragen. Schaffen würde dieser Ochse es wahrscheinlich auch noch.

Mit einem letzten Blick in den Rückspiegel, der mir versicherte, dass man immer noch in den dunklen Schatten unter meinen Augen ertrinken konnte, öffnete ich die Autotür und schwang meinen müden Hintern ins Freie. Dyan stand mit den anderen an ihrem üblichen Platz, nur hatte ich keinen blassen Schimmer, was ich jetzt tun sollte. Mich zu ihnen stellen? Erschien mir keine gute Idee, da ich auch Stefanie bei ihnen entdeckte.

Mich wie sonst allein auf eine Mauer setzen und bis zum Klingeln warten? Hörte sich verlockend an, aber ... shit! Ben hatte mich entdeckt und etwas zu Dyan gesagt, der jetzt auch zu mir schaute.

Auffordernd hob er eine Augenbraue. Überrascht musste ich jedoch feststellen, dass es weniger wie ein »Beweg deinen Arsch her« aussah, sondern eher Richtung »Du kannst dich ruhig zu uns stellen« ging.

Ich zögerte. Zum einen wollte ich keine Aufmerksamkeit erregen, andererseits würde ich die Jungs in Grund und Boden stampfen, wenn sie blöde Sprüche rissen. Dafür war ich heute einfach nicht in Stimmung. Trotzdem entschied ich mich letztendlich hinüberzugehen und blieb unsicher vor ihnen stehen. Dyan, Ben und Marco nickten mir grüßend zu, während Cole zu sehr damit beschäftigt war, seine neuste Flamme abzuschlabbern.

Allerdings überraschte mich Ciara, die mir ein schüchternes Lächeln zuwarf. Genauso wie ich beteiligte sie sich nicht an den Gesprächen der anderen, doch mir fiel auf, dass sie näher als sonst bei Dyan stand und er sie ständig mit einem milden, liebevollen Lächeln betrachtete. Ein Stein fiel mir vom Herzen, und ich atmete erleichtert aus. Anscheinend hatten sie miteinander geredet.

Die wenigen Minuten bis zum Klingeln blieb ich einfach stumm bei der Gruppe stehen und erwiderte Stefanies Killerblick mit einem viel besseren *Pass auf, was du machst, oder du bist tot*-Blick. Sie sollte sich lieber nicht mit mir anlegen!

Die Stunden bis zur Pause vergingen wie im Flug oder besser gesagt wie im Schlaf, da ich keine Sekunde zugehört hatte. In der Mittagspause machte ich nicht erneut den Fehler, mich allein an einen Tisch zu setzen, sondern ging direkt zu Dyan und seinen Leuten. Wieder hielt ich mich weitmöglichst aus den Gesprächen heraus, was auch nicht schwer war, da niemand mich integrierte.

Gedankenverloren knabberte ich an meinem Sandwich und lauschte den tiefen Stimmen der Jungs. Ich fragte mich, wie das Treffen mit Ciara heute Nachmittag wohl verlaufen würde. Schon komisch. Vor einer Woche hätte ich mir nie im Leben vorstellen können, mich privat mit ihr zu treffen, und jetzt konnte ich mir sie nicht mehr als eine der hirnlosen Divas vorstellen, die immer mit Stefanie abhingen. Ciara versuchte, sich mit ihrem Ruf selbst zu schützen, und es drängte sich mir die Frage auf, ob es sich bei Dyan ähnlich verhielt. Dyan war ein Rätsel. Und es lockte mich, es zu lösen.

Verwirrt über mich selbst schüttelte ich den Kopf. So was sollte ich nicht denken. Um jemanden kennenzulernen, musste man sich selbst genauso öffnen. Und das stand bei mir nicht auf dem Plan.

Das laute Klingeln der Schulglocke riss mich aus meinen Gedanken, und ich brauchte ein paar Sekunden, bis ich registrierte, dass bereits alle standen. Schnell packte ich mein restliches Essen zusammen und beeilte mich, um den anderen zu folgen. Als Nächstes hatte ich meinen absoluten Lieblingslehrer Mr Coleman. Mein Herz machte schon Saltos vor Freude.

Natürlich verabschiedete ich mich nicht von den anderen, genauso wenig wie sie sich von mir. Und Wunder über Wunder, ich kam sogar rechtzeitig zum Unterricht. Lustlos ließ ich mich auf meinen Stuhl fallen.

Mr Coleman war ausnahmsweise gut gelaunt, sodass die Stunde nicht zur Hölle wurde und ich einfach friedlich die Aufgaben mitschrieb. Sich auf Mathe zu konzentrieren, half mir, meinen eigenen wirren Gedanken zu entkommen, und so hatte ich jede einzelne Aufgabe richtig, wenn Mr Coleman mich aufrief.

Kurz vor Ende der Stunde tippte ich schließlich Ciara an. »Vergiss unsere Verabredung nicht.«

Ich grinste sie schräg an und bekam anstatt einer scharfen Antwort ebenfalls ein Lächeln zurück.

Kurz vor 16 Uhr betrat ich das Eiscafé *Giondo*. Genauso wie das *Dinnertime* war das kleine, gemütliche Café ein beliebter Treffpunkt, und entsprechend voll war es bereits.

Suchend sah ich mich um, ob ich in den Massen von schwatzenden Studenten, Geschäftsmännern und Jugendlichen Ciaras Gesicht entdecken konnte. Eine leise Stimme in mir befürchtete noch immer, dass sie nicht auftauchen würde. Enttäuscht sanken meine Schultern nach unten, als ich sie an keinem der Tische entdeckte. Vielleicht verspätete sie sich?

Erneut musterte ich den Raum, dieses Mal auf der Suche nach einem freien Tisch. Und tatsächlich, in der hintersten Ecke machte ich einen leeren Platz aus.

Um nicht länger dumm am Eingang herumzustehen, lief ich Slalom um die in Gespräche vertieften Grüppchen und gelangte schließlich in das stille Eckchen. Gemütlich fläzte ich mich in den weichen Sessel und stieß einen wohligen Seufzer aus. Wieso benutze die Schule das Geld meines Vaters nicht für so nützliche Anschaffungen wie gepolsterte Sessel in den Klassenräumen?

Damit es die Schüler zum Schlafen im Unterricht noch bequemer haben?, meldete sich meine innere Stimme ironisch.

Ja! Immerhin zwangen sie Jugendliche, frühzeitig ihr Bett zu verlassen, da konnte man ihnen wenigstens diesen Luxus gönnen!

Ich tippte ungeduldig mit dem Fuß. Hoffentlich tauchte Ciara wirklich auf, und ich verschwendete nicht meine Zeit. Es kam viel zu selten vor, dass ich einen freien Nachmittag hatte.

Fünf Minuten saß ich da und blickte jedes Mal auf, wenn sich die Tür des Cafés öffnete. Gerade als ich beschloss, dass ich nicht länger warten würde, kam ein buckeliger Mann, der, vermummt durch einen Mantel, sich im Café umblickte. Ich wollte schon enttäuscht meine Tasche packen und gehen, als ich aus dem Augenwinkel mitbekam, wie der unheimliche Mann sich in meine Richtung bewegte. Verwirrt starrte ich ihm entgegen. Vielleicht wollte er zum Tisch neben mir?

Mit klopfendem Herzen musterte ich ihn genauer. Eine fette Sonnenbrille verbarg das halbe Gesicht, und ein Hut tat die restliche Arbeit, sodass ich von dem Mann so gut wie nichts erkennen konnte.

Inzwischen hatte er meinen Tisch fast erreicht, und ich wollte bereits zu der Frage ansetzen, wie ich helfen konnte, als mir plötzlich etwas ins Auge fiel. Waren das hellbraune Haare, die aus dem Hut hervorlugten? Ja, okay, Männer mit langen Haaren waren nicht ungewöhnlich, aber irgendwie wirkte die Statur unter dem dicken Mantel zu zierlich. Und diese Sonnenbrille kannte ich doch …

»Ciara, bist du das?!«

Der Mann ließ sich auf den Stuhl mir gegenüber plumpsen, und hinter dem hochgestellten Kragen hörte ich eine vertraute Stimme zischen: »Ja! Wer denn sonst bitte?! Und sag meinen Namen nicht so laut! Ich kenne die Mädchen da hinten.«

Entgeistert starrte ich sie an. »Ist das dein Ernst?!« Sie sah absolut lächerlich aus!

Unruhig legte Ciara die Hände auf dem Tisch ab und fing an, einen Rhythmus zu klopfen. »Was denn! Ich bin nur fünf Minuten zu spät. Sei nicht so pingelig.«

Fassungslos schüttelte ich den Kopf. »Ich mein doch nicht die Verspätung! Viel mehr ... DAS!« Ich fuchtelte vor ihrer Sonnenbrille herum. »Was soll die Kacke?!«

Sie schnaubte, und ich würde meine Hand darauf verwetten, dass sie gerade hinter den getönten Gläsern die Augen verdrehte.

»Es muss nicht gleich jeder wissen, dass ich mich mit dir treffe. Und jetzt hör auf, so wild herumzufuchteln, die Leute gucken schon!«

Was in aller Welt ...?

»Schon mal dran gedacht, dass das an deinem Outfit liegt?!«

Am liebsten hätte ich ihr gegen die Stirn geschnipst, aber ich hatte Angst, damit auch ihre letzten Hirnzellen zu zerstören. Mit einem leisen Stöhnen schlug ich die Hände vor dem Gesicht zusammen. »Könntest du bitte deine *Tarnung* ablegen?«

Hoffnungsvoll spähte ich durch meine Finger. Aber das bestimmte Kopfschütteln ließ mich schnell wieder in die Deckung meiner Hände zurückweichen. Das durfte doch nicht wahr sein ...

Erinnere dich daran, wieso du dich mit ihr treffen wolltest, Tessa. Nur darum geht es.

Entnervt hob ich den Kopf. Wenn sie ihre Verkleidung nicht abnehmen wollte, sollte sie es halt lassen.

»Na dann viel Spaß beim Brüten. In dem Mantel wird es sicher heiß.«

Ciara winkte lässig ab, aber ich konnte schon das leichte Glänzen auf ihrer Stirn sehen. Ihre Entscheidung.

In diesem Moment trat eine Bedienung an unseren Tisch und warf Ciara komische Blicke zu. Vielleicht fragte sie sich sogar, ob der Laden einen Überfall zu befürchten hatte. Wundern sollte es einen nicht. »Was kann ich euch bringen?«

»Einen Cappuccino und ein Stück Schoko-Bananenkuchen«, antworteten Ciara und ich gleichzeitig und warfen uns darauf überraschte Blicke zu. Nicht jeder wusste, dass das *Giondo* den besten Schoko-Bananenkuchen machte, denn ich jemals probieren durfte. Ich bestellte mir immer ein Stück, wenn ich herkam.

Die Frau kritzelte unsere Bestellungen auf ihren Block. »Kommt sofort!« Und damit verschwand sie schon wieder, während ich mich noch fragte, seit wann Ciara guten Geschmack besaß.

»Ähm ... ja also ... wie geht es dir so?«, stotterte ich schließlich, um endlich auf den eigentlichen Zweck dieses Treffens einzugehen.

Wie ich es bereits von ihr gewöhnt war, wenn dieses Thema angesprochen wurde, senkte Ciara schüchtern den Kopf und spielte nervös mit den Fingern. »Na ja, ich will nicht sagen, dass es mir gut geht, aber es ist schon besser geworden. Danke der Nachfrage.«

Selbst verlegen kratzte ich mich am Hinterkopf. Irgendwie war es befremdlich, mit Ciara hier zu sitzen. Es war seltsam, mich nach ihrem Wohlbefinden zu erkunden, da wir uns eigentlich kaum kannten. Trotzdem fühlte ich mich dazu verpflichtet. Vielleicht weil ich wusste, dass gerade bei so viel beschäftigten Eltern wie unseren, das Kind oft zu kurz kam. Weil ich wusste, wie hart das Leben war, wenn es niemanden gab, der einem eine helfende Hand anbot.

Klar, ich wollte nicht infrage stellen, dass Ciara mit Dyan richtig viel Glück hatte. Dass Dyan nicht alles für seine kleine Schwester tun würde. Aber außer mir hatte niemand diese Nacht miterlebt.

Ich atmete tief durch und verschränkte meine Finger ineinander. »Ich ... du hast mit deinem Bruder darüber geredet, nicht wahr? Das war echt mutig von dir.«

Meine Stimme wurde zum Ende des Satzes immer leiser, und schließlich starrte ich verlegen auf meine Hände.

Ciara bewegte sich unruhig, bevor sie schließlich ebenfalls so leise, dass ich sie kaum verstand, antwortete: »Nein, das war nicht mutig. Ich kann mit ihm über alles reden. Vielleicht zeigt er es nicht oft, aber Dyan opfert ständig etwas, um mir und seinen Freunden zu helfen. Er nimmt sich zurück, wenn ein kühler Kopf nötig ist, er reißt den Mund auf, wenn er damit die Jungs aus einem Schlamassel holt, und er würde sich selbst in Gefahr bringen, um uns in Sicherheit zu wissen.«

Ich schluckte schwer, irgendwie betroffen von ihren Worten. Für mich war Dyan immer mit negativen Adjektiven verbunden gewesen, aber zu hören, wie Ciara über ihren Bruder sprach, ließ mich mit einem beschämten Gefühl zurück. Ich sollte am besten wissen, dass jeder Mensch mehrere Seiten hatte und wie leicht es war, andere Leute das Schlechteste über sich denken zu lassen.

»Ja, vielleicht habe ich Dyan manchmal etwas voreilig verurteilt«, murmelte ich vor mich hin und wurde mir erst darüber klar, dass ich das gerade laut gesagt hatte, als Ciara mich erstaunt anstarrte. Verlegen wich ich ihrem Blick aus.

»Wow, von dir so etwas zu hören. Bist du krank, oder träume ich?«

Unsicher, wie ich reagieren sollte, biss ich mir auf die Lippe. Um ehrlich zu sein, hatte ich in den wenigen Momenten, wo die Jungs und ich uns nicht an die Gurgel gegangen waren, Seiten an ihnen entdeckt, die mich positiv überrascht hatten. Angefangen dabei, wie tief Dyans Sorge um Ciara ging, bis hin dazu, dass die Idioten tatsächlich witzig sein konnten.

Klar, so Aktionen wie gestern brachten mich nicht dazu, die Jungs zu lieben, aber nachdem ich eine Nacht zum Verarbeiten gehabt hatte, war mir inzwischen auch klar, dass Dyan mir nur helfen wollte. Hätte irgendjemand schnell genug einen Lehrer geholt oder sogar die Polizei, wäre ein Angriff auf Stefanie auch für mich unangenehm geworden. Egal, ob ich den Nachnamen Anderson trug oder nicht. Spätestens, wenn man Kathrin oder gar meinen Vater informiert hätte, hätte ich eine deftige Strafe bekommen.

Also ja, vielleicht war Dyan nicht so übel. Auch dass er seinen Stolz heruntergeschluckt hatte und immer wieder auf mich zugekommen war – wenn auch wie ein Neandertaler –, um seine Schuld zu begleichen, sprach tatsächlich für ihn. Das war mehr Anstand und Ehre, als die meisten besaßen. Also zuckte ich schlussendlich möglichst neutral mit den Schultern.

»Nein, ich meine das ernst. Ich denke, ich hatte Vorurteile, was euch beide betrifft. Es ist mir fast peinlich, so lange auf euer Theater reingefallen zu sein. Dabei seid ihr ganz anders, als ihr euch gebt.«

Wie viel Wahrheit diese Worte doch bargen. Ciara nutzte die Fassade eines oberflächlichen Girls, nur um sich zu verstecken, genauso wie Dyan eigentlich viel mehr Wert auf andere legte, als er zugab. Sie schützten sich, und das konnte ich nur zu gut nachvollziehen.

»Außerdem solltest du nicht nur deinen Bruder loben. Du bist auch verdammt stark! Ich kenne wenige, die nach einer solchen Erfahrung einfach weitermachen könnten.«

Für einige Sekunden blieb es zwischen uns vollkommen still, während wir beide versuchten, in den Augen des anderen die Wahrheit über ihn zu finden.

»Du bist weder die Einzige, die von Vorurteilen geblendet war, noch sind wir die Einzigen, die sich hinter einer Maske verstecken. Du bist gar nicht so übel, Tessa. Ich freue mich darauf, dich wirklich kennenzulernen.«

Ein Lächeln huschte über ihr Gesicht, und auch ich spürte einen Anflug von Wärme in mir.

Kapitel 17 Tessa

Bevor nach Ciaras Worten eine unangenehme Stille einkehren konnte, kam die Kellnerin mit unseren Bestellungen wieder. Jedem von uns stellte sie ein Stück des leckeren Schoko-Bananenkuchens hin und dazu den Cappuccino.

Ich schnappte mir sogleich die Gabel und nahm einen Bissen dieser süßen Verführung in den Mund. Gerade so konnte ich ein Stöhnen unterdrücken. Ciara verschlang genauso genussvoll diese göttliche Kreation, und mit unseren vollen Hamsterbacken konnte keiner von uns beiden noch sprechen. Und selbst wenn, in diesen wenigen Minuten war ich in einer anderen Welt gefangen, voller flauschiger Wolken, Schoko-Wasserfällen und heiterem Sonnenschein. Ich hätte es nicht mal mitbekommen, wenn jemand das Café ausgeraubt hätte.

Viel zu schnell schabte Ciaras Gabel, genauso wie meine, über den Teller, um auch den letzten Krümel aufzukratzen. Nachdem ich einsehen musste, dass der Teller blitzblank war, ließ ich mich mit einem traurigen Seufzer nach hinten fallen und schüttete Zucker in meinen Cappuccino.

Mit der einen Hand führte ich meine Tasse zum Mund, während ich mit der anderen den Zuckerstreuer zu Ciara schob, die geduldig gewartet hatte.

Als sie jedoch nach dem Streuer greifen wollte, blieb sie mit dem Ärmel ihres dicken Mantels an ihrer Tasse hängen, die schwungvoll umkippte und somit den Kaffee auf dem Tisch verteilte ... und auf meiner Hose.

Sie presste sich mit aufgerissenen Augen die Hände auf den Mund, und auch ich riss die Hände erschrocken nach oben. Allerdings hatte das den Nachteil, dass ich deswegen meine Tasse losließ, die nun ihren Inhalt ebenfalls auf meine Beine entlud.

Wie schusselig kann man eigentlich sein?

»Verdammte Scheiße!«

Ciara und ich sprangen gleichzeitig auf, doch während sie entsetzt rief, wie leid es ihr tue und dass wir etwas zum Kühlen bräuchten, schritt ich gleich zur Tat und schnappte mir ein Wasserglas von einem der Nebentische. Dass der Besitzer des Wassers mich wie ein Ufo anstarrte, muss ich wohl kaum erwähnen. Doch selbst mit der kühlenden Flüssigkeit wurde das brennende Gefühl auf meinen Beinen nicht besser. Mit zusammengebissenen Zähnen fluchte ich.

Das war wieder typisch für meine Parodie von einem Teenagerleben. Wie tollpatschig konnte ich eigentlich sein?

Doch bevor ich mir überlegen konnte, was ich als Nächstes machen sollte, wurde mir die Entscheidung von einer völlig aufgelösten Ciara abgenommen, die mich an der Hand packte und Richtung Frauentoilette zog.

»O mein Gott, es tut mir so leid! Wie dumm bin ich eigentlich? Sollen wir einen Krankenwagen holen? Zieh am besten die Hose aus, ich gebe dir meine!«

Es fiel mir schwer, ihrem Wortschwall zu folgen, doch kaum in den Toiletten angekommen, hielt ich schnell ihre Hände fest.

»Was? Nein! Lass deine Hose an«, presste ich unter Schmerzen hervor. »Du bist viel kleiner als ich, da passe ich niemals rein. Ist halb so schlimm.«

Ciaras strafender Blick zeigte eindeutig, dass sie mir das nicht abnahm. »Okay, aber dann lass zumindest kühles Wasser drüberlaufen.«

Nicht wirklich überzeugt glitt mein Blick zu den Waschbecken. Trotzdem schien es mir die beste Idee zu sein, also gab ich mit einem Seufzen nach und ließ mich von Ciara stützen, während ich nacheinander ein Bein über den Waschbeckenrand hing und kaltes Wasser über die Verbrühungen laufen ließ. Aber solange ich die Jeans anhatte, würde das nicht viel bringen.

»Ich fahre besser heim und ziehe mich um.«

Fest entschlossen, aus dem Ganzen kein Drama zu machen, wollte ich mich von Ciara lösen, doch diese hielt mich eisern fest.

»Nein, du kommst mit zu mir. Oder noch besser, wir gehen ins Krankenhaus!«

Wie immer löste dieses Wort alle Alarmsirenen in meinem Kopf aus. O nein! Das Letzte, was ich brauchte, war ein Arzt, der meinen Körper genau untersuchte. Viel zu groß war die Gefahr, dass er eine der verblassenden Blessuren fand. Selbst meinen Kiefer zierte noch ein blauer Fleck. Und bei einem Arzt würde ich mit meinen üblichen Ausreden nicht davonkommen.

Also, nein. N. E. I. N. Sie würde mich nicht in ein Krankenhaus schleifen.

»Was?! Vergiss es! So schlimm ist es nicht!«

Aufgewühlt riss sich Ciara den Hut vom Kopf, der nach der ganzen Aktion sowieso mehr schlecht als recht saß. »Na gut, aber dann komm wenigstens mit zu mir. Immerhin ist das meine Schuld! Ich will dir helfen.«

Was hatte diese Familie bloß damit, ständig ihre Schuld begleichen zu wollen? Absolut nicht in Stimmung für eine weitere Diskussion mit einer Lawyer seufzte ich entnervt.

»Nimm es mir nicht übel, Ciara, aber ich will lieber allein sein, okay?«

Ein Blick in ihre Augen, und ich wusste, dass das Thema noch nicht abgeschlossen war. Das schlechte Gewissen gepaart mit einer Entschlossenheit, die mir nicht geheuer war, spiegelten sich in ihnen wider.

»Zu mir ist es viel kürzer, und du solltest so schnell wie möglich aus dieser Hose raus. Also los!«

Wieder wurde ich am Handgelenk gepackt und mitgeschleppt. Natürlich hätte ich mich wehren können, aber ich presste nur die Lippen zusammen und zischte leise: »Ciara, lass mich los!«

Sie ignorierte mich einfach, schnappte sich unsere Taschen, die wir an unserem Platz hatten liegen lassen, und zahlte dann für uns beide, bevor sie mich zum Ausgang schleppte. Das ließ ich mir noch gefallen, zumindest bis wir auf den Parkplatz hinaustraten und nicht mehr von zig Blicken verfolgt wurden. Dann entwand ich mich ihrem Griff mit einer geschickten Handdrehung.

»Vielen Dank fürs Zahlen, aber ich fahre jetzt heim! Du musst dir kein schlechtes Gewissen machen, war einfach ein dummer Unfall. Also, danke, dass du dich mit mir getroffen hast, wir sehen uns morgen in der Schule.«

Mit jedem Wort war ich rückwärts von ihr abgerückt, und Ciara machte glücklicherweise keine Anstalten, mir zu folgen oder mich wieder festzuhalten. Stattdessen betrachtete sie wie beiläufig ihre lackierten Fingernägel und zuckte mit den Schultern. »Gut, dann viel Spaß beim Nach-Hause-Laufen. Ich gehe mal davon aus, dein Autoschlüssel ist in deiner Handtasche.«

Provokant zog sie eine Augenbraue nach oben und hob gleichzeitig ihren Arm, auf dem unsere zwei Handtaschen hingen. Sofort hielt ich inne. Verdammt!

Mit einem siegessicheren Grinsen ging Ciara auf ihr Auto zu und entsperrte es. Erst als sie an der Fahrertür angekommen war, überwand ich meine Starre und humpelte ihr fluchend hinterher.

»Gib mir meine Handtasche!«

»Nein, erst wenn wir bei mir sind. Also steig ein!«

Ich versuchte, nach meiner Tasche zu greifen, aber Ciara reagierte zu flink. Böse funkelte ich sie an, versuchte es erneut und bekam wieder nur Luft zu fassen.

»Ist das jetzt dein Ernst? Du erpresst mich?«

Unschuldig blinzelte Ciara und erwiderte mit zuckersüßer Stimme: »Manchmal muss man Menschen zu ihrem Glück zwingen.«

Glück? Wenn mir die Familie Lawyer bisher eins nicht gebracht hatte, dann ja wohl Glück! Stress, Ärger und Frust das auf jeden Fall, aber an Glück konnte ich mich nicht erinnern.

Ciara ließ sich von meiner Wut nicht stören, sondern wies auffordernd auf ihr Auto. Mit einem frustrierten Stöhnen schmiss ich die Hände in die Luft und stapfte um das Auto herum, um mich beleidigt auf den Beifahrersitz fallen zu lassen. Diese Geschwister brachten mich noch um den Verstand!

Die Fahrt über spielte ich unruhig am Saum meines Shirts und starrte aus dem Fenster, anstatt auf Ciaras Geplapper einzugehen, mit dem sie entweder mich oder sich selbst beruhigen wollte. Falls sie inzwischen ein schlechtes Gewissen wegen der Erpressung hatte, sollte mir das nur recht sein.

Außerdem war ich mit anderen Dingen beschäftigt. Zum Beispiel der Tatsache, dass ich gerade zu Ciara und Dyan nach Hause fuhr. Ich hatte mich dort letztes Mal schon unwohl gefühlt, und jetzt, am helllichten Tag, auf die große Villa zuzufahren, gefiel mir noch weniger. Gut, Dyan würde mich inzwischen nicht mehr mit einem Arschtritt herausschmeißen, aber willkommen war ich sicherlich trotzdem nicht. Wollte ich auch gar nicht sein.

Dementsprechend trotzig blieb ich im Auto sitzen, als Ciara parkte und mich auffordernd anschaute. Aber in puncto Sturheit stand ich ihr in nichts nach. Also starrte ich mit verschränkten Armen aus dem Fenster. Es dauerte einige Minuten, bis Ciara sich mit einem Seufzen geschlagen gab.

»Willst du wirklich beleidigt im Auto sitzen bleiben? Drinnen wartet was Bequemes zum Anziehen und jede Art von Süßigkeit, die ich dir zur Entschädigung anbieten kann.«

Okay, was Süßes hörte sich schon verlockend an.

Du hast gerade erst Kuchen gegessen!

Na und? Schokolade geht immer.

Trotzdem wollte ich ohne Entschuldigung nicht einlenken. Wieder seufzte Ciara, und im nächsten Moment schlug sie die Hände zusammen.

»Auch egal. Ich gehe rein.« Angestrengt beobachtete ich aus dem Augenwinkel, wie sie ausstieg. Doch bevor die Tür mit einem lauten Knall hinter ihr zufiel, beugte sie sich nochmals zu mir herein.

»Ich sag einfach Dyan Bescheid, dass er dich ins Haus tragen soll.«

Der Klang ihrer Worte war so harmlos, dass sie erst zu mir durchdrangen, als Ciara bereits den halben Weg zur Haustür hinter sich gebracht hatte. Warte, was?!

Wie von der Tarantel gestochen wollte ich aus dem Auto springen, vergaß dabei jedoch, dass ich noch angeschnallt war, und kämpfte fluchend mit dem Gurt. Kaum hatte ich es aus dem Auto geschafft, versuchte ich die Katastrophe zu verhindern, indem ich Ciara hinterherlief. »Ciara, nein, warte ...!«

Aber meine Bemühungen waren sinnlos, die kleine Teufelin hatte bereits die Tür aufgeschlossen und rief, ohne zu zögern: »Dyan? Ich brauche deine Hilfe!«

Vielleicht wäre das der beste Moment für eine Flucht, doch Ciara hielt noch immer meine Handtasche gefangen, und mein Schicksal war sowieso besiegelt. Gerade als ich ebenfalls die Haustür erreichte, war ein Poltern zu hören, und schließlich erklang seine Stimme.

»Ciara? Was ist los?«

Ergeben betrat ich mit Ciara die große Eingangshalle und hätte sie für ihr hinterlistiges Lächeln gerne geschlagen. Stattdessen blickte ich hoch zur Treppe, die Dyan jeden Moment herunterkommen musste, während mein Herz aufgeregt klopfte.

Kapitel 18 Dyan

Ich lag gelangweilt auf meinem Bett und chattete mit meinen Jungs, als ich Ciaras Auto die Einfahrt hochfahren hörte.

Sehr schön, ich musste noch mit ihr wegen Patricks Party am Wochenende reden. Allerdings war sie nach der Schule nicht direkt nach Hause gefahren und hatte mir auf meine Nachfrage nur geschrieben, dass sie sich mit einer Freundin traf.

Um ehrlich zu sein, hatte mir der Gedanke nicht sonderlich gut gefallen. Nicht, nachdem ihre angeblichen Freundinnen sie so im Stich gelassen hatten. Aber ich nahm es zähneknirschend hin, immerhin konnte ich es ihr kaum verbieten.

In der festen Überzeugung, dass sie bestimmt jeden Moment hochkommen würde, antwortete ich noch Jake, ehe ich verwundert feststellte, dass ich Ciaras Zimmertür nicht gehört hatte.

Verwirrt und besorgt, was da so lange dauerte, war ich gerade auf den Flur hinausgetreten, als ich endlich die Haustür hörte. Bevor ich nachfragen konnte, ob alles in Ordnung war, rief Ciara bereits: »Dyan? Ich brauche deine Hilfe!«

Sofort in Alarmbereitschaft eilte ich mit großen Schritten auf die Treppe zu. Verdammt, war wieder etwas passiert?

»Ciara? Was ist los?«

Immer zwei Stufen auf einmal nehmend lief ich die erste Hälfte der Treppe hinunter, bis ich in der Eingangshalle Tessa entdeckte, die sich gerade mit meiner Schwester ein Blickduell lieferte. Der Anblick ließ mich kurz innehalten.

»Du hast es wirklich faustdick hinter den Ohren, kleine Lawyer.« Tessa zog wenig begeistert die Nase kraus, während sich auf Ciaras Gesicht ein Lächeln schlich. Ein ehrliches Lächeln, wie ich es die letzten Tage nur selten gesehen hatte.

»Das nehme ich als Kompliment, Anderson.«

Tessas Mundwinkel zuckten.

»Sorry, Dyan. Hat sich geklärt, du kannst wieder hoch.«

Mit Schwung drehte sich Ciara zu mir um, sodass die Handtaschen, die sie in der Hand hielt, gegen Tessas Bein knallten. Diese gab daraufhin ein schmerzerfülltes Keuchen von sich und sprang schnell zurück. Das Geräusch ließ Ciara erschrocken herumfahren, und auch meine Beine setzten sich von selbst in Bewegung.

»Scheiße! Das war keine Absicht, es tut mir leid!«

»Nein, kein Stress. Alles gut«, versuchte Tessa, Ciaras Entschuldigung abzuwinken, doch ihre angestrengte Atmung genauso wie ihre gekrümmte Haltung zeugten vom Gegenteil.

Ohne darüber nachzudenken, hob ich Tessa einfach hoch, sobald ich bei ihnen angekommen war. Darauf quietschte sie erschrocken auf, aber das kümmerte mich nicht. Sie war verletzt.

»Was ist passiert?«

Ohne eine Antwort abzuwarten, trug ich Tessa ins Wohnzimmer auf unsere große Ledercouch, Ciara neben mir, die sich aufgelöst über das Gesicht fuhr. Verdammt, war ihr auch etwas passiert? Hatte ich schon wieder versagt? Alarmiert wandte ich mich zu meiner Schwester, nachdem ich Tessa abgesetzt hatte.

»Wie schlimm ist es? Kann ich was tun? Ich hole Kühlakkus!«, ratterte Ciara besorgt herunter.

Und schon verschwand sie in Richtung Küche. Unsicher, bei welchem der zwei Mädchen ich bleiben sollte, folgte ich Ciara nach einem Blick auf Tessa, die den Unterarm über die Augen gelegt hatte.

»Ciara, was verdammt ist los?«

Anscheinend war dieses Mal mein Tonfall ernst genug, um endlich eine Erklärung zu bekommen.

»Mach dir keine Sorgen, uns ist nichts passiert. Na ja ...« Sie stoppte vor dem Kühlschrank und biss sich kurz auf die Unterlippe. »Besser gesagt, mir ist nichts passiert, und Tessas Zustand war ein Unfall.«

Erleichtert entspannte ich mich. Gott sei Dank! »Und was ist dann mit Tessa geschehen?«

Ciara hatte inzwischen aus der Gefriertruhe Eisbeutel geholt und drehte sich mit einem unsicheren Lachen zu mir um. »Also das ist eine witzige Geschichte.«

Mit einer Handbewegung machte ich deutlich, dass sie fortfahren sollte, doch sie lief zurück zu Tessa und hielt ihr die Beutel hin. Tessa riss diese Ciara sofort aus der Hand und drückte sie auf ihre Oberschenkel.

»Das erzähl ich dir gleich, Dyan. Könntest du erst mal eine lockere Jogginghose für Tessa holen?«

Ich wollte schon den Mund öffnen, um auf Antworten zu beharren, doch Ciaras strenger Blick brachte mich zum Einlenken. »Okay, okay. Ich geh ja schon!«

Ich beeilte mich, nach oben zu laufen, allerdings ging ich nicht in Ciaras Zimmer, sondern suchte eine meiner schwarzen Jogginghosen heraus. Wenn Ciara eins nicht besaß, dann lockere Kleidung. Mal davon abgesehen, dass Tessa ein Stück größer war als Ciara. Meine Jogginghose würde ihr zwar zu groß sein, aber das kam der Anweisung »locker« ziemlich nah. Auf meinem Rückweg hielt ich einen Moment inne, als ich die beiden verrückten Mädchen von unten reden hörte.

»Dürfte ich jetzt meine Tasche zurückhaben, du Kidnapperin!« Tessas saurer Tonfall entlockte mir ein Lächeln. So kannte ich die Kratzbürste. Doch was mich überraschte, war, dass meine Schwester mit genauso viel Feuer zurückschoss.

»He, du hast mich zu diesen Maßnahmen gezwungen! Sonst wärst du nicht mitgekommen!«

Ich schlich die Treppe herunter, um die beiden nicht zu stören. Dieses Gespräch hatte Potenzial, witzig zu werden.

»Es ist ja auch unnötig, dass ich hier bin. Eisbeutel hätte ich zu Hause auch gehabt!«

Darauf folgte ein genervtes Aufstöhnen meiner Schwester. »Sieh es so: Hier hast du wenigstens zwei Leute, die du anmeckern und in den Wahnsinn treiben kannst!«

»Ohhh, das ist tatsächlich ein Vorteil! Ab sofort komme ich immer vorbei, wenn ich etwas Wahnsinn in meinem Leben brauchen kann!«

Stille breitete sich aus, bis ich auf einmal ein leises Kichern vernahm, das sich mehr und mehr zu einem richtigen Lachen steigerte.

»Na mit dem Wahnsinn bin ich bei dir in guter Gesellschaft!«

Tessa stieg in das Lachen meiner Schwester mit ein.

Hm, irgendwie hatte ich gedacht, sie würde weiter die Zicke spielen. Aber generell schien Tessa nicht so eitel zu sein, wie sie alle glauben ließ. Sie war insgesamt komplett anders, als es erst den Anschein erweckte.

Beruhigt davon, dass den beiden nichts Ernsthaftes zugestoßen war, wenn sie bereits darüber lachten, betrat ich möglichst lässig das Wohnzimmer. »Jetzt erzählt mal, was passiert ist, ich will mitlachen.«

Als ich Tessas sehnsüchtigen Blick auf die Jogginghose in meiner Hand sah, übergab ich sie ihr und erhielt dafür ein schüchternes Lächeln, das so gar nicht zu der sonst so toughen Eiskönigin passte. Aber es sah süß an ihr aus. Kurz hoben sich auch meine Mundwinkel. Was für ein komisches Gefühl.

»Ich habe Tessa mit heißem Kaffee übergossen«, begann Ciara und ließ sich zu Tessa auf die Couch fallen, »und ich befürchte, das hat ihr ziemlich die Haut verbrüht.«

Überrascht hob ich eine Augenbraue. Ciara hatte sich also mit Tessa getroffen. Damit hatte ich definitiv nicht gerechnet. Immerhin hatte Ciara vor einer Woche Tessa genauso wenig ausstehen können wie ich. Auf der anderen Seite, die beiden hatten in dieser einen Nacht zusammen etwas durchgestanden, das sonst niemand nachvollziehen konnte. Das schweißte zusammen.

Unbewusst hatte ich Tessa angestarrt, die inzwischen Anstalten machte aufzustehen. »Ach was, so schlimm ist es nicht. Eiswürfel und eine frische Hose, und alles ist wieder gut.«

Bei dem Versuch, sich von dem Sofa aufzurappeln, fiel Tessa mit einem schmerzverzerrten Gesicht zurück, bis ich sie am Arm packte und hochzog. Mit etwas zu viel Schwung, wie ich feststellen musste, denn sie stolperte unbeholfen gegen meine Brust, während ich sie an den Armen festhielt.

»Hm, ist wohl doch etwas schlimmer.«

Mit einem schiefen Grinsen betrachtete ich Tessa, deren Wangen leicht erröteten, während sie schnell wieder Abstand zwischen uns schaffte. Allerdings machte ich mir tatsächlich Gedanken, wie schlimm die Verbrühungen waren, wenn sie selbst beim Aufstehen Probleme hatte. Also bedeutete ich Tessa, mir zu folgen.

»Komm, unsere Mom ist paranoid, wenn es um Verletzungen geht. Ich bin mir sicher, wir finden eine kühlende Salbe oder so was.«

Tessas Zögern entging mir nicht. Sie drückte die Jogginghose fest an ihre Brust, als wäre sie ein Schutzschild. Ein Grinsen schlich sich auf mein Gesicht. Vielleicht sollte ich ihr sagen, dass sie sich nicht auf feindlichem Gebiet befand und keinen Angriff zu befürchten hatte.

»Ich mach uns in der Zeit was zu trinken. Ich verspreche, dieses Mal kippe ich es nicht über dich, Tessa!« Ciara verzog beschämt das Gesicht und stand dann auf, um in der Küche zu verschwinden. Dadurch bekam sie nicht mit, wie Tessa grinsend den Kopf schüttelte. Eine Reaktion, die mir gefiel. Tessa schien wegen des Missgeschicks wirklich nicht wütend zu sein.

Stumm führte ich sie zum Medizinschrank, der sich im Bad des Erdgeschosses befand, und durchsuchte ohne Weiteres die zig Verpackungen darin.

»Wenn du willst, kannst du die Hose ausziehen, dann verbinden wir die Verletzungen.«

Ich hatte gerade eine Salbe gegen Verbrennungen gefunden, da erklang wie aus der Pistole geschossen Tessas Antwort: »*Wir* machen gar nichts! Ich werde mich vor dir sicherlich nicht ausziehen!«

Die Augen verdrehend wandte ich mich unserem unfreiwilligen Gast zu, der noch immer an Ort und Stelle stand.

»Süße, ich will dir nicht an die Wäsche oder sonst was. Es geht darum, deine Verbrennungen zu verbinden, und glaub mir, es ist besser, wenn man das nicht selbst macht. Marcos Vater hat sich mal an einem überhitzten Auspuff die Hand verbrannt, und das war kein Zuckerschlecken.«

Tessas Gesicht nahm einen sturen Ausdruck an, wodurch eine steile Falte auf ihrer Stirn erschien, und innerlich seufzte ich auf. Hätte ich mir denken können.

»Danke, aber ich komme schon zurecht. Und jetzt geh!«

Ich öffnete bereits den Mund, um ihr zu widersprechen, entschied mich jedoch mit einem Kopfschütteln um. Wieso versuchte ich überhaupt, ihr meine Hilfe aufzuzwingen? Sie wollte sie nicht? Bitte schön, nicht mein Problem. Wenn Tessa auf die Unnahbare umgeschaltet hatte, würde ich daran nichts ändern können. Sie war selbst schuld, wenn sie sich von niemandem helfen ließ.

»Na gut.« Ich warf ihr die Salbe und einen Verband zu. »Dann viel Glück, ich warte mit Ciara in der Küche.«

Kapitel 19 Tessa

Mit zusammengebissenen Zähnen zog ich mir endlich die Jogginghose an und ließ mich dann erschöpft auf den Klodeckel fallen. Natürlich hatte Dyan recht behalten, die Verbrühungen selbst zu verbinden, war eine Qual gewesen. Aber mir tausendmal lieber, als mich vor ihm auszuziehen. Allein der Gedanke trieb mir die Röte ins Gesicht, selbst wenn es kein anzügliches Angebot gewesen war.

Meine Verletzungen, meine *Schmerzen,* waren etwas Privates. Etwas, das ich seit Ewigkeiten allein durchstand und sicherlich nicht mit dem einen Kerl teilen würde, den ich bis vor ein paar Tagen noch gehasst hatte. Es machte mir eine Heidenangst, jemanden so nah an mich zu lassen, Dyan war da keine Ausnahme.

Um diesen Gedanken zu entkommen, stand ich von dem Toilettendeckel auf, mit der festen Absicht, so schnell wie möglich dieses Haus zu verlassen. Ich gehörte nicht hierher, und mir gefiel nicht, welchen Wahrheiten ich mich hier stellen musste. Zum Beispiel, dass die beiden Lawyer-Geschwister tatsächlich ganz nett waren ...

Doch beim ersten Schritt verhedderten sich meine Füße und ließen mich unbeholfen stolpern. Fluchend hielt ich mich am Waschbecken fest und schaute verwundert nach unten. Die Jogginghose war mir ein gutes Stück zu lang.

Komisch, das war mir gar nicht aufgefallen ... und seit wann war Ciara größer als ich? Meine Wangen glühten leicht, als ich die logische Schlussfolgerung zog.

Das musste Dyans Jogginghose sein.

Meine Hände wanderten schon zum Bund der Hose, um sie wieder auszuziehen, als ich mich selbst stoppte.

Welche Alternative blieb mir überhaupt? Meine Jeans war definitiv keine Option, also hieß es Dyans Jogginghose oder den Geschwistern in Unterhose entgegentreten.

Mit einem Seufzen machte ich mich daran, die Jogginghose am Knöchel hochzukrempeln, und akzeptierte mein Schicksal. Eigentlich war die Übergröße richtig bequem.

Und um ehrlich zu sein, war es ziemlich nett von Dyan, dass er mir eine seiner Hosen gebracht hatte. Ciaras wären mir sicherlich zu knapp gewesen. Doch bevor mir ein Bild von Dyan im Kopf aufkommen konnte, das sicherlich nichts mit dem Arschloch aus der Schule zu tun hatte, machte ich mich auf den Weg in die Küche. Dabei brannten meine Oberschenkel dank der Salbe deutlich weniger.

Ich hörte Ciaras aufgebrachte und genervte Stimme schon von Weitem und musste fies grinsen. Ein nervender, neugieriger Dyan. Ja, da würde ich auch die Geduld verlieren.

Dyan setzte zu einer weiteren Frage an, sodass ich ihn unterbrach, als ich zunächst ins Wohnzimmer trat. »Danke für deine Jogginghose, Dyan.«

Die beiden Geschwister drehten ihren Kopf zu mir, und ich lächelte kurz höflich.

»Äh ja, kein Problem. Steht dir«, antwortete er mit einem Zwinkern, was mich irritiert den Blick abwenden ließ. Was war denn das gewesen?

Vielleicht flirtet er mit dir.

Haha, ja klar! Eher hatte er was im Auge.

»Also«, ich spielte mit den Fingern an den Bändern der Jogginghose herum, »ich muss jetzt wirklich nach Hause ...« Ohne eine Erwiderung abzuwarten, wich ich immer weiter zurück.

Ciara reagierte zuerst und kam mir nach. »Hey, warte, was?! Du bleibst schön hier!«

Uh, verdammt! Sie war hartnäckig.

»Nein! Ich kann nicht, mein Vater kommt bald nach Hause, und wir wollen zusammen essen.« Ich war stolz auf mich, wie glatt mir die Lüge über die Lippen kam.

Doch Dyan hatte mich innerhalb von Sekunden eingeholt und hielt mich am Arm fest. »Das kauf ich dir nicht ab. Du willst nur schnell wegkommen«, murmelte er mir ins Ohr, wobei sein warmer Atem mir eine Gänsehaut bescherte. Trotzdem spann ich die Ausrede weiter.

»Du weißt ganz genau, wie selten es bei unseren Eltern ist, etwas zusammen zu unternehmen«, meinte ich mit hochgerecktem Kinn.

Ich spürte, wie er sein Gewicht von einem Bein aufs andere verlagerte. »Na gut, dann fahren wir dich.«

»O nein! Das bekomme ich selbst hin!«

Scheiße! Sie durften nicht mit zu mir! Was, wenn mein Dad wirklich zu Hause war?! Oder Kathrin mal wieder jemanden zum Herumkommandieren brauchte?!

»Das kommt nicht infrage. Entweder wir fahren dich, oder du musst mir die Hose wiedergeben.«

Mir klappte der Mund auf. Dieser miese kleine Erpresser! Lag das etwa in der Familie?

Schalk blitzte in Dyans Augen auf. Und verdammt, sah das niedlich aus! Wie ein kleiner Junge, der seiner Mutter die Süßigkeiten abgeluchst hatte.

Dennoch presste ich die Lippen aufeinander und funkelte ihn böse an. »Vergiss es!«

»Tja dann, meine Süße«, hauchte er, während er sich immer näher zu mir beugte, bis er mit mir auf Augenhöhe war, »ziehst du besser schnell meine Jogginghose aus, denn ich hätte sie gerne zurück.«

Während ich unentschlossen mit den Zähnen knirschte, hielt ich Dyans Blick stand. Es war ein Duell, das keiner von uns beiden verlieren wollte, nur dass er die besseren Voraussetzungen hatte.

»Da ich deinen Stolz zur Genüge kenne, kannst du auch gleich in mein Auto steigen«, brummte er mit dieser tiefen Stimme, die mich aus unerfindlichen Gründen dazu brachte, zittrig auszuatmen, während ein Teil von mir einfach nachgeben wollte. Es wäre so einfach, Dyan die Führung zu überlassen ...

»Tessas Auto steht sowieso noch am Café, und ich habe ihre Schlüssel«, unterbrach Ciara das, was auch immer gerade zwischen Dyan und mir passiert war. Irritiert löste ich mich von Dyans Blick, in dem ich mich fast verloren hatte.

Ciara betrachtete uns mit diesem wissenden Lächeln, das mir bei Liebesfilmen immer riesige Angst einjagte. Das hieß nie etwas Gutes!

»Also wenn ihr mit dem Flirten fertig seid, können wir los. Ich würde sagen: Dyan fährt. Dann kann ich am Café Tessas Auto einsammeln und euch folgen. Mit den Verbrühungen sollte sie besser nicht fahren.«

Ich öffnete nur den Mund, da wurde ich schon von zwei Lawyers mit bösen Blicken bombardiert. Schnell biss ich mir auf die Zunge. Okay, ich gab auf. Hier war ich eindeutig unterlegen.

Mit den beiden im Schlepptau ging ich also raus. Zuerst wollte ich auf Dyans R8 zusteuern, doch auf halbem Weg fiel mir ein, dass ein Zweisitzer zu wenig Platz bot. Verunsichert blickte ich zu Dyan, der mit einem Nicken auf Ciaras Auto deutete. Fühlte sich komisch an, ohne Widerstand seiner Anweisung zu gehorchen. Trotzdem setzte ich mich brav auf den Beifahrersitz, als Dyan mir die Tür aufhielt. Wow, so viel Benehmen hätte ich nicht von ihm erwartet ...

Die Fahrertür wurde geöffnet, und ich konnte aus dem Augenwinkel beobachten, wie Dyan sich auf den Sitz gleiten ließ. Und ich meine wirklich gleiten, so geschmeidig, wie er sich hineinsetzte. Konnte der Typ damit aufhören? Ich fühlte mich schon wie ein tollpatschiger Elefant!

Verlegen spielte ich wieder mit den Bändern der Jogginghose und wartete darauf, dass Ciara endlich die Villa abgeschlossen hatte. Ein komisches Schweigen setzte zwischen Dyan und mir ein. Wenn ich nicht wüsste, dass er ein Badboy und Frauenheld war, würde ich fast behaupten, ihm war die Situation unangenehm. Ich für meinen Teil konnte nur sagen, dass ich dankbar war, dass Ciara, von einer knallenden Autotür begleitet, endlich einstieg. Ausnahmsweise war nämlich nicht mal mir ein dummer Spruch eingefallen, um die Atmosphäre aufzulockern.

Gleichzeitig mit dem Klicken ihres Sicherheitsgurtes ließ Dyan den Motor an und fuhr langsam aus der Zufahrt hinaus.

»Dyan, schalt das Radio an«, forderte sogleich Ciara.

Neben mir schnaufte Dyan. »Ich mache dir sicherlich nicht deine grausame Quietschstimmen-Musik an, damit uns die Trommelfelle bei deinem Gesang platzen.«

Ciara schnappte empört nach Luft. »Ich bin seit fünf Jahren im Chor! Du kannst dich geehrt fühlen, wenn du mir beim Singen zuhören darfst!«

Überrumpelt sah ich von Ciara zu Dyan, der bloß die Augen verdrehte.

»Ja, ja, genauso geehrt, wie wenn mich jemand von einer Klippe schubst.«

O Mann! Das wurde jetzt kein Geschwisterstreit, oder? Aber genau dazu artete es aus, bis ich mich unwohl an dem Sitz festklammerte, während die beiden sich gegenseitig angifteten. Dyan hatte es sogar aufgegeben, auf die Straße zu achten, stattdessen kämpfte er mit seiner Schwester um den Lautstärkeregler des Radios.

»Ciara, lass los! Ich ...«

»Achte gefälligst auf die Straße!«, schrie ich und griff korrigierend ins Lenkrad, bevor wir gegen parkende Autos krachten.

»He, ich fahre!«

»Von wegen!«, protestierte ich, beugte mich über die Mittelkonsole und packte Dyans Kinn, um es nach vorne zu drehen. Dann tätschelte ich ihm die Wange und lächelte übertrieben süß. »Und so bleibst du jetzt, mein Kleiner«, zwitscherte ich.

Als Antwort erhielt ich ein Schnauben, doch es folgte kein Widerspruch, bis wir am Café angekommen waren. Geklärt war damit der Geschwisterstreit jedoch nicht, denn Ciara sprang wortlos aus dem Auto und setzte sich in meinen Brownie, während Dyan sofort weiterfuhr. Na super, wo war ich da bloß hineingeraten? Außerdem würde ich jetzt volle zehn Minuten allein mit Dyan in diesem Auto sitzen.

Ich schielte zur Soundanlage. Musik könnte die unangenehme Stille unterbrechen, aber da Dyan noch immer mit den Kiefern mahlte, wollte ich lieber nichts riskieren. Also erfüllte das Innere des Wagens bloß das stete Brummen des Motors, bis Dyan plötzlich die Stille brach.

»Danke, dass du dich um Ciara sorgst.«

Überrumpelt starrte ich ihn an. »Ähm«, ich räusperte mich, »ich sorge mich nicht groß um sie.«

Mir war das Thema unangenehm. Ich sah es als selbstverständlich an, jemandem zu helfen, der Hilfe brauchte. Dafür sollte er sich nicht bedanken.

Er nahm eine Hand vom Lenkrad, um sich durch die Haare zu fahren. »Doch. Allein dass du dich heute mit ihr getroffen hast ...« Er verstummte kurz. »Dafür will ich dir danken. Ciara hat viele falsche Freunde, da braucht sie jemanden, der ihr wirklich zuhört.«

Geschockt riss ich die Augen auf. Hatte er gerade gesagt, dass ich Ciara eine gute Freundin war?!

Okay, dieser Tag konnte nicht real sein. Ein netter Dyan war das eine, aber ein Dyan, der mir Komplimente machte?

Ich zwickte mich kräftig in den Arm.

Verwirrt schaute Dyan zu mir. »Was sollte das denn?«

Ich rieb mir über die Stelle, während ich aus der Windschutzscheibe schaute. Nein, eindeutig kein Traum.

»Ich wollte nur sichergehen, dass ich nicht friedlich in meinem Bett schlummere.« Ich warf ihm ein Lächeln zu, um nicht komplett durchgeknallt zu wirken, und griff dann das vorherige Thema wieder auf. »Das ist nichts, wofür du dich bedanken müsstest, Dyan. Abgesehen davon, dass Ciara schon jemanden hat, der ihr zuhört, nämlich dich.«

Darauf verfielen wir wieder ins Schweigen. Doch mir lag etwas auf der Zunge, etwas, das gesagt werden musste. Also nahm ich meinen Mut zusammen und atmete noch mal tief durch.

»Du bist anders, als ich gedacht habe. Keine Ahnung, wie, aber innerhalb dieser paar Tage hast du meine Meinung von dir auf den Kopf gestellt. Du bist gar nicht so ein Arschloch.«

Auch wenn es der Wahrheit entsprach, war es mir peinlich, ihm dieses Zugeständnis zu machen, während er in mir weiterhin die Zicke von früher sah.

Ich betrachtete Dyans verblüfftes Profil, und ein leichtes Lächeln schlich sich auf mein Gesicht. Bisher kannte ich nur seine harte Badboy-Maske, diese Seite gefiel mir viel besser!

»Du bist auch nicht so übel«, murmelte er plötzlich schnell, sodass ich es fast überhörte.

Überrascht riss ich den Kopf nach oben. »Was?«

Darauf erntete ich nur ein Augenrollen. »Du hast mich schon verstanden!«

Ja, okay, aber ich musste deutlich und langsam sprechen, und er durfte einfach nuscheln?!

»Woher willst du wissen, dass ich dich verstanden habe!« Empört verschränkte ich die Arme vor der Brust.

»Wieso solltest du das nicht?«, konterte er mit einer Gegenfrage.

»Äh, vielleicht weil du total undeutlich geredet hast?« Meine Stimme hob sich zum Ende des Satzes, doch er zog nur die Nase kraus und schaute weiter geradeaus.

»Deine Schwerhörigkeit erklärt wenigstens, weshalb du immer so ungehorsam bist.«

Mit offenem Mund starrte ich ihn an.

»Oder das liegt daran, dass ich einen eigenen Willen habe und machen darf, was ich will? Weißt du was, lassen wir das, bring mich einfach heil nach Hause!«

Erstaunlicherweise brach kein Streit aus, sondern es blieb wirklich still. Vielleicht konnten Dyan und ich ja doch friedlich koexistieren.

Erst als wir meine Einfahrt hochfuhren, gab Dyan wieder etwas von sich, in Form eines anerkennenden Pfiffs. »Heißes Gefährt! Wem gehört das?«

Genauso wie ich schaute Dyan zu dem roten Ferrari, der mitten auf dem Brunnenplatz vor unserer Villa stand. Nur jagte mir der Anblick einen eisigen Schauder über den Rücken. Verdammt, das war Kathrins Wagen. Wieso musste sie ausgerechnet heute hier sein? Konnte sie nicht bei einer ihrer Lästerschwestern sitzen und sich über das nächste Lippenlifting unterhalten?

Ohne zu antworten, stieg ich angespannt aus, woraufhin Dyan mir sogleich folgte. Auch Ciara war inzwischen hinter uns die Kiesauffahrt hochgerollt.

»TESSA! WO WARST ...«, hallte da schon Kathrins liebliche Stimme über das Anwesen. Ich raunte mit einem aufgesetzten Lächeln zu Dyan: »Ihr gehört das heiße Gefährt«, bevor ich mich zur Eingangstür umdrehte, in der unsere wütende Furie erschien.

So dünn und knorrig wie ein Ast fehlte Kathrin nur der Hexenbesen, um in die Dämmerung davonzubrausen.

Jedoch verwandelte sich ihr verzerrtes Gesicht schnell zu dem glatten, freundlichen Lächeln, dass sie stets in der Öffentlichkeit trug. Mit einer Lieblichkeit, die ich ihr gar nicht zugetraut hätte, zwitscherte sie: »Oh, Schätzchen! Wie ich sehe, hast du Besuch mitgebracht! Es ist so schön, Freunde von unserer schüchternen Tessa kennenzulernen!«

Kaum zu glauben, dass sie gerade noch mit einer solchen Inbrunst gebrüllt hatte.

»Das sind Dyan und Ciara, Kath..., Mutter.« Über das letzte Wort stolperte ich und verzog kurz angeekelt das Gesicht. Obwohl uns sicherlich zehn Meter trennten, konnte ich das mahnende Blitzen in ihren Augen sehen, als ich sie fast beim Namen nannte. In der Öffentlichkeit musste ich sie stets als meine Mutter ansprechen. Immerhin waren wir ja eine liebevolle Familie und ... würg.

»Ach! Das ist ja herrlich! Ich bin Kathrin Anderson, Tessas Stiefmutter.«

Kathrins Schauspielkünste waren grandios. Obwohl ich wusste, was für ein hinterlistiges Luder sie war, hätte ich es als Außenstehender nicht erkannt, als sie sowohl Dyan als auch Ciara herzlich umarmte. Die beiden zogen dabei jedoch ein Gesicht, als würde man sie mit einem Messer bedrohen. »Wollt ihr reinkommen? Ich habe gerade Kekse gebacken!«, spielte sie weiter die gute Gastgeberin. Haha, dass ich nicht lache! Kathrin würde weder Mehl noch unseren Ofen finden! Die Kekse waren genauso gekauft wie ihr faltenfreies Gesicht.

»O nein! Wir wollen nicht weiter stören! Außerdem müssen wir wieder los! Ich habe noch einen ... Zahnarzttermin!«, redete sich Ciara heraus und fuchtelte verneinend mit den Händen. Auch Dyan wollte am liebsten flüchten, und ich konnte es ihnen nicht verdenken.

»Och, das ist aber schade! Ihr könnt gerne wieder vorbeikommen!«

»Äh ... sicherlich!«, lachte Ciara verlegen und packte Dyan am Arm. »Also wie gesagt, wir müssen los! War schön, Sie kennenzulernen, und bis morgen, Tessa!«

Ich konnte wortwörtlich den aufwirbelnden Staub hinter Ciaras Auto sehen, und dann waren die beiden über alle Berge.

Zum einen erleichtert und zum anderen entnervt, allein mit Kathrin zu sein, seufzte ich und konzentrierte mich wieder auf die böse Königin.

»Ciara und Dyan Lawyer, ich bin beeindruckt. So langsam wirkt mein guter Einfluss.« Kathrin musterte mich mit einem kritischen Blick. Das kalte Lächeln, das ihre Lippen verzog, ließ mir einen Schauder über den Rücken jagen. »Mach weiter so. Vielleicht bist du doch nicht so blauäugig, wie ich gedacht habe.«

Entgeistert starrte ich ihr nach, als sie wieder auf die Villa zulief. Mein Herz setzte einen Schlag aus. Konnte man mich wirklich mit ihr vergleichen?

»Ach ja«, rief sie über die Schulter hinweg, »dein Vater ist bis Sonntagnachmittag auf Geschäftsreise.«

Dann war auch sie fort, und ich blieb entsetzt über ihre Worte zurück. Ich wollte ganz sicher nicht, dass Kathrin auf mich stolz war!

Kapitel 20 Tessa

Ich blieb noch einige Minuten schockiert stehen, bevor ich die Autos in die Garage stellte.

Mein Gott, meine Stiefmutter hatte mich gerade dafür gelobt, dass ich mir reiche Freunde geangelt hatte, oder?! Und hatte ich gerade Dyan und Ciara als meine Freunde bezeichnet?!

Eines stand fest, mein Gehirn brauchte eine Pause, sonst würde mir bald Rauch aus den Ohren steigen. Diese Woche hatte einfach zu viele Überraschungen gebracht.

Vielleicht sollte ich mir morgen freinehmen; keine Schule, keine Arbeit, einfach Freizeit, überlegte ich, während ich die Autoschlüssel in die dafür vorgesehene Schale schmiss.

Wenigstens konnte ich heute beruhigt einschlafen. Oder zumindest hoffte ich, dass sich mein Vater auf einer Geschäftsreise nicht komplett volllaufen ließ. O Gott, allein die Vorstellung, mein Vater, Hunderte von Kilometern entfernt, besoffen in einer Bar ... dieses Bild verdrängte ich lieber sofort. Von hier aus konnte ich eh nichts ändern.

Außerdem stand mein Entschluss fest: Ich brauchte Ruhe. Bisher hatte ich es mir nicht eingestanden, aber dieses emotionale Hin und Her der letzten Tage brachte mich noch an den Rand der Verzweiflung.

Ja, Ciara und Dyan hatten sich als nur halb so schlimm herausgestellt, wie ich immer gedacht hatte. Und irgendwie mochte ich ihre Art. Manchmal wirkten sie genauso gestört wie ich, und vielleicht waren sie das auch. Immerhin stammten wir alle aus reichen Elternhäusern, und wenn ich bisher eine Erfahrung gemacht hatte, dann die, dass Geld meistens Probleme anzog. Ich kannte kaum eine Familie in unseren Kreisen, bei der die heile Welt nicht gespielt war. Wer weiß, vielleicht ähnelten die Lawyers und ich uns also. Und wenn, war das nichts Schlechtes. Wieso versuchte ich ständig, mich von etwas anderem zu überzeugen? Ich hatte das Gedankenkarussell in meinem Kopf so satt.

Also schnappte ich mir für den Abend meine Kopfhörer und ließ mich von Musik in andere Welten davontragen.

Der Freitag verging ausnahmsweise ereignislos, was vor allem daran lag, dass ich kaum meine Kopfhörer abnahm. Zu gefährlich, dass etwas meine friedliche Blase durchbrach, in die mich die Musik seit gestern einlullte. Also hielt ich mich aus allem heraus. Ignorierte die schrägen Blicke der anderen Mitschüler, als ich mich zu Dyan und seiner Gruppe dazustellte, genauso wie den Joint, welcher dort vor der Schule die Runde machte. Normalerweise wäre ich deswegen komplett ausgerastet. Immerhin war es vor der Schule völlig unvernünftig. Aber heute war es mir das nicht wert. Sollten sie doch machen, was sie wollten. Ich war einfach nur froh, als ich ohne Kopfzerbrechen nach der Arbeit nach Hause kam und mich mit einem Buch ins Bett kuscheln konnte. Das war genau der Tag Pause gewesen, den ich gebraucht hatte.

Wie jeder Schüler auf dieser Welt genoss ich es, am nächsten Morgen endlich Wochenende zu haben. Und dazu auch noch ein sturmfreies!

Also konnte ich mir am Samstagmorgen alle Zeit der Welt lassen, mir einen Kaffee gönnen und mein Gehirn erst mal aufwachen lassen. Allerdings erwachten damit auch die Fragen und Gefühle, die ich gestern zur Seite geschoben hatte.

Ich seufzte und rieb mir über das Gesicht. Um mich nicht gleich wieder im Netz dieses Wirrwarrs zu verheddern, griff ich entschlossen nach Zettel und Stift und schrieb alles geordnet auf.

Als Erstes zierte das leere Blatt:

DYAN IST NICHT SO SCHLIMM WIE GEDACHT – ERST KENNENLERNEN, DANN VERURTEILEN, DU HOHLE NUSS!

Ja, die Beleidigung war übertrieben, allerdings war dieses sture Ding in mir sicher dumm genug, um neue Gründe zu finden, dass Dyan zu den Bösen gehörte. Aber das konnte ich mir nicht mehr durchgehen lassen, sonst würde ich Vaters Schläge bald als Streicheleinheiten ansehen, nur weil ich die Wahrheit ausschmückte.

Unter dieser Überschrift listete ich schließlich alles auf, was sich in den letzten Tagen verändert hatte, unterstrich den Stichpunkt, der besagte, dass meine oberste Priorität war, das Geheimnis meines Vaters zu wahren. An zweiter Stelle wollte ich die seltsame Beziehung zu Ciara ergründen. Ich fühlte mich ihr erstaunlicherweise verbunden, allerdings sollte mich das nach all den Überraschungen der letzten Tage wohl nicht wundern.

Nachdem ich den Zettel bis ins kleinste Eck beschriftet hatte, fühlte sich mein Kopf um einiges leichter an. Hach, schon viel besser.

Da mein Gehirn bereits auf Hochtouren lief, beschloss ich kurzerhand, das Nötige für die Schule zu machen und danach gemütlich vor dem Fernseher zu gammeln. Schnell machte ich mir noch was zu essen und konnte nach der ganzen Aufregung den Frieden nicht fassen.

Allerdings war klar gewesen, dass, sobald mir dieser Gedanke kam, die Aufregung wieder beginnen würde. Und das mit einem harmlosen Läuten der Türklingel.

Ich spielte für einen Moment mit dem Gedanken, die Klingel zu ignorieren. Aber ein Blick auf unsere Sicherheitskameras verriet mir, dass es sich bei dem Überraschungsbesuch um Ciara handelte. Mein Herz machte einen kleinen Hüpfer, und nachdem ich den ganzen Morgen darüber gegrübelt hatte, ob vielleicht die Chance bestand, eine Freundschaft zu der Lawyer-Tochter aufzubauen, öffnete ich ihr das Tor.

Ein Fehler, wie ich noch herausfinden würde. Aber unwissend, wie ich war, wartete ich an der Haustür, bis sie die Einfahrt hochgefahren war. In meinem Gammel-Outfit, das, wie ich nun beschämt feststellen musste, immer noch aus Dyans Jogginghose bestand, kam ich mir reichlich underdressed vor. Vor allem, als Ciara mit Lockenwickler und Gesichtsmaske aus dem Auto sprang und von der Rückbank eine beachtliche Menge an Kleidersäcken hervorholte.

Genauso verwundert, wie ich Ciara beobachtete, riss sie erschrocken ihren Mund auf, als sie sich schließlich mit beladenen Armen zu mir umdrehte.

»Tessa! Wie läufst du denn herum?!« Hektisch rannte sie die Treppen zu mir hoch und schloss dabei ihr Auto mit der Fernbedienung ab.

Ich ließ meinen Blick über meine Kleidung wandern. »Äh ...«, setzte ich an, doch Ciara hörte nicht zu.

»Ich kann's nicht glauben! Und dabei haben wir nur noch zwei Stunden!«

Verdutzt starrte ich ihr hinterher, wie sie sich an mir vorbei ins Haus drängte und erst mal in der Eingangshalle stehen blieb. »Schön hast du's hier. Wo ist dein Zimmer?«

Überfordert war ich zu nichts in der Lage, außer der Tür einen Schubs zu verpassen, sodass sie ins Schloss fiel.

»Äh ...«

»Mann, Tessa! Trödel nicht so! Und nimm mir was ab! Mir fällt gleich alles runter!« Sie wirbelte zu mir herum, und aus Reflex trat ich vor, um ihr zu helfen.

»Los, los, los! Wir haben keine Zeit zu verlieren! Jetzt sag schon, wo ist dein Zimmer!«, quengelte Ciara herum und hüpfte dabei hibbelig auf und ab.

So langsam wachte mein Hirn aus der Schockstarre auf, und ich deutete in Richtung Wohnzimmer. »Das Wohnzimmer durch, die Treppe hoch, dann die dritte Tür rechts. Hey warte, Ciara!«, brüllte ich ihr hinterher, als sie loseilte. »Für *was* haben wir nur noch zwei Stunden?«

Abrupt blieb sie stehen und wirbelte herum, um mich mit großen Augen anzustarren.

»Sag mal, hast du meine Nachricht nicht bekommen?!«

Verständnislos zuckte ich mit den Schultern und verzog verwirrt mein Gesicht. Als hätte ich die dümmste Antwort aller Zeiten gegeben, ließ sie den Kopf hängen.

»O Mann, das erklärt natürlich einiges.« Als wären ihre Worte sonderlich aufschlussreich für mich, drehte sie wieder um und stürmte hoch in mein Zimmer.

Ich brauchte einen Moment, um meine Nerven zu beruhigen, bevor ich ihr nachsetzte und schrie: »Könntest du mir bitte erklären, was los ist?!«

Ich stürzte zu ihr in mein Zimmer, als sie gerade die Kleidersäcke überall verteilte.

»Wenn du schon nicht auf dein Handy guckst, könntest du dich wenigstens beeilen, dich fertig zu machen.« Sie schniefte beleidigt, was ich ihr jedoch nicht abnahm, und glättete die Falten der Plastikhülle vor ihr.

»Für was denn?«, fragte ich zugegeben etwas scharf.

»Na für die Party«, stöhnte Ciara und lief zu meinem Bett, um sich darauf fallen zu lassen, als wäre sie nicht gerade zum ersten Mal hier.

Ich stutzte kurz, bevor ich stotternd antwortete: »Ich bin auf keine Party eingeladen.«

Ich erntete einen bösen Blick. »Wenn du auf dein Handy schauen würdest, wärst du auf eine Party eingeladen. Und zwar auf eine von Patrick McCollins legendären Partys!«

So, wie sie das sagte, sollte ich völlig aus dem Häuschen sein und kreischend herumhüpfen. Aber der Name sagte mir rein gar nichts. Verzweifelt stöhnend ließ Ciara sich auf das Bett kippen.

»Wo warst du eigentlich die letzten fünf Jahre? Wie kann dir Patrick McCollins kein Begriff sein?!« Angesichts dieser Unmöglichkeit rang sie mit ihren Händen.

»Egal«, seufzte sie, und bei ihrem Tonfall kam es mir vor, als hätte ich ein Verbrechen begangen. »Umso gnädiger zeige ich mich dir, indem ich dich mit auf die Party nehme. Glaub mir, dem Arsch in deinem Stock wird der laute Sound und die vielen heißen Jungs sicher guttun.«

Meine Mundwinkel zogen sich nach oben. »Stock im Arsch.«

Ciara schaute mich herausfordernd an. »Du musst das nicht so ungläubig wiederholen ...«

»Nein, du hast Arsch im Stock gesagt, aber es heißt Stock im Arsch.«

Verblüfft riss sie die Augen auf, bevor sie verschnupft antwortete: »Guck, das mein ich. Schätzchen, sei mal lockerer.«

Ich unterdrückte mein Prusten und verbeugte mich scherzhaft vor ihr. »Natürlich, Mylady, ich werde versuchen, den Arsch aus dem Stock zu bekommen.«

Noch bevor ich mich aufgerichtet hatte, traf ein flauschiges Kissen den Bücherstapel rechts von mir, und ich konnte mir das Lachen nicht mehr verkneifen.

»Nicht so aggressiv! Die Bücher haben dir nichts getan! Oder war das etwa für mich bestimmt? Dann solltest du wohl zielen üben.«

Ich krümmte mich vor Lachen und hob zur Verteidigung meine Hände nach oben, als Ciara sauer auf mich zustapfte. »Ja, ja, lach du nur! Aber jetzt mach dich gefälligst fertig!«

Erst als Ciara mich in mein Bad schubste und hinter mir die Tür mit einem lauten Knall ins Schloss fiel, ebbte mein Lachen zu einem Grinsen ab.

»Spar dir die Mühe, Ciara. Ich komme nicht mit auf so eine Highschool-Hausparty. Das ist mir zu dumm.«

»Vergiss es! Du kommst mit, und wenn ich dir ein verdammtes Betäubungsmittel spritzen und dich fesseln muss!«, hörte ich Ciaras aufgebrachte Stimme.

Ich verdrehte die Augen. Doch als ich die Tür öffnen wollte, ließ sich diese keinen Millimeter bewegen. »Ciara! Lass mich raus!« Hatte sie mich in meinem eigenen Bad eingesperrt?

»Nein! Geh du unter die Dusche, ich bring dir gleich was zum Anziehen rein.«

Mit einem frustrierten Knurren wandte ich mich der Dusche zu. Na gut ...

Ciara wertete das wohl als meine Kapitulation, denn als ich in ein Handtuch gewickelt die Duschkabine verließ, hatte sie mir bereits ein *Outfit* rausgelegt.

Ungläubig betrachtete ich das kurze schwarze Kleid.

Okay, das würde sicherlich richtig gut aussehen, das musste ich Ciara lassen. Trotzdem sprachen tausend Gründe dagegen. Zwei der wichtigsten waren, dass der kurze Rock die Verbrühungen nicht überdecken würde und ich mich nicht für eine Horde besoffener Jugendlicher herausputzen würde, die mein Dekolleté als Einladung für mehr nahmen. Und ja, mein Schicksal, auf diese Party zu gehen, hatte ich widerstrebend akzeptiert.

Fest entschlossen stapfte ich in mein Zimmer, in dem bereits eine wunderschöne Ciara stand. Mir stockte wortwörtlich der Atem, da sie das rote Gegenstück zu dem schwarzen Kleid in meiner Hand trug. Jeder würde ihr auf der Party hinterhergucken, davon war ich überzeugt.

Während meiner genauen Musterung hatte sich Ciara kritisch im Spiegel betrachtet und drehte sich nun zu mir um. »Geht das so, oder soll ich lieber ein anderes Kleid anziehen?«, fragte sie und deutete auf Kleider in jeglicher Farbe und Form in den geöffneten Plastikhüllen.

Mein Blick glitt über die restliche Auswahl, und ich schüttelte entschieden den Kopf. »Wenn du ein anderes Kleid anziehst, betäube ich dich und zwäng dich wieder in das hier rein! Du siehst fantastisch aus!«, sagte ich begeistert die Wahrheit.

Sofort glühten ihre Wangen rot.

»Ähm, danke schön. A-Aber wieso hast du dein Kleid nicht an?!«, wechselte sie rasch das Thema.

Entschlossen verschränkte ich die Arme. »Ich komme mit, aber definitiv nicht in diesem Kleid. Mit den Verbrühungen kann ich keinen kurzen Rock anziehen, mein halber Oberschenkel muss verbunden werden. Und keine Sorge, ich werde mich schon etwas *aufstylen*.« Das letzte Wort setzte ich mit meinen Fingern in Anführungszeichen und verdrehte dabei die Augen.

»Wenn du willst, kannst du dich schon fertig machen. Meine Schminke, Glätteisen und alles, was du brauchst, stehen dir natürlich zur Verfügung, obwohl ich vermute, dass du sie dir einfach genommen hättest.« Zum Ende des Satzes grinste ich, mir gefiel Ciaras offene und energische Art. Auch ihre Mundwinkel zuckten leicht und sie antwortete mit einem Nicken.

Also drehte ich mich um und begab mich in meinen riesigen Kleiderschrank. Nachdenklich kratzte ich mich am Kinn und zog schlussendlich eine schwarze, elegante Stoffhose heraus, die nicht unangenehm an meinen Oberschenkeln drücken würde. Dazu fischte ich ein cremefarbenes Oberteil mit rundem Ausschnitt aus meinen Kleidungsstapeln, das an den langen Ärmeln mit Spitze besetzt war.

Mit den Kleidern im Arm tapste ich zurück ins Bad, wo ich die Tür schloss, um das Handtuch fallen zu lassen. Schnell holte ich mir Verbandszeug aus einer Schublade, schmierte eine Kühlungscreme auf die Verbrühungen und wickelte meine Oberschenkel geschickt mit Verbänden ein. Dann schlüpfte ich vorsichtig in die Hose und überprüfte, ob man die Konturen der Verbände durch den Stoff sah, was zum Glück nicht der Fall war. Also konnte ich beruhigt auch den Rest meines Outfits anziehen und mich zu Ciara gesellen, die sich mit dem Glätteisen Locken in die hellbraunen Haare drehte.

»Soll ich dir helfen?«, bot ich ihr an, da sie sich mit den hinteren Strähnen abmühte.

Ihr konzentrierter Blick fiel auf mich, und nach einer genauen Musterung meiner Kleidung – die anscheinend genehmigt wurde – übergab sie mir dankbar das Glätteisen. Mit geübten Fingern machte ich mich daran, ihre Haare aufzuwickeln.

»Du siehst gut aus, auch wenn es kein Kleid ist«, machte Ciara mir ein Kompliment.

Ich schob ihren Kopf leicht nach links. »Kopf gerade halten, bitte. Danke.« Ich lächelte sie über den Spiegel an und erkannte, dass sie bereits ihre Augen mit dunklem Lidschatten und Kajal betont hatte. »Dürfte ich erfahren, wieso du mich unbedingt mit auf die Party nehmen willst?«

Leicht verlegen wich sie meinem Blick aus.

»Das ist meine Art, Danke zu sagen. Ich habe immer gedacht, du seist eine egoistische, reiche, blöde Kuh.« Kurz schaute sie in meine Augen und lächelte. »Aber ich glaube, da habe ich mich geirrt. Ich würde dich gerne besser kennenlernen. Ich glaube, du kannst vieles in meinem Leben besser verstehen als meine *Freundinnen*, und vielleicht willst du ja auch jemanden zum Reden haben.« Ihre Stimme wurde immer leiser, und eine mir bisher unbekannte Sehnsucht ließ mein Herz schwer werden. Waren das nicht fast die gleichen Gedanken, die ich mir auch gemacht hatte?

Langsam ließ ich die Hände sinken. »So, fertig«, sagte ich sanft und legte ihr meine freie Hand auf die Schulter. Unsere Blicke begegneten sich erneut im Spiegel.

»Ich fühle mich geehrt, mit einer Lawyer auf der Party auftauchen zu dürfen.«

Ciaras Augen leuchteten bei meiner indirekten Freundschafts-oder-was-auch-immer-Bekundung   auf, und ein strahlendes Lächeln schlich sich auf ihr Gesicht, das all meine Zweifel wegwischte. Ja, ich hatte Angst. Tierische Angst, dass mir jemand zu nahe kommen könnte. Zu nah, um noch verstecken zu können, was niemand herausfinden durfte. Nicht, wenn ich meine Familie beschützen wollte. Und doch erfüllte mich Ciaras Anwesenheit und die Normalität, die dieser Mädchenkram vermittelte, mit einem so wohlig warmen Gefühl, dass ich es wagte.

Kapitel 21 Tessa

Was macht man, wenn man von einer neuen Freundin auf eine Party mitgeschleppt wird und eigentlich überhaupt keinen Bock hat? Die meisten würden jetzt sagen, betrink dich und feiere mit! Du bleibst nicht ewig jung!

Von denen hat allerdings keiner einen Alkoholiker als Vater und konnte deshalb den Geruch von Alkohol kaum ertragen. Man glaubt gar nicht, wie angespannt ich war, seitdem ich dieses riesige Haus mit Hunderten besoffenen Teenagern betreten hatte. Jedes Mal, wenn mir jemand zu nahe kam, musste ich mich beherrschen, um nicht zurückzuzucken. Ich war vor jedem auf der Hut, weil mein Gehirn ständig dachte, einer dieser Rowdys wäre mein Vater. Gab es denn wirklich gar keinen, der noch nüchtern war?

Ciara auf jeden Fall nicht. In den letzten drei Stunden schleppte sie mich abwechselnd von der Tanzfläche zu den provisorisch aufgebauten Tischen, auf denen mehrere Fässer Bier standen. Hin und wieder legten wir auch einen Stopp bei Dyan und seinen Jungs ein, die auf einem Sofa in der Ecke lümmelten und ebenso tief ins Glas geschaut hatten.

Ich fragte mich wirklich, wie jeder hier sich so gehen lassen konnte. Allein bei dem Gedanken daran, wie hilflos und kontrolllos Alkohol einen machte, standen mir alle Haare zu Berge.

Vielleicht, weil sie sich über nichts Großes Gedanken machen müssen?

Ich verdrängte meine innere Stimme so gut wie möglich und gab stattdessen mein Bestes, ein bisschen Spaß zu haben, trotz der dicht gedrängten Masse auf der Tanzfläche.

»He, Tessa!«

Mit mehr Schwung als beabsichtigt beugte sich Ciara zu mir und geriet dadurch ins Stolpern, bevor sie sich kichernd an mir festhielt. Ihr glasiger Blick schien sich nicht mehr richtig auf mich zu fokussieren.

»Ich geh kurz auf die Toilette. Warte du genau ... hier.« Um ihre Worte zu verdeutlichen, zeigte sie auf den Boden. »Bis gleich!« Jetzt wurde nicht mehr länger auf den Boden gedeutet, sondern stattdessen mahnend auf mich. Als wäre ich die Betrunkene und nicht sie. Ein Lächeln zupfte an meinen Mundwinkeln.

»Sicher? Ich kann auch mitkommen?«

»Nee, ach was!« Schwankend winkte Ciara ab. »Das bekomm ich hin!«

Und schon wankte Miss Independent los. Einen Moment zögerte ich, ob ich ihr nicht doch hinterhergehen sollte, aber dann war sie bereits in der Menge verschwunden. Jetzt loszumarschieren, würde nur zur Folge haben, dass wir uns nicht wiederfinden würden. So wusste Ciara wenigstens, wo ich war.

Unbehaglich stand ich da und hatte keine Ahnung, was ich mit mir anfangen sollte. Um mich herum tanzten Grüppchen von Mädchen und vereinzelt Pärchen zu der lauten Musik. Aber allein käme ich mir dabei lächerlich vor.

»He, wo ist Ciara hin?«

Obwohl die Stimme über der Musik kaum zu verstehen war, klang sie in meinen Ohren doch laut. Sofort fuhr ich zu Dyan herum, der sich mit einem Getränk in der Hand zu dem kleinen Plätzchen durchkämpfte, das ich für mich erobert hatte. Auch er lief nicht mehr ganz sicher auf den Beinen.

Mit einem nervösen Lächeln deutete ich in die Richtung, in die Ciara verschwunden war. »Sie ist auf Toilette gegangen.«

Eigentlich hätte ich erwartet, dass Dyan seiner Schwester folgen würde. Immerhin war er nur zu mir gekommen, um nach ihr zu fragen. Stattdessen überraschte er mich damit, einen Schritt von mir entfernt stehen zu bleiben und mich genaustens zu mustern. Sein Blick jagte mir einen Schauder über den Körper, und am liebsten hätte ich mich hinter irgendetwas versteckt, so tief schien er zu gehen. Ich fühlte mich entblößt, aber nicht auf eine schlechte Art und Weise, wie ich feststellen musste. Eher, als würde er wirklich *mich* sehen, Tessa, als den Menschen, der ich war. Und als würde er mich verstehen.

Verloren in dem Gefühl vergaß ich die Welt um mich herum für eine Sekunde, bis eine Bewegung im Augenwinkel mich herumfahren ließ. Doch da hatte mich bereits eine Hand gepackt und aus dem Weg der drei Jungs gezogen, die sich unverschämt durch die Menge rempelten. Einen überraschten Laut von mir gebend wurde ich an eine warme Brust gezogen, während sich eine Hand schützend auf mein Kreuz legte.

Eigentlich hätte ich mich dieser Berührung sofort entzogen. Ich mochte es nicht, so ausgeliefert zu sein, das machte mir nach den Erfahrungen mit meinem Vater eine Heidenangst. Diese Umarmung war jedoch anders.

Vielleicht war es Dyans Duft, der mir die Tage über so vertraut geworden war. Oder es war die Tatsache, dass er mich zu sich gezogen hatte, um mich zu beschützen. Auf jeden Fall fühlte ich mich wohl. Fast schon geborgen, und das war ein Gefühl, das ich auf keinen Fall loslassen wollte. Wie von selbst krallten sich meine Hände in Dyans Shirt, wenn auch so locker, dass er sich jederzeit dem Griff entziehen könnte. Für einen Moment vergrub ich mein Gesicht an seiner Brust und fand mitten auf einer Party bei einem betrunkenen Dyan innere Ruhe.

Eine Hand strich mir sanft über den Kopf. »Hast du Spaß hier?«

Dyans Mund schwebte direkt neben meinem Ohr, sodass die Worte intim wirkten. Privat, nur für uns beide bestimmt. Und vielleicht war das der Grund, weshalb ich ihm ehrlich antwortete. Weil es nicht darum ging, was die Tessa sagen würde, die alle in der Öffentlichkeit sahen.

»Es geht. Es ist mir zu voll. Und alle sind so gedankenlos. Das ist irgendwie so ...«

Verantwortungslos. Ich empfand es als verantwortungslos. Wenn ich mich so gehen lassen würde, würde mir mein gesamtes Leben um die Ohren fliegen.

Dyan drückte mich noch enger an sich, als wollte er sagen, dass er mich verstanden hatte. Obwohl er genauso trank wie alle anderen hier, und nach dem, was ich die Tage mitbekommen hatte, des Öfteren high war, wusste ich, dass er Verantwortung kannte und auch übernahm. Er kannte den Drang, dafür sorgen zu müssen, dass alles klappte und das Leben weitergehen konnte. Und genau das bewies er mir mit seinem nächsten Satz.

»Ich werde mal nach Ciara schauen. Ich glaube, sie hat ein bisschen zu viel getrunken.«

Ein Teil von mir hätte sich am liebsten beschwert, dass er mich nicht loslassen sollte. Zum Glück überwog aber die Vernunft, sodass ich mich schnell mit einem Nicken von ihm löste, anstatt mich an ihm festzuklammern.

Trotzdem standen wir noch immer dicht beieinander. So dicht, dass ich ihm direkt in die Augen schauen konnte und darin so viel mehr fand, als ich jemals erwartet hätte. Anteilnahme, Verständnis und vor allem den großen Beschützer, der er für seine Schwester war. Na gut, und den Nebel des Alkohols, aber ich bin nicht kleinlich.

Für einen Moment wirkte es fast so, als wollte er die Hand heben, um mir über das Gesicht zu fahren, doch ließ er sie einfach wieder fallen und drehte sich mit einem kleinen Lächeln um, um Ciara zu folgen.

Erneut schaute ich unentschlossen einem Lawyer nach.

War das gerade wirklich zwischen uns passiert? Hatte ich in Dyans Armen gelegen und mich geborgen gefühlt? Mir kam das Ganze so irreal vor, dass ich mich fragte, ob ich mir das nur ausgedacht hatte. Aber das laute Klopfen meines Herzens verriet mir, dass sich irgendetwas zwischen Dyan und mir verändert hatte. Und sosehr es mir Angst machte, so neugierig war ich auch.

Da ich nicht nur herumstehen und auf die Lawyer-Geschwister warten wollte, setzte ich mich in Bewegung. Immerhin waren beide ziemlich angetrunken gewesen, allen voran Ciara. Und in einem Bad gab es so viele Möglichkeiten, sich zu verletzen: stürzen und sich den Kopf am Waschbecken anhauen, aus Versehen einen Spiegel kaputt schlagen, ins Klo fallen ... na ja, vielleicht waren nicht alle realistisch.

Trotzdem, es war besser, wenn jemand Nüchternes ein Auge auf die beiden hatte.

Einer der praktischen Vorteile, wenn jeder einen gewissen Respekt vor dir hat und du unter den vielen kleidertragenden Mädchen wie ein blaues Kaninchen im Schnee auffällst, war, dass ich mich leicht durch die tanzende Masse drängen konnte. Die meisten, seien sie noch so betrunken, rissen verwundert die Augen auf und machten mir dann Platz. Und denjenigen, denen jedes Gefühl für ihre Umgebung abhandengekommen war, rammte ich einfach den Ellenbogen in die Seite und tackelte sie aus dem Weg, bis ich am anderen Ende der Menge wieder ausgespuckt wurde und in den Flur stolperte.

Hier war es zwar kaum leerer, aber wenigstens blieb ich nicht zwischen Hüften schwingenden Mädchen stecken. Dafür stieg die Anzahl von Pärchen, die es nicht schafften, sich ein abgelegeneres Plätzchen zu suchen. An jedem Türrahmen stand mindestens ein knutschendes oder anderweitig beschäftigtes Paar. O Mann, ich fühlte mich wie in einem Porno.

Einer der wenigen Türrahmen, die nicht als Knutschstütze benutzt wurden, belegte jemand anders. Und zwar als eine *Ich bin zu betrunken, um gerade zu stehen*-Stütze. Besorgt trat ich an Dyan heran, der in diesem Moment die Faust hob, um gegen die Tür zu klopfen.

»Ciara, mach die Tür auf!«

Anscheinend bekam er zum x-ten Mal keine Antwort, denn er fuhr sich mit einer Hand frustriert über das Gesicht, während er sich mit der anderen am Türrahmen abstützte. Er sah fast niedlich aus in seiner Verzweiflung.

»Ciara!«

»Lass mich mal.«

Eigentlich hatte ich Dyan nur sanft an der Schulter angetippt, trotzdem erschreckte ihn die Berührung. Zumindest fuhr er für seinen Zustand erstaunlich schnell zu mir herum, und im ersten Moment befürchtete ich, gleich eine zu kassieren. Aber als sein verwirrter Blick mich zu fassen bekam, glätteten sich die Falten auf seiner Stirn, und im nächsten Moment wurde mir wortlos Platz gemacht. Wow, Dyan hörte auf mich. So langsam verdiente dieser Tag ein fettes Kreuz im Kalender.

Trotzdem musste ich mich dicht an ihm vorbeiquetschen, und augenblicklich spürte ich wieder dieselbe Wärme in mir aufsteigen wie bei seiner Umarmung. Allerdings versuchte ich dieses Mal, mich angestrengt dagegen zu wehren.

»Hey, Ciara! Alles okay? Könntest du uns bitte reinlassen?«, fragte ich, nachdem auch ich geklopft hatte.

Plötzlich spürte ich ein Gewicht auf meinem Kopf. Verwirrt wollte ich mich umdrehen, aber zwei kräftige Arme umschlossen mich, und Dyans warmer Körper stand dicht hinter mir.

»Guck, sie hört nicht«, murmelte seine heißere Stimme von oben, und ich brauchte einen Moment, bis mir klar wurde, was Dyan da machte. Er hatte sein Kinn auf meinem Scheitel abgelegt und sich dann nach vorne gelehnt.

Überfordert beschleunigte sich mein Atem, und sämtliche Erwiderungen waren mir entfallen. Dyans Anwesenheit umhüllte mich wie eine warme Decke und ließ mir gar keine andere Wahl, als meine Wahrnehmung auf ihn auszurichten. Mein Herz klopfte wie wild, während Empfindungen auf mich einprasselten. Der ungewohnt häufige Körperkontakt, der Alkoholgeruch, der mich an viel gefährlichere Situationen erinnerte, die unerwarteten Gefühle, die in meiner Brust rumorten. Das alles war zu viel, ich musste so schnell wie möglich Abstand zwischen uns bringen.

Ruckartig beugte ich mich nach vorne und legte mein Ohr an die Tür. Dabei verließ ich Dyans warme Umarmung und spürte nur noch seinen heißen Atem auf meinem Hinterkopf.

Einige Sekunden brauchte ich, bis ich etwas anderes hören konnte als mein laut pochendes Herz, doch dann wurde mir klar, weshalb Ciara nicht antwortete. Denn die Geräusche aus dem Inneren des Bades erinnerten mich stark an meine Magen-Darm-Grippe im letzten Jahr.

Ich setzte gerade an, um Dyan aufzuklären, als dieser sein Gesicht in meinen Haaren vergrub und sein heißer Atem mir gegen den Nacken schlug. Sofort bekam ich eine Gänsehaut am ganzen Körper, und ich hatte das Gefühl, selbst die Tür könnte mich nicht mehr aufrecht halten. Was machte Dyan da nur? Und was sollte diese Reaktion meines Körpers?!

»Du riechst so gut«, murmelte er und vergrub dabei sein Gesicht an meinem Nacken. Wie Schockwellen spürte ich jeden seiner Atemzüge durch mich hindurchjagen.

»D-danke«, brachte ich mit zittriger Stimme heraus. Zum ersten Mal wünschte ich mir, dass ich doch Bier getrunken hätte, nur um einen anderen Grund für dieses Gefühlschaos zu haben. So musste ich mir eingestehen, dass mir Dyans Kompliment etwas bedeutete. Dass es seine Nähe war, die einen derartigen Effekt auf mich hatte. Verdammt!

Erschrocken spürte ich, wie er sich noch enger an mich schmiegte, und dann ...

Plötzlich wurde die Tür aufgerissen und ich fiel zusammen mit Dyan nach vorne. Nur Dyans schnelle Reaktion verhinderte, dass ich frontal aufschlug und von seinem schweren Körper zerquetscht wurde. Er packte mich augenblicklich an der Hüfte und drehte uns beide so, dass ich gemütlich auf ihm landete und nicht andersherum.

So blieb ich erst mal liegen. Umschlungen von Dyans Armen, die mich an seine Brust drückten, und vollends durch den Wind. Erst als Würgegeräusche hinter uns zu hören waren, sortierte sich mein Kopf wieder einigermaßen.

Schwerfällig ächzend rollte ich mich schließlich von Dyan herunter, der seine Umarmung widerwillig lockerte und selbst aufstand. Als Ciaras Würgegeräusche zu einer neuen Runde ansetzten, verdrängte ich die letzten Minuten im Flur. Dyan würde sich morgen eh nicht mehr daran erinnern, oder? Und wenn doch ... Allein der Gedanke ließ mich erröten, und ich beeilte mich, zu Ciara zu kommen, um ihr die Haare hochzuhalten.

Nach einigen Minuten sank Ciara völlig erschöpft neben der Kloschüssel auf den Boden. Ich kniete mich neben sie und strich ihr immer wieder beruhigend über die Haare, jedoch gab sie außer einem leisen Stöhnen kein Lebenszeichen von sich. Und wo wir schon bei Lebenszeichen waren, war Dyan etwa tot umgekippt, oder weshalb hörte ich keinen Mucks von ihm?

Ich erwartete schon das Schlimmste, als ich in Dyans Richtung spähte. Allerdings schien ihm, von seiner Geistesgesundheit abgesehen, nichts zu fehlen. Er starrte einfach Löcher in die Luft. Mit zusammengepressten Lippen stand ich auf und stöckelte zu Dyan hinüber.

Direkt vor ihm blieb ich mit verschränkten Armen stehen, jedoch nahm er mich nicht wahr. Hatte er zum Alkohol noch einen durchgezogen, oder wieso war er so weggetreten?!

Ich spürte Wut in mir aufsteigen, während ich mich selbst dafür tadelte, ihm vorhin Verantwortungsbewusstsein zugestanden zu haben. Wie war das mit dem großen Beschützer? Seine Schwester kotzte sich die Seele aus dem Leib, und er war nicht anwesend genug, um ihr zu helfen. Wieso übernahm ich eigentlich die Verantwortung für die zwei Saufnasen? Und wieso hatten sich beide überhaupt so gehen lassen?

Kaum hatte ich das gedacht, schämte ich mich dafür. Ciara und Dyan hatten die Tage viel durchmachen müssen. Jeder Mensch hatte das Recht, überfordert zu sein und sich eine Pause zu gönnen. Wenn die beiden also saufen mussten, um wieder ihren Weg zu finden, musste ich das nicht mögen, akzeptieren konnte ich es dennoch.

Trotzdem würde ich Dyan bei zumindest halbem Verstand brauchen, sonst würde ich Ciara nicht aus dem Bad bekommen, geschweige denn nach Hause.

Da mir nichts Besseres einfiel, um Dyan wieder in die reale Welt zurückzuholen, zwickte ich ihn kurzerhand in die Seite. Zu meinem Glück zuckte Dyan zusammen und sah mich nach einigen Sekunden verwirrt, aber eindeutig klarer an.

Ich ließ ein kleines Lächeln aufblitzen und deutete dann auf Ciara hinter mir. »Könntest du mir den Gefallen tun und Ciara tragen?«

Er nickte einmal und drängte sich dann an mir vorbei zu seiner Schwester, die er mit solch einer Behutsamkeit aufhob, dass ich mich umso mehr für meine Gedanken schämte. Als sie sich murmelnd an ihn kuschelte, gab er ihr sogar einen zarten Kuss auf die Stirn. Einen Sekundenbruchteil stellte ich mir vor, an Ciaras Stelle zu sein. Mit solch einer Liebe behandelt zu werden, jemanden zu haben, der mir stets den Rücken stärkte. Ein angenehmer Schauder überlief mich und ließ mich dann einsam und kalt zurück.

Erwartungsvoll schaute Dyan zu mir rüber, doch die Fürsorge in seinen Augen ließ mich schnell den Blick abwenden, bevor ich mich beeilte, aus dem Bad zu kommen. Draußen erwartete uns wieder die laute Musik, doch ich war dankbar für alles, was die komische Stille füllte, die sich zwischen uns ausgebreitet hatte.

Kapitel 22 Tessa

Mit Dyan als meinem neuen Schatten drängte ich mich durch den Flur, um wieder in das Wohnzimmer zu kommen. In Gedanken war ich schon bei mir zu Hause, nachdem ich die zwei Saufnasen abgeliefert hatte, und rollte mich mit Musik in meine Einsamkeit ein.

Allerdings hatte ich dabei nicht mit Patrick gerechnet, der plötzlich auftauchte. Erschrocken blieb ich stehen und blinzelte den Veranstalter dieser Party an, der mir vorhin kurz vorgestellt worden war. Überraschenderweise kannten wir uns doch. Aber nicht wegen seiner legendären Partys, sondern weil sein Vater ein Vertragspartner meines Dads war.

Seine weißen, geraden Zähne blitzten im gedämpften Licht auf, als er mir ein charmantes Lächeln zuwarf. »Hey, Tessa, wo willst du denn so eilig hin?«

Patrick war einer der wenigen reichen Kids, die darauf brannten, die Firma der Eltern zu übernehmen und sie noch erfolgreicher zu machen. Entsprechend stand er selbst jetzt in einem gestärkten Hemd vor mir.

»Hey! Für die zwei Saufnasen ...« Ich wies mit der Hand über meine Schulter. »... war es heute genug. Die Party ist echt toll, doch wenn es dir nichts ausmacht, bringe ich die beiden in ihre königlichen Betten.« Ich verzog meinen Mund zu einem schiefen Lächeln, das er erwiderte.

»Das ist schade, aber ...« In diesem Moment ging plötzlich die Musik aus, und eine erboste Stimme schallte durch die Menge von Jugendlichen. »PATRICK! WO BIST DU?«

Alle Farbe wich mit einem Mal aus dessen Gesicht, während er sich hektisch umdrehte. Auch ich hielt Ausschau nach der Person, die sich gerade mit einem Brüllen angekündigt hatte. Mein Blick fiel erst auf den Herrn Ende vierzig, der sich in einem Anzug durch die Menge drängte, als Patrick erstickt sagte: »Vater?«

O nein, das klang nach Ärger.

Mr McCollins erreichte uns innerhalb von Sekunden, was vor allem daran lag, dass die Jugendlichen dem wütenden Mann bereitwillig Platz machten. Auch Patrick verlagerte nervös das Gewicht, als ob er am liebsten ebenfalls zurückweichen würde. Kein Wunder, bei dem finsteren Gesicht, das sein Vater zog.

»Ich lasse dich immer deine kindischen Teenagerpartys hier feiern, sage nichts gegen das Chaos, das ihr hinterlasst oder den Lärm, obwohl ich mir nach einem langen Arbeitstag meine Ruhe verdient hätte. Es gibt nur eine Regel. Eine Regel, die ich dich gebeten habe einzuhalten.«

Patrick schluckte unruhig und beeilte sich, seinem Vater zu versichern: »Ja! Und die halte ich auch immer ein, Vater! Niemand darf an deine Whiskeys.«

Leider schien die Aussage Mr McCollins eher wütender zu machen, als ihn zu beruhigen. Nervös warf ich einen Blick zu Dyan, der noch immer mit Ciara in seinem Arm hinter mir stand. Auch er beobachtete die Szene misstrauisch.

»Ach ja, und wie kann es dann sein, dass die Vitrine mit den Whiskeys sperrangelweit offen steht und eine Flasche daraus fehlt?«

Das schien Patrick in Erklärungsnot zu bringen. Und das zusammenhanglose Gestammel seines Sohnes schien Mr McCollins zu enttäuschen. So interpretierte ich zumindest die Art, wie er missbilligend die Lippen verzog. Kein Wunder, wenn Patrick einmal die Firma leiten wollte, durfte er sich nicht so leicht aus dem Gleichgewicht bringen lassen.

»Patrick, ich will sofort eine Antwort von dir! Wer hat meinen Whiskey genommen? Ich erwarte einen Ersatz und eine förmliche Entschuldigung!«

Inzwischen hatte sich eine Zuschauertraube um uns gebildet, und alle beobachteten gespannt das Geschehen. Aber dass der Verantwortliche vortreten und sich seiner Schuld stellen würde, wäre wohl Wunschdenken. Überall spiegelte sich die gleiche Mischung aus Furcht und Respekt wider.

Nur vier Jungs bildeten eine Ausnahme, und erstaunt musste ich feststellen, dass sich die Badboys an vorderster Front aufgestellt hatten. Die Gesichter konzentriert und ernst. Von dem vielen Alkohol, der geflossen war, so gut wie keine Spur mehr zu sehen. Bewundernd wurde mir klar, dass sie alle ihrem Freund den Rücken decken wollten. Keiner von ihnen machte den Anschein, als wollte er am liebsten umdrehen und sich dem Ärger entziehen. Eine Gänsehaut überzog meine Arme, so sehr berührte mich dieser Zusammenhalt.

Mit neuer Entschlossenheit richtete ich meine Aufmerksamkeit wieder auf Patrick, der sich unter dem Blick seines Vaters zu winden schien. Es war klar, dass er seinem Vater nicht liefern konnte, was dieser verlangte. Immerhin wusste er selbst nicht, wer dafür verantwortlich war. Aber gerade diese Unwissenheit, die davon zeugte, dass er die Situation nicht unter Kontrolle hatte, missfiel seinem Vater.

»Es tut mir wirklich leid, Mr McCollins. Ihr Sohn möchte mich decken, aber es ist meine Schuld. Mein Vater ist selbst ein Whiskeykenner, und da habe ich mir einfach eine Ihrer Flaschen zum Probieren genommen. Patrick hat mich bereits ordentlich zurechtgewiesen, ich weiß selbst nicht, was mich geritten hat. Natürlich werde ich Sie für die Flasche entschädigen.«

Alle Blicke flogen mir zu, und auch Mr McCollins wandte sich erstaunt zu mir um. Eigentlich war sogar ich selbst von meinen Worten überrascht, aber ich konnte nicht dabei zusehen, wie Patrick sich quälte. Also blickte ich fest in die stahlgrauen Augen des älteren Mannes und konnte Wut, Verwunderung und vielleicht einen Hauch Bewunderung in ihnen entdecken.

»Ach tatsächlich? Und wer sind Sie, junge Dame?«

Mit ausgestreckter Hand trat ich näher an ihn heran. »Oh, tut mir leid. Mein Name ist Tessa Anderson, Sir!«

Ich spürte die plötzliche Unsicherheit in seinem Händedruck, als er meinen Namen mit der Tochter seines Geschäftspartners verband. Ja, selbst auf mächtige Leute wie die McCollins hatte mein Familienname diesen Effekt, immerhin hatten viele von ihnen Verträge mit meinem Vater am Laufen oder verdankten ihm ihre Karriere.

»Miss Anderson! Welch eine Überraschung, Sie hier zu treffen! Natürlich ist das mit dem Whiskey kein Problem, Sie müssen nichts ersetzen oder dergleichen! Immerhin lag die Verantwortung bei meinem Sohn.«

Schnell hob ich abwehrend die Hände und schüttelte den Kopf. Auf keinen Fall sollte Patrick wegen mir noch mehr Ärger bekommen.

»O nein! Ich bestehe darauf! Und Patrick trifft keine Schuld. Ich werde Ihnen die Ersatzflasche so bald wie möglich zukommen lassen. Schreiben Sie mir bitte Name und Jahrgang auf. Es tut mir wirklich entsetzlich leid!« Mr McCollins schien von meiner Entschuldigung tatsächlich beruhigt. Zumindest nickte er und klopfte seinem Sohn versöhnlich auf die Schulter, der nur überfordert zwischen uns beiden hin- und herschaute.

»Nun gut, ich werde Ihnen die Informationen über meinen Sohn zukommen lassen. Trotzdem hätte ich gerne meine Ruhe, also wenn du, mein Junge, bitte die Party beenden könntest ... Allerdings hoffe ich, Sie bald mal wieder in meinem Haus begrüßen zu können, Miss Anderson. Vielleicht zu einem Abendessen?«

Ein strahlendes Lächeln schlich sich auf sein Gesicht und ließ ihn schlagartig jünger wirken. Aber ich kannte dieses Funkeln in seinen Augen nur zu gut. Er sah in mir nichts weiter als eine Möglichkeit, weitere Geschäfte mit meinem Vater zu machen.

Ich nickte unverbindlich und streckte ihm zum Abschied die Hand entgegen, die er sofort annahm und herzhaft schüttelte. Mr McCollins verabschiedete sich mit einem mahnenden Blick in die Runde und lief durch die starrende Teenagermenge.

Sobald er außer Sichtweite war, ließ Patrick seufzend die Schultern fallen und legte den Kopf in den Nacken. Schmunzelnd beobachtete ich ihn. Den Umgang mit reichen Leuten sollte er noch üben. Aber das war nicht mein Problem, und mir reichte es nach dieser dramatischen Szene. Ich wollte in mein Bett.

Müde ging ich auf Dyan zu, der mich mit einem mysteriösen Lächeln betrachtete. »Könnten wir jetzt bitte fahren?«

Tatsächlich machte sich bereits der Großteil der Jugendlichen auf den Weg nach Hause, und von draußen hörte man das monotone Brummen vieler Automotoren. Dyans Nicken nahm ich als Bestätigung, und ich packte ihn seufzend am Arm, um ihn nach draußen zu führen.

»Warte, Tessa!«, rief da Marco und kam auf mich zu gejoggt. Er hatte ein breites Grinsen aufs Gesicht gekleistert und blieb vor mir stehen. »Coole Aktion, das gerade. Du bist echt schwer in Ordnung. Deswegen denke ich, ist es auch okay, wenn ich dir das hier anvertraue.«

Zuerst hatte ich auf Durchzug geschaltet, doch nun wurde ich wieder hellhörig und blickte erwartungsvoll auf seine Hand, die etwas vor meinen Augen baumeln ließ.

Überrascht zog ich die Luft ein und schnappte mir den Gegenstand. »Woher hast du den?!«

Sein Grinsen wurde noch ein Stück breiter. »Ich habe vorhin allen Jungs ihren Autoschlüssel abgenommen, weil ich das Loserlos gezogen hatte und nüchtern bleiben musste. Du weißt schon, von wegen einer muss vernünftig sein und so«, zwinkerte er mir zu. »Jedenfalls bin ich mir sicher, es ist besser, du fährst Dyan damit nach Hause, als dass sein Schatz hier schutzlos stehen bleibt.«

Ich wollte ihm schon schreiend um den Hals fallen, doch er hielt mich mit todernstem Gesichtsausdruck auf. »Aber schwöre mir, du passt auf! Ein Kratzer, und ich werde einen Kopf kürzer gemacht!«

Ich versuchte, mir mein Jokergrinsen zu verkneifen, und nickte übertrieben heftig. Dann sprang ich ihn doch an und knuddelte ihn einmal durch. »Danke, Marco!«

Voller Tatendrang schnappte ich mir nun Dyan, der anscheinend nichts mitbekommen hatte, und hopste Richtung Haustür. Verdammt, ich würde gleich mit dem R8 fahren!

Ich konnte gar nicht schnell genug aus dem Haus kommen, weshalb ich nicht darauf achtete, dass Dyan nur noch hinter mir herstolperte.

Einige Meter vor meinem Baby drückte ich den *Unlock*-Knopf des Schlüssels und trat wie hypnotisiert näher heran. Ehrfürchtig strich ich über die Motorhaube.

Es war, als wäre jede Sekunde meines Lebens auf diesen Moment zugelaufen. Die gesamte Welt verschwamm, bis es nur noch mich und diesen Audi R8 gab. All meine Probleme waren verschwunden, und ich fühlte mich frei, als könnte ich davonschweben ... und dann riss mich das Knallen einer Autotür aus meinem Bann.

Verwirrt starrte ich auf den Fahrersitz. Dyan hatte sich mit Ciara auf seinem Schoß hinters Steuer gesetzt!

Oh, dann sollte ich ... warte, nein, was?!

Ich hetzte zur Fahrerseite zurück und riss die Tür auf. Träge schaute Dyan zu mir auf und klopfte dabei seine Hosentaschen ab, offenbar auf der Suche nach dem Autoschlüssel. »Dyan, was machst du denn da? Setz dich auf den Beifahrersitz.«

Natürlich machte er keine Anstalten, sich in irgendeiner Art zu bewegen. Will dieser Depp mich verarschen?! Er ist so dicht, dass er fast gegen eine Wand läuft, aber klar genug, dass er sein Auto fahren will?

Böse funkelte ich ihn an. Er ließ mir keine andere Wahl ... Wie eine Verrückte zog ich an seiner Hand und lehnte mich mit meinem ganzen Gewicht nach hinten, um ihn mit körperlicher Gewalt aus diesem verdammten (tut mir leid, mein Baby, ich hab dich lieb) Auto zu zerren, aber letzten Endes keuchte ich bloß wie ein gestrandetes Nilpferd.

Sauer stützte ich die Hände in die Hüften und betrachtete Dyan eingehend, der nach wie vor unbewegt dasaß. Nur seine knallrote Hand zeugte von meinen Bemühungen. Irgendwie musste ich ihn doch rauslocken können.

»Wenn du rauskommst, kaufe ich dir ein Stück Pizza!«, rief ich und klatschte begeistert in die Hände. Doch seine Antwort bestand nur aus einer hochgezogenen Augenbraue.

»Och komm schon! Jeder liebt Pizza! Na ja, okay ... ich kaufe dir so viele Pizzen, wie du willst!«

Seine zweite Augenbraue schoss in die Höhe, und widerstrebend akzeptierte ich meine Niederlage. Verdammt aber auch!

Nachdenklich kaute ich auf meiner Unterlippe herum. Was würde Dyan dazu bewegen auszusteigen? Logische Argumente? Bevor ich anfangen konnte, wurde ich von Dyans durchdringendem Blick abgelenkt, der mich intensiv fixierte. Für einige Sekunden hielt ich dem stand, doch schließlich wendete ich mich verlegen ab. Wieso schaute er mich so an?

Verwirrt schüttelte ich den Kopf. Wahrscheinlich hatte er nur einen Fixpunkt gesucht, um nicht gleich in sein geliebtes Auto zu reihern. Und meine Nase war halt gelegen gekommen.

Oder eher dein Mund?

Nein, dieser verrückte Gedanke wird sofort vergessen! Stattdessen wandte ich mich wieder Dyan zu und ging vor der Autotür in die Knie.

»Hey, Dyan, bitte steig aus, damit ich dich und deine Schwester nach Hause fahren kann. Du siehst doch, wie schlecht es ihr geht, sie muss wirklich ins Bett. Und wie sehr du deinen R8 auch liebst, du bist nicht in der Verfassung zu fahren. Ich verspreche dir auch, ganz vorsichtig mit deinem Baby zu sein.«

Nun war ich es, die seinen Blick festhielt, und legte all die Sorge um die beiden und auch meine Erschöpfung hinein. Ich wollte nicht länger mit ihm diskutieren. Auch ohne Alkohol im Blut, machte mir die Müdigkeit zu schaffen.

Außerdem drängte sich mein Vater in meinen Verstand. Ab morgen wäre er wieder da. Ab morgen musste ich mich wieder um ihn kümmern, als wäre er ein kleines Kind. Ein kleines Kind, das mich, wann immer es wollte, schlagen konnte. Heute war der letzte Abend, den ich halbwegs sorgenfrei verbringen konnte.

Über all diesen Trubel hatte ich fast vergessen, dass ich kein einfaches Teenagerleben hatte. Das perfekte Ballkleid finden oder den süßesten Jungen meinen Freund nennen? Lächerlich. Auf so etwas Banales konnte ich mich nicht konzentrieren.

Plötzlich spürte ich eine sanfte Berührung an meiner Wange und blickte erschrocken auf. Dyan hatte sich zu mir gelehnt und strich zärtlich mit seinen Fingerkuppen über meine Wange, bis hoch zu meiner Schläfe und dann runter zu meinem Mundwinkel.

Erstaunt darüber, dass er mich allem Anschein nach trösten wollte, konnte ich bloß in seinen Augen versinken. Ganz automatisch schmiegte sich meine Wange an seine Handfläche, und ich wehrte mich nicht, als er mich sanft zur Seite schob, um auszusteigen. Dann wurde ich in einer Umarmung zur Seite gedreht, sodass Dyans breite Schultern uns vor fremden Blicken schützten. Seine beruhigende Wärme schien augenblicklich in mich einzusickern.

Wie konnte eine Person, die ich letzte Woche noch gehasst hatte, mir allein mit einer Umarmung solch eine Geborgenheit schenken? Ich hatte nicht den blassesten Schimmer, aber ich wollte es auch nicht hinterfragen, sondern einfach die angenehme Stille genießen.

Die Zeit verstrich, doch mein Bedürfnis, schnellstmöglich von hier wegzukommen, war verflogen. Dyan war es, der mich schlussendlich sanft wegschob, nachdem Ciara, die, wie mir erst jetzt auffiel, auf dem Beifahrersitz lag, ein Wimmern von sich gab.

Ohne ein Wort umrundete er das Auto, um Ciara herauszuheben und sich dann mit ihr auf dem Schoß wieder hinzusetzen. Nur das flüchtige Streifen seiner Finger an meiner Wange erinnerte an diesen intimen Moment, den wir gerade geteilt hatten.

Aus Angst vor den Gefühlen, die in mir aufzuwallen drohten, beeilte ich mich, ebenfalls ins Wageninnere zu kommen, und ließ den Motor mit einem Schnurren zum Leben erwachen. Es war von Vorteil, dass der Porsche meiner Mutter sich ähnlich wie der R8 fahren ließ. Andernfalls hätte ich mein Versprechen, dass dem Auto nichts passierte, wohl nicht garantieren können.

Trotzdem konnte ich die Fahrt nicht so genießen wie gedacht. Zu abgelenkt war ich von dem leeren Gefühl in meiner Brust, das sich dort eingenistet hatte, seitdem Dyan sich von mir gelöst hatte. Als wäre meinem Herzen aufgefallen, dass etwas fehlte.

Kapitel 23 Dyan

Ich beobachtete Tessa während der Fahrt. Jede einzelne ihrer Bewegungen, selbst wenn sie sich nur die Haare hinter die Ohren strich. Und das Erschreckende daran war, dass ich es nicht aus Sorge um mein Auto tat. Nein, ich beobachtete sie, weil es mir gefiel.

Bisher war mir nie aufgefallen, wie fein ihre Gesichtszüge waren oder wie ihre grünen Katzenaugen im Licht der entgegenkommenden Autos blitzten. Mir war nie die kleine Falte zwischen ihren Augenbrauen aufgefallen, wenn sie grübelte oder sich Sorgen machte, genauso wenig, wie weich ihr Mund wirkte, wenn sie ihn nicht zornig zusammenkniff.

Generell war mir Tessa nie als ganze Person aufgefallen. Für mich war sie nur eine Nervensäge gewesen, die sich einen Spaß daraus machte, mich und meine Kumpels bei unseren Angelegenheiten zu stören.

Aber wie sagt man so schön: Im Nachhinein sieht man alles viel klarer. Wenn ich daran dachte, wie oft ich Tessa beleidigt hatte, schämte ich mich. Vor allem, nachdem sie sich so für Patrick eingesetzt hatte.

Eigentlich war ich nicht schlimm betrunken. Gut, zwischenzeitlich hatte sich die Welt ziemlich gedreht, allerdings hatten meine Jungs und ich auch etwas zu feiern gehabt. Jake hatte uns vorhin geschrieben, dass er tatsächlich Startplätze für die *Race Night* organisieren konnte. Ich hatte zuvor ja nicht wirklich daran geglaubt, aber umso größer war dadurch die Freude gewesen.

Erst als Ciara sich ein Bier nach dem anderen holte, war ich aufmerksam geworden. Über die gute Nachricht hinweg hatte ich fast vergessen, dass ich auf meine kleine Schwester aufpassen wollte. Im Bad war es mir jedoch schwergefallen, bei den Würgegeräuschen und dem Geruch nicht selbst meinen Mageninhalt von mir zu geben, deswegen war ich Tessa nur zu dankbar gewesen, die wie immer alles souverän gehändelt hatte. Seitdem beobachtete ich Tessa einfach nur. Versuchte herauszufinden, was ich sonst noch übersehen hatte, während mein Kopf immer klarer wurde. Lediglich bei meinem Auto war ich eingeschritten. Niemand, wirklich niemand außer mir hatte bisher diesen R8 gefahren. Doch als Tessa so vor mir gekniet hatte ... sie hatte so verzweifelt ausgesehen, so hilflos, als wüsste sie nicht, wie sie weitermachen sollte. Da musste ich sie in die Arme nehmen. Ich fühlte mich ihr auf eine seltsame Art und Weise verbunden, die mich schon vorhin auf der Tanzfläche überrascht hatte.

Dieser Abend hatte Tessas und meine Beziehung einen Schritt weitergebracht – in eine Richtung, die wohl niemand erwartet hätte.

Vertieft in meinen Gedanken fiel mir nicht auf, dass wir bereits bei unserer Villa angekommen waren, bis Tessa den Motor stoppte und mir plötzlich direkt in die Augen sah. Ob ihr klar war, dass sie immer den Kopf schräg legte, als wäre ich ein Rätsel, das sie lösen wollte?

Ein kleines Lächeln schlich sich auf ihr Gesicht. »Was ist? Habe ich irgendwas im Gesicht?«

Unwillkürlich zogen sich meine Mundwinkel leicht nach oben. »Nein.« Ich wusste, dass sie auf eine genauere Erklärung wartete, aber die würde ich ihr nicht geben.

Schließlich schwang sich Tessa mit einem Seufzen aus dem Wagen. »Okay, lass uns endlich Ciara hineinbringen.«

Schneller, als ich reagieren konnte, umrundete Tessa das Auto und öffnete die Tür, um mich mit einem witzigen Abklatsch einer Butlerverbeugung herauszuwinken.

Vorsichtig bugsierte ich meine kleine Schwester aus der niedrigen Öffnung und hievte mich dann selbst ins Freie. Hinter mir fiel die Tür zu, und das Auto verschloss sich blinkend. Mein Hausschlüssel hing an einem separaten Bund, also marschierte ich die Treppen hoch zu unserer Villa, lagerte Ciara um, und kramte den Schlüssel aus meiner hinteren Hosentasche hervor. Nachdem ich aufgeschlossen hatte, drehte ich mich verwirrt zu Tessa, die nervös neben meinem Wagen auf dem Kiesplatz verharrte.

»Wartest du auf eine persönliche Einladung?«, fragte ich sie und zog eine Augenbraue hoch. Ihr Kopf schoss zu mir, aber sie machte keine Anstalten, mir zu folgen.

»Nein. Es wäre sicher besser, wenn ich mich nach Hause verziehe«, murmelte sie und scharrte mit den Füßen.

Ich runzelte die Stirn und ging langsam wieder die Treppenstufen nach unten. »Das glaube ich nicht. Zum einen ist es schon viel zu spät, und zum anderen, mit welchem Auto willst du bitte fahren?«

Bei meinem ersten Argument hatten ihre Augen kämpferisch aufgeblitzt, ein Zeichen dafür, dass sie nicht aufgegeben hätte, beim zweiten gab es jedoch keine Ausrede. Ohne den Mini müsste sie sich einen Wagen von uns ausleihen, und nach ihrem verkniffenen Gesichtsausdruck zu urteilen, gefiel ihr der Gedanke nicht. Abgesehen davon, dass ich ihr eh keinen geben würde. Sie sollte lieber bei uns übernachten, dann konnte ich sie nach einer Mütze Schlaf heimfahren.

Trotzdem reckte Tessa stolz das Kinn in die Höhe. »Wer hat denn gesagt, dass ich einen Wagen brauche? Ich laufe einfach nach Hause. Du weißt schon, sich fit halten und so, habe ich in letzter Zeit eh vernachlässigt. Also, man sieht sich!« Sofort drehte sie sich auf dem Kies um und machte Anstalten loszulaufen. Kopfschüttelnd verdrehte ich die Augen über ihre Dickköpfigkeit.

»O ja, klar, musst ja nur durch die halbe Stadt. Viel Spaß, in den Schuhen wird das ein angenehmer Spaziergang. Und Grüße an die Kleinkriminellen, wenn sie dich in eine Gasse geschleift haben.«

Bei meinem sarkastischen Tonfall wandte sich Tessa wieder zu mir um und runzelte die Stirn. »War das nicht etwas übertrieben? Du hattest mich schon bei den High Heels.«

Ich zuckte mit den Schultern, grinste aber breit. »Wirklich? Du bist so stur, ich schätze, du würdest knallhart versuchen, mit dem Kopf durch eine Betonmauer zu kommen und es sogar schaffen.«

Sie schnaubte ironisch, stapfte jedoch brav auf mich zu. »O ja, das sagt genau der Richtige. Weißt du noch, vor fünf Jahren? Ganze drei Wochen sind alle Jungs mit grün getönten Haaren herumgelaufen, weil *du* gedacht hast, das würde in Mode kommen und auf jeden so lange eingeredet hast, bis er deine Meinung teilte.«

Bei der Erinnerung lachte ich kurz auf. »Ich habe nie behauptet, dass die Betonmauer für mich und meinen Kopf ein Hindernis darstellen würde.«

Tessa grummelte leise vor sich hin, während wir zusammen die Treppen hochstiegen. Nachdem ich vor ihr die Eingangshalle betreten hatte, ließ sie die schwere Tür hinter uns ins Schloss fallen.

»Du kannst ins Wohnzimmer vorgehen. Und keine Sorge, unsere Eltern sind nicht da. Ich bringe Ciara hoch und hole dir Bettzeug.«

Ohne Tessas Zustimmung abzuwarten, beeilte ich mich, meine Schwester in ihr Bett zu legen. Sie gab ein leises Schnarchen von sich und rollte sich einmal ganz herum, kaum dass sie die Matratze berührt hatte. Um es ihr bequemer zu machen, streifte ich ihr die Schuhe von den Füßen, sie umzuziehen, traute ich mich jedoch nicht. Zum einen würde sie das beim Aufwachen auf falsche Gedanken bringen, und zum anderen verspürte ich kein dringendes Bedürfnis, zu erfahren, was für Unterwäsche meine kleine Schwester trug. Sonst müsste ich noch alle männlichen Bewohner dieses Planeten kastrieren. Keine angenehme Vorstellung, weder für mich noch für jeden anderen Mann.

Allerdings deckte ich sie fürsorglich mit einer flauschigen Decke zu und gab ihr ein Gutenachtküsschen auf die Stirn.

Gähnend verließ ich den lavendelfarbenen Traum meiner Schwester, auch bekannt als ihr Zimmer, und stolperte rüber in meins. Langsam überkam mich die Müdigkeit, und so sammelte ich im Halbschlaf Decke und Kissen von meiner Couch ein und hielt dann noch einmal inne.

Tessa trug noch immer ihr Outfit von der Party. Das konnte kaum bequem sein, schon gar nicht mit den Verbrühungen auf ihren Oberschenkeln. Ohne weiter darüber nachzudenken, drehte ich um und machte einen Abstecher in meinen begehbaren Kleiderschrank, ehe ich wieder nach unten ging.

Tessa saß sichtlich nervös auf dem Sofa. Sie schien sich nicht wirklich wohlzufühlen, und zugegebenermaßen störte mich das. Sie hatte hier nichts zu befürchten, sie sollte sich entspannen können. Behutsam legte ich die Sachen neben sie auf die Polster.

»Ist es für dich okay, auf der Couch zu schlafen? Ich kann dir auch ein Gästezimmer herrichten, aber um ehrlich zu sein, fehlt mir dazu die Energie. Oder du kommst mit hoch in mein Bett.«

Das Angebot war nur halb ernst gemeint. Eigentlich wollte ich vor allem Tessas Reaktion testen, die mich mit ihrem erschrockenen Blick nicht enttäuschte. Allerdings wäre es für mich auch kein Problem gewesen, wenn sie wirklich in meinem Bett hätte schlafen wollen. Mein Kingsize-Bett war groß genug. Und bequemer als das Sofa wäre es allemal.

»Nein danke, die Couch ist perfekt.«

Die Antwort kam wie aus der Pistole geschossen, sodass ich mir ein Grinsen nicht verkneifen konnte.

»Na dann leg ich mich auch aufs Ohr. Falls dir irgendwas fehlt oder du einfach Nähe suchst, scheue dich nicht, zu mir ins Bett zu kriechen.« Verführerisch zwinkerte ich ihr zu und streckte mich dann, sodass der Saum meines Shirts hochrutschte und einen Streifen meiner Haut freigab. Ich konnte es einfach nicht lassen, sie zu ärgern.

Glücklich bemerkte ich, wie Tessas Blick kurz daran hängen blieb, bevor sie die Augen verdrehte und das Kissen nach mir schmiss. Allerdings war ich schnell genug aus dem Raum, um dem weichen Geschoss zu entkommen, und stieg herzlich lachend die Stufen hoch.

»Nacht, Tessa!«

»Nacht, du Idiot!«, schallte ihre liebliche Antwort durch das stille Haus.

Kapitel 24 Tessa

Dyan hatte mich ein weiteres Mal überrascht, indem er zu Kissen und Decke eines seiner Shirts dazugelegt hatte. Es fühlte sich zwar komisch an, ein weiteres Kleidungsstück von ihm in Beschlag zu nehmen – wenn das so weiterging, könnte man mich bald beschuldigen, seinen Kleiderschrank zu plündern – aber es war tausendmal bequemer als meine Klamotten. Vor allem meine Oberschenkel sehnten sich danach, aus der Hose herauszukommen, und da Dyans Shirt wie ein lockeres Kleid an mir herunterfiel, war es geradezu perfekt, um die Verbrühungen zu schonen.

Eingehüllt in seinen Geruch driftete ich erstaunlich schnell ins Land der Träume ab.

Am nächsten Morgen wurde ich von Sonnenstrahlen geweckt, die durch die großen Fenster im Erdgeschoss fielen. Nicht dazu bereit, meinen Schlaf aufzugeben, rollte ich mich stöhnend zur Seite und fiel prompt von der schmalen Couch.

Wieder stöhnte ich und ließ erschöpft den Kopf auf den flauschigen Teppich sinken. Wenigstens lag ich jetzt im Schatten. Allerdings schien mir Frieden trotzdem nicht vergönnt, denn im nächsten Moment beklagte sich mein Magen mit einem lauten Knurren und erinnerte mich daran, dass meine letzte Mahlzeit viel zu lange her war.

Und da Hunger das Einzige war, was gegen meine Schläfrigkeit ankam, stemmte ich mich nach fünf Minuten, in denen ich versuchte, das Knurren zu ignorieren, schließlich schlaftrunken in die Höhe und stolperte Richtung Küche.

Kurz verschaffte ich mir einen Überblick über die Einrichtung und musste erleichtert feststellen, dass unsere Familien wohl den gleichen Küchenplaner hatten. Zumindest hatte ich keine Probleme, alles zu finden und den Hightech-Herd zu bedienen. Mein Plan war, Rührei zu machen, und auch wenn ich nicht wusste, wann die Lawyer-Geschwister aufstehen würden, beschloss ich, für sie eine Portion mit einzuplanen. Immerhin war es streng genommen ihr Essen.

Nachdem ich Zwiebeln und Paprika klein geschnipselt hatte und dabei fast eingenickt wäre, beschloss ich, etwas mehr Stimmung in die Küche zu bringen, und holte aus meiner Handtasche mein Handy, um meine Playlist anzumachen. Leise mitsummend bereitete ich alles für das Rührei vor und entdeckte dazu noch Bacon im Kühlschrank, sodass mein Magen das Frühstück kaum noch erwarten konnte.

Ich war völlig vertieft in meine Arbeit, als mich plötzlich eine aufgebrachte weibliche Stimme mit spanischem Akzent aus meiner Konzentration riss.

»Wer sind Sie?! Und was machen Sie hier?!«

Erschrocken fuhr ich herum und stand einer rundlichen Frau gegenüber, die ich um die fünfzig einschätzte. Sie hielt kampfbereit einen Kochlöffel als Waffe vor sich. Meine Hände hoben sich automatisch.

Ich war noch zu überrascht, um zu antworten, und so wiederholte die Frau mit energischer Stimme: »Wer sind Sie? Und was suchen Sie in diesem Haus?!«

Mein Gehirn brauchte Ewigkeiten, bis mir die einzig logische Erklärung einfiel, weshalb eine fremde Frau im Haus der Lawyers stand. Sie musste die Haushälterin sein. Langsam ließ ich die Hände sinken und lächelte freundlich.

»Hallo! Ich bin Tessa, eine Freundin von Ciara und Dyan.« Schüchtern winkte ich, da sie noch immer den Holzlöffel auf mich richtete und misstrauisch die Augen zusammenkniff.

»Die Geschwister hatten noch nie Freunde hier. Also wer sind Sie wirklich? Vielleicht ein Einbrecher?«, murmelte sie und kam ein Stück näher. Ich schluckte bei ihrem entschlossenen Gesichtsausdruck und wich zur Seite aus.

»Nein, ich bin wirklich eine Freundin! Sehen Sie ...«, bevor ich auf das vorbereitete Frühstück verweisen konnte, war die Frau nach vorne gesprungen und schlug mit dem Löffel nach mir. Mit einem Quietschen wich ich aus und rannte aus der Küche.

»Ay, no! Verschwinden Sie aus diesem Haus! Ich kenne Sie nicht, und immerhin arbeite ich hier seit zehn Jahren!«

Ich schlitterte auf meinen nackten Füßen um die Ecke und hechtete in die Eingangshalle. Erstaunlich schnell folgte die Frau mir, immer noch den Löffel schwingend.

»Sind Sie eine der Eroberungen des jungen Herrn? Ay, dann sollten sie lieber gehen!«

Zwei Sachen bei dieser Aussage ließen mich straucheln.

Erstens: Sie hielt mich für eine von Dyans Betthäschen?! Okay, ich trug sein Shirt, sollte mich eigentlich nicht wundern.

Zweitens: Dyan hatte so oft Mädchen hier, dass seine Haushälterin sie mit einem Kochlöffel vertrieb?

Ich griff nach dem Pfosten des Treppengeländers, um eine scharfe Kurve zu nehmen und in den hinteren Bereich der Villa zu flüchten.

»Gott behüte die Mädchen, die Dyan verfallen, aber ich gehöre nicht dazu, ich schwöre es!«, brüllte ich, ohne anzuhalten.

»Packen Sie einfach Ihre Sachen zusammen, junge Frau. Glauben Sie mir, ersparen Sie sich den Herzschmerz.«

Wie bizarr sollte die Situation eigentlich noch werden?! Konnte sie mich nicht bei einer Tasse Kaffee warnen? Obwohl sie das natürlich nicht musste, immerhin würde ich niemals auf Dyan hereinfallen.

Sagte sie und lebt quasi in seinen Klamotten.

Ruhe auf den billigen Plätzen!

In einem mir unbekannten Teil der Villa angekommen, steckte ich plötzlich in einer Sackgasse fest. Ich stand in der Mitte eines Zimmers, das mit dem schwarzen Flügel und den vielen verschlossenen Instrumentenkoffern nach einem Musikraum aussah. Interessant, ich musste unbedingt nachfragen, wer hier so musikalisch interessiert war. Sobald ich die Haushälterin, die nun die einzige Tür blockierte, davon überzeugt hatte, dass ich kein kleines Luder war.

Wieder hob ich ergeben die Hände, während die Haushälterin sich mir näherte, bis sie sich meinen Arm schnappen konnte. Zwar hätte ich ihr wieder ausweichen können, und wäre es aus Reflex heraus auch beinahe, aber ich biss die Zähne zusammen und zuckte nicht weg.

Wie eine Verbrecherin wurde ich zurück zur Eingangshalle geschleppt, während all meine Erklärungen auf taube Ohren stießen. Wurde ich jetzt vor die Tür gesetzt, oder was?

Bevor ich das herausfand, erklang Gepolter von der Treppe, sodass die Haushälterin und ich synchron den Kopf drehten, um eine vollkommen verkaterte Ciara die Stufen herunterstolpern zu sehen.

»Dios mio, junges Fräulein Ciara! Was ist denn mit Ihnen passiert?«, fragte die Haushälterin mit einem besorgten spanischen Akzent.

Träge blinzelte Ciara, bis sie plötzlich beide Augen erschrocken aufriss, mich musterte und schließlich an Dyans Shirt hängen blieb. Die Reaktion des jungen Fräuleins fehlinterpretierend zog die Haushälterin erneut an meinem Arm. »Ah, ich bringe den ungebetenen Gast hier gerade zur Haustür. Ihr Bruder sollte sich etwas zurücknehmen.«

Am liebsten wäre ich vor Scham im Boden versunken, aber glücklicherweise klärte Ciara das Missverständnis auf. »Warte! Stopp, nein! Sie kann hierbleiben, Tessa ist eine Freundin von mir.«

Erstaunt blieb die Haushälterin stehen und musterte mich eindringlich. »Ajá? Für mich scheint sie eher einer der Fänge Ihres Bruders zu sein, junges Fräulein.«

Ich spürte, wie sich meine Wangen erhitzten, als ich Ciaras verwunderten Blick bemerkte.

»Jaaa ... ich weiß nicht mehr genau, was gestern alles passiert ist ... Tessa, wieso hast du Dyans Shirt an?«, fragte sie mich mit gerunzelter Stirn. Und wieder kam mir jemand zuvor, bevor ich antworten konnte.

»Weil ich es ihr heute Nacht geliehen habe. Du kannst sie loslassen, Ariadna«, grummelte Dyan vom oberen Ende der Treppe, dessen dunkle Haare vom Schlaf ganz verstrubbelt waren. Augenblicklich ließ Ariadna mich los und wich mit einem entschuldigenden Blick zurück.

»Dios mio! Es tut mir schrecklich leid! Ich habe nur aus Routine gehandelt.«

Mit einer wegwerfenden Handbewegung schmetterte ich ihre Entschuldigung ab. »Ach was, ein bisschen Frühsport tut gut.«

Außerdem wäre ich allen sehr dankbar, wenn wir das schnellstmöglich vergessen würden.

Während Dyan gähnend die Treppe herunterschlich, fiel mir Ciaras zweifelnder Blick auf, der von mir zu ihrem Bruder und wieder zu mir sprang. Nein, nein, nein! Dachte sie wirklich, dass Dyan und ich ...?! Dieses verdammte Shirt!

Verlegen schaute ich an mir herunter und fühlte mich plötzlich eingeengt. Als würde man mir die Brust zuschnüren. Gott, ich musste aus diesem Shirt raus, oder ich würde Klaustrophobie bekommen.

Ohne eine Erklärung drehte ich mich blitzschnell um und rannte ins Wohnzimmer, um meine Kleider aufzusammeln. Dabei stieg mir natürlich der Duft des Rühreis und des Specks in die Nase, und mein Magen knurrte protestierend. Doch ich schlüpfte ohne Rücksicht auf meine Verletzungen in die Hose und schloss den Reißverschluss gerade rechtzeitig, bevor Dyan, gefolgt von Ciara und Ariadna, ebenfalls ins Wohnzimmer kam.

»Mhm, das riecht aber gut, Ariadna!«, sagte Ciara übertrieben heiter, in dem freundlichen Versuch, mir weitere Peinlichkeiten zu ersparen.

Verdutzt runzelte Ariadna die Stirn und eilte in die Küche. »Ah! Das muss Ihre Freundin gekocht haben!«

Augenblicklich glotzten Ciara und sogar Dyan, der bisher eher wie ein Schlafwandler gewirkt hatte, verblüfft zu mir.

Mein Griff um mein Oberteil verkrampfte sich, und ich wich einen Schritt zurück. »Äh ja ... bon appetit?« Ziellos ließ ich meinen Blick umherschweifen. Weshalb waren mir meine Kochkünste so unangenehm?

Sekunde ... doch ich wusste es. Ich sollte eigentlich eine dieser reichen, verzogenen Gören sein, die erwarteten, dass das Essen fertig zu ihnen geflogen kam.

»Duuu kochst?«, fragte Ciara gedehnt, und ich beging den Fehler, ihr in die Augen zu schauen.

»Ja, ist mein Hobby«, log ich reflexartig und zwang mich, ihrem Blick standzuhalten, um nicht aufzufliegen.

Einige Sekunden starrten wir uns an, sie in der Erwartung, mich bei meiner Lüge zu erwischen, und ich ihre Reaktion abschätzend. Schließlich zog sich zunächst ihr rechter Mundwinkel nach oben, und kurz darauf grinste sie breit. »Cool, musst du mir unbedingt beibringen. Das Einzige, was Dyan und ich können, ist Take-out bestellen.«

Ich lächelte mechanisch zurück, und mein Blick flackerte zu Dyan. »Klar, aber ich mach danach nicht die Sauerei weg.«

In diesem Moment streckte Ariadna den Kopf aus der Küche und verkündete in einem fröhlichen Tonfall: »Das Frühstück sieht köstlich aus, kommt her! Es wartet auch eine Aspirin hier.« Der letzte Kommentar ging mit einem Augenzwinkern an Ciara, die das Gesicht gequält verzerrte. »Gott danke dir, Ariadna.«

Sobald die beiden Lawyer-Geschwister mir den Rücken zugewandt hatten, huschte ich ins Bad, um dort rasch die Oberteile auszutauschen, damit ich wieder meine Klamotten anhatte. Danach lehnte ich mich erst mal ans Waschbecken und atmete tief durch. Diesen kurzen Moment, um mich zu sammeln, brauchte ich, sonst würde ich beim Frühstück noch durchdrehen. Und nach dem Essen würde ich hundertprozentig gehen. Selbst wenn ich nach Hause laufen musste!

Aber jetzt überließ ich erst mal meinem knurrenden Magen die Führung und eilte in die Küche, um mich erschöpft neben Ciara zu setzen. Diese knabberte zögerlich an einem trockenen Toast. Kein Wunder, nach allem, was sie gestern heruntergeschüttet hatte.

Im Gegensatz dazu stopfte Dyan sich munter mit Rührei voll, von dem mir ebenfalls ein Teller unter die Nase gehalten wurde.

»Ich habe für dich eine Portion vor diesem Vielfraß gerettet«, zwinkerte mir Ariadna zu und stellte mein Frühstück vor mir ab. Ich grinste hungrig, bedankte mich und machte mich über das Rührei mit Speck und Toast her.

Es herrschte eine gefräßige Stille, bis Dyan irgendwann seinen dritten Teller wegschob und sich immer noch schläfrig streckte. Ich zwang mich, zur Seite zu schauen. Nicht starren, nicht starren, nicht starren …

Uh, sein Shirt ist wieder hochgerutscht!, lockte mich meine innere Stimme. Ich sprang sofort darauf an und ließ meinen Kopf herumschnellen. Wo?!

Obwohl Dyans Shirt alles so verdeckte, wie es sein sollte, wurde mein Mund bei dem Anblick seiner Muskeln ganz trocken, die sich unter dem dünnen Stoff abzeichneten. Natürlich starrte ich unverhohlen darauf, bis er sich wieder normal hinsetzte. Dieses hinterlistige kleine Biest in meinem Kopf ...

Über mich selbst verlegen räusperte ich mich. »Ähm, ich will nicht unhöflich sein, aber ich müsste so langsam nach Hause, also ...«

Wenigstens war Dyan wach genug, um zu reagieren. »Ja klar, ich fahre dich gleich. Ich muss mich nur umziehen.« Mit diesen Worten schob er den Stuhl von der Esstheke, an der wir saßen, und trottete aus der Küche. »Ach, und, Ciara! Du kannst dir überlegen, ob ich dich bei Patrick rauslassen soll, damit du dein Auto holen kannst!«, rief er noch, ohne sich umzudrehen, und war dann um die Ecke verschwunden.

Neben mir hörte ich Ciara aufstöhnen, sodass ich mich mit einem schadenfrohen Lächeln zu ihr wandte. »Na? Fürs nächste Mal dazugelernt?«

Das brachte mir einen Todesblick und ein gemurmeltes Eingeständnis ein. »Auf jeden Fall!«

Sie lehnte sich nach hinten und schloss die Augen, als würden ihre Kopfschmerzen wieder schlimmer werden. Daher ließ ich sie in Ruhe und stand auf, um Ariadna zu helfen, die begonnen hatte, abzuräumen und zu spülen. Doch sobald ich die ersten Teller abtrocknen wollte, wurde mir das Geschirrtuch weggezogen.

»Junge Dame! Setzen Sie sich wieder hin!«, rief Ariadna erschrocken aus.

»Ach was! Es schadet mir nicht, Ihnen zu helfen! Außerdem habe ich nichts Besseres zu tun.« Ich zerrte ihr das Tuch aus den Händen und begann abzutrocknen. Aus dem Augenwinkel bekam ich mit, wie sie mich noch ein paar Sekunden mit großen Augen anstarrte, bevor sie sich wieder dem Geschirr zuwandte.

Als die Küche wieder blitzblank war, polterte Dyan die Treppe herunter. »Wir können dann!«

Lächelnd verabschiedete ich mich von Ariadna.

»Vielleicht sieht man sich bald wieder. Und das mit vorhin tut mir wirklich sehr leid«, erwiderte sie und drückte kurz meine Hand.

Mit einem leicht flattrigen Gefühl im Magen murmelte ich leise: »Ja, vielleicht.«

Erstaunlicherweise raffte sich Ciara auf und kam mit mir in die Eingangshalle. Ich schnappte mir im Vorbeigehen meine High Heels, und Ciara griff nach einem gemütlichen Paar Sneaker. Mann, ich will auch!

Dyan erwartete uns bereits an der geöffneten Haustür und klimperte mit dem Schlüssel eines Mercedes. »Wenn nicht wieder jemand auf meinen Schoß will, müssen wir den R8 stehen lassen.«

Sein Blick war voller Schalk, als er auf mich fiel. Sofort prickelte es in meinem Nacken, aber ich warf ihm nur ein unverbindliches Lächeln zu und ging nicht weiter auf den Kommentar ein.

Um Ciaras dröhnenden Kopf zu schonen, wurde während der Fahrt erneut keine Musik angemacht. Selbst mein unruhiges Tippeln mit dem Fuß verursachte auf dem Teppichableger kaum ein Geräusch, sodass nur das Brummen des Motors das Auto erfüllte. Zwar wollte ich unbedingt nach Hause, doch so langsam wurde ich unruhig. War Kathrin da? Und war mein Vater schon zurück?

Ich warf einen Blick auf die Uhr am Armaturenbrett. 14:17 Uhr. Wir hatten ziemlich lang geschlafen. Aber eigentlich sollte er erst abends wiederkommen, oder?

Mein Fuß bewegte sich noch schneller, als plötzlich ein Sneaker meinen Schuh festtackerte.

»Könntest du damit aufhören? Das macht mich ganz nervös«, knurrte Ciara und hielt sich eine Schläfe. Ich verdrehte die Augen und lehnte mich mit verschränkten Armen nach hinten.

»Dein Pech, du hast mich nach hinten gezerrt«, sagte ich und zuckte mit den Schultern.

Ciara lehnte sich zu mir, und ihr Atem schlug gegen mein Ohr. »Oh, würdest du lieber vorne bei Dyan sitzen?«

Erschrocken fuhr ich zu ihr herum und starrte sie mit großen Augen an, doch sie verschränkte nur grinsend die Arme.

»Was redest du da für einen Mist?!« Jetzt hatte auch ich mich zu ihr gebeugt, sodass wir uns in der Mitte trafen.

Ihr Grinsen wurde bei meiner heftigen Reaktion noch breiter. »Ach nichts. Ich muss aber zugeben, du siehst in seinen Sachen niedlich aus.«

Obwohl ich meinen ungläubigen Gesichtsausdruck beibehielt, erfüllte Wärme mein Herz. O Gott, das wurde ja immer schlimmer.

»O ja, und dich kann ich mir super in Marcos Schlabbershirt vorstellen.« Obwohl ich sarkastisch die Augen verdrehte, entging mir nicht, wie Ciaras Wangen erröteten. Mit offenem Mund gaffte ich sie an, als sie schnell den Kopf abwandte.

»Nicht dein Ernst!?«, brachte ich heraus und vergaß dabei, die Stimme zu senken. Dyan schaute über den Rückspiegel nach hinten und hob fragend eine Augenbraue. »Was ist nicht ihr Ernst?«

Eigentlich hatte ich Marco nur als Beispiel genommen, weil er von den Sweetys (mein neuster Spitzname für unsere schuleigenen Badboys) am größten war und zu der zierlichen Ciara den stärksten Kontrast bot.

»Hallooo? Erde an die Mädchen. Was ist nicht ihr Ernst?«, kam es wieder von Dyan, da weder Ciara noch ich reagiert hatten. Doch nun blafften wir gleichzeitig: »Nichts!«

Natürlich schürte das nur Dyans Neugier, aber wir blendeten ihn aus, bis er mit einem frustrierten Seufzen aufgab. Ich starrte währenddessen durchdringend Ciaras Hinterkopf an, da sie sich demonstrativ abgewandt hatte. Tja, so leicht würde ich mich nicht abspeisen lassen.

Sobald Dyan bei Patrick gehalten hatte, öffnete ich die Tür auf meiner Seite, griff nach Ciaras Arm und zog sie mit raus. Dabei rief ich Dyan über die Schulter zu: »Danke fürs Fahren und dass ich bei euch übernachten durfte! Ciara bringt mich nach Hause, bye!«

Und schon schmiss ich die Autotür wieder zu. Dyan guckte ziemlich überrumpelt, doch inzwischen sollte den beiden aufgefallen sein, dass ich einen kleinen Dachschaden hatte.

Bevor einer der Geschwister reagieren konnte, schubste ich Ciara auf ihr Auto zu, das ein paar Schritte links von uns stand.

»Los, mach auf! Wir haben einiges zu bereden!«

Jetzt, wo ich so darüber nachdachte, stand Ciara nicht morgens oft neben Marco?

»Was?! Nein, ich ... äh ... hab noch ...«

Ich ließ sie erst gar nicht ausreden, sondern zog ihr den Schlüssel aus der Jackentasche. »Du hast mich nach

Hause zu fahren und dabei alles bis ins kleinste Detail zu erzählen, genau.«

Mit einem Klicken entriegelten sich die Türen, und ich stieg auf der Beifahrerseite ein. Ciara setzte sich nach einigen Sekunden hinters Steuer. »Da gibt es nichts zu erzählen«, angespannt umklammerte sie das Lenkrad, während sie ausparkte, und schaute dabei überall hin außer zu mir.

»Das sieht aber nicht nach nichts aus. Also los, erzähl schon.«

Mit zusammengepressten Lippen schüttelte sie den Kopf, und ich verlor die Geduld.

»Ciara!«

Stöhnend schlug sie mit der flachen Hand auf das Lenkrad, und die laute Hupe ließ mich erschrocken zusammenzucken. Okaay, das wirkte wie sehr viel Frust.

»Na gut, du willst es hören? Ich könnte Marco den Kopf abreißen! Wie kann man derart zurückhaltend sein?! Der würde mich nicht mal umarmen, wenn ich nicht auf ihn zugehen würde! Und das, obwohl er sich so süß um mich gesorgt hat, nach ... na ja, du weißt schon.« Erschöpft seufzte sie.

»Was meinst du mit *gesorgt?*«, fragte ich überrumpelt zurück.

Sie schaute kurz zu mir und dann wieder auf die Straße. »Ich ... Seit dem Abend kann ich oft nicht gut schlafen, und Marco hat das anscheinend mitbekommen und mich nachts angeschrieben. Hat nachgefragt, wie ich zurechtkomme und mich wirklich lieb abgelenkt.« Sie seufzte wieder und strich sich eine Haarsträhne aus dem Gesicht. »Ich wollte mich dafür persönlich bedanken, aber jedes Mal, wenn ich etwas zu unserem Chat sage, tut er so, als wüsste er von nichts, und das hat mich so verunsichert, dass ich es schließlich aufgegeben habe.«

Ein kleines Lächeln schlich sich auf ihr Gesicht, als würde sie sich an etwas Schönes erinnern. »Gestern Abend zog er mich plötzlich auf die Tanzfläche.« Verschwommen konnte ich mich daran erinnern, die beiden vor Ciaras großer Kotzorgie tanzen gesehen zu haben. Allerdings hatte ich zu dem Zeitpunkt zu besorgt zusammengezählt, was genau sie und ihr Bruder runtergeschüttet hatten, um dem Tanz irgendeine Bedeutung beizumessen.

»Ich weiß nicht, für einen Moment hatte ich echt Hoffnung, aber dann ...« Grimmig lächelte sie, bevor sie aufs Gaspedal stieg. »Oh, willst du wissen, was er gesagt hat, als ich fragte, weshalb er auf einmal mit mir tanzen wolle? Einfach unglaublich, dieser selbstgerechte Arschkriecher! Ich zitiere: *Ich kann Dyans kleine Schwester doch nicht so allein stehen lassen.* DYANS. KLEINE. SCHWESTER. Als wäre ich nicht eine eigene Person, sondern Dyans kleines Hündchen, oder was? Was für ein Knallkopf!«

Da wir inzwischen wirklich viel zu schnell über die Straße bretterten, sollte mir besser eine gute Antwort darauf einfallen. Ich wagte einen kurzen Blick auf den Tacho. Eine sehr gute.

»Ich bin mir zwar relativ sicher, dass ihm klar ist, dass du eine eigenständige Person bist, aber am besten solltest du ihm das beweisen. Und um Gottes willen fahr langsamer!« Inzwischen krallte ich mich mit den Fingern am Sitz fest und beobachtete die viel zu schnell vorbeifliegenden Bäume und Häuser.

Als würde ihr erst jetzt auffallen, dass sie das Gaspedal fast durchdrückte, blinzelte Ciara einige Male irritiert und nahm dann den Fuß vom Gas. Erleichtert atmete ich auf.

»Wie meinst du das?« Ihr Blick huschte mit einem entschuldigenden Lächeln zu mir, das ich zittrig erwiderte.

»Keine Ahnung, zeig, dass du nicht von Dyan abhängig bist. Mach Sachen außerhalb seiner Anhängergruppe und ergreife selbst die Initiative, indem du Marco zum Beispiel um ein Date fragst oder so.« Ich zuckte mit den Schultern, und sie verzog nachdenklich den Mund.

»Aber ich befürchte, er würde nicht zusagen. Er würde es niemals seiner Freundschaft zu Dyan antun, sich mit dessen kleiner Schwester zu treffen. Ich kann nicht erwarten, dass sie ihre Freundschaft aufkündigen, und ich kann nichts daran ändern, mit Dyan verwandt zu sein ...« Zum Ende des Satzes wurde ihre Stimme immer leiser, bis sich ihre Augen weiteten. Mein Bauch fühlte sich plötzlich flau an.

»Außer natürlich«, sprach sie langsam weiter, und ein hinterlistiges Glitzern trat in ihre Augen. »Mein Bruder würde zuerst mit einer meiner Freundinnen zusammenkommen. Dann könnte er nichts mehr sagen.« Der hinterlistige Funke hatte sich auch in ihr Lächeln eingenistet.

Hektisch schüttelte ich den Kopf. »O nein, das kannst du vergessen! Zwischen uns läuft nichts, ich darf dich daran erinnern, dass wir uns vor ein paar Tagen noch gehasst haben! Und da er mit so vielen deiner *Freundinnen* gekuschelt hat, darfst du locker einen Freund von ihm um ein Date bitten!«

»Ach komm schon!«, schmollte sie. »Meine sogenannten Freundinnen zählen nicht, und das wissen wir beide. Außerdem ... *zwischen Liebe und Hass ist nur ein schmaler Grat.*« Ich öffnete den Mund, um zu protestieren, aber sie hob eine Hand vom Lenkrad, um mir zu verdeutlichen, dass sie noch nicht fertig war. »Ich habe sehr wohl die Funken gesehen, die zwischen euch sprühen. Da ist definitiv etwas!«

Ich kniff die Augen zusammen und blickte sie finster an. Doch mein Herz machte bei ihren Worten einen Satz. Dummes Teil!

»Ja und es heißt auch, zwischen Genialität und Wahnsinn liegt ein schmaler Grat. Und du, junges Fräulein, wanderst gerade auf der Seite des Wahnsinns!«

Als hätte ich ihre Vermutung damit nur bestätigt, zuckten ihre Augenbrauen nach oben, und ihr Mund verzog sich zu einem breiten Grinsen.

»Du hast die Funken nicht verleugnet.« Entgeistert riss ich die Augen auf. »Allerdings hast du recht. Ich darf eure Beziehung nicht aufs Spiel setzten, nur weil ich mein Problem mit Marco lösen will. Früher oder später kommt ihr eh zusammen.«

Frustriert schüttelte ich den Kopf und beließ es dabei. So, wie ich Ciara einschätzte, wäre jeder Widerspruch vergeudete Mühe. Wie kam es eigentlich, dass ich Ciara bei ihrer unerfüllten Schwärmerei helfen wollte und am Ende selbst etwas über meine – nicht vorhandene! – Schwärmerei hören musste?

Ich rieb mir die Schläfen, wo sich auch ohne Alkohol ein Kopfschmerz einnisten wollte.

»Okay, wir sind irgendwie vom Thema abgekommen. An deiner Stelle würde ich Marco zeigen, dass du mehr als nur Dyans Anhängsel bist.«

Sie zwinkerte mir zu. »Ja, ja, schön von dir ablenken. Ich durchschaue dich! Aber danke, einen Versuch ist es sicherlich wert.« Nachdem ich über ihren ersten Kommentar die Augen verdreht hatte, erwiderte ich ihr Lächeln und genoss dann die angenehme Stille zwischen uns. Das war definitiv genug Trubel für ein Wochenende gewesen. Obwohl es teilweise schön gewesen war, zum Beispiel, als Dyan mich im Arm gehalten hatte und ... O nein! Daran würde ich nicht denken!

Auch Ciara zog unser Schweigen vor, bis wir bei mir zu Hause angekommen waren.

Ich wollte bereits die Tür öffnen und mich verabschieden, als sie mich am Arm antippte. »Hey, Tessa?«

Ich legte fragend den Kopf schief.

»Danke, dass wir Freunde sein können.« Sie lächelte und lehnte sich in ihrem Gurt so weit vor, dass sie mich umarmen konnte.

Nach kurzem Zögern erwiderte ich die Geste und löste mich lächelnd von ihr. »Ich habe zu danken. Und das mit Marco bekommen wir hin. Bis morgen!« Bevor ich ausstieg und die Autotür hinter mir zuschmiss, zwinkerte ich ihr noch mal zu und wartete ab, bis sie die Ausfahrt hinuntergefahren war.

Gut gelaunt lief ich die Stufen zur Haustür hoch und schloss auf. Doch zur Begrüßung erklang bereits Kathrins zorniges Brüllen und versaute mir die Stimmung: »Tessa?! Wo in Gottes Namen warst du?!«

O Mann! Das konnte ja was werden. Während ich mir die High Heels endlich von den Füßen streifte, antwortete ich patzig. »Bei Freunden!«

Da kein anderer Weg in mein Zimmer führte, musste ich mich der bösen Königin im Wohnzimmer stellen, die mit verschränkten Armen vor der Couch wartete.

»Ach, und du kamst nicht auf die Idee, Bescheid zu sagen?«

Nein, nicht wirklich, immerhin interessierte es hier eh niemanden. Aber das sagte ich nicht, sondern zuckte nur mit dem Schultern.

Über meine Respektlosigkeit schnaubte Kathrin empört. »Na gut! Wenn du der Meinung bist, die ganze Nacht wegbleiben zu können, kannst du dich auch um die Wäsche kümmern! Danach erwarte ich ein Mittagessen und dass in der Bibliothek Staub gewischt wird. Das Leben besteht nicht nur daraus, das zu tun, worauf man Lust hat. Ihr reichen Kids seid wirklich viel zu verwöhnt.«

Solche Anschuldigungen wollte ich mir von jemandem wie Kathrin nicht gefallen lassen. Aber da Widerspruch meine Strafe nur verschlimmern würde, rebellierte ich auf die einzige mir mögliche Art und Weise und lief mit einem Schnauben an ihr vorbei.

»Tessa!«, schrie sie wütend.

»Ich mache es ja!«, brüllte ich zurück und stampfte zornig die Treppen hoch. Als hätte sie auch nur einen sorgenvollen Gedanken an mich verschwendet in der letzten Nacht! Die Lüge konnte sie jemand anders auftischen.

Kapitel 25 Tessa

Die Hausarbeiten stellten sich als ein erstaunlich guter Weg heraus, um meinen Frust nach Kathrins Ansprache abzubauen. Oder vielleicht lag es an der Heavy-Metal-Musik, die dabei aus meinen Kopfhörern plärrte. Jedenfalls ließ ich mich am Abend mehr erschöpft als wütend auf mein Bett fallen und wünschte, ich könnte einfach einschlafen. Aber jedes Mal, wenn ich meine Augen schloss, erinnerte ich mich an die Szene auf der Party vor dem Bad. Wie nah Dyan mir gewesen war ... Hatte er sich wegen des Alkohols so verhalten?

Aber eigentlich war es fürs Erste egal, ob er wegen seines benebelten Gehirns so gehandelt hatte. Viel wichtiger war, dass ich mich in seinen Armen geborgen gefühlt hatte. Dass allein seine Berührung mir eine Gänsehaut beschert hatte.

Hatte Ciara vielleicht recht? War da etwas zwischen Dyan und mir?

Bevor ich darüber nachdenken konnte, hörte ich, wie unten ein Auto vorfuhr. Wie von einer Tarantel gestochen sprang ich auf, plötzlich in Alarmbereitschaft. Verdammt! Meinen Vater hatte ich fast vergessen!

Ich sprintete die Treppen hinunter, immer zwei Stufen auf einmal nehmend, und erreichte mit rasendem Herzen die Eingangshalle, kurz bevor ein Schlüssel im Türschloss umgedreht wurde.

Immer wieder ballte ich meine Hände zu Fäusten und öffnete sie wieder. Was würde mich erwarten? Ein Geschäftsmann, mit Aktenkoffer und grüblerisch gerunzelter Stirn, so wie früher? Oder der Trunkenbold? Tief in mir wusste ich natürlich, wer die Halle betreten würde, doch nachdem sich diese Woche so viel verändert hatte, konnte sich da nicht auch dieser Teil meines Lebens umgekrempelt haben?

Der Wunsch wurde jedoch genauso schnell zerstört, wie er aufgekommen war. Laut knallte mein Vater die Tür hinter sich zu, bevor er hereintorkelte. Ein Gewicht schien mein Herz zu zerdrücken, und für einen Moment war ich unfähig, mich zu bewegen.

Mein Vater trug einen seiner grauen Anzüge, dazu die passenden schwarzen Lackschuhe und eine schwarze Krawatte. An sich das, was man von einem Geschäftsführer erwartete, vor allem mit dem schwarzen Hartschalenkoffer in seiner Hand. Doch die kleinen Details machten den Unterschied.

Seine Haare, die heute Morgen sicherlich noch streng nach hinten frisiert gewesen waren, standen jetzt in alle Richtungen ab, der Knoten der Krawatte war gelockert, und auf dem weißen Hemd konnte man einen braunen Fleck sehen.

Bis jetzt hatte mich Vater noch nicht entdeckt, und als ihm der Schlüssel aus der Hand fiel und klirrend auf dem Marmorboden aufschlug, schaffte ich es schließlich, einen Schritt auf ihn zuzugehen. Auch wenn es sich anfühlte, als würde ich knietief in einem Sumpf stecken.

Grunzend und fluchend bückte sich mein Vater, um den Schlüssel aufzuheben, und schwankte dabei so sehr, dass ich befürchtete, er würde gleich umfallen. Aber er schaffte es, sich den Schlüssel zu schnappen und sich dann umständlich aufzurichten. Ich hatte es fast bis zu ihm geschafft, doch sein Abneigung signalisierender, fast schon wütender Blick ließ mich wieder zurückweichen.

»Tesssaa, Tesssaaa, Tesssaaa«, murmelte er leise und schwankte mir entgegen. »Du lässt deinen alten Herrn sich bücken und hilfst ihm nicht? So haben wir dich nicht erzogen.«

Ich stockte, als er *wir* sagte, und wusste sofort, dass er meine Mutter meinte. Kathrin und er waren kein Wir.

»Dabei haben wir uns solche Mühe gegeben, unserer Tochter Manieren beizubringen. Sie hat dir doch gezeigt, wie man sich gegenüber Respektspersonen zu verhalten hat, nicht?« Zwei Schritte vor mir blieb er stehen.

Mein Hals war ausgetrocknet, und allein der Gedanke an eine Antwort schien absurd. Also blieb ich still und ballte meine Hände zu Fäusten in der Hoffnung, dass er zu einem seiner Monologe ansetzte.

Doch nach einigen Sekunden brüllte er: »NICHT?!«

Erschrocken zuckte ich zusammen und schloss die Augen, bevor ich den Kopf senkte und ergeben nickte. Zu etwas anderem war ich nicht fähig, alles in mir konzentrierte sich auf die glockenhelle, liebliche Stimme in meinem Kopf, die mir beigebracht hatte, wie ich mich auf öffentlichen Festen der Firma benehmen sollte. *»Lächle einfach, und sie werden dir alle verfallen«*, hatte meine Mutter damals gesagt, mir über die Haare gestrichen und mir dieses Lächeln zugeworfen, das ich von ihr geerbt hatte.

Tränen verschleierten meine Sicht, als ich die Augen wieder öffnete.

»Und wieso«, forderte mein Vater mit drohender Stimme, »nimmst du mir dann nicht meinen Koffer ab?«

Obwohl ich meinen Blick gesenkt hielt, riss ich noch rechtzeitig den Arm hoch, als er mit dem Koffer ausholte. Dadurch traf er zumindest nicht meinen Oberkörper, sondern nur meinen linken Unterarm. Aber selbst das half bei der Wucht des Schlages kaum. Ich spürte, wie meine Haut aufriss, und der brutale Schmerz ließ mich aufstöhnen.

Schützend zog ich den verletzten Arm an meine Brust und kauerte mich zusammen, soweit dies in einer stehenden Haltung möglich war. Ich hörte das Klacken, als er seinen Koffer abstellte. Mein ganzer Körper fing an zu zittern. Was würde jetzt folgen? Ein Faustschlag?

In ängstlicher Erwartung ging mein Atem immer schneller. Angespannt lauschte ich, wie er einen Schritt tat. Es folgte noch ein Schritt und dann plötzlich seine Stimme, gefährlich nah an meinem Ohr. »Bring mir den Koffer nach oben.«

Keiner von uns beiden rührte sich für einige Sekunden, und ich wusste nicht, was er noch wollte. Sollte ich ihn anschauen? Selbst wenn das sein Wunsch wäre, ich fühlte mich dazu nicht in der Lage.

»Bitte.« Ein Wort wie ein Hauch, und schließlich stapften seine eiligen, unsicheren Schritte aus der Halle.

Selbst als ich wusste, dass er bereits im oberen Stockwerk war, rührte ich mich nicht. Es hing immer noch in der Luft. Dieses eine Wort. In ihm geballt die Hoffnung auf einen Funken Menschlichkeit im Herzen meines zerbrochenen Vaters. Dieses eine Wort ließ mich daran glauben, dass noch ein Teil meines Daddys in dem Monster steckte, zu welchem ihn der Alkohol machte.

Obwohl mein Arm im ständigen Schmerz pochte, verzogen sich meine Lippen zu einem winzigen Lächeln.

Vorsichtig hob ich den Koffer mit der rechten Hand hoch. Ich wagte nicht, meinen linken Arm anzuschauen. Das würde ich mich erst in meinem Zimmer trauen, wenn ich wieder gefasst genug war, um stark zu sein.

Jetzt schlurfte ich nur kraftlos die Treppen hoch, darauf achtend, nicht den Koffer kaputt zu machen, und stellte ihn vor der geschlossenen Tür meines Vaters ab.

Kurz glitt meine Hand zum Türknauf, strich sacht darüber, in dem Bedürfnis, ihn umzudrehen. Aber ich riss mich zusammen. Jede Begegnung mit meinem Vater würde meine zarte Hoffnung wieder zerstören.

Meine Hand rutschte von dem kühlen Metall, und ich schlich den Flur entlang zu meinem Zimmer. Auch ich schloss die Tür, um meine Ruhe zu haben, und begab mich zielstrebig ins Bad, um mich bettfertig zu machen. Dass ich dabei meine linke Hand nicht benutzen konnte, versuchte ich auszublenden.

Wie auf Autopilot holte ich den Verbandskasten und wechselte die Verbände an meinen Beinen. Zumindest die Verbrühungen schienen gut zu verheilen. Danach wagte ich einen Blick auf meinen Arm.

Das Erste, was mir ins Auge sprang, war die große Schürfwunde, die vom Ellbogen bis zum Handgelenk reichte und meinen Arm mit Blut bedeckte. Schnell holte ich Wattepads und das Desinfektionsmittel aus dem Verbandskasten und tupfte die Wunde vorsichtig ab. Es brannte höllisch, doch ich biss die Zähne zusammen und sprühte das Desinfektionsmittel darauf.

Nachdem ich die oberflächliche Wunde gereinigt hatte, konnte ich eine dicke Prellung darunter erkennen. Ich zwang mich, vorsichtig den Arm zu bewegen, um sicherzugehen, dass der Knochen nicht gebrochen war. Aber das schien meiner laienhaften Expertise nach nicht der Fall zu sein.

Also wickelte ich auch meinen Arm dick mit Verband ein und musste freudlos schmunzeln. Wenn es so weiterging, konnte ich an Halloween ohne Probleme als Mumie durchgehen.

Erschöpft stellte ich den Verbandskasten neben mein Bett und ließ mich in mein Kissen sinken, mit dem Wunsch, einfach nur einzuschlafen. Und glücklicherweise war mir das nun vergönnt.

Am Morgen quälte ich mich wie immer aus dem Bett, achtete darauf, dass ich etwas Langärmliges aus dem Kleiderschrank aussuchte, und bereitete Kathrin ihr Frühstück zu. Als ich mich in meinen Brownie setzte, drohten mir allerdings immer noch die Augen zuzufallen. Wie sollte ich diesen Tag nur überleben?

Mein Blick schweifte zum Armaturenbrett, und genervt musste ich feststellen, dass meine Zeit nicht reichte, um einen Coffee-to-go zu holen. Doch in der ersten Stunde erwartete mich nur Mathe, und da Mr Coleman sowieso immer etwas an mir zu kritisieren hatte, konnte ich genauso gut ein paar Minuten zu spät kommen und dafür zumindest den restlichen Tag halb wach überstehen.

Während ich also zum Coffeeshop fuhr, ignorierte ich gekonnt, dass ich meinen linken Arm kaum belasten konnte. Dieser pochte unangenehm und erinnerte mich unentwegt daran, wie beschissen mein Leben aussah.

Als ich schließlich auf unseren Schulparkplatz einbog, war keine Menschenseele zu sehen, dabei war ich nur ein paar Minuten zu spät. Schulterzuckend stieg ich aus und holte meine Tasche und den Kaffee aus meinem Brownie, bevor ich ihn abschloss. Das heiße Getränk schlürfend lief ich in die Schule und die leeren Gänge entlang, bis ich mein Klassenzimmer erreichte. Bevor ich es wagte, die Tür aufzumachen, nahm ich nochmals einen kräftigen Schluck Kaffee und stieß sie dann, ohne anzuklopfen, auf.

Mit gesenktem Kopf, da ich keine Lust hatte, Mr Colemans wütendem Blick zu begegnen, schlich ich ins Klassenzimmer hinein und murmelte eine leise Entschuldigung. Aber selbst wenn mein geliebter Mathelehrer sie gehört hatte, ignorierte er sie geflissentlich.

»Miss Anderson!«, polterte er los, und ich konnte mir das Augenrollen nicht verkneifen, während ich zielstrebig auf meinen Platz zusteuerte. »Was hat Sie denn heute wieder aufgehalten? Hatten wir nicht erst letzte Woche ein Gespräch über Respekt gegenüber Lehrern? Und wenn wir schon dabei sind, dürfte ich bitte Ihren Aufsatz sehen?«

Abrupt blieb ich stehen und verzog das Gesicht. Shit, der Aufsatz! Den hatte ich total vergessen! Sauer auf mich selbst antwortete ich in meinem üblichen patzigen Tonfall. »Oh, tut mir leid, den habe ich vergessen. Und ich würde unser Gespräch eher einen Monolog Ihrerseits nennen.«

Daraufhin zog Mr Coleman scharf die Luft ein. *Dumm, Tessa, dumm. Mach ihn noch wütender, als er eh schon ist.*

Um nicht weiter herumzustehen, setzte ich mich lieber auf meinen Platz neben Ciara.

»So langsam reißt mir der Geduldsfaden mit Ihnen, Miss Anderson! Ich erwarte Ihren Aufsatz morgen auf meinem Pult, plus eine weitere Seite für Ihren Kommentar gerade eben! Außerdem werden Sie unseren neuen Schüler heute herumführen, und wehe, ich höre, dass Sie sich unangebracht verhalten haben!«

Moment, ein neuer Schüler?! Mein Kopf schoss hoch, und verdutzt musste ich feststellen, dass neben meinem Mathelehrer tatsächlich ein Junge stand. Langsam ließ ich meinen Blick über die schwarzen Haare, diese tiefblauen Augen und die breiten Schultern gleiten. Das konnte doch nicht sein! Das war Steven! Was machte Henrys kleiner Bruder hier? Ging er nicht auf ein Internat für Hochbegabte?

Völlig überfordert nickte ich mechanisch. Seit ich Steven das letzte Mal gesehen hatte, waren zwei Jahre vergangen. Und er hatte eine krasse Veränderung hinter sich gebracht. Aus dem hochgeschossenen schlaksigen Jungen war ein sportlicher junger Mann geworden, mit hart geschnittenen Gesichtszügen und diesem *Es interessiert mich nicht*-Ausdruck in den tiefblauen Augen.

Bisher hatte Steven auf keinen von uns einen genaueren Blick geworfen, aber nach meinem intensiven Starren, schaute er schließlich zu mir. Anscheinend war ich nicht die Einzige, die überrascht wurde, so, wie sich seine Augen kurz weiteten.

Während Mr Coleman Steven etwas zum Fach erklärte, waren wir damit beschäftigt, uns mit stummen Zeichen zu fragen, ob der jeweils andere von diesem Zufall gewusst hatte. Ich war erstaunt, dass Steven Mr Coleman noch so weit zugehört hatte, um mitzubekommen, wo sein neuer Sitzplatz war, auf den er sich nun begab, bevor wir mit dem regulären Unterricht anfingen.

Trotzdem spürte ich weiter Stevens Blick, und nachdem mir Ciara ihren Ellenbogen in die Seite gerammt hatte, erklärte ich ihr kurz diesen Zufall. Sie hob erstaunt die Augenbrauen, löcherte mich aber nicht weiter mit Fragen.

Irgendwie schaffte ich es, die Mathestunde hinter mich zu bringen, ohne nervös aufzuspringen. Dabei half es, alle dreißig Sekunden einen Schluck Kaffee zu trinken, bis der Becher leer war, und unruhig mit dem Bein zu wippen. Was machte Steven nur hier?

Sobald es klingelte, hielt mich nichts mehr an meinem Platz. Innerhalb einiger Sekunden waren mein Schreibblock und Mäppchen in der Tasche verschwunden und ich auf dem Weg zu dem Jungen mit den schwarzen Haaren und den blauen Augen, den ich beinahe nicht mehr erkannt hätte.

Steven, der genauso schnell wie ich seine Sachen zusammengeräumt hatte, wartete inmitten der Schülermassen, die sich von einem Klassenraum zum nächsten quälten. Sobald er mich entdeckt hatte, schlich sich ein verschmitztes Lächeln auf sein Gesicht, und er breitete auffordernd die Arme aus, weshalb ich auch prompt einen filmreifen Auftritt hinlegte und ihm quietschend entgegensprang.

»O mein Gott, Steven! Was machst du denn hier?! Ich dachte, du vegetierst auf einem lahmen Hochbegabten-Internat vor dich hin!«, fragte ich ihn, während ich noch immer meinen gesunden Arm fest um ihn geschlungen und den anderen vorsichtig um seinen Hals gelegt hatte.

Ein tiefes Lachen ertönte, und hätte seine Brust dabei nicht vibriert, hätte ich niemals geglaubt, dass Stevens Stimme mittlerweile so tief klang. »Lange Geschichte, aber kurzgefasst: Mir wurde es dort zu langweilig, und vielleicht wurde ich auch gebeten zu gehen. Und – taadaaaa – ich lande hier, um meinen Abschluss in einem versifften alten Klassenraum zu vollenden.«

Gespielt beleidigt löste ich mich von ihm und schlug ihm gegen die Schulter. »Hey! Vorsicht, wie du über meine geliebte Schule redest!«

»Oh, tut mir leid!« Ergeben hob er die Hände. »Nach deinem Auftritt eben bin ich davon ausgegangen, dass dir Kritik an dieser Bildungsanstalt nichts ausmacht.«

Zum Ende hin hatte er einen hochnäsigen Gesichtsausdruck aufgesetzt, den ich mit einem Schmollmund konterte. »Hör auf mit diesen blumigen Umschreibungen, da komme ich mir so ungehobelt und dumm vor. Und du hast es ja gehört: Ich bin für heute dein persönlicher Buddy. Wir wollen doch nicht, dass ich dir die Jungstoiletten erst nach sieben Stunden Schule und zwei Kaffees zeige. Also solltest du dafür sorgen, dass ich mich wie eine Prinzessin fühle.«

Tiefes Bedauern vorheuchelnd machte er eine kleine Verbeugung vor mir. »Natürlich, Miss, ich entschuldige mich vielmals für mein Fehlverhalten. Könnten Sie mir bitte ...« Er stoppte kurz und holte ein zerknittertes Blatt Papier aus seiner Hosentasche. »... zeigen, wo der Physik-Kurs von Mrs Helson stattfindet?«

Hochnäsig streckte ich die Nase in die Luft. »Wenn Sie so lieb fragen. Aber jetzt zeig mal her! Welche Kurse haben wir außer Mathe noch zusammen?«

Wie sich herausstellte, hatten wir neben Mathe noch Chemie, Erdkunde und Englisch zusammen, und da Englisch unsere letzte Stunde vor der Mittagspause war, konnten wir direkt zusammen zur Cafeteria laufen. Na ja, zumindest hätten wir das, wenn unser Lehrer keine gefühlte Stunde gebraucht hätte, um Steven alle wichtigen Lehrbücher und Lektüren zu nennen, die er sich anschaffen sollte. Wenigstens schien Steven genauso wenig begeistert wie ich und stellte keine weiteren Fragen, als Mr Ross endlich ein Ende gefunden hatte.

»Vielen Dank, Mr Ross«, warf ich ihm noch schnell entgegen, bevor ich Steven am Ärmel packte und auf den fast leeren Flur schleifte.

»Meine Güte, was für eine Quasselstrippe«, murmelte ich und schulterte meine Handtasche.

»Aber wirklich. Sorry, dass du so lange auf mich warten musstest. Du hättest ruhig schon vorgehen können. Die Cafeteria hätte ich sicherlich gefunden.« Verlegen kratzte sich Steven am Kopf, doch ich schnaubte nur empört. »Zwar ist diese Schule nicht so groß wie dein tolles Internat, aber glaub mir, du hättest die Cafeteria nicht vor Ende der Pause gefunden, und für mich hat es keine Umstände gemacht, die paar Minuten auf dich zu warten. Aber wenn du mich entschädigen willst, dann … dann trag mich!«

Mit hochgezogener Augenbraue betrachtete er mich kritisch. »Ist das jetzt ein Scherz?«

Ich rümpfte kurz die Nase und blieb stehen. »Nö, ich bin zu faul zum Laufen. Also trag mich!«

Störrisch streckte ich die Arme nach ihm aus.

Auch Steven hielt an und ging nach ein paar Sekunden lachend vor mir in die Hocke, sodass ich auf seinen Rücken klettern konnte. Ich brauchte kurz, um mich so festzuhalten, dass ich meinen linken Arm entlasten konnte, dann grinste ich breit und guckte von meiner erhöhten Position auf den Flur hinunter.

»Nun gut, Ma'am, wohin?«, fragte er belustigt.

»Den Gang runter und dann links!« Meiner Angabe mehr Kraft gebend zupfte ich an ein paar seiner dunklen Haarsträhnen, und so begann einer meiner witzigsten Wege zu unserer Cafeteria.

Kapitel 26 Dyan

Ich glaube, weder Tessas plötzlicher Aufbruch aus dem Auto noch das geheimnistuerische Verhalten der beiden Mädchen zuvor konnte von einem männlichen Wesen verstanden werden. Also machte ich mir erst gar nicht die Mühe, sondern fuhr nach Hause, wohl wissend, dass heute meine Eltern von ihrer Reise zurückkommen würden.

Noch etwas, das meine Stimmung verschlechterte. Damit würde der Eierlauf um meinen Vater wieder anfangen. Ich hasste es, wie er sich gegenüber meiner Mutter und meiner Schwester verhielt. Und doch konnte ich nichts dagegen tun, ohne alles zu verschlimmern. Also musste ich, ganz der brave Sohn, in Daddys Fußstapfen treten und zu allem »Ja und Amen« sagen.

Allein beim Gedanken daran stieg in mir diese zermürbende Wut auf, der ich einfach kein Ventil geben konnte. Sie fraß sich durch mein Innerstes, und das Einzige, was ansatzweise half, war, mich zu betäuben. Mit Adrenalin oder Drogen, ganz egal, aber wenn ich den Verstand behalten wollte, musste eins von beidem her. Also nahm ich einen Zug aus meiner Bong, kaum dass ich zu Hause angekommen war, und lehnte mich wieder beruhigt in meinem Bett zurück, als die Wirkung einsetzte und die Welt neue Farben bekam.

Das Gefühl genießend schloss ich die Augen und atmete einige Male tief durch. Ich weiß noch, wie sich das Kiffen bei den ersten Malen angefühlt hatte. Wie meine Gedanken hin und her gesprungen waren und irgendwie nichts richtig zu fassen gewesen war. Inzwischen fühlte es sich so an, als würde ich einen weiteren Sinn dazugewinnen. Es machte das Leben interessanter. Nicht mehr so grau und undankbar, wie es eigentlich war.

Mit einem Schnauben schüttelte ich den Gedanken ab und setzte mich wieder im Bett auf, um nach meinem Handy zu greifen. Bevor meine Eltern zurückkamen, wollte ich das leere Haus ein letztes Mal ausnutzen und die Jungs einladen. Immerhin stand morgen der große Abend an, und davor musste noch einiges geklärt werden.

Die Jungs trafen ein, bevor Ciara nach Hause kam. Ich hörte, wie sie die Tür aufschloss, gerade als ich Marco, Ben, Cole und Jake ins Wohnzimmer führen wollte, und wir drehten uns alle zu ihr um. Sobald Ciara uns registrierte, wechselte ihr grüblerischer Gesichtsausdruck zu einem überraschten.

»Oh, hey! Ich wusste gar nicht, dass wir heute noch Gäste bekommen«, grüßte sie nervös und strafte mich mit einem bösen Blick. Ich öffnete den Mund, um zu antworten, allerdings kam mir Marco zuvor, der sich verlegen am Kopf kratzte. »War eher eine spontane Sache.«

Ciaras Blick glitt zu ihm.

»Aha. Na ja, dann will ich nicht stören. Ich muss eh gleich wieder los.« Ich konnte ihren inzwischen verschlossenen Gesichtsausdruck nicht richtig deuten, aber irgendwie erinnerte er mich an Tessa. Bitte, Gott, sag jetzt nicht, sie legte sich Tessas Verschlossenheit zu. Gegen zwei dicke Steinmauern konnte ich nicht gleichzeitig anrennen.

»Und wohin, wenn ich fragen darf?«, rief ich ihr hinterher, sodass sie auf der ersten Treppenstufe stehen blieb.

»Das musst du nicht unbedingt wissen.«

Und schon war sie nach oben verschwunden.

Erstaunt schaute ich ihr hinterher. Normalerweise sagte Ciara mir immer, was sie vorhatte. Mir juckte es in den Fingern, ihr hinterherzulaufen und sie zur Rede zu stellen. Nur die leise Stimme in meinem Kopf, die mir zuflüsterte, Ciara bräuchte ihren Freiraum, hielt mich davon ab. Erst einige Sekunden später fiel mir auf, dass es Tessas Stimme war, die da in meinem Kopf herumspukte. Verdammt!

Seufzend drehte ich mich zu den Jungs um und quittierte ihre fragenden Blicke mit einem Schulterzucken. Lediglich Ben hatte eine jüngere Schwester und konnte dieses Dilemma nachvollziehen. In einvernehmlichem Schweigen liefen wir ins Wohnzimmer und machten es uns auf den Sofas bequem.

»Also, Jungs, habe ich mein Wort gehalten? Oder habe ich mein Wort gehalten?«, rühmte sich Jake mit einem selbstgefälligen Lächeln und auch wenn ich diese Seite an ihm nicht mochte, konnte ich ihm nicht widersprechen.

»Ja, Mann. Ganz große Sache, wirklich!« Cole klopfte Jake anerkennend auf die Schulter, und auch ich nickte ihm respektvoll zu.

»Ich kann's immer noch nicht fassen. Aber, Jungs, das heißt auch, dass so einiges auf uns zukommt.«

Voller Tatendrang lehnte sich Marco vor und schilderte, was er an Bens und meinem Auto überprüfen wollte, bevor es morgen losging. »Ben, wenn es für dich passt, würde ich deinen Wagen gleich heute Nachmittag mitnehmen, dann reicht die Zeit morgen nach der Schule für Dyans R8. Die beiden Babys werden in Höchstform sein, versprochen!«

Ich kannte wenige, die mit so viel Begeisterung über Autos sprachen wie Marco, aber genau das machte ihn zu einem großartigen Mechaniker. Ein Lächeln schlich sich auf mein Gesicht.

»Okay, und wie läuft morgen Abend ab? Wissen wir schon Zeit und Ort?«

Alle Blicke richteten sich erwartungsvoll auf Jake, der sich nur lässig zurücklehnte und eindeutig die Aufmerksamkeit genoss.

»Der Ort wird erst wenige Stunden vor dem Start bekannt gegeben. Das soll das Risiko geringer halten, dass die Cops davon Wind kriegen. Der Start selbst ist um ein Uhr nachts, von daher solltet ihr spätestens Mitternacht vor Ort sein.«

Ben und ich nickten bestätigend, und danach verloren wir uns in Einzelheiten. Ben interessierte sich vor allem für die Wetteinsätze, und ich beobachtete besorgt sein ernstes Gesicht. Ich wusste, dass er aus anderen Gründen als ich diese Rennen fuhr. Mir ging es nicht um das Geld, sondern einzig und allein um den Adrenalinkick, aber bei ihm ... Er sprach nie viel, doch hinter seiner stets kontrollierten Fassade verbarg sich mehr. Ob das ihn oder mich zum riskanteren Fahrer machte? Gute Frage.

Allerdings würde ich meinen Freund nicht davon abhalten. Die Rennen waren eine schnelle Art, Geld zu machen. Da Ben kein Geld von mir annehmen wollte, unterstützte ich meinen Freund zumindest beim Tuning seines Autos. Ich hatte Marco schon des Öfteren darum gebeten, Ben einen billigeren Preis zu nennen und hatte die Restsumme übernommen. Das schien mir das Mindeste zu sein, solange ich nicht genau wusste, was bei Ben los war. Das und ihn im Blick behalten, um notfalls für ihn da zu sein.

Nach zwei Stunden verabschiedeten sich die Jungs, und Ariadna, die sich bisher ferngehalten hatte, begann in der Küche das Abendessen herzurichten. Keine Sekunde zu früh, denn eine knappe halbe Stunde später fuhr die Limousine meines Vaters die Auffahrt hoch.

Sobald ich das verräterische Knirschen des Kieses gehört hatte, beeilte ich mich, meinen Eltern die Tür aufzumachen. Ihr Fahrer lud bereits das Gepäck aus, und meine Mutter kam in einem schönen Sommerkleid auf mich zu, mit einem Lächeln, das seit ein paar Jahren nicht mehr die Sorgenfalten um ihren Mund zu verbergen vermochte.

»Dyan, mein Schatz! Alles gut bei dir? Mir kommt es immer so seltsam vor, wenn dein Vater und ich euch länger allein lassen.«

Sobald sie die Treppen zu mir heraufgekommen war, schloss sie mich in eine Umarmung, und ich sog ihren blumigen Duft ein.

»Hallo, Mom! Du weißt doch, wir sind inzwischen groß genug, um auf uns selbst aufzupassen.« In dieser Woche war zwar trotzdem genug Schlimmes passiert, aber das konnte ich ihr unmöglich erzählen. Sie würde sich nur Vorwürfe machen.

Außerdem bekam ich dazu sowieso keine Möglichkeit, da im nächsten Moment die scharfe Stimme meines Vaters dazwischenfuhr. »Muriel, bemuttere deinen Sohn nicht so! Du hast doch gehört, er ist inzwischen alt genug, um nicht an deinem Rockzipfel zu hängen.«

Betroffen trat meine Mutter einen Schritt zurück, sodass ich ihr kurz tröstend über den Arm strich und ihr ein aufmunterndes Lächeln zuwarf. Dann wandte ich mich meinem Vater zu, der hoheitsvoll die Treppe hochschritt.

»Mein Sohn«, stolz lächelte er und klopfte mir auf die Schulter, »schön dich und mein Haus wohlbehalten wiederzusehen. Wo ist deine Schwester?«

Mit gerunzelter Stirn sah er in die Eingangshalle. Ich wusste, dass ihm Ciaras Abwesenheit nicht gefallen würde, weshalb ich unbehaglich antwortete: »Sie wollte zu einer Freundin. Für ein Schulprojekt.«

Vaters Augen verengten sich, doch er nickte nur grimmig und lief dann an mir vorbei ins Haus, um laut nach Ariadna zu rufen, die sogleich herbeigeeilt kam.

»Ist das Essen bald fertig?«, fragte er harsch und sah sie dabei nicht mal direkt an.

Meine Mutter und ich gingen auch zurück ins Haus, wobei sie meine Hand ergriff und sie kurz drückte. Ich konnte an dem betretenen Ausdruck in ihren Augen erkennen, wie schwer es ihr fiel, sich zusammenzureißen. Und trotzdem tat sie es für mich und Ciara. Wütend musste ich den Blick abwenden. Das war alles nicht richtig.

Ariadna antwortete meinem Vater unterwürfig. »In fünf Minuten, Sir.«

Statt einer Antwort beobachtete Vater den Fahrer, wie er die Koffer hineintrug und neben der Treppe abstellte. »Muriel, würdest du unsere Sachen hochbringen?« Sein Blick glitt zu uns. Der fragende Unterton war reiner Hohn, dies war ein Befehl, keine Bitte.

Natürlich kam meine Mutter der Aufforderung nach, und ich musste die Lippen fest zusammenpressen, um nicht zu sagen, dass die Koffer viel zu schwer für sie waren. Das würde Vater nur noch mehr dazu reizen, sie von Mutter hochtragen zu lassen.

Sobald sie mit dem ersten Koffer nach oben verschwunden war, konzentrierte sich mein Vater auf mich. »Nun erzähl mal, gibt es etwas Neues in der Schule?«

Ich atmete tief durch und folgte meinem Vater ins Wohnzimmer. »Nein, nichts Neues. Unsere SAT-Ergebnisse sind auch noch nicht da.«

Zum einen erleichtert und zum anderen in bangender Erwartung vernahm ich erneut das Knirschen von Kies unter Autorädern. Auch mein Vater hörte es und blieb am Eingang zum Wohnzimmer stehen.

Anhand der Geschwindigkeit, mit der Ciara sich beeilte hereinzukommen, war ihr wohl aufgefallen, dass unsere Eltern bereits angekommen waren. Sobald sie die Tür hinter sich geschlossen hatte, starrte sie beinahe ängstlich zu uns.

»Entschuldigung, Vater, ich ...« Ich krampfte meine Hände zusammen, in der Erwartung, sie würde meine Ausrede zum Einstürzen bringen, doch so weit kam sie nicht.

»Ja, ja, du warst bei einer Freundin. Das nächste Mal erwarte ich dich pünktlich. Und jetzt geh in dein Zimmer und lass mich mit deinem Bruder allein. Ich rufe dich, wenn das Essen fertig ist.«

Bedrückt folgte Ciara Vaters Anweisung. O Gott! Ich hoffte, es gab bald wieder einen Notfall in der Firma. Ohne Vater war es zu Hause um einiges gemütlicher.

Irgendwie hatten Ciara, Mutter und ich den gestrigen Abend unbeschadet überstanden, und ich ging um einiges motivierter in die Schule, einfach weil ich froh war, von zu Hause wegzukommen.

Allerdings vertrieb mir das Geschnatter von Stefanie und ihrer Gefolgschaft schnell die gute Laune. Sie unterhielten sich ausführlich über einen Neuen an unserer Schule. Wenn er bereits jetzt Stefanies Aufmerksamkeit auf sich gezogen hatte, hatte er mein vollstes Mitleid. Allerdings war ich von meiner Anteilnahme abgelenkt, weil ein bestimmtes Mädchen in ihrem braunen Mini bis zum Schulklingeln fehlte. Mit gerunzelter Stirn ließ ich meinen Blick ein weiteres Mal über den Parkplatz schweifen. Aber nein, nichts zu sehen.

»He, Dyan, kommst du?«

Marco stieß mich an der Schulter an, doch ich zögerte, ihm zu unserem Kurs zu folgen. Ein Teil von mir würde lieber warten ... Bis ich mir ins Gedächtnis rief, wer ich war. Als ob ich wegen eines Mädchens warten würde. So weit käme es noch.

Trotzdem ließ ich die Einfahrt zum Parkplatz nicht aus den Augen, bis wir im Schulgebäude waren.

Es fuchste mich, dass ich auch in der Mittagspause nach Tessa Ausschau hielt. Wir saßen bestimmt schon fünf Minuten an dem uns angestammten Platz in der Cafeteria, und von Miss Independent war noch immer nichts zu sehen. Jedes Mal, wenn die Türen aufschwangen, schoss mein Blick hinüber, vor allem, da ich dank Ciara wusste, dass Tessa sehr wohl in der Schule war. Doch das wäre gar nicht nötig gewesen. Denn Tessas Auftritt KONNTE einem nicht entgehen.

Eine der Flügeltüren schlug schwungvoll auf, und eine weibliche Stimme kreischte in einer Mischung aus Schreien und Lachen: »Ahh, Steven! Pass doch auf!«

Ich war gerade dabei gewesen, einen weiteren Bissen meines Auflaufs zu nehmen, als ich entgeistert innehielt.

Tessa saß auf dem Rücken von niemand anderem als dem neuen Schüler, und so, wie sie sich an ihm festklammerte, schienen sie ziemlich vertraut.

»Du hast die Arme frei, also musst du die Türen aufhalten, wenn wir nicht dagegenlaufen sollen!«, antwortete der Kerl und schob sie wieder zurecht, ehe Tessa abrutschte.

Tessa zog einen Schmollmund und wuschelte ihm kräftig durch die Haare. »Ja, ja, kleine Prinzessin. Das gemeine Fußvolk hält Ihnen nächstes Mal die Tür auf.«

Ein Lächeln huschte über das Gesicht von *Steven*. »Na, wer steht hier auf seinen Füßen?«

Keine Ahnung, weshalb Tessa kicherte und ihrem neuen Freund auf die Schultern schlug. So witzig war das nicht. Außerdem, wieso gingen die beiden so vertraut miteinander um?

Die Frage stellten sich auch alle anderen, denn jeder Anwesende starrte die beiden an, sei es nun verwundert, eifersüchtig oder einfach überrascht.

Um dem Ganzen die Krone aufzusetzen, flüsterte Tessa *Steven* nun etwas ins Ohr. Was hatte sie gesagt? Wollten sie sich vielleicht ein abgelegeneres Plätzchen suchen und ... okay, nein. Ich würde jetzt nicht durchdrehen.

Tatsächlich ließ er sie mit gerunzelter Stirn runter, und Tessa kam nach einigen verlegenen Seitenblicken auf unseren Tisch zu. Der böse Teil in mir hätte am liebsten behauptet, hier sei kein Platz mehr, aber ausnahmsweise hatte ich mein großes Mundwerk unter Kontrolle, und Ciara rückte für beide bereitwillig ein Stück zur Seite.

Immer noch herrschte Stille, bis plötzlich Stefanie zu einer ihrer Kumpaninnen zischte: »Was haben die denn miteinander zu tun?!« Und sobald die Frage ausgesprochen war, schien sie im ganzen Saal nachzuklingen.

Langsam nahm der Geräuschpegel wieder zu, und die wenigen, die sich nicht das Maul über neue Gerüchte zerrissen, aßen einfach weiter. Mir war allerdings der Appetit vergangen, weshalb ich meine Gabel lustlos fallen ließ und mit verschränkten Armen Ciara, Tessa und *Steven* beobachtete, die sich lachend unterhielten.

Was war denn andauernd so lustig?!

Ich kniff die Augen zusammen und schnaubte.

Vielleicht war *er* ja der Grund für Ciaras komisches Verhalten. Wer weiß, vielleicht hatten sich Tessa und sie gestern im Auto über *ihn* unterhalten, und sie war später noch zu *ihm* gefahren! Wenn der Kerl einen Finger an meine kleine Schwester legte oder an Tessa ...

Tief einatmend bot ich meiner Fantasie Einhalt. Ich würde mich nicht in Vermutungen stürzen.

Ehe ich michs versah, lief ich schon zu den dreien hinüber. Aber ich tippte nicht Ciara auf die Schulter, sondern Tessa, die sich grinsend umdrehte. Bei meinem grimmigen Gesichtsausdruck wurde sie jedoch sofort ernst.

»Können wir uns kurz draußen unterhalten?« Meine Stimme klang tiefer als sonst, aber das war mir egal.

Tessa öffnete bereits den Mund, wahrscheinlich, um mich abblitzen zu lassen, also fügte ich schnell hinzu: »Es geht um meine Jogginghose, bitte.«

Sie runzelte verwirrt die Stirn, nickte schließlich und stand auf.

Ohne ein weiteres Wort lief ich vor, und sie folgte mir erstaunlich brav. Da ich nicht wusste wohin, führte ich sie einfach in einen Gang und lehnte mich an einen der Spinde. Wie Tessa mit den Fingern spielte, zeigte mir, dass sie nervös war, und irgendwie half das, meine brodelnde Wut abzukühlen. Oder war das etwa Eifersucht?

»Tut mir leid, dass ich sie dir noch nicht zurückgegeben habe«, begann Tessa unsicher. »Wenn du willst, bringe ich sie dir gleich morgen mit! In den letzten Tagen war es ganz praktisch, sie zu tragen ...« Sie errötete süß, und allein die Vorstellung von ihr in meiner Jogginghose hob meine Stimmung.

»Also wegen den Verbrühungen, meine ich!«

Bestimmt hätte sie noch weitere Gründe zusammengestammelt, aber da überkam mich auf einmal der übermächtige Drang, ihre Lippen mit meinen zu verschließen, und ich beugte mich zu ihr herunter.

Kapitel 27 Tessa

Als Dyan mich bat, mit ihm nach draußen zu kommen, hatte ich mit allem gerechnet. Aber garantiert nicht damit, dass er mich plötzlich küsste.

Und ganz sicher hatte ich nicht den elektrisierenden Schauder erwartet, der mir den Rücken herunterjagte und jede Stelle meines Körpers kribbeln ließ. Selbst meine Fingerspitzen kitzelten derartig, dass ich Angst hatte, es würden gleich Funken sprühen.

Es gab nur einen einzigen Teil von mir, der nicht kribbelte, sondern brannte. Und das waren meine Lippen, die mit Dyans zu verschmelzen drohten.

Selbst in dem Schockzustand, in dem sich mein Gehirn befand, konnte ich spüren, wie zart sein Mund auf meinem lag und wie angenehm die Wärme war, die von ihm ausging. Am liebsten hätte ich mich an ihn gedrängt, damit sein Duft mich komplett einhüllte.

Vielleicht war es jedoch besser, dass weder mein Verstand noch mein Körper zu einer solchen Handlung fähig war. Ich meine, es war immer noch Dyan, der mich gerade küsste. Dyan, der schon so viele andere Mädchen geküsst hatte ... Nicht, dass ich komplett unerfahren wäre, aber Dyan war dafür bekannt, die Frauen reihenweise ausgenutzt zu haben.

So sanft, wie er seine Lippen bewegte, verstand ich allerdings vollkommen, weshalb jedes seiner Betthäschen ihm treudoof hinterherhoppelte.

Anscheinend sah er es als ein gutes Zeichen, dass ich ihm nicht sofort eine verpasst hatte, und legte nun mutig eine Hand in meinen Nacken, um meinen Kopf leicht nach rechts zu neigen. Ich war mir allerdings nicht so sicher, ob das nicht eher ein schlechtes Omen dafür war, dass ich den Verstand verlor. Vor einer Woche hätte ich ihn derart zur Schnecke gemacht, dass ihm Hören und Sehen vergangen wäre. Und jetzt wollte ich mich diesem berauschenden Gefühl seiner Lippen hingeben.

Gefangen im Wirrwarr meiner Gefühle stand ich unbeweglich da, sodass Dyan sich langsam von mir löste. Nicht weit, noch immer schwebten seine Lippen verführerisch über meinen, trotzdem fühlte ich einen kalten Luftzug. Etwas legte sich schwer in meinen Magen.

Als würden Tausende Schmetterlinge auf einmal vom Himmel fallen?

Sein Daumen strich sanft meinen Hals hinauf, und augenblicklich hatte ich an der Stelle eine Gänsehaut. Wieso war das Bedürfnis so groß, mich auf die Zehenspitzen zu stellen und die kleine Kluft zwischen uns zu schließen?

Ein Teil von mir hätte mich am liebsten für diese dämlichen Gedanken in einen der vielen Spinde auf dem Flur eingeschlossen. Aber der andere Teil flehte Dyan lautlos an, und dieser war, im Moment zumindest, übermächtig.

»Komm schon, Tessa«, murmelte Dyan so nah bei mir, dass ich die Bewegung seiner Lippen fast spürte. »Ich weiß, dass du keine Schaufensterpuppe bist.«

Sein Griff in meinem Nacken wurde stärker, und im nächsten Moment presste sich sein Mund wieder auf meinen. Ich weiß nicht, welche Wirkung genau seine Worte auf mich hatten, auf jeden Fall bewogen sie mich dazu, endlich auf ihn einzugehen, und mit einem leisen Grummeln erwiderte ich seinen Kuss.

Es war kein *Reiß mir die Kleider vom Leib*-Geknutsche, als unschuldiges Gutenachtküsschen würde ich es allerdings auch nicht mehr bezeichnen. Vor allem nicht, nachdem er mich mit dem Rücken an die Spindwand gedrückt hatte.

Im Laufe unseres Kusses vergrub sich meine Hand in seinen Haaren, und ich spürte, wie sich seine zweite Hand auf meine Hüfte legte. Zu sagen, mein Geist war beflügelt, wäre eine Untertreibung. Mein Verstand schien irgendwo unter der Decke zu hängen, so weit weg wie nur möglich von diesem Tornado aus Emotionen, der durch meinen Kopf wirbelte.

Und auch nachdem Dyan sich wieder von mir gelöst und mich leicht atemlos zurückgelassen hatte, war ich von jeglicher geistigen Aktivität befreit.

Verdammt! Was sollte ich denn jetzt sagen?

»Wenn du willst, wasche ich deine Jogginghose noch heute Nachmittag und bringe sie dir morgen mit.«

Wenn ich mich selbst mit einem *Jetzt ehrlich?*-Blick hätte betrachten können, hätte ich mich damit in Grund und Boden gestarrt. Vielleicht sollte ich auf die Option mit dem Spind zurückkommen und darin abwarten, bis mein Gehirn wieder funktionstüchtig war.

Dyan zog lediglich eine Augenbraue in bester *Dein Ernst?*-Manier hoch und schaffte es, mich mit einer Mischung aus entnervtem Augenrollen und Interesse zu mustern. Verlegen hielt ich seinem Blick stand und biss mir auf die Lippe, damit mir nichts noch Dümmeres herausrutschte.

Dyans rechter Mundwinkel zuckte, bis er schließlich breit lächelte und in Gelächter ausbrach. Verwirrt beobachtete ich ihn dabei, wie er zur anderen Seite des Gangs taumelte und sich vor Lachen den Bauch hielt.

»Wir küssen, uns und das Erste, was du fragst, ist, wann ich meine Jogginghose wiederhaben will?« An die Wand gegenüber gelehnt wischte er sich Lachtränen aus den Augenwinkeln. »Du bist eindeutig ein besonderes Mädchen, Tessa Anderson.«

Aha. Tja, freute mich, wenn er das so witzig fand.

»Äh, danke schön?« Ich räusperte mich und schaute verlegen zur Seite.

Glücklicherweise rettete mich das sich nähernde Lachen mehrerer Teenager vor weiteren Peinlichkeiten. Schnell stellte ich mich kerzengerade hin, und keine Sekunde später bog Dyans Gefolge, einschließlich Steven, um die Ecke.

Hoffentlich bemerkte niemand, wie mein Herz raste, oder sah mir unseren Kuss an der Nasenspitze an. Äh ... Lippen? Was auch immer!

Aber die anderen schienen zu beschäftigt mit ihren eigenen Gesprächen. Überrascht bemerkte ich, wie Ciara bei Steven untergehakt lief und bei ihrem fesselnden Gespräch gar nicht merkte, wie sie von Marco mit Blicken aufgespießt wurde. Selbst wenn es keine beabsichtigte Taktik war, so hatte es eindeutig die richtige Wirkung. Das sollte ich mir unbedingt merken, falls wir ihn später erneut aus seinem Schneckenhaus locken wollten. Weshalb beeinflusste Eifersucht Jungs auch so stark?

»Na, ihr Turteltäubchen, seid ihr fertig mit eurem Gespräch?«, rief Ben mit einem spöttischen Lächeln in unsere Richtung, und auch wenn der Kosename bloß nach einer Blödelei klang, seinen eisblauen Augen entging nichts. Ich war mir bisher nicht sicher, ob ich ihn für diese Fähigkeit bewundern oder fürchten sollte.

»Klar, lasst uns losgehen. Tessa, wie gesagt, du kannst die Hose so lange behalten, wie du willst«, antwortete Dyan und stieß sich von der Wand ab.

Während er auf die anderen zulief, warf er mir ein Zwinkern zu, und nachdem mein Gehirn wieder in der Lage war, diese Geste zu registrieren und meine Beine in Bewegung zu setzen, fing meine Wut an zu brodeln. Was sollte dieses beschissene Zwinkern bedeuten? Ein *Hey, hab dich mit dem Kuss nur ärgern wollen*-Zwinkern? Oder ein *Das bleibt unser kleines Geheimnis*-Zwinkern?

Ganz automatisch hakte ich mich auf Stevens anderer Seite unter, ohne dass ich dem Gespräch wirklich folgen konnte. Na ja, schlussendlich machte es keinen Unterschied, versuchte ich, mich selbst zu beruhigen. Ich hatte weder vor, irgendjemandem davon zu erzählen, falls Dyan Zweiteres meinte, noch mir etwas darauf einzubilden.

Mit dem Läuten der Schulklingel wollte ich diesen Kuss in einer Truhe in meinem Kopf verpacken. Es gab genug in meinem Leben, über das ich mir Gedanken machen musste. Ein Liebesdrama, weil ich mich in den größten Badboy der Schule verliebte, konnte ich nicht brauchen. Der Sprung, den mein Herz machte, als Dyan mir ein Lächeln zuwarf, bevor sich unsere Wege an der nächsten Ecke trennten, bewies mir aber, dass ich dabei wohl nicht viel Mitspracherecht haben würde.

Nach der Schule hatten sich auf dem Parkplatz die üblichen Verdächtigen um mein Baby versammelt, und der stolze Besitzer des weißen R8 lehnte lässig plaudernd am Türrahmen. Lächelnd ging ich auf die Gruppe zu. Wie paradox das alles war! Meine Güte, die Jungs, die ich bis vor einer Woche als meine Erzfeinde angesehen hatte, waren ... waren meine Freunde geworden!

Mir stockte kurz der Atem. Konnte man wirklich sagen, dass wir Freunde waren? Immerhin wusste ich so gut wie nichts über Ben, Marco oder Cole. Trotzdem ... Freunde hatte ich auf dieser Schule noch nie gehabt. Und jetzt war ein ganzer Haufen – meist liebenswürdiger – Idioten dazu geworden.

Aufgewühlt stellte ich mich neben Ciara in den Halbkreis, den wir um ihren Bruder gebildet hatten.

»Hey, Tessa! Wir kommen dich im *Dinnertime* besuchen, also stell am besten eine riesige Portion Pommes zur Seite«, sagte Cole neben mir und gab mir einen spielerischen Stoß in die Seite.

»Na da freue ich mich schon«, antwortete ich mit einem Augenrollen sowie einem Zwinkern, um zu zeigen, dass meine Worte nicht ernst gemeint waren. Am besten stellte ich ebenfalls ein paar Burger und Pizzen zur Seite, so verfressen wie die Jungs waren.

»Ja, ich komme auch vorbei, also jede Menge Gründe, dich zu freuen«, kam es prompt von Steven. »Mein Bruder hat mir gerade geschrieben, dass er nach der Uni zum *Dinnertime* kommt. Anscheinend will er mir jemanden vorstellen«, sagte er und runzelte zum Schluss die Stirn.

Bei dem Gedanken, dass Henry seinem kleinen Bruder Amanda vorstellen wollte, konnte ich mir ein fettes Grinsen nicht verkneifen.

»Glaub mir, du wirst mögen, wen er dir vorstellen will. Aber ich muss jetzt los, man sieht sich!« Mit einem Winken in die Runde drehte ich mich um und lief zu meinem Mini. Allerdings musste ich feststellen, dass ein Teil von mir bedauerte, nicht länger bei der Rasselbande bleiben zu können. Sie hatten sich tatsächlich einen Weg in mein Herz erschlichen.

Kapitel 28 Tessa

Die Arbeit machte mir eigentlich immer Spaß. Aber ich musste zugeben, kurz mit meinen *Freunden* herumzublödeln, bevor es weiter zum nächsten Tisch ging, brachte meine Schicht auf ein neues Level. So ehrlich wie heute war mein Lächeln zu den Kunden noch nie gewesen.

Und das, obwohl sich die Jungs eigenartig benahmen. Irgendwie geheimnistuerisch ... Zum einen war da wieder dieser Kerl, der Dyan und die anderen schon letztes Mal begleitet hatte. Er wurde mir als Jake vorgestellt, und um ehrlich zu sein, wusste ich nicht, was ich von ihm halten sollte. Irgendetwas an der Art, wie er meine Hand etwas zu lang schüttelte und mich etwas zu genau musterte, gefiel mir nicht. Wie bei einem Radar in meinem Kopf, das heftig ausschlug und mir die Fehlermeldung »Gefahr! Gefahr!« gab.

Vielleicht hätte ich das Gefühl verdrängen können, wenn die anderen Jungs sich nicht so aufgekratzt verhalten hätten. Immer, wenn ich zu ihnen schaute, steckten sie die Köpfe zusammen und tuschelten aufgeregt. Als wäre das nicht verdächtig genug, wurde schließlich Ciara vom Tisch verbannt und trottete sichtlich verwirrt zu Steven und Henry an die Bar. An dem Punkt reichte es mir, und ich fing Ciara auf halbem Wege ab.

»Was in Gottes Namen ist da drüben los?« Ich sah Ciara genau an, dass sie etwas wusste, dennoch zuckte sie nur mit den Schultern.

»Sie haben manchmal so ihre Phasen, aber dieses Mal scheint es schlimmer zu sein.«

Am liebsten hätte ich genauer nachgefragt, aber Ciara schüttelte den Kopf. »Versuch es erst gar nicht. Ich weiß wirklich nichts Genaues ... aber Morgen wird wieder alles beim Alten sein. So ist das immer.«

Und damit löste sie sich aus meinem Griff und ließ mich mit meiner Neugierde zurück. Frustriert biss ich mir auf die Lippe und überlegte für einen Moment, Dyan einfach zur Rede zu stellen. Aber wenn nicht einmal Ciara eingeweiht wurde ... Und ich sollte die Letzte sein, die im Privatleben anderer herumwühlte, wo ich doch selbst nicht wollte, dass das jemand bei mir tat.

Also hielt ich die Füße still und beobachtete misstrauisch, wie die Bande eine Stunde später euphorisch aufbrach. Sie schienen in einem komplett anderen Film zu sein. Dyan vergaß sogar Ciara an der Bar. Als diese nach einigen Minuten resigniert ihre Sachen zusammenpackte, konnte ich mich ein weiteres Mal nicht mehr zurückhalten. Bevor sie ebenfalls aus der Tür des *Dinnertime* verschwand, zog ich sie in eine Umarmung.

»Ich verstehe, dass du Dyans Geheimnis wahrst, aber sollte irgendetwas vorfallen, ruf mich einfach an. Ich bin sofort da!«

Überrascht von meiner Reaktion legte Ciara erst nach einem Augenblick die Arme um mich und drückte mich fest. »Mach ich, danke dir, Tessa.«

Dann ging sie, und ich konnte ihr nur mit einem unguten Gefühl hinterherschauen.

Ich hatte wirklich gehofft, dass sich meine böse Vorahnung nicht bewahrheitete. Trotzdem ließ ich mein Handy vorsichtshalber laut gestellt, auch, als ich gegen Mitternacht ins Bett ging. Aber es sagte schon einiges aus, dass mich bereits das erste Klingeln meines Telefons aus dem unruhigen Schlaf riss.

Augenblicklich nahm ich ab. »Hallo?«

»Tessa? Kannst du bitte rüberkommen? Ich mach mir solche Sorgen! Dyan ist immer noch nicht da, und er geht nicht an sein Handy. Sonst geht er immer an sein Handy! Die anderen kann ich auch nicht erreichen«, schluchzte Ciara am anderen Ende der Leitung.

Nur ein Blick auf die Uhr, und ich war bereits auf die Beine gesprungen. »Bin gleich da. Bleib ruhig, es wird schon nichts passiert sein.« Das redete ich mir zumindest ein, als ich um zwei Uhr nachts in mein Auto stieg.

Zehn Minuten später fuhr ich die Auffahrt der Lawyers hoch und klopfte einen unruhigen Rhythmus auf mein Lenkrad. Was trieben Schüler unter der Woche so spät in der Nacht noch? Nichts Gutes, so viel stand fest. Und wir hatten nicht mal einen Hinweis, wo die Jungs sein könnten, um nach ihnen zu suchen.

Da ich es kaum noch aushielt, ruhig sitzen zu bleiben, stellte ich meinen Brownie einfach quer auf dem Platz ab und sprang ins Freie. Meine Tasche riss ich dabei mit vom Beifahrersitz, knallte die Tür hinter mir zu und hastete Richtung Villa. Ein einzelnes Fenster war erleuchtet, und das passte überhaupt nicht zu den Eindrücken, die ich bisher hier gesammelt hatte.

Ich hatte gerade die Treppe erreicht, als die Haustür von einer völlig verheulten Ciara aufgerissen wurde. Das Mädchen, das vor mir stand, hatte nichts mit der kleinen Tussi gemein, für die ich sie früher gehalten hatte. Ihre Haare waren unordentlich nach oben gebunden, das Gesicht ohne Make-up, und ihre Kleidung bestand aus einem überdimensionalen Shirt, das sicherlich eins von Dyans war, und einer Sweatpants. An sich gefiel mir diese Ciara viel besser, wären da nicht die roten, geschwollenen Augen und der leidende Gesichtsausdruck gewesen, der sich auch in ihren hängenden Schultern spiegelte.

Wortlos nahm ich sie fest in den Arm. Sobald sie ihr Gesicht in meiner Halsbeuge vergraben hatte, hörte ich ihr leises Schluchzen und strich ihr, beruhigende Worte murmelnd, über den Rücken.

Für eine Weile rührte sich keiner von uns, bis Ciaras Schluchzen abebbte und einem Schluckauf wich. Noch immer hielten wir einander umklammert, und mir wurde auf einmal klar, wie schön es sein konnte, einer Freundin Halt zu geben. Vorsichtig löste ich mich von ihr und schob sie ein Stück in die Eingangshalle, sodass ich die Tür hinter mir schließen konnte.

»Danke, dass du gekommen bist«, schniefte sie leise und hickste darauf. Freudlos schmunzelte ich. »Ist doch selbstverständlich. Außerdem mache ich mir selbst Sorgen. Dann können wir das ja auch zu zweit machen.«

Ich griff nach ihrer Hand und verschränkte unsere Finger miteinander, wodurch ich ein kleines Lächeln einheimsen konnte.

»Wie wäre es damit? Wir machen uns eine heiße Schokolade und verkriechen uns in mein Zimmer, um Dyans Anrufbeantworter vollzumüllen?«, schlug Ciara vor und behielt das zittrige Lächeln auf den Lippen.

Zur Bestätigung nickte ich und drückte ihre Hand, um sie meines Beistands zu versichern.

»Aber wir müssen leise sein, meine Eltern sind da«, flüsterte Ciara und wischte sich mit dem Handrücken über die Nase.

Erstaunt zog ich die Augenbrauen nach oben. Ihre Eltern waren hier? Sobald die Information bis zu meinem Gehirn durchgesickert war, entflammte eine dunkle Wut in meiner Brust. Und keiner der beiden fragte sich, warum ihr Sohn nicht nach Hause gekommen war? Aber ... konnte man es ihnen verübeln? Dyan war sicherlich oft die halbe Nacht weg, und wenn die Jungs sich nicht so seltsam verhalten hätten, würde ich auch friedlich in meinem Bett schlafen.

Auf Zehenspitzen liefen Ciara und ich in die Küche und schalteten dort das Licht an. In einvernehmlichem Schweigen stellten wir einen Topf Milch auf den Herd und lösten darin Schokolade auf, sobald der Inhalt warm genug war. Dann füllten wir die Schokomilch in eine Kanne und schnappten uns dazu zwei Tassen.

Ich nahm das Tablett, auf das wir alles gestellt hatten, während Ciara alle Lichter ausschaltete und wir leise nach oben in ihr Zimmer schlichen. Dort stellte ich unsere Getränke auf ihrem Nachttisch ab und ließ mich dann zu ihr ins Bett fallen.

Zunächst wollte keiner das Thema anschneiden, und so genossen wir es einfach, nicht allein zu sein. Aber ich war nicht der Typ, der sich vor etwas drückte, also hob ich eine Tasse vorsichtig vom Tablett und reichte sie Ciara, bevor ich mir meine eigene nahm.

»Dyan geht nicht an sein Handy?« Ich nippte leicht an der heißen Schokolade und stellte glücklich fest, dass sie genau die richtige Temperatur hatte.

Auch Ciara schlürfte an ihrer Tasse und schüttelte dabei den Kopf. »Ja. Außerdem werde ich gleich zur

Mailbox geleitet, also hat er es entweder ausgeschaltet oder ist in einem Funkloch.«

Mit einem Seufzen schloss sie erschöpft die Augen. Nachdenklich biss ich mir auf die Unterlippe, und erneut drängte sich mir die Frage auf, was Dyan und die anderen vorhatten.

»Okay, jetzt rück damit raus. Was weißt du?« Ich setzte Ciara ungern unter Druck, aber wenn ich helfen sollte, musste ich zumindest wissen, um was es ging.

Verlegen starrte sie in ihre Tasse und nahm noch einen Schluck »Es ... es ist nichts. Ich meine, das machen sie schon länger, und bisher ist nie was vorgefallen ...« Wieder verstummte sie und presste die Lippen aufeinander.

Unwillkürlich legte sich meine Stirn in steile Falten. »*Was* machen sie schon länger?«

Ciara nahm einen tiefen Atemzug und schloss kurz die Augen, bevor sie mich endlich direkt ansah. »Sie fahren illegale Autorennen.«

Dieser eine Satz nahm mir jegliche Luft zum Atmen. Diese. Schwachmaten!

Mir war klar gewesen, dass sie hin und wieder illegale Sachen konsumierten oder sich das Recht herausnahmen, gegen alle Regeln zu verstoßen. Aber wie konnten sie so dämlich sein? Das war verdammt gefährlich! Ich kannte mich absolut nicht damit aus, aber mein Wissen aus *Fast and Furious* reichte, um mir bewusst zu sein, dass ein Unfall mit zweihundert Sachen und mehr nicht glimpflich endete. Mal abgesehen von den Konsequenzen, wenn sie erwischt wurden. Selbst Dyans Dad könnte ihnen dann nicht mehr den Arsch retten!

Aufgebracht sprang ich auf und tigerte vor dem Bett auf und ab.

»Ich meine, bisher haben sie noch nie Schwierigkeiten bekommen! Marco wartet die Autos regelmäßig, und Dyan und Ben sind unglaublich gute Fahrer«, nuschelte Ciara und machte sich ganz klein, bei dem wütenden Blick, den ich ihr zuwarf.

»Völlig egal, wie gut sie fahren oder ob die Autos in Schuss sind! Es muss nur ein anderer dabei sein, der die Kontrolle verliert, und dann ...?!« Verzweifelt raufte ich mir die Haare und tigerte weiter auf und ab.

»Glaubst du etwa, dass ihnen etwas passiert ist?«, fragte Ciara mit dünner Stimme, und erschrocken bemerkte ich, wie ihre Unterlippe zu zittern anfing. Mist! Das waren nicht die richtigen Worte gewesen, um sie zu beruhigen.

Schnell drängte ich meine Wut in den hintersten Teil meines Kopfes und kniete mich vor ihr auf den Boden. »Wenn sie das schon so lange machen, wie du gesagt hast, werden sie vorsichtig sein«, log ich und legte meine freie Hand, mit der ich nicht die Tasse hielt, auf ihr Knie. Zweifelnd blickte sie mich an, Tränen schwammen in ihren Augen.

»Hast du verstanden? Du musst dir keine Sorgen machen, okay?«, sagte ich mit mehr Nachdruck, obwohl ich meinen Worten selbst keinen Glauben schenkte. So, wie ich die Jungs kannte, war Vorsicht nicht unbedingt ihr zweiter Vorname. Allein der Gedanke, wie sie durch nächtliche Straßen jagten bei irgendeinem dummen Rennen ...

Als Ciara sich beruhigt hatte, erhob ich mich wieder und seufzte lautlos, damit sie es nicht mitbekam. Am besten wäre es, wenn sie sich schlafen legte. Sie brauchte die Ruhe, ich konnte ihr die Erschöpfung vom Gesicht ablesen. Ihre Lider hingen auf Halbmast, und immer wieder musste sie ein Gähnen unterdrücken.

Ich lächelte sie traurig an, als sie gerade den letzten Schluck ihrer heißen Schokolade trank, nahm ihr dann sachte die Tasse aus der Hand und stellte sie mit meiner aufs Tablett. »Komm, leg dich hin und schlaf ein bisschen.«

Sofort schüttelte Ciara den Kopf. »Vergiss es! Ich will mitkriegen, wenn mein Bruder nach Hause kommt! Und ich bin eh nicht müde.«

Mahnend sah ich sie an. »Ich kann dich wecken, wenn Dyan auftaucht.«

Mit gerunzelter Stirn legte sie den Kopf schief. »Sekunde, du erwartest, dass ich schlafe, während du wach bleibst?!«

Obwohl es in dieser Situation sicherlich nicht angebracht war, entlockten ihre Worte mir ein Lächeln. »Ja, ich habe vorhin schon geschlafen. Ich bin fit wie ein Turnschuh.«

Ciara musste gähnen, weshalb ihre Antwort etwas verzögert kam. »Klar, der Schlaf war bestimmt tief, so schnell, wie du ans Handy gegangen bist«, erwiderte sie in einem kritischen Tonfall.

Mein Lächeln verschwand, und ich seufzte schwer. »Nimm mein Angebot einfach an, Ciara. Ich wecke dich sofort, wenn er da ist.«

Hin- und hergerissen zögerte sie immer noch. Schließlich nahm ich ihr die Entscheidung ab, indem ich mir einfach das Tablett schnappte und damit Richtung Tür verschwand. »Nacht, Ciara!«, sagte ich noch, als ich ihr Licht ausschaltete.

Bevor die Tür hinter mir leise ins Schloss fiel, hörte ich ihren ergebenen Seufzer und ein »Gute Nacht!«.

Vorsichtig stellte ich das Tablett neben Ciaras Zimmertür ab und ließ mich langsam an der Wand herunterrutschen.

Wieder allein mit meinen Gedanken und Sorgen, die sich seit Ciaras Auskunft über das kleine *Hobby* der Jungs verdoppelt hatten, griff ich panisch nach meiner heißen Schokolade. Wie gut, dass ich noch eine halb volle Kanne hatte, denn sonst, so hatte ich das Gefühl, würde ich die nächsten Stunden nicht überleben.

Und tatsächlich war es ziemlich hart. Andauernd flimmerten Bilder in meinem Kopf auf, wie einer der Jungs in einem brennenden Wrack lag oder von der Polizei in Handschellen abgeführt wurde. Langsam dämmerte ich weg, verfolgt von der Frage, was ich eigentlich tun sollte, wenn Dyan nicht auftauchte.

Eine unbestimmte Zeit später schreckte ich aus meinem unruhigen Schlummer und schaute mich desorientiert um. Wo war ich? Doch das Knirschen von Kies unter Autorädern und das Zuknallen einer Tür ließen alles wieder zurückkommen, und in der nächsten Sekunde stand ich bereits auf meinen Beinen. Eigentlich war es ziemlich verwunderlich, dass niemand wach wurde, denn ich polterte rücksichtslos die Treppe hinunter. Die Silhouette unten in der Eingangshalle hörte mich auf jeden Fall, denn sie drehte sich zu mir um, gerade als ich mich auf sie stürzte und sie fest umarmte.

O mein Gott, er war da! Dyan war da! Zum zweiten Mal an diesem Tag brannten meine Augen, doch nach der Panik der letzten Stunden brodelte auch die Wut in mir hoch.

Ich riss meine Arme, die ich um seinen Hals geschlungen hatte, von ihm los und gab ihm einen kräftigen Stoß vor die Brust. »Du! Wie konntest du nur?!«

Noch einmal stieß ich ihn, und er stolperte ein paar Schritte nach hinten. Meine Stimme hatte einen Tonfall angenommen, der zwischen Erleichterung, Panik und Wut schwankte und damit ziemlich gut meinen inneren Tumult widerspiegelte.

»Hast du eine Ahnung, was deine Schwester durchgestanden hat?!«, fragte ich und stieß ihn wieder ein Stück von mir, nicht bereit, ihn auch in meine eigenen Sorgen einzuweihen.

Dyan erwiderte nichts, sondern hob nur verteidigend die Arme. Doch ich erwartete auch keine Antwort, meine ganzen Gefühle brauchten bloß ein Ventil.

»Was in Gottes Namen denkst du dir dabei?! Wie kannst du deiner Schwester so was antun?!« Jedes Wort unterstrich ich mit einem weiteren Stoß und kam ihm hinterher, als er nach hinten stolperte.

»Die halbe Nacht hat sie auf dich gewartet, total aufgelöst und am Ende! Nicht mal ans Handy bist du gegangen, du Idiot!«

Ein letzter Stoß, und Dyan stand mit dem Rücken an der Wand, immer noch die Hände erhoben, und schwieg. Verzweifelt sog ich die Luft zwischen den Zähnen ein und lehnte mich dann, die Hände zu Fäusten geballt, an seine Brust. Das Gesicht vergrub ich in seinem Shirt, die Augen zusammengepresst, um die Tränen zurückzuhalten, und atmete keuchend. Nachdem wir mehrere Sekunden in dieser Haltung verharrt hatten, legte er langsam seine Arme um mich.

In seine Wärme und seinen Duft eingelullt, beruhigte sich mein Herzschlag, und schlussendlich durchströmte

Erleichterung meinen Körper. Ich entspannte mich und kuschelte mich eng an ihn. »Es tut mir leid«, murmelte Dyan mit kratziger Stimme.

Freudlos lachte ich auf und boxte ihn gegen die Brust. »Das sollte es dir auch!«

Laut schnaubte ich und löste mich dann widerwillig aus der Umarmung. Mit einem leisen Schniefen strich ich mir eine Strähne hinters Ohr, ehe ich mich traute, den Blick zu heben.

Dyan sah erschöpft aus. Seine Haare waren verstrubbelt und ... War sein Shirt am Kragen eingerissen? Als hätte jemand daran gezerrt oder ihn festgehalten. Ich gab einen erschrockenen Laut von mir. Es war kaum sichtbar auf dem dunklen Stoff, trotzdem waren da Blutflecken.

Sofort schoss mein Blick zurück zu Dyans Gesicht und musterte dieses genau. Ein Kratzer zierte seine Wange, ansonsten schien alles gut. Woher stammte also das Blut? Außer ...

Ohne groß nachzudenken, griff ich nach dem Saum seines Shirts und zog es hoch. Der Anblick der Prellung an seiner rechten Seite ließ mich scharf die Luft einziehen. Meine Hand zitterte, als ich vorsichtig über die dunkel gefärbte Stelle fuhr. Trotzdem brachte die Berührung Dyan dazu, zusammenzuzucken und seine Hände um meine zu schließen. Verdammt, und ich hatte ihn vorhin wie eine Verrückte geschubst!

»Süße, wenn du dir mein Sixpack anschauen willst, musst du nur Bescheid sagen.«

Absolut nicht in der Laune für blöde Sprüche fragte ich bloß eindringlich: »Was ist passiert?«

Mit einem schweren Seufzer ließ er meine Hand los und strich mir stattdessen die widerspenstige Haarsträhne wieder hinters Ohr. Die Geste war so aufmerksam und selbstverständlich, dass mir beinahe Tränen in die Augen stiegen.

»Nichts Schlimmes. Nur eine kleine Schlägerei. Der andere sieht schlimmer aus als ich, versprochen.«

Ein Schauder jagte mir über den Rücken. Ich wollte gar nicht wissen, was Dyan unter einer kleinen Schlägerei verstand. Etwas in seinem Blick hielt mich jedoch davon ab, weiter nachzufragen, also nickte ich stumm. Meine Sorge beruhigte das allerdings nicht, sodass ich unruhig mit den Füßen scharrte, unsicher, was ich als Nächstes tun sollte.

Dyan streckte sich müde, wobei ein paar Gelenke knackten, und packte mich sanft an den Schultern. »Komm mit!«

Verwirrt ließ ich es zu, dass er mich in sein Zimmer führte, um mich auf seine Couch zu drücken. Dort fand ich schließlich meine Sprache wieder.

»Ähm, was soll ich hier genau?«

Dyan schenkte mir ein belustigtes Lächeln. »Du übernachtest hier.«

Erschrocken weiteten sich meine Augen. »Was?! Nein! Ich fahre nach Hause und ...«

Er unterbrach mich mit einer wegwerfenden Handbewegung. »Es ist fast vier. Du bleibst! Wenn du willst, kannst du dich schon ins Bett legen, ich geh noch kurz duschen.«

Ohne auf eine Erwiderung zu warten, ging er auf sein Bad zu. Doch dann wandte Dyan sich noch mal grinsend mir zu. »Ach, und wenn du willst, kannst du dir ein Shirt von mir leihen. Wie ich sehe, gefällt dir ja meine Jogginghose.«

Er zwinkerte verführerisch, und ich brauchte einen Moment, bis mir klar wurde, dass ich in seiner Jogginghose zu Ciara gefahren war. Meine Augen verdrehten sich ganz von allein. Na ja, wenigstens hatte er seine Selbstverliebtheit nicht verloren.

Sobald Dyan die Tür hinter sich geschlossen hatte, legte ich den Kopf in den Nacken und atmete erst mal tief durch. Da es Dyan gut ging – na ja, oder er zumindest nur ein paar verdiente blaue Flecken abbekommen hatte –, fiel die Last der Sorgen Stück für Stück von meinen Schultern.

Schließlich ging ich mit zittrigen Beinen auf Ciaras Zimmer zu. Die Tür öffnete sich genauso leise wie Dyans, und ich trat in den dunklen Raum. Ciaras Atemzüge führten mich zu ihrem Bett, wo ich mich auf die Kante setzte und sanft an ihrer Schulter rüttelte. Aber das schien sie nicht zu merken, und ich überlegte kurz, ob ich sie weiterschlafen lassen sollte. Doch dann dachte ich an die Angst in ihren Augen und erinnerte mich an mein Versprechen.

Ich seufzte und rüttelte etwas fester an ihrer Schulter. Wenigstens bekam ich dieses Mal eine gemurmelte Reaktion.

»Ciara.«

Stöhnend drehte sie sich zu mir um und antwortete verschlafen: »Ja?«

»Er ist da.«

Anscheinend war sie immer noch im Halbschlaf, denn sonst hätte sie nicht gefragt: »Wer ist da?«

»Dein Bruder.« Es dauerte einen Moment, bis ihr verschlafenes Gehirn die Worte registrierte, dann sprang sie wie von der Tarantel gestochen auf und sauste an mir vorbei. Ich beeilte mich, ihr hinterherzukommen, weil ich sie noch warnen wollte, dass er gerade duschte, aber da erklang schon ihr freudiges Quietschen.

Mit gerunzelter Stirn betrat ich den Raum und sah, wie Ciara am Hals ihres Bruders hing, der sich immerhin eine Boxershorts übergezogen hatte.

»Ich habe mir solche Sorgen gemacht«, flüsterte sie, und mir war, als würde ich verbotenerweise einen intimen Moment beobachten. Erst als sie sich voneinander lösten und Dyan Ciara wieder ins Bett schickte, traute ich mich, in ihre Richtung zu schauen. Ciara nickte und gab ihrem Bruder glücklich grinsend einen Kuss auf die Wange, bevor sie sich umwandte und mich kurz umarmte. »Danke«, flüsterte sie mir ins Ohr und ließ mich dann mit Dyan allein.

Unsicher wippte ich auf meinen Füßen, während eine bleierne Müdigkeit mich ergriff. Dyan drehte sich um und ging auf sein Bett zu. Er streckte sich erneut, bevor er sich auf die weiche Matratze fallen ließ, und ich kam nicht drum herum, seine Muskeln zu bewundern, die sich unter seiner Haut anspannten und dehnten. Meine Güte, wie lange hatte er gebraucht, um seinen Körper so in Form zu bringen?

Er schlug die Decke zurück und stützte sich in einer halb aufrechten Haltung auf seinem Arm ab. »Na komm, Tessa. Du bist müde, und ich würde auch gerne schlafen. Leg dich einfach zu mir. Ich verspreche auch, dass ich brav bin.« Ein schelmisches Lächeln schlich sich auf sein Gesicht, und er klopfte auf den leeren Platz neben sich.

So langsam gewöhnte ich mich an den Anblick seines nackten Oberkörpers – dessen Ästhetik von der Prellung keinesfalls geschmälert wurde – und verstand plötzlich den Sinn hinter seinen Worten.

Moment, er wollte, dass ich neben ihm schlief?! Nein! Auf keinen Fall! Mein Blick fiel auf die Couch, und ich machte bereits einen Schritt auf sie zu, als Dyans Stimme wieder die Stille durchbrach.

»Denk nicht mal daran. Wenn ein Mädchen in meinem Zimmer schläft, dann gefälligst in meinem Bett!«

Okay, das war ein Machospruch zu viel für die späte Stunde. Ungläubig zog ich eine Augenbraue hoch, während ich noch einen Schritt zur Couch machte.

Er runzelte finster die Stirn, aber ich konnte das Zucken um seine Mundwinkel sehen. »Du hast es darauf angelegt!«, meinte er und sprang auf mich zu. Aus Reflex stürzte ich nach vorne, während Dyan den Raum durchquerte, und landete im gleichen Moment auf den weichen Polstern der Couch, in dem er mich an der Taille packte.

Sofort krallte ich mich an der Lehne fest. »Verdammt, Dyan, lass das! Du bist verletzt!«

»Tja, Süße, dann hör auf, dich mir zu widersetzen. Ich bekomme dich in mein Bett, so oder so!«

Gott, das war so zweideutig!

»Ach, läuft das bei dir immer so? Du musst die Mädchen erst in dein Bett zwingen?«, lachte ich amüsiert.

»Nein, für gewöhnlich sind sie nicht so kratzbürstig.« Ich hörte das Grinsen aus seiner Stimme heraus.

»Ich nenne das nicht kratzbürstig, sondern freier Wille, mein Kleiner«, erwiderte ich selbstgefällig und war mir, was unseren Schlagabtausch anging, des Sieges sicher.

Allerdings hatte ich nicht damit gerechnet, dass Dyan plötzlich seinen Griff änderte, indem er einen Arm um meine Hüfte schlang, um mich mit der anderen Hand zu kitzeln. Erschrocken quietschte ich auf und ließ automatisch die Lehne los. Und ehe ich michs versah, drückte Dyan mich bereits an seine Brust. An seine nackte, durchtrainierte Brust. Die er trotzdem lieber schonen sollte. Aus Angst, ihm wehzutun, gab ich alle Gegenwehr auf, sodass Dyan mich zu seinem Bett hinübertragen konnte. Für das »Brav«, das er von sich gab, während er meinen Kopf wie bei einem treuen Hund tätschelte, hätte er beinahe noch einen Schlag kassiert.

»Sei froh, dass du den Verletztenbonus hast«, knurrte ich, auch wenn der romantische Teil in mir entzückt von der Tatsache war, dass Dyan sich von hinten an mich ankuschelte, sobald wir im Bett lagen. So was kannte ich bisher nur aus Liebesschnulzen – aber verdammt, es fühlte sich schön an.

Ich konnte mir Dyans Grinsen nur zu gut vorstellen, während sein Atem gegen meinen Nacken schlug. »Manchmal muss man mit unfairen Mitteln spielen, um das zu bekommen, was man will.«

Gänsehaut breitete sich auf meinen Armen aus, und ich biss mir heftig auf die Zunge, um die Frage, die mir im Kopf herumschwirrte, nicht laut auszusprechen. Ist es das, was du willst, Dyan? Mich? Aber für den Moment reichte mir der sanfte Kuss, den er in meinen Nacken platzierte, als Antwort. Für den Moment war das der einzige Ort, an dem ich sein sollte.

»Lass uns einfach schlafen, okay?«, murmelte er und bewegte sich, bis er sein Kinn auf meinem Kopf ablegen konnte. Doch obwohl ich Dyan nur zu gerne die Ruhe gegönnt hätte, konnte ich einen Gedanken nicht loslassen.

»Geht ... geht es den anderen auch gut?«

Anscheinend überrascht von meiner Frage richtete sich Dyan nochmals auf. Hauchzart spürte ich seine

Fingerspitzen, als er mir eine Strähne hinters Ohr schob, wobei das kaum half, da mein Zopf sich völlig aufgelöst hatte.

»Sie sind alle erschöpft, und der ein oder andere hat Schürfwunden, aber ansonsten ja.«

Ein erleichtertes Seufzen entwich mir. »Okay, gut.«

Dyan legte wieder die Arme um mich und zog mich zu sich heran. Sofort breitete sich ein warmes Gefühl in mir aus. »Süß von dir, dass du dir Sorgen machst«, murmelte er schläfrig.

»Tue ich gar nicht!«, entgegnete ich sofort, doch seine Antwort bestand nur aus einem leisen »Ja, ja« und einem letzten Küsschen auf die Stirn, bevor wir einschliefen.

Ich wurde von einem beißenden Schmerz geweckt und rückte zischend von dem schweren Körper neben mir weg, der sich auf meinen verletzten Arm gerollt hatte.

Ich blinzelte einige Male, bis ich mir wieder bewusst wurde, wo ich war und wer neben mir lag. Dyan. Ein kleines Lächeln schlich sich auf mein Gesicht, und ich wollte mich wieder an ihn kuscheln.

Doch dann schlug es wie ein Blitz in meinem Kopf ein.

Verdammt! Ich musste nach Hause! Wenn ich Kathrin nicht ihr Frühstück machte, dann ...!

Hektisch drehte ich mich um, als ich auch schon vom Bettrand purzelte. Anscheinend hatte Dyan uns beim Schlafen nach rechts gerollt. Glücklicherweise hatte er dabei auch seine Arme wieder zu sich genommen, sodass ich ihn mit meinem Manöver nicht aufweckte. Und meine Kollision mit dem Boden wurde von einem flauschigen Teppich gedämpft, selbst als ich auf dem geprellten Arm landete.

Verdammt aber auch! Ich biss mir auf die Zunge, um kein Geräusch von mir zu geben oder, genauer gesagt, um nicht lauthals loszufluchen.

Sobald sich das wilde Pochen in meinem Arm beruhigt hatte, stemmte ich mich vorsichtig hoch und schlich aus dem Zimmer, mit einem letzten, sehnsüchtigen Blick auf das kuschelige Bett und den Jungen darin.

Ich wollte mich schon der Treppe zuwenden, als mir einfiel, dass meine Tasche noch in Ciaras Zimmer lag.

Stöhnend sah ich nach oben und verfluchte mich selbst. Aber drum herum kam ich nicht, also schlich ich auf Zehenspitzen weiter und tapste in der Dunkelheit auf Ciaras Bett zu. Sobald ich die Bettkante vor mir spürte, beugte ich mich nach vorne und suchte den Boden nach meiner Tasche ab. Bei meinem Geschick stolperte ich natürlich fast darüber. Aber hey! Gefunden ist gefunden.

Schnell schnappte ich mir die Henkel und verschwand aus dem Zimmer, bevor ich noch gegen eine Wand lief oder sonst was.

Doch draußen auf dem Flur ließ mich eine weibliche Stimme mitten in der Bewegung erstarren. »Wer ist da?«

Im ersten Moment befürchtete ich schon, eine zweite Runde gegen eine Haushälterin mit Kochlöffel überstehen zu müssen. Aber sobald sich meine Augen an die Taschenlampe gewöhnt hatten, mit der ich angestrahlt wurde, wusste ich, dass die Frau Dyans und Ciaras Mutter sein musste. Die Ähnlichkeit war unübersehbar.

»Hallo, Mrs Lawyer! Ich bin eine Freundin von Ciara und Dyan.« Ich versuchte, so unschuldig wie möglich zu klingen, obwohl ich mitten in der Nacht in einem fremden Haus erwischt wurde.

»Aha.« Daraufhin musterte sie mich genau, und mit brennenden Wangen fiel mir ein, dass ich noch immer Dyans Jogginghose trug. Gott, wieso wurde ich andauernd in diesem Haus erwischt, wenn ich Sachen von ihm trug?! Anscheinend wirkte ich zumindest nicht wie ein gefährlicher Einbrecher, denn ein leicht spöttisches Grinsen schlich sich auf das Gesicht von Mrs Lawyer. »Und was machst du hier um halb sechs in der Früh?«

Verlegen errötete ich bei dem Gedanken, dass die ehrliche Antwort wäre, bis gerade eben mit ihrem Sohn zusammen in einem Bett gelegen zu haben. Das konnte ich kaum sagen.

»Ich habe bei Ihrer Tochter übernachtet. Aber mir ist eingefallen, dass ich dringend etwas erledigen muss und deswegen schnell nach Hause sollte. Grüßen Sie bitte Ciara von mir.«

Ich wich einen Schritt nach hinten, und das Lächeln auf Mrs Lawyers Gesicht wurde noch ein Stück breiter. Die Frau war bildhübsch. Damit war wohl klar, wo Dyan und Ciara ihr Aussehen herhatten.

»Mach ich, komm gut heim!«

Verlegen lächelte ich und dankte Gott, die Treppe ohne weitere Chaos-Einlagen zu erreichen. »Ähm ja, danke ... Und danke für die Gastfreundlichkeit!«

So schnell wie der Wind beeilte ich mich, aus dem Haus zu kommen. Doch in meinem Mini angelangt, hätte ich mir am liebsten eine verpasst.

Danke für die Gastfreundlichkeit?!

Peinlicher ging es kaum.

Kapitel 29 Dyan

Mit einem schrillen Piepen riss mich mein Wecker aus dem Schlaf, und stöhnend rollte ich mich herum, um ihn auszuschalten. Dabei schmerzte mir so gut wie jeder Knochen und erinnerte mich damit an den eher unglücklichen Verlauf der letzten Nacht.

Eigentlich hatte alles spitzenmäßig angefangen. Die Jungs und ich hatten uns bereits am frühen Abend getroffen und gespannt auf die Nachricht mit allen relevanten Angaben zum Standort und der Strecke gewartet. Als es schließlich so weit war, ging es nach Southville, eine gute Stunde von hier entfernt. Weder Ben noch ich waren dort je ein Rennen gefahren. Ein Nachteil, den man nicht so leicht wettmachen konnte, weil wir keine Abkürzungen kannten und uns auf die vorgegebene Strecke verlassen mussten. Sobald wir dort angekommen waren, vergaß ich jedoch bei der bombastischen Stimmung meine Sorgen. Sportwagen neben Sportwagen, stand dort eine Schönheit nach der anderen, und mit wem man auch sprach, er verstand sein Handwerk. Es wäre gelogen, dass nicht auch die üblichen zwielichtigen Gestalten dort ihr Werk trieben, aber die *Race Night* war nicht von schlechten Eltern. Wer dort antrat, hatte Ambitionen und lebte für das Rennen.

Unter Gleichgesinnten zu sein, hatte mich bereits in einen Rausch versetzt, und als ich meinen R8 in die Startposition rollen ließ ... Verdammt, wenn ich könnte, würde ich mich sofort in diesen Moment zurückversetzen. Nicht nur mein Gegner, eine große Nummer im County, auch die Strecke war großartig gewesen. In der Stadt beginnend, führte sie bald zur Küste und dort in scharfen Kurven an den Klippen entlang, unter uns der pechschwarze Ozean. Die Kulisse hatte der Nacht die Krone aufgesetzt, und auch wenn ich eher mäßig abschnitt, hatte sich der Aufwand auf jeden Fall gelohnt. Zumal Ben im Gegensatz zu mir ein absolutes Traumrennen ablieferte. Er schaffte es sogar auf den dritten Platz und war damit der große Held unseres Abends.

Zumindest bis alles den Bach runterging.

Es war ein offenes Geheimnis, dass bei solchen Rennen immens viel Geld die Runde machte. Wetten gehörten genauso dazu wie das Röhren der Motoren. Und es war mir auch nicht neu, dass Ben oft größere Summen setzte. Manchmal auf andere, wenn er selbst nicht starten konnte, meist aber auf sich oder mich. Das war absolut legitim, und bisher hatte es deswegen nie Probleme gegeben. Allerdings ging es auch noch nie um so viel Geld wie gestern Nacht. Fünf Riesen hatte allein Ben gesetzt.

Wir hatten gerade alle ein Bier auf Bens Leistung geext, als zwei weniger vertrauenswürdige Gestalten sich mit Ben anlegten. Behaupteten, er habe betrogen und sie dadurch um ihren Wetteinsatz gebracht. Absolut lächerlich, es gibt keinen aufrichtigeren Mann als Ben. Er würde niemals Regeln brechen, um einen eigenen Vorteil daraus zu gewinnen. Aber die Kerle ließen einfach nicht locker, und nachdem Ben ihre Anschuldigungen abgetan hatte, gesellten sich noch drei weitere Typen dazu. Und bevor ich eingreifen konnte, flogen die Fäuste. Der erste Angriff erfolgte von hinten, gerade als Ben sich abwenden wollte. Ein absolutes No-Go, wenn man auch nur ein bisschen Ehre besaß, und so kannten wir danach keine Zurückhaltung mehr. Das Ganze artete zu einer Prügelei aus, die, um ehrlich zu sein, nicht harmlos verlaufen war. Eigentlich hatte ich nur darauf gewartet, dass jemand ein Messer zog, als plötzlich Polizeisirenen die Nacht zerrissen und jeder seinen Arsch schnellstmöglich in Sicherheit brachte.

Wie knapp wir einer Verhaftung entkommen waren? Vermutlich sehr knapp. Aber eigentlich wollte ich nicht darüber nachdenken, das Wichtigste war, dass wir bis auf ein paar Prellungen glimpflich davongekommen waren.

Dennoch knurrte ich bei der Erinnerung wütend in mein Kissen. Wenigstens hatte die Nacht mit einer angenehmen Überraschung geendet.

Als Tessa auf mich zurannte, das war ein ziemlich berauschendes Gefühl gewesen – abgesehen von dem Beinahe-Herzinfarkt und der Tatsache, dass ich sie aus Schock fast k. o. geschlagen hätte.

In Gedanken versunken lächelte ich dümmlich an die Decke. Es gab nicht viele Mädchen, die wie Tessa einfach nur neben mir geschlafen hätten.

Irgendwie hatte ich das Gefühl, dass mir jetzt ein Gedankenblitz kommen sollte. Tessa ... Bett ... ich ...

Meine Hände tasteten das Laken neben mir ab, und langsam bildete sich eine Falte auf meiner Stirn. Wieso wunderte es mich nicht, dass sie weg war?

Resigniert seufzte ich, aber kurz darauf schlich sich wieder ein Lächeln auf mein Gesicht, mit dem ich mich aus dem Bett schwang.

Dass Tessa nicht mehr hier war, entsprach auf eine seltsame Art und Weise genau ihrem Wesen. Sie blieb nicht einfach bei einem. Man musste um sie kämpfen.

War es das, was mich so sehr an ihr reizte?

Vielleicht. Aber da waren auch all die Situationen gewesen, in denen sich Tessa gegenteilig zu meinen Erwartungen verhalten hatte. Einerseits war es dieser Überraschungseffekt, der mich neugieriger machte, als es wahrscheinlich gut war, und andererseits die Reinheit und Empathie ihres Handelns, die mich komplett umhaute. Ach, und natürlich gab es diesen winzigen Part in mir, dem es Spaß machte, Tessa auf die Palme zu bringen.

Mit einem breiten Grinsen machte ich mich für den Tag fertig und ließ mir von der üblen Prellung an meinen Rippen nicht die Stimmung verderben. Heute war Dienstag und damit Ariadnas freier Tag, deswegen hatte ich mit einem Apfel zum Frühstück gerechnet. Doch als ich die Treppe hinunterging, wehte mir der Duft von frisch gekochtem Kaffee entgegen, und ich hörte meine Schwester fröhlich in der Küche plaudern.

Ich brauchte noch einen Moment, bis mir wieder einfiel, dass meine Eltern ausnahmsweise zu Hause waren, und tatsächlich traf ich in der Küche meine Mutter an. Ich drückte ihr und Ciara kurz einen Kuss auf die Wange und murmelte ein »Guten Morgen«, in der Hoffnung, dass sie meine steifen Bewegungen nicht bemerken würden, bevor ich mir einen Teller schnappte und mir eins der Brötchen aufschnitt, die auf dem Tresen standen.

»Na, Schatz, gut geschlafen?«, zwitscherte meine Mutter fröhlich und trank einen Schluck aus ihrer knallpinken Kaffeetasse, die eine Prinzessin zierte. Mit einem Schmunzeln erinnerte ich mich daran, wie Ciara mit acht Jahren die Tasse bemalt hatte und dass Mom sie seitdem immer benutzte, auch wenn sie mit der grellen Farbe und dem schief grinsenden Gesicht kein Augenschmaus war. Sogar Ciara betrachtete die Tasse mittlerweile kritisch, doch würde Mom nicht aufhören, sie zu nehmen. Dafür hatte sie ein viel zu großes Herz.

»Gut. Und ihr?«, stellte ich die Gegenfrage und biss herzhaft in mein Käsebrötchen.

»Ach, auch ziemlich gut. Ich hätte beinahe eurer neuen Freundin eins übergezogen, weil ich sie für einen Einbrecher hielt, aber sie ist wirklich ein nettes Mädchen. Ich soll übrigens liebe Grüße ausrichten!«

Moms Tonfall war so gelassen, dass die Informationen erst nach kurzer Zeit in meinem Gehirn ankamen. Prompt verschluckte ich mich und hustete heftig, was sogleich eine Welle aus Schmerzen in meinem Körper auslöste. Auch Ciaras Reaktion fiel nicht besser aus, beinahe hätte sie ihren Schluck Orangensaft über den Tisch verteilt. Nach Moms schelmischem Lächeln zu urteilen, hatte sie die Verkündung genau so geplant. Was hatte ich .eben über ein zu großes Herz gesagt? Tja, manchmal kam die fiese Ader, die bei mir die Oberhand hatte, auch bei Mom durch.

Mit einem kräftigen Räuspern schaffte ich es endlich, eine Antwort hervorzubringen, während ich mir die schmerzende Seite hielt. »Du hast sie getroffen? Wann ist sie überhaupt gegangen?«

Mom zog erstaunt eine Augenbraue hoch, zuckte aber mit den Schultern, als hätte sie sich selbst die Antwort auf eine Frage gegeben. »So gegen halb sechs. Sie hatte es ziemlich eilig.« Die letzten Worte grummelte sie leise vor sich hin, trotzdem weckten sie meine Aufmerksamkeit. Was hatte Tessa so Wichtiges derart früh zu tun? Oder wollte sie nur abhauen?

»Sagt mal, wie hieß das Mädchen überhaupt?« Nachdenklich schaute Mom von Ciara zu mir und wieder zurück. »Sie kam mir irgendwie bekannt vor.«

Ciara nahm vorsichtig einen Schluck von ihrem Saft. »Nicht verwunderlich, wenn dir das Gesicht einer Anderson bekannt vorkommt ...« Bevor Ciara weiterplappern konnte, wurde sie von dem überraschten Ausruf unserer Mutter unterbrochen. »Tessa Anderson?! Meine Güte, die Kleine ist ja groß und hübsch geworden!«

Glücklicherweise hatte ich dieses Mal nicht geschluckt, und mir blieb ein weiterer Hustenanfall erspart. Trotzdem fragte ich ungläubig: »Du kennst sie?«

Mom zog ein Gesicht, als würde sie am liebsten ihre Worte zurücknehmen, und schaute ertappt zur Seite. »Na ja, kennen würde ich es nicht nennen, aber wir verkehren in denselben Kreisen wie die Andersons, und dazu sind Ciara und Tessa kurz nacheinander geboren worden. Da läuft man sich halt über den Weg.«

Irgendwie hatte ich das Gefühl, dass noch mehr dahintersteckte, aber ein Blick auf die Uhr sagte mir, dass ich erst heute Nachmittag meine Mutter würde ausfragen können, sonst würden wir zu spät zur Schule kommen. Schnell stopfte ich mir mein letztes Stück Brötchen in den Mund und lief um den Tresen herum. »Danke für das Frühstück, Mom!«

»Kind, kaue erst fertig, bevor du redest!«, wies meine Mutter mich mit strenger Stimme zurecht, und ich lächelte immer noch mit vollem Mund. Mom war, was Benehmen anging, pingelig. Immerhin wollte sie uns auf ein Leben in der Welt aus Luxus und Glamour vorbereiten. Dort war es immer wichtig, sich nach außen hin bestmöglich zu präsentieren.

Auch Ciara bedankte sich, und Mutter seufzte ergeben. »Viel Spaß in der Schule!«, rief sie uns hinterher.

Schnell rannten wir die Treppe hoch, um unsere Taschen zu holen, und trafen uns dann wieder in der Eingangshalle. »Willst du selbst fahren, oder soll ich dich mitnehmen?«, fragte ich Ciara, die gerade angestrengt auf ihr Handy starrte.

»Ich fahr bei dir mit«, antwortete sie seltsam abwesend. Meine Augenbraue wanderte überrascht nach oben. Eigentlich hatte ich einen Fragenmarathon erwartet, kaum dass wir zu zweit waren. Stattdessen strafte sie mich mit Missachtung, und das gefiel mir noch weniger. Also zog ich Ciara kurzerhand ihr Handy aus der Hand. Empört schrie sie auf und wollte danach greifen, doch ich hielt es nach bester Kindergarten-Manier über meinen Kopf.

»Gib es wieder her, Dyan!«, motzte sie und verschränkte die Arme vor der Brust.

Ein fieses Lächeln schlich sich auf mein Gesicht, und ich steckte das Handy in meine Hosentasche. »Nö, mein Auto ist eine handyfreie Zone. Also, wenn ich bitten darf.«

Finster runzelte sie die Stirn. »Dein Ernst? Das sagt derjenige, der sogar beim Autofahren tippt!«

Ohne auf ihre Anklage einzugehen, schob ich sie an den Schultern vorwärts, hinaus auf den Kiesplatz. »Warte kurz hier, ich hole den Wagen«, informierte ich meine immer noch finster dreinblickende Schwester und ging auf unsere Garage zu. Und damit meinte ich keine normale Garage, sondern eine monströse Halle, die Platz für einen ganzen Fuhrpark bot.

Nachdem ich ein Tor geöffnet hatte, lief ich auf meinen R8 zu und schmiss meinen Schulrucksack in den Kofferraum. Dann setzte ich mich auf den Fahrersitz und fuhr langsam raus zu Ciara. Auch sie machte es mir nach und schmiss ihre Tasche in den Kofferraum, bevor sie sich mit einem lauten Türknallen neben mich auf den Beifahrersitz setzte.

Die ersten Minuten herrschte Stille im Auto, bis wir auf der Hauptstraße unserer kleinen Stadt ankamen. »Ach komm, Ciara, bist du wirklich so abhängig von diesem Gerät?«, fragte ich sie belustigt. Nach dem Schnauben, das ich als Antwort bekam, fand sie das wohl nicht witzig.

»Nein, bin ich nicht!«, keifte sie mich an. Ihr beharrliches Starren aus dem Fenster nahm ich als ein Zeichen, dass sie keine Konversation halten wollte. Also beschloss ich, sie in Ruhe zu lassen, gerade als ihr Kopf herumschnellte und sie mich aus schmalen Augen betrachtete.

»Wenn wir schon bei Handys sind, wo in Gottes Namen war deins gestern, als ich dich gefühlte tausendmal angerufen habe?!« Ciara klang wirklich wütend, und auch wenn ich wusste, dass sie damit nur ihre Angst kaschieren wollte, behagte mir ihr Tonfall nicht.

Ich schluckte hart und dachte daran, wie ich mein Handy vor dem Rennen ausgeschaltet hatte. In dem Tumult danach hatte ich nicht mehr daran gedacht.

Ich öffnete den Mund, um irgendeine Ausrede zu erfinden, als sie zischte: »Glaube ja nicht, dass du mir eine Lüge auftischen kannst!«

Nervös umfasste ich das Lenkrad noch fester. Ich würde ihr sicherlich nichts vom Rennen erzählen. Zum einen mochte ich den Gedanken nicht, dass sie mit dem illegalen Teil meines Lebens in Berührung kam, zum anderen würde die Wahrheit sie nicht beruhigen. Außerdem würden wir in einer Minute den Parkplatz der Schule erreicht haben, wo ich Ciara und ihren unangenehmen Fragen ausweichen konnte.

»Oh, ich glaube, dein Handy hat vibriert. Willst du nicht nachschauen?«, log ich und verlagerte das Gewicht, um ihr Handy aus der Hosentasche zu ziehen.

Ciara schnaubte ungläubig. »Ich habe den Ton an, ich hätte es gehört, wenn ich eine Nachricht bekommen hätte. Weißt du, dafür dass ich dir jedes Detail aus meinem Leben erzählen soll, verschweigst du mir ziemlich wichtige Dinge!«

Die Worte saßen. Ciaras Wut war fast physisch zu spüren, und sobald ich auf dem Parkplatz hielt, sprang sie raus und stürmte auf unsere Freunde zu. Oder ... nein, eigentlich ging sie nur auf Tessa zu. Die beiden umarmten sich kurz, und Ciara redete direkt auf Tessa ein, was diese die Stirn runzeln ließ. Super, jetzt hatten sich beide gegen mich verschworen. Seufzend stieg ich aus und holte aus dem Kofferraum meine und Ciaras Tasche, die sie vergessen hatte.

Ben, Marco und Cole sahen genauso erschöpft aus, wie ich mich fühlte, doch bevor ich sie begrüßte, reichte ich Ciara ihre Tasche. Außerdem konnte ich es nicht lassen, beim Vorbeigehen leicht über Tessas Taille zu streichen. Sofort spannte sie sich an. Ihre Reaktion entlockte mir ein Grinsen, sodass meine Stimmung nicht ganz im Keller war, als ich mich zu meinen Freunden gesellte.

Coles Kiefer zierte eine Schürfwunde, und Marcos Haare waren verstrubbelt, als hätte er sich heute Morgen nicht die Mühe gemacht, eine Bürste auch nur anzusehen, aber niemandem würde deswegen etwas auffallen.

»Was ist mit deiner Schwester los?«, grummelte Marco und warf einen möglichst unauffälligen Blick zu Ciara. Dabei fuhr er sich mit der Hand durch seine wilde Mähne und ließ sie damit noch mehr in alle Richtungen abstehen.

»Haltet euch heute lieber von ihr fern. Momentan hätte sie kein Problem damit, jedem von uns ein Grab zu schaufeln und uns darin verschwinden zu lassen.«

Ich holte mir einen Joint aus der Tasche, wie es meine Angewohnheit war, wenn ich mit Ciara Stress hatte. Oder mich jemand aufregte, nervte, etwas nicht so klappte, wie ich gedacht hatte, die Jungs mal wieder Scheiße bauten ... Wahrscheinlich müsste ich ohne dieses grüne Heiligtum einen Boxsack mit mir herumschleppen, damit ich nicht jedem eine reinhaute. Vor allem da meine Taktik, mich am nächstbesten Idioten abzuregen, mit unserer Miss Anderson im Schlepptau auch ins Wasser fiel.

Allerdings schien Kiffen auch nicht mehr erlaubt zu sein, denn gerade als ich den Joint an Cole weitergeben wollte, fuhr eine Hand dazwischen, und im nächsten Moment wurde der Stummel unter einer Schuhsohle ausgedrückt.

»Ihr seid mitten auf einem Schulhof! Habt ihr euer Glück nicht schon genug ausgereizt?« Tessas scharfer Blick traf uns einen nach dem anderen, bevor sie mit Ciara verschwand.

»Was denkt die sich denn?!«

Wütend blickte Cole Tessa nach und wäre ihr schon hinterhergestürmt, hätten Ben und ich ihn nicht gleichzeitig aufgehalten. Ich musste zugeben, dass mich die Aktion auch nicht gerade begeisterte, aber ich hatte gesehen, welche Sorgen sich Tessa gestern Nacht gemacht hatte. Den Joint auszumachen war nur Ausdruck von ganz anderen Dingen gewesen.

»Lass es, Cole!«

»Es lassen?! Miss Perfect hat mir sicherlich nicht zu sagen, was ich zu tun oder zu lassen habe!«

Ben gab ein ironisches Schnauben von sich. »Tessa ist definitiv nicht Miss Perfect. Sie hat ihre eigenen Probleme, also lass sie in Ruhe.«

Das brachte Cole zumindest dazu, irritiert innezuhalten. »Was meinst du damit? Die kauft sich doch aus allen Problemen einfach frei!«

Verächtlich ließ Ben seinen Blick über uns gleiten. »Denkt ihr wirklich, sie hätte es leicht? Ob mit goldenem Löffel im Mund geboren oder nicht, gerade ein paar von euch sollten wissen, dass *kein Leben* leicht ist. Nicht, wenn man sich derart von anderen abkapselt wie Tessa.«

Seine Worte verpassten mir einen Stich. Bisher hatte ich nie darüber nachgedacht, ob Tessa eventuell Probleme hatte. Oder besser gesagt, bis letzte Woche hatte es mich schlicht und ergreifend nicht gekümmert.

Besorgt fiel mein Blick auf meine Schwester und ihre neue Freundin, die in einiger Entfernung redeten, und dabei drängte sich wieder eine bestimmte Frage in den Vordergrund: Weshalb war Tessa mitten in der Nacht abgehauen?

Kapitel 30 Tessa

Meine erste Stunde hatte ich weder mit Steven noch Ciara, und ich musste zugeben, ich hatte mich viel zu schnell an die Gespräche mit ihnen gewöhnt. Normalerweise hatte es mir nie etwas ausgemacht, allein im Unterricht zu sitzen. Eigentlich war es mir entspannend vorgekommen. Aber jetzt langweilte ich mich zu Tode.

Zumindest bis ich auf das Getuschel von zwei Jungs hinter mir aufmerksam wurde.

»Hast du den Artikel über die *Race Night* gelesen? Schien dieses Mal richtig rundzugehen! Soweit ich weiß, sind sogar die Cops aufgetaucht und haben die Party gesprengt.«

Stocksteif saß ich da und konnte nicht glauben, was ich hörte. Ich kannte mich in der Szene absolut nicht aus, aber nachdem ich gestern erst erfahren hatte, dass Freunde von mir – oder wie auch immer ich die Jungs definieren sollte – an illegalen Autorennen teilnahmen, ließen Begriffe wie *Race Night* bei mir die Alarmglocken schrillen.

»Kein Wunder, ist doch jedes Jahr das Gleiche. Nur gut, dass keiner umgekommen ist, weißt du noch, der Horror-Crash vor zwei Jahren?«

»Diese Vollidioten mit den aufgepimpten Autos, die sich immer beweisen müssen, wie groß ihre Eier sind. Selbst schuld, wenn sie dabei draufgehen.«

Das Gespräch wurde von unserer Lehrerin unterbrochen, die den Raum betrat und sogleich mit dem Unterricht begann. Aber mein Gehirn war absolut nicht dazu fähig, dem zu folgen, was sie an die Tafel schrieb. Es war irgendwo zwischen *Race Night,* Cops und Crash hängen geblieben und schien sich von diesen Begriffen nicht mehr losreißen zu können. So unauffällig wie möglich fischte ich mein Handy aus der Tasche und suchte nach dem erwähnten Artikel.

Tatsächlich war die Schlagzeile leicht zu finden:

Illegales Autorennen von der Polizei aufgelöst

Der Artikel war ähnlich reißerisch geschrieben. Allerdings stimmte ich in den meisten Punkten zu. Es *war* lebensmüde, mit zweihundert Sachen durch eine Stadt zu rasen, und es *sollte* auf jeden Fall unterbunden werden. Erst jetzt wurde mir das volle Ausmaß dessen bewusst, was die Jungs machten.

Laut dem Artikel wurden gestern Nacht ein gutes Dutzend Teilnehmer festgenommen und einige davon, nachdem sie in eine Schlägerei verwickelt gewesen waren. Hätte ich nicht jeden der Jungs heute Morgen wohlauf gesehen, hätte mich nichts mehr auf meinem Stuhl gehalten.

Der Artikel berichtete auch von den verheerenden Unfällen, zu denen es in den letzten Jahren gekommen war, und allein bei der Vorstellung drehte sich mir der Magen um. Meine Schreckensfantasien verfolgten mich bis zur Mittagspause.

Meine Hand umklammerte fest die Riemen meiner Tasche, während ich mit gesenktem Kopf zur Cafeteria hastete. Ich wusste nicht, wie ich mich den Jungs gegenüber verhalten sollte. Ich meine, sauer war ich auf sie davor schon gewesen, aber mein neues Wissen hatte mir zugesetzt, und so, wie ich mein Temperament einschätzte, würde ich das an Dyan auslassen. Aber selbst wenn ich hätte abhauen wollen, wurde mir die Möglichkeit im nächsten Moment von einem herbeieilenden Steven genommen.

»Tessa!« Kaum hatte er mich erreicht, wirbelte Steven mich einmal herum. Die umstehenden Schüler wichen knapp meinen Füßen aus, und ich klammerte mich quietschend an seinen Schultern fest.

»Na, wie geht's meiner Lieblings-reichen-Göre?« Strahlend grinste er mich an und setzte mich langsam wieder ab. Die Welt schien sich immer noch um mich zu drehen, weshalb ich benommen blinzelte.

»Ähm, schwindelig. Und dir? Wie war dein zweiter Tag bis jetzt?«

Steven zuckte mit den Schultern und legte mir eine Hand auf den Rücken, um mich vorwärtszuschieben.

»Schule halt. Große Unterschiede gibt es nicht zu meinem Internat, außer dass die Lehrer hier nicht glauben, sie hätten über das Privatleben der Schüler zu entscheiden.«

Mit dem Schwindelgefühl versuchte ich auch meine Sorgen zur Seite zu schieben und lächelte aufgesetzt zu ihm hoch.

»Na komm. Irgendwelche Zwischenfälle mit anderen Schülern? Hast du schon Freunde gefunden? Oder sogar ein Mädchen, das dir gefällt?« Bedeutungsvoll wackelte ich mit den Augenbrauen und erntete dafür ein Augenrollen.

»Ich habe doch schon Freunde. Dich, Ciara, und ein paar von den Jungs sind auch ganz cool. Und für was brauche ich denn ein Mädchen, wenn das hübscheste bereits neben mir läuft?« Zwinkernd drückte er mich an sich, und ich musste über seine platte Anmache lachen.

»Du Charmeur!« Ich boxte ihm gegen die Schulter, bevor ich meinen Arm um seine Taille schlang und er seinen auf meine Schulter legte. Steven hielt mir galant die Tür zur Cafeteria auf, ohne mich loszulassen, und zusammen schlenderten wir in den gut gefüllten Raum. Ich blickte mich kurz um und steuerte dann auf den Tisch zu, wo Ciara, die Jungs und zu meinem Grauen auch Stefanie und ihre Mädels saßen.

Obwohl die Gruppe Steven und mich über die Hintergrundgeräusche hinweg sicherlich nicht gehört hatte, klebte Dyans Blick an mir, sobald ich den Raum betrat. Sofort breitete sich eine Gänsehaut auf meinen Armen aus, und mir wurde zunehmend bewusst, wie eng Steven und ich nebeneinander gingen. Das unlogische Gefühl, jemanden zu betrügen, kam in mir auf, und ich musste mich beherrschen, Steven nicht wegzustoßen. Stattdessen zwang ich mich, genau in der Haltung zu bleiben, während wir den Tisch halb umrundeten, um uns zu Ciara zu setzen. Innerlich fluchte ich jedoch über mich selbst.

Das war doch lächerlich! Zum einen waren Dyan und ich nicht zusammen – Gott weiß, dass Dyan sich nie im Leben auf eine Beziehung einlassen würde –, und selbst wenn, war zwischen Steven und mir alles nur freundschaftlich. Er war für mich wie ein Bruder und ich für ihn wie eine Schwester. Außerdem war ich noch immer wütend auf Dyan und die anderen!

Mit diesem Beschluss hob ich meinen Kopf und begegnete Dyans Blick störrisch. Inzwischen hatten Ben und er ihr Gespräch beendet, und Dyan stützte lässig den Kopf auf seiner Hand ab. Eine Ewigkeit schien zu vergehen, in der wir unser Blickduell führten, keiner gewillt nachzugeben. Doch Dyan wollte sich damit nicht begnügen, und so legte er irgendwann die Arme auf dem Tisch ab und fuhr härtere Geschütze auf.

»Wieso bist du heute Morgen abgehauen?« Ein hinterlistiges Lächeln umspielte seine Lippen, als ich erschrocken zusammenzuckte. Hatte jemand seine Worte gehört?

Keiner der anderen schien uns Aufmerksamkeit zu schenken. Steven unterhielt sich mit Ciara und Marco, welcher meiner Freundin, wie ich erfreut feststellte, immer wieder vernarrte Blicke zuwarf. Gott, wenn sie ihm lang genug die kalte Schulter zeigte, würde sich die Sache zwischen ihnen von selbst klären.

»Spinnst du, das so laut zu sagen?!«, feuerte ich zurück.

Ich gab mein Bestes, die Stimme zu senken, sodass nur Dyan mich hören konnte. Das süffisante Lächeln wich von seinen Lippen, und seine Gesichtszüge verdüsterten sich zunehmend. »Wieso? Ist es dir etwa unangenehm, dass du dich im Schlaf wie ein kleines Kind an mich gekuschelt hast? Soll niemand wissen, dass die ach so selbstbewusste Tessa eine Schwäche für böse Jungs hat?«

Dieser ...?! Ich atmete einige Male tief ein und aus, um meine Wut zu beherrschen, und beugte mich dann vor. »Nein, ich stehe dazu, dass ich mir um dich Sorgen gemacht habe. Du wirst es nicht glauben, aber wenn sich ein Freund die ganze Nacht nicht meldet und man weiß, dass etwas nicht stimmt, ist das nicht gerade angenehm. Außerdem, warum erzählst du mir nicht erst mal die Wahrheit über euer kleines Abenteuer, bevor du die Nase in mein Leben steckst? Zum Beispiel, wie knapp ihr der Polizei entkommen seid!«

Überrascht über meine Aussage wich Dyan ein Stück zurück. Er legte seinen Kopf schräg und musterte mich eingehend, bevor er mit gefährlich ruhiger Stimme fragte: »Hast du das irgendjemandem erzählt?«

Ich presste die Kiefer zusammen, damit meine Wut nicht aus mir herausplatzte, trotzdem hatte ich meine Grenze erreicht. Das dachte er also von mir? Beherrscht langsam schob ich meinen Stuhl zurück und erhob mich. »Nein, das würde ich niemals. Verdammt, wahrscheinlich würde ich euch Idioten sogar in Schutz nehmen!«

Bevor ich Dyan für seine freche Beschuldigung an die Gurgel ging, drehte ich mich um. Mit einem Kopfschütteln befahl ich Ciara und Steven, sitzen zu bleiben, denen mein Abgang, so wie jedem anderen, nicht entgangen war. Ich wollte nicht, dass ich am Ende meinen Zorn an ihnen ausließ. Mir reichte es nur einfach für heute.

Die halbe Nacht war ich wach gewesen, hatte mir den Kopf über diesen dämlichen Badboy und seine Freunde zerbrochen. Dann hatte ich bei ihm übernachtet, um mich selbst davon zu überzeugen, dass ihm nichts passiert war, aber auch, um ihm zu zeigen, dass er nicht allein war. Und wofür? Um beinahe eine Strafe von meiner liebevollen Stiefmutter zu kassieren? Oder um mir Dyans dumme Sprüche anzuhören? Darüber, dass ich ihn gestern noch geküsst hatte, durfte ich besser nicht nachdenken, sonst müsste ich von der nächsten Brücke springen.

Im Schulflur angekommen, blieb ich nicht stehen, nicht nach dem, was gestern zwischen Dyan und mir *hier* passiert war, sondern lief schnurstracks nach draußen. Mit einem frustrierten Stöhnen ließ ich mich auf eine Bank fallen. Ich konnte einfach nicht glauben, dass Dyan an illegalen Autorennen teilnahm und trotzdem *ich* diejenige war, die mit Beschuldigungen konfrontiert wurde!

Ich saß noch keine Minute auf der Bank, als sich mir Schritte näherten. Widerwillig hob ich den Blick. Oho, der König der Jamestown High höchstpersönlich hatte sich erbarmt, mir zu folgen. Kurz erwog ich, einfach aufzustehen und wegzugehen. Doch bei Dyans ernstem Gesichtsausdruck würde er mir einfach weiter folgen.

»Was. Willst. Du?« Jedes Wort betonte ich für sich und ließ den Kopf in den Nacken fallen.

Er antwortete nicht, sondern setzte sich neben mich. Und zwar so nah, dass sich unsere Oberschenkel berührten.

Einige Sekunden herrschte eine seltsame Stille zwischen uns, bevor er sich räusperte und diese brach. »Du musst uns nicht in Schutz nehmen. Wir können selbst Verantwortung für unser Handeln tragen.«

Mein Kopf fuhr herum, und ich blitzte ihn an. »Oh, dessen bin ich mir nicht so sicher! Verantwortung ist für mich was anderes, als täglich high zu sein oder sich auf öffentlichen Straßen ein Wettrennen mit anderen Idioten zu liefern!«

Er begegnete meinem Blick ruhig. »Das ist unser Leben und unsere Entscheidung. Und wir haben es unter Kontrolle.«

Zweifelnd zog ich eine Augenbraue hoch und erwiderte darauf nichts. Bevor Dyan den Kopf abwandte, sah ich noch das kleine Lächeln, welches über sein Gesicht huschte. »Aber süß, dass du dir Gedanken machst.«

Irgendetwas an dieser Reaktion ließ einen Teil meiner Wut verrauchen, und ich seufzte ergeben.

»Ich verstehe es einfach nicht. Dyan, du bist doch nicht auf den Kopf gefallen! Wieso gefährdest du das alles, nur für ... keine Ahnung, einen Adrenalinkick?«

Unsere Blicke trafen sich, und für einen Moment sah ich etwas, das ich nur zu gut nachvollziehen konnte. Sehnsucht. Sehnsucht danach, seinem Leben zu entkommen, wenigstens für einen kurzen Moment.

Dieses Mal entwich Dyan der Seufzer. »Nein. Ich ... Manchmal ist es leichter, vor den Dingen zu fliehen, als sich mit ihnen auseinanderzusetzen. Ich habe nun mal meine eigene Art, mit Problemen umzugehen. Und ich brauche das.«

Das »um nicht den Verstand zu verlieren« sprach Dyan vielleicht nicht aus, doch hing es zwischen uns in der Luft. Und ich verstand ihn. Wirklich, nur zu gut. Was seine Art, mit Problemen umzugehen, jedoch nicht besser machte.

»Versuch nicht, uns zu ändern, Tessa. Akzeptiere, dass jeder das Recht hat, über sein eigenes Leben zu bestimmen. Es ist lieb von dir, dass du dir Sorgen machst. Aber misch dich nicht in Dinge ein, die dich nichts angehen.«

Kurz wallten Enttäuschung, Verdruss und ein Hauch von Wut über seine Worte in mir auf. Aber ich versuchte, seine Beweggründe nachzuvollziehen und dachte an die vielen Dinge in meinem Leben, bei denen ich nicht wollte, dass sich irgendwer einmischte. Ja, bis zu einem gewissen Grad hatte er recht. Ich musste seine

Taten nicht gut finden. Doch genauso wie ich es nicht akzeptierte, wenn jemand versuchte, sich in meine Dinge einzumischen, so musste ich das auch bei anderen akzeptieren.

»Gut. Aber dann gilt gleiches Recht für alle. Auch in meinem Leben gibt es gewisse Dinge, die dich oder die anderen nichts angehen.«

Obwohl ich es mit keinem Wort erwähnte, war es komisch, indirekt über die Misshandlungen durch meinen Vater zu reden. Denn für gewöhnlich, wenn jemand wusste, dass man etwas zu verbergen hatte, wurde so lange herumgewühlt, bis alles ans Licht kam – und das durfte ich niemals zulassen.

Ich beobachtete, wie Dyan auf meine Bitte reagierte. Zuerst zuckten seine Kiefermuskeln, bis er, nach viel Überwindung, leise antwortete: »Na gut.«

Und so saßen wir bis zum Ende der Pause stillschweigend nebeneinander. Schon komisch, wie ähnlich Dyan und ich uns waren. Ich fühlte mich, als würde ich neben der einen Person sitzen, die ebenfalls wusste, wie es war, Probleme zu haben und sich doch keine Schwäche leisten zu können. Aber gerade weil wir uns so ähnlich waren, die Dinge lieber selbst in die Hand nahmen, als uns jemanden anzuvertrauen, blieben wir lieber allein, anstatt uns gegenseitig zu helfen.

Am Nachmittag versammelte sich die ganze Bande im *Dinnertime,* aber anders als letzte Woche, beschwor der Anblick keine Panik in mir auf, sondern zauberte mir ein Lächeln aufs Gesicht. In meinem typischen *Dinnertime*-Shirt, plus langärmliger Weste, um den Verband zu verbergen, der noch immer meinen Unterarm zierte, drehte ich Runde um Runde im gut gefüllten Diner.

Leider war es zu voll, um mich länger zu Ciara, Steven und Henry an die Bar zu gesellen, und als die Jungs ein wenig später eintrafen, konnte ich bloß einen kurzen Blick riskieren, bevor ich die nächste Bestellung aufnehmen musste. Trotzdem schaffte mein Gehirn es, mit seinem ganz eigenen Dyan-Radar mitzubekommen, wie dieser den Raum durchquerte und seiner Schwester einen Kuss auf die Haare drückte. Ihr Gespräch konnte ich nicht verstehen, aber schließlich drehte sich Dyan um und schien nach jemandem zu suchen. Sein Blick blieb an mir hängen, und ich schenkte ihm ein kleines Lächeln, bevor ich mich wieder auf die Gäste konzentrierte. Der Mann am Tisch vor mir überlegte bereits minutenlang, was er trinken wollte, und selbst seine Frau verlor darüber so langsam die Geduld.

»Schatz, jetzt nimm einfach eine Limo! Das arme Mädchen hat nicht ewig Zeit!« Sie lächelte mich entschuldigend an, und ich schmunzelte über ihr Temperament.

»Ja, ja. Für mich bitte eine Zitronenlimonade«, murmelte der Mann verlegen und klappte die Karte zu.

»Sehr gerne«, lächelte ich und verließ mit der Bestellung den Tisch. Hoffentlich brauchte er beim Gericht keine Stunde.

Unaufmerksam lief ich zu Carlos, als mich plötzlich jemand an der Hüfte festhielt und ich an eine warme Brust gezogen wurde. »Hey, Tessa!« Ich spürte, wie mir ein Kuss auf den Scheitel gedrückt wurde, und wandte mich schockiert aus der halben Umarmung. Hinter mir stand natürlich niemand anders als Dyan, mit einem spitzbübischen Grinsen auf den Lippen und diesem Funkeln in den Augen, das mein Herz schneller schlagen ließ.

Hatte er mich gerade mitten im Diner geküsst?! O mein Gott! Was dachten jetzt die Gäste? Und Ciara?! Und Ben, Marco ...

Dyans linker Mundwinkel zog sich ein Stück weiter nach oben. »Willst du mich nicht auch begrüßen?«

Seine Worte rissen mich aus meinen Gedanken, und ich schüttelte den Kopf. »Äh ... ja, nein. Hey!«, seufzte ich und hätte mich am liebsten selbst geohrfeigt. Meine Antworten wurden auch immer einfallsreicher. Nicht.

Nun zog sich auch sein zweiter Mundwinkel nach oben. »Und was ist mit dem Kuss?«

Ein, zwei Sekunden später kam seine Aufforderung bei mir an, während ich dümmlich blinzelte. Ich sagte ja, immer einfallsreicher. Um zu retten, was noch zu retten war, beugte ich mich schließlich vor und drückte ihm ein Küsschen auf die Wange. Dann rauschte ich mit glühenden Wangen zu Carlos an die Bar. Gott, Tessa, bekomm dich wieder unter Kontrolle!

In den nächsten zwei Stunden kamen mehr und mehr Gäste ins *Dinnertime*, bis jeder Stuhl besetzt war. Amanda und ich waren voll ausgelastet damit, von Tisch zu Tisch zu eilen und dabei aufzupassen, mit den vollen Tabletts nicht über einen Fuß zu stolpern.

Ich stellte gerade das Essen an einem Tisch ab, als ich Ciara entdeckte, die von einem der Fußballer, die heute den großen Stammtisch reserviert hatten, angequatscht wurde. Ich wollte dem Kerl zwar keine bösen Absichten unterstellen, allerdings hatte sich das Bild von einer hilflosen Ciara, die in der hintersten Ecke an einen Müllcontainer gepresst kauerte, in meine Netzhaut gebrannt. Die Hölle würde zufrieren, bevor ich zuließ, dass ihr so etwas noch einmal passierte.

Anscheinend waren Henry und Steven bereits gegangen, nur Ciara, die treue Seele, war hiergeblieben. Komisch, ich stellte mich auf Zehenspitzen und reckte den Hals, um über die Gäste hinwegzuschauen. Dahinten saßen doch Dyan und der Rest, wieso war sie nicht zu ihnen gegangen?

Bevor ich weiter überlegen konnte, wurde ich von Amanda angerempelt, die mich auf eine Familie aufmerksam machte, die bestellen wollte. Verdammt! Ich beeilte mich, zu dem Tisch zu kommen, und versuchte gleichzeitig, jede Bewegung von Ciara und dem Jungen im Auge zu behalten.

Der Junge flirtete eindeutig mit ihr, zeigte sein bestes Zahnpastalächeln, stellte immer wieder Körperkontakt her und redete, meiner Meinung nach, viel zu viel. Aber anscheinend war Ciara von seinem Gerede einfach nur gelangweilt. Ihr Blick huschte immer wieder auf einen Punkt hinter dem Kerl, und sie reagierte auf die kleinen Berührungen nur mit einem halbherzigen Lächeln. Sie hatte definitiv kein Interesse, trotzdem blieb sie bei dem Kerl sitzen.

Mit den Bestellungen und einer Runde leeren Gläsern in der Hand ging es wieder in die Küche. Tony schien noch gehetzter als Amanda und wirbelte vom Herd zur Fritteuse und wieder zurück. Ich würde ihm ja helfen, aber sein Herumgerenne schien nach einem System zu verlaufen, das zu hoch für mich war. Daher legte ich ihm nur die Bestellungen auf den Tresen und brachte die fertigen Gerichte raus.

Noch eine gute Stunde ging es so weiter. Ich hetzte von den Tischen zur Bar und in die Küche, bis endlich der Trubel nachließ. Mit einem erschöpften Seufzen strich ich mir die Haare aus dem Gesicht und war dankbar, endlich durchatmen zu können. Dann siegte jedoch meine Neugierde, da Ciara immer noch bei dem Fußballspieler an der Bar saß.

Um mehr herauszufinden, setzte ich mich in einigen Metern Entfernung auf einen Barhocker, sodass mich Ciara über seine Schulter hinweg sehen konnte, er mich jedoch nicht. Und da sie sowieso ständig in die Gegend starrte, fiel ihr Blick sofort auf mich. Fragend zog ich die Augenbrauen hoch und bekam als Antwort ein minimales Nicken. Unsicher, was sie damit meinte, schaute ich mich um, zuckte aber letztendlich hilflos mit den Schultern, was mir ein ungeduldiges Schnauben einbrachte. He, doch nicht meine Schuld, wenn ihre Zeichensprache mies war!

Anscheinend fiel dem Kerl nun auf, dass Ciaras Aufmerksamkeit nicht seinem Geschwafel galt, denn er drehte sich sichtlich verwundert um, und ich wandte mich schnell ab und tat so, als würde ich die Bierdeckel sortieren. Die sinnloseste Beschäftigung, die ich mir hätte aussuchen können. Bevor meine Tarnung also aufflog, ging ich dazu über, eine Runde durch das Diner zu drehen, um zu schauen, ob alle Gäste zufrieden waren.

Als ich das nächste Mal zu Ciara blickte, machte endlich alles Sinn. Meine Lippen verzogen sich zu einem breiten Lächeln. Dieses hinterlistige, schlaue Ding.

Marco erreichte gerade Ciara und den Typen und rempelte diesen dabei aus Versehen mit der Schulter an. Leider konnte ich über den Geräuschpegel und die Entfernung hinweg nicht verstehen, was gesagt wurde. Ciara funkelte Marco jedoch mit einem derart bösen Blick an, als hätte er sie bei einem ernsthaften Flirt gestört. Obwohl Marco entschuldigend die Hände gehoben hatte und lächelte, als wäre ihm das alles unangenehm, glitzerten seine Augen gefährlich. So, als wäre er jederzeit bereit, entweder sich Ciara zu schnappen oder aber dem Kerl eine reinzuhauen. Egal was, mir gefiel es. Ein deutlicheres Zeichen, dass er Ciara mochte, konnte er nicht setzen. Jetzt mussten wir Marcos Eifersucht nur in die richtigen Bahnen lenken, und eventuell wäre ich in fünf Jahren Brautjungfer.

Vertieft in die Planungen von Ciaras Hochzeit bemerkte ich nicht, wie Dyan sich von hinten an mich heranschlich, bis er mich aus heiterem Himmel ansprach.

»Er hat die beiden mindestens eine halbe Stunde angestarrt.«

Bei seiner tiefen Stimme direkt an meinem Ohr zuckte ich erschrocken zusammen und fuhr zu ihm herum. Mir verschlug es die Sprache, so dicht stand er bei mir, aber glücklicherweise schien ihm mein Blackout nicht aufzufallen. Stattdessen waren seine dunklen Augen auf den Primatentanz der beiden Jungs um seine Schwester gerichtet, und ein Muskel an seinem Kiefer zuckte.

»Ich bin mir nicht sicher, ob es mir gefällt, dass Marco etwas von Ciara will. Er ist mein Freund und sie meine kleine Schwester.«

Dyan schien so in Gedanken versunken, dass ich mir nicht sicher war, ob die Worte mir galten. »Was sollte daran schlimm sein?«, antwortete ich dennoch. »Du kennst Marco, er würde sich nicht auf sie einlassen, wenn er es nicht ernst meint. Gerade weil sie deine kleine Schwester ist. Und Ciara würde es guttun, jemanden zu haben, dem sie voll und ganz vertrauen kann.«

Langsam glitt Dyans Blick von den dreien zu mir und verfing sich in meinem.

»Außerdem kannst du es ihnen kaum verbieten. Vielleicht willst du ja irgendwann auch mal etwas von einer von Ciaras Freundinnen«, murmelte ich leise, bevor ich mir auf die Zunge beißen konnte. O mein Gott, hatte ich das wirklich gerade gesagt?!

Meine Augen weiteten sich, mein Gesicht brannte. Er hatte hundertprozentig die Anspielung aus meinen Worten herausgehört. Verdammt! Noch peinlicher ging es kaum, oder?

Ohne auf seine Reaktion zu achten, wirbelte ich herum und wollte schleunigst verschwinden. Scheiße, ich hörte mich schon an wie Dyans Groupies! Ich konnte mich nie wieder in der Öffentlichkeit zeigen, war mein einziger Gedanke, als ich auf die Damentoilette stürmte.

Mit den Händen stützte ich mich auf dem Waschbecken ab und betrachtete mein entsetztes Gesicht im Spiegel. Das war doch nicht mehr ich! Wo war das Mädchen hin, dass bei Dyans bloßem Anblick einen Würgereiz bekam?

Mit zitternden Händen drehte ich den Hahn auf und spritzte mir kaltes Wasser ins Gesicht. Vielleicht würden sich so meine Gedanken klären.

Mit einem tiefen Atemzug schloss ich die Augen. Ich brauchte einfach einen Moment Ruhe ... Doch kaum hatte ich das gedacht, wurde die Toilettentür aufgerissen, und ich wirbelte erschrocken herum. Bevor ich reagieren konnte, umschlossen zwei große Hände mein Gesicht, und Dyan drückte seine Lippen auf meine. Ich gab einen überraschten Laut von mir, und kurz blitzte der Gedanke auf, ich sollte ihn wegschieben. Aber im nächsten Moment löste sich alles auf, außer dem Gefühl von uns beiden. Meine Hände legten sich auf seine Brust und krallten sich in den Stoff seines Shirts. Wieso fühlte sich das so gut an?

Ich wollte gerade seinen Kuss erwidern, als er von mir abließ. Atemlos starrte ich ihn mit großen Augen an.

Dyans Lippen umspielte ein geheimnisvolles Lächeln, als wüsste er etwas, dass mir noch unklar wäre, und am liebsten hätte ich es ihm von den Lippen geküsst. O Gott, dieser Junge musste aufhören, mich so verrückt zu machen, bevor ich vollends den Verstand verlor.

»Eventuell«, fing er mit einer so weichen und samtigen Stimme an, dass sie mich genauso streichelte wie sein Daumen, der zarte Kreise auf meine Wange zeichnete, »will ich wirklich etwas von einer von Ciaras Freundinnen.«

Bei seinen Worten stoppte mir kurz der Atem. Hatte Dyan Lawyer das gerade zu *mir* gesagt?

Dyans Lächeln wurde noch breiter, bevor er sich herunterbeugte und mir einen Kuss auf die Stirn drückte. »Wir gehen dann jetzt. Bis morgen in der Schule, Tessa!«

Und schon stand ich wieder allein in der Damentoilette.

Wieso hatte sich das wie ein verheißungsvolles Versprechen angehört?

Als ich wieder in den Gastraum zurückkehrte, waren Ciara, Dyan und die Jungs schon gegangen. Und nicht nur das, auch meine Schicht war gleich zu Ende. Amanda und ich bedienten entspannt die letzten Gäste,

bevor wir uns nach hinten zu unseren Spinden zurück-
zogen.

Keine Ahnung, wie, aber ich hatte in den letzten Stunden meinen geprellten Arm so sehr verdrängt, dass
ich beinahe meine Weste vor ihr ausgezogen hätte,
wäre mir in dem Moment nicht der altbekannte
Schmerz durch den Arm gefahren. Statt mich also
schwatzend mit meiner Kollegin umzuziehen, schob ich
als Ausrede vor, noch auf die Toilette zu müssen, um
danach allein in meine Alltagskleidung zu schlüpfen.
Mich deprimierte die erneute Erkenntnis, wie sehr mich
mein Geheimnis von den Menschen, die ich mochte,
wegstieß. Aber darüber wollte ich nicht weiter nachdenken. Und glücklicherweise gab es ein anderes
Thema, das mich die gesamte Autofahrt über verrückt
machen konnte. Dyan.

Verdammt, ich flirtete wirklich mit Dyan. Ich hatte
Dyan geküsst! Was erwartete ich bloß davon? Ich
meine, Dyan und eine Beziehung? Lächerlich! Irgendeine verkorkste Affäre oder was auch immer Dyan sich
vorstellte? Nein danke, ich hatte Besseres zu tun.

Das Ganze brachte mich völlig durcheinander. Keine
Ahnung, ob er seine Annäherungsversuche ernst
meinte. Aber was würde es ihm bringen, mit mir zu
spielen? Rache für die letzten Jahre, in denen ich ihnen
die Tour versaut hatte? Konnte ich mir nur schwer vorstellen. Nachdem ich inzwischen mit Ciara so gut befreundet war, würde er nicht riskieren, dass sie deswegen wütend auf ihn wurde. Oder besser gesagt: noch
wütender. Zwar hatte ich es kurz verdrängt, doch Ciara
und ich waren noch immer angepisst von der verant-
wortungslosen Aktion der Jungs.

Der Kies unserer Auffahrt knirschte unter den Reifen meines Minis, und ich war froh, zu Hause zu sein. Auch wenn sich mein Magen gleichzeitig zusammenkrampfte. Irgendwie hatte ich das Gefühl, von einem Problem ins nächste zu schlittern.

Ich nahm einen tiefen Atemzug und öffnete mit der Fernbedienung die Garage. Alle Autos meines Vaters und meiner Stiefmutter parkten dort, also mussten sie zu Hause sein. Und ich wurde auch nicht enttäuscht. Kathrin saß am Esstisch, als ich das Haus betrat, und blätterte in einem Beauty-Magazin, sodass ich ungesehen an ihr vorbeischlüpfen und die Treppe hochschleichen konnte. Mit einem Ohr lauschte ich oben an der Zimmertür meines Vaters, zu besorgt, um nicht nach ihm zu sehen, aber auch voller Angst. Ich hörte leise Geräusche eines Nachrichtenprogramms und deutete das als ein gutes Zeichen. Vielleicht war heute einer seiner friedlichen Tage.

Völlig erschöpft wollte ich nur noch schlafen, zuvor brachte ich jedoch die Kraft auf, mich bettfertig zu machen. Schwerfällig fiel ich in meinem Zimmer auf die Kante meiner Matratze und fischte mit dem Fuß nach dem Verbandskasten, den ich seit Neustem unter meinem Bett versteckte. Vorsichtig wickelte ich den alten Verband von meinem Arm ab, und zum Vorschein kam eine grünblaue Prellung. Um dem Arm wenigstens etwas Stabilität und Schutz zu bieten, legte ich einen neuen Verband an, als plötzlich die Tür aufging.

Erschrocken sprang ich auf und starrte direkt in Kathrins Gesicht, die mich ungerührt betrachtete. Ich bemerkte, wie ihr Blick an meinem Arm hängen blieb, und wusste nicht, was ich dazu sagen sollte. Eine Lüge, wie das passiert war?

Aber darüber musste ich mir keine Sorgen machen, denn Kathrin richtete mir nur teilnahmslos aus: »Am Freitag sind wir auf ein Gartenfest der Lawyers eingeladen. Ich erwarte, dass du mitkommst, vor allem, nachdem du mit der jungen Generation befreundet zu sein scheinst. Es geht um wichtige Geschäfte, also benimm dich.«

Danach fiel die Tür hinter ihr ins Schloss und ließ mich mit halb verbundenem Arm und völlig fassungslos allein.

Machte es ihr wirklich nichts aus, zu sehen, was mein Vater mir antat? War sie so kaltherzig?

Kapitel 31 Dyan

Ich glaube, ich bin krank. Oder nein, ich bin mir ziemlich sicher, mir einen gehirnfressenden Parasiten eingefangen zu haben, der nun Stück für Stück meinen Kopf aushöhlt. Eine andere Erklärung fiel mir zumindest nicht ein, weshalb ich Tessa in die Damentoilette hinterhergegangen war. Na ja, oder besser gesagt über die andere Erklärung wollte ich nicht nachdenken.

Unruhig klickte ich mit meinem Kugelschreiber und klopfte mit dem Ende auf meinem Block herum. Meinen Biologie-Notizen. Um Hausaufgaben zu machen. Ich stand fast am Ende meines Senior Years, und ich konnte an einer Hand abzählen, wie oft ich in diesem Jahr bisher Hausaufgaben gemacht hatte.

Vielleicht war es auch ein Tumor, irgendetwas stimmte nicht mit mir.

Seufzend ließ ich den Stift fallen und lehnte mich in meinem Schreibtischstuhl zurück. Das war doch kompletter Schwachsinn! Warum analysierte ich irgendwelche Stammbäume, ich hatte genug anderes im Kopf, an dem ich herumknobeln konnte. Zum Beispiel die Tatsache, dass Ciara von Marco nach Hause gebracht worden war. Unbewusst ballte ich die Faust bei der Erinnerung und zwang mich, wieder zu entspannen. Natürlich würde es mich freuen, wenn die beiden glücklich miteinander wären, nur schwebte mir ständig die Frage »Wie lange?« im Kopf herum.

Höchstwahrscheinlich würden die beiden sich wieder trennen, und zu wem sollte ich dann halten? Meiner Schwester würde ich nie den Rücken kehren. Aber meinen Kumpel hängen zu lassen, war wie ein Verrat an mir selbst. Diese Jungs waren mehr als Freunde. Sie waren auf eine komplizierte und verkorkste Art und Weise meine Brüder!

Egal, wie ich mich entscheiden sollte, ich würde mir ins eigene Fleisch schneiden. Allerdings ging es in der Beziehung der beiden nicht um mich. Ihnen diese nicht zu ermöglichen, nur um in kein Dilemma zu geraten, wäre noch verheerender als das Dilemma selbst.

Wieder entwich mir ein Seufzen. Bevor ich mir den Kopf darüber zerbrach, könnte ich einfach mit den beiden reden. Und praktischerweise wohnte einer von ihnen unter dem gleichen Dach wie ich.

Energisch stemmte ich mich aus dem Stuhl und ging mit langen Schritten zu Ciaras Zimmer. Das würde sicherlich eines dieser Gespräche werden, die man am liebsten schon hinter sich hätte – vor allem, da Ciara noch immer wütend auf mich war. Um sie nicht gleich gegen mich aufzubringen, klopfte ich an und wartete auf ihr »Herein«, anstatt einfach hereinzustürmen.

Unsicher – wie gesagt: hirnfressender Parasit – trat ich ein und schloss die Tür leise hinter mir. Ciara saß auf ihrem Bett, und da ich der Meinung war, das Gespräch am besten kurz und schmerzlos zu halten, ließ ich mich ihr gegenüber nieder und kam gleich zur Sache: »Was genau ist da zwischen dir und Marco?«

Ciaras Augenbrauen wanderten überrascht nach oben, bevor sie sich räusperte und unangenehm berührt das Gewicht verlagerte. »Auch wenn ich mir ziemlich sicher bin, dass dich das nichts angeht: Ich weiß es nicht genau, aber ich hoffe, dass sich mehr als eine Freundschaft daraus entwickelt.«

Ich hätte meine Frage wohl expliziter stellen sollen, DAS hatte ich bereits vermutet. Doch zuerst musste ich etwas anderes klarstellen.

»Natürlich geht mich das was an! Du bist meine kleine Schwester! Wenn etwas derart Wichtiges in deinem Leben passiert, will ich das wissen!«

Anscheinend hätte ich nichts Falscheres sagen können, denn innerhalb von Sekunden verfinsterte sich ihr Blick von misstrauisch zu wütend.

»Ach, also ich muss dich über jeden meiner Schritte informieren, während du die ganze Nacht wegbleibst und es nicht für nötig hältst, mir zu erklären, warum du und die anderen euch geprügelt habt?« Ciara presste ihre Lippen zu einer schmalen Linie zusammen und funkelte mich herausfordernd an – und natürlich biss ich an.

»Das sind vollkommen unterschiedliche Sachen!«, beschwerte ich mich und stützte mich aufgebracht mit den Händen ab.

»Nein!«, fuhr meine Schwester mich darauf giftig an. »Wenn du es nicht für nötig hältst, mir von deinem Leben zu berichten, halte ich das genauso! Ich weiß, dass du nur überfürsorglich bist, weil du mich lieb hast, aber ich mache mir auch Sorgen! Und es macht mich rasend, dass es diesen Bereich in deinem Leben gibt, zu dem du mir keinen Zutritt gewährst. Also sei nicht so selbstgerecht. Erwarte nichts von mir, was du nicht selbst einhältst.«

Es kostete mich enorme Anstrengung, Ciara in ihrer kleinen Rede nicht zu unterbrechen. Ein Teil von mir verstand, weshalb sie sich aufregte. Aber der andere, viel größere Teil hätte sie am liebsten geschüttelt, bis sie Einsicht zeigte.

»Ich mache das zu deinem Schutz, nicht weil ich dich verletzen oder ausschließen will«, presste ich zwischen knirschenden Kiefern hervor.

Abwehrend verschränkte sie die Arme vor der Brust, nicht bereit nachzugeben.

»Ich brauche keinen Schutz, nur die Wahrheit. Ich kann mich selbst verteidigen.« Trotzig reckte sie das Kinn nach vorne, und ich erinnerte mich dadurch an so viele Auseinandersetzungen, bei denen sie zu stur gewesen war, um auch nur eine Sekunde über meine Beweggründe nachzudenken.

»Ach ja, so wie bei den Jungs in der Gasse?! O ja, ich habe gesehen, wie gut du dich verteidigen kannst.«

Mir rutschten die Wörter heraus, bevor ich es verhindern konnte, und ich riss damit tiefe Wunden wieder auf. Zuerst reagierte Ciara mit einem entsetzten Gesichtsausdruck, dann ließ sie ihre Arme kraftlos in ihren Schoß fallen und zog die Schultern hoch. Verletzt und fast verängstigt blickte sie mich aus großen braunen Augen an, und in diesem Moment hasste ich mich selbst. Wieso hatte ich das nur gesagt?

Mich erfüllten so viel Scham und Schuldgefühle, dass ich aufsprang und zur Tür herausstürmte, noch bevor ihr »RAUS!« durch den Raum hallte.

Trotzdem verfolgten mich dieses Wort und vor allem ihr verletzter Tonfall bis in den Flur. Ein dicker Klumpen bildete sich in meiner Brust und übte einen unglaublichen Druck auf meine Lunge aus. Am liebsten hätte ich auf irgendetwas eingeschlagen. Wegen meiner Dummheit. Wegen meiner fehlenden Empathie. Allerdings konnte ich nur meine Zähne so fest aufeinanderpressen, bis sie sich taub anfühlten.

Da ich es nicht aushalten würde, jetzt Ciara weinen zu hören, rannte ich die Treppen herunter und war schon kurz davor, aus dem Haus zu verschwinden, als meine Mom sich mir in den Weg stellte. Sie sah überrascht aus, wahrscheinlich hatte sie Ciaras Herumgebrülle gehört.

»Hey, Schatz, was ist denn los? Ich habe gedacht, ihr wärt aus dem Alter raus, in dem ihr euch gegenseitig die Köpfe einschlagt.«

So lieb der Witz auch gemeint war, ich hatte nicht den Nerv dafür.

»Nichts, Mom. Ich gehe noch eine Runde raus.«

Ich würde ihr eh nicht erklären können, was gerade passiert war. Dafür müsste ich zwei Jahre voller Halbwahrheiten und Lügen aufdecken und ihr von Sachen erzählen, für die sie mich ewig verachten würde. Sachen, für die ich mich selbst schon jahrelang verachtete.

Noch dazu, was würde es bringen? Mom hatte keine Ahnung von meinem Leben. Das letzte Mal, als ich mit ihr über meine Probleme gesprochen hatte, war ich vielleicht vierzehn gewesen. Selbst wenn ich in den letzten Jahren einen Ratschlag gewollt hätte, sie war nie da gewesen.

Vielleicht war das auch ein Grund, weshalb ich mich wie ein Kontrollfreak verhielt, wenn es um meine kleine Schwester ging – ich übernahm für sie die Elternrolle! Und mit meinem Scheiß musste ich allein klarkommen!

Frustriert wollte ich mich an meiner Mom vorbeidrängen, doch sie hielt mich an meinem Handgelenk zurück. »Nicht so schnell, junger Mann! Erzähl, was ist los?«

Ich wusste, dass mein Zorn nicht gerechtfertigt war. Eigentlich war ich nur auf mich selbst wütend. Darauf, dass ich mit meinem Leben nicht zurechtkam, ohne in illegale Dinge verstrickt zu sein. Und dass ich nicht mal die Beziehung zu meiner Schwester aufrechterhalten konnte.

Aber ich hatte das Gefühl, gleich zu platzen, wenn ich diesen aufgestauten Frust nicht loswurde. Ich brauchte gar keinen Grund, um meine Mutter anzuschnauzen, sie hätte mir genauso gut Schokokuchen anbieten können. Aber dieses plötzliche Interesse an meinem Leben, nachdem sie mehr als die Hälfte verpasst hatte, gab mir das Gefühl, wenigstens ein Recht auf meinen Wutausbruch zu haben.

»Lass mich los, Mom! Dich geht es einen Scheißdreck an, was ich mache! Wir kommen inzwischen prima allein zurecht, falls es dir nicht aufgefallen ist, kein Grund, ausnahmsweise die besorgte Mutter zu spielen.«

Ich holte tief Luft, um mich zu beruhigen. Meine Mutter starrte mich kurz fassungslos an, bevor ihr Gesicht sich zu einer strengen Maske verhärtete. »Sprich nicht so mit mir! Dein Vater und ich sind so oft weg, um euch dieses luxuriöse Leben zu ermöglichen, das du, wie ich dich erinnern darf, in vollen Zügen auskostest. Und ich bekomme mehr mit, als du glaubst! Oder hast du etwa gedacht, deine Sauforgien würden unbemerkt bleiben? Oder das Gras? Der einzige Grund, weshalb ich dich nicht damit konfrontiert habe, ist, dass ich darauf vertraue, dass du von allein den richtigen Weg findest.

Ja, du hast recht, wir haben dir viel Verantwortung aufgetragen, aber dafür hast du genauso viele Freiräume bekommen, und über die hast du dich noch nie beschwert! Soll ich strenger werden? Mehr daheim bleiben? Fändest du das besser?«

Mich interessierten ihre Worte nicht. Zum einen würde Vater es eh nicht erlauben, und zum anderen wollte ich keine Rechtfertigungen hören. Sie wusste, dass ich hin und wieder einen draufmachte? Freut mich für sie. Als wäre das das Schlimmste, was ich machen würde! Sie war komplett ahnungslos, und von mir aus könnte sie das auch bleiben. Diese Familie war nichts außer Lug und Trug! Hier zählte nur der Schein!

Mit einem Schnauben entriss ich ihr meine Hand. »Nein, ich bin froh, wenn ich Vater und dich nicht an der Backe habe. Mal davon abgesehen, dass du dich nie im Leben gegen Dad durchsetzen könntest. Du wehrst dich ja nicht mal, wenn er dich wie seine persönliche Sekretärin behandelt! Oder noch besser: wie seine kleine Sklavin!«

Ich sah noch, wie sie empört den Mund aufriss, aber bevor ihre Schimpftirade begann, hatte ich mir schon meine Jacke geschnappt und war im nächsten Moment aus diesem Höllenhaus verschwunden.

Innerhalb von Sekunden saß ich in meinem Auto und raste davon. Ich brauchte jetzt definitiv einen Drink. Vielleicht sollte ich einen der Jungs anrufen. Keiner von ihnen würde Fragen stellen.

Mhm, nein ... mir war nicht nach Gesellschaft. Bei meiner Laune würde ich sie nur vor den Kopf stoßen, und Streit mit meinen Freunden konnte ich nicht brauchen.

Also fuhr ich zu einem Ort, an dem ich Zerstreuung finden konnte. Der Klub, vor dem ich zehn Minuten später hielt, war bereits gut gefüllt, und zu meiner Erleichterung hatte der richtige Türsteher Dienst, um ohne große Diskussionen reinzukommen. Ich wurde direkt durchgewunken. Dankend drückte ich ihm einen Hunderter in die Hand und tauchte im nächsten Moment in eine andere Welt ab. Der Bass brachte den Boden des Klubs zum Vibrieren, während Stroboskoplichter den Raum ständig in andere Farben tauchten.

Sobald ich mit einem Drink in der Hand die Tanzfläche betrat, schüttelte ich die letzten Stunden, all meine Sorgen und Probleme ab.

Abwechselnd verbrachte ich die Zeit an der Bar oder auf der Tanzfläche, auf der ich schnell Gesellschaft in Form einer hübschen Rothaarigen fand. Sie war wirklich süß. Ein wenig zurückhaltend, aber das würde ich im Laufe des Abends sicherlich ändern.

Kapitel 32 Tessa

Auch am nächsten Morgen gab es keine Reaktion von Kathrin auf das, was sie am Vorabend gesehen hatte. Obwohl es mich nicht wundern sollte, verletzte mich dieses Verhalten. Ein Teil von mir hatte wohl geglaubt, dass sie nicht wusste, wie viel ich wirklich durchstand. Aber nein, weit gefehlt, sie wusste es, doch es interessierte sie schlicht und ergreifend nicht. Kathrin war sogar noch kälter und boshafter, als ich bisher angenommen hatte.

Zumindest konnte ich mich auf die Schule freuen oder, besser gesagt, auf meine Freunde. Wow, das war ein ungewohntes Gefühl. Dümmlich grinste ich vor mich hin, während ich das Rührei ein letztes Mal umrührte und es auf zwei Teller verteilte.

Kathrin hatte es sich wie immer am Frühstückstisch bequem gemacht. Da ich nicht allzu einfallsreich war, gab es erneut Rührei mit Speck und Toast. Das ging wenigstens schnell und war lecker.

Erstaunlicherweise legte Kathrin ihr Magazin beim Essen zur Seite, auch wenn das nichts an der seltsamen Stille änderte, die über dem Tisch hing. Ich konnte mich an keinen einzigen Tag erinnern, an dem wir uns morgens unterhalten hätten, selbst damals nicht, als sie meinem Vater noch in den Arsch gekrochen war. Damals war sie größtenteils damit beschäftigt gewesen, einen wohlerzogenen Eindruck zu hinterlassen, und so aufrecht und steif, wie sie auch jetzt dasaß, konnte man meinen, sie wäre hier nur Gast ... Wenn ich so darüber nachdachte, war es fast traurig. Ich lebte seit zwei Jahren mit ihr unter demselben Dach und wusste trotzdem so gut wie nichts über sie. Hatte sie eigentlich Familie? Geschwister? Zumindest hatte sie noch nie Verwandte besucht, soweit ich mich erinnern konnte.

Erst als sich Kathrin laut räusperte, fiel mir auf, dass ich sie über den Tisch hinweg angestarrt hatte. Verlegen senkte ich den Blick und nahm schnell einen Bissen.

Obwohl Kathrin so viel Macht über mich besaß und mir das Leben zur Hölle machte, hatte ich bei ihr noch immer das gleiche Gefühl wie vor zwei Jahren, als Dad sie mir vorgestellt hatte. Ein temporärer Gast in meinem Leben. Mehr war sie nicht. Wenn ich an die Zukunft dachte, sah ich Kathrin nicht in Alt und Grau in diesem Haus sitzen. Und falls doch, dann war ich nicht mehr länger hier.

Du denkst allerdings auch, dass dein Vater plötzlich genesen wird und alles wieder ist wie früher.

Gutes Argument ...

Bedrückt kratzte ich die Reste auf meinem Teller zusammen und beeilte mich, von hier wegzukommen. Dumm nur, dass man vor Gedanken nicht fliehen konnte.

Dementsprechend abgelenkt war ich, als ich mich zu Dyan und den anderen vor der Schule gesellte. Nach Reden war mir nicht zumute, bis Steven auf dem Weg zu unserem Klassenzimmer einen Arm um mich legte.

»He, was ist denn mit dir los? Ich vermisse dein verrücktes Geplapper!«

Das brachte mich zumindest zum Grinsen, sodass ich ihn dankbar in die Seite knuffte. »Sorry, irgendwie bin ich mit dem Kopf woanders.«

Keine Ahnung, warum Steven mich plötzlich voller Ernst anschaute. Aber seine nächsten Worte würden mir sicher nicht gefallen.

»Hör mal, du denkst doch nicht etwa an Dyan, oder?«

Wie erstarrt blieb ich stehen und schaute meinen Freund schockiert an. »Wie kommst du darauf?«

Verlegen zuckte Steven mit den Schultern und fuhr sich mit einer Hand durch die Haare. »Ich weiß nicht, es wirkt manchmal so, als wäre da was zwischen euch.«

Ich spürte, wie sich meine Wangen erwärmten. Und ich konnte leider nicht verleugnen, dass sich ein Teil von mir darüber freute. Steven glaubte also, Dyan hätte Interesse an mir?

»Ich mein, er ist ein cooler Typ und so, aber ich glaube nicht, dass er der Richtige für dich ist. Er scheint mir nicht gerade der Treuste zu sein.«

Steven presste unangenehm berührt die Lippen aufeinander. Ja, Dyan hatte einen gewissen Ruf, trotzdem wollte ich ihm widersprechen. Es gab kaum jemanden, der loyaler war als Dyan. Zumindest für die wichtigen Personen in seinem Leben würde er alles tun.

Bevor ich meinen Einwand einbringen konnte, kippte Steven mir mit seinen Worten sozusagen einen Eimer Eiswasser über den Kopf.

»Du bist natürlich ein tolles Mädchen, und ich würde mir wünschen, dass er sich für dich ändert, aber ... Henry hat ihn gestern in einem Klub gesehen, wie er mit einem Mädchen heftig getanzt hat. Und, keine Ahnung, ich hatte irgendwie das Gefühl, dich warnen zu müssen.«

Auch wenn ich mir nichts anmerken ließ, verpasste es mir einen schmerzenden Stich ins Herz, dass Dyan immer noch der gleiche Frauenheld war. Aber was hatte ich erwartet?

Ich war selbst erstaunt, wie echt das Lachen klang, mit dem ich Steven auf den Arm schlug und scherzend meinte, dass Dyan für mich noch uninteressanter sei als Mr Coleman.

Steven schien darüber erleichtert und wechselte schnell das Thema. Zwar versuchte ich, mich auf das zu konzentrieren, was er mir erzählte, und dabei so unbeschwert wie sonst zu wirken, allerdings lag mir die Information schwer im Magen. Wieso hatte ich nur angefangen, mehr in Dyans Zuneigung zu sehen?

Ich hätte nie gedacht, dass der Unterricht noch langsamer vergehen konnte. Aber dieser Tag schien mich eines Besseren belehren zu wollen.

Sollte die Zeit nicht schneller vergehen, wenn man über etwas nachdachte? Wenn ja, stimmte irgendetwas mit meinem Zeitgefühl nicht, denn die Sekunden krochen geradezu vor sich hin, während ein Gedanke nach dem anderen durch meinen Kopf raste. Zum einen war da die quälende Frage, ob Dyan mit diesem anderen Mädchen in die Kiste gesprungen war. Und ja, ich sah es nicht ein, hierbei von etwas Intimerem zu reden, sonst müsste ich Dyan leider kastrieren.

Die viel entscheidendere Frage war jedoch: Wie sollte ich mich verhalten? Sollte ich so tun, als wäre nichts? Erschien mir nicht sonderlich effektiv, geschweige denn möglich. Ich konnte jetzt schon kaum ruhig sitzen.

Vielleicht würde Dyan ja auch von sich aus zu mir kommen und etwas dazu sagen? Unwahrscheinlich. Allein die Tatsache, dass er mich mittags noch geküsst und abends bereits eine Neue gehabt hatte, bewies, wie viel Rücksicht er auf mich nahm. Eine Tatsache, die mir einen weiteren heftigen Stich ins Herz versetzte.

Das passierte halt, wenn ich bei einem Macho mehr sehen wollte als das oberflächige Arschloch, das er war.

Seufzend ließ ich meinen Kopf in die Hände fallen.

Wieso machte mich dieser Junge so fertig? Wieso *ließ* ich mich von ihm so fertigmachen?!

Das war der Moment, in dem ich einen Entschluss traf.

Dyan hatte nur so viel Macht über mich, wie ich ihm zusprach. Und ich würde nicht mehr länger alles passiv über mich ergehen lassen. Selbst wenn er nicht von sich aus mit mir reden wollte, ich würde meine Antworten erhalten.

Entschlossen umklammerte ich meinen Bleistift und starrte nach vorne. Du entkommst mir nicht, Dyan Lawyer!

Von einem plötzlichen Tatendrang erfüllt, hätte ich ihn am liebsten sofort zur Rede gestellt, allerdings musste ich noch Englisch und Physik durchstehen. Aber irgendwie überlebte ich bis zur Pause, auch wenn meine Nerven darunter litten.

Mit dem Klingeln stürmte ich aus dem Saal und betrat als eine der ersten die Cafeteria. Also ließ ich meine Tasche auf einen Stuhl an unserem üblichen Platz fallen und stellte mich an der Essensausgabe an.

Da die Konfrontation mit Dyan näher rückte, nahm meine Nervosität wieder zu. Innerhalb einer Minute musste ich mir zweimal meine verschwitzten Hände an der Hose abwischen, und jedes Mal, wenn eine weitere Schülergruppe zur Mittagspause hereinkam, hielt ich hektisch nach seinem dunklen Haarschopf Ausschau.

Erst als die Dame an der Essensausgabe sich kräftig räusperte, fiel mir auf, dass ich bereits an der Reihe war, und ich bestellte schnell mein übliches Sandwich und ein Wasser.

Die Türen zur Cafeteria glitten erneut auf, und mein Blick schoss sofort dahin zurück. Dieses Mal fand ich ein bekanntes Gesicht. Allerdings eins, auf das ich gerne verzichtet hätte.

Stefanie schritt mit ihrer Gefolgschaft herein, in der einen Hand einen Smoothie, und redete über die Schulter mit ihren Freundinnen. Na super, also würde ich mich mit denen auseinandersetzen müssen, ohne Dyan oder Ciara als Puffer.

Schicksalsergeben seufzte ich und nahm mein Tablett von der grummeligen Frau entgegen. Während sie meine Bestellung in die Kasse eintippte, beobachtete ich Stefanie aus einer bösen Vorahnung heraus. Dieses Mädchen würde nie akzeptieren, dass ich nun zur Gruppe dazugehörte.

In einem Moment lachte sie noch über etwas, das eins der blondierten Mädchen zu ihr gesagt hatte, und im nächsten fiel ihr Blick auf meine Tasche auf dem Stuhl, und die Eiszeit brach aus.

Ihre mit Kajal umrandeten Augen taxierten finster den Raum, bis schließlich ihr Blick an mir hängen blieb.

Nur am Rande bekam ich mit, dass die Frau hinter der Ausgabe mir gereizt den Preis meines Essens nannte, traute mich aber nicht, Stefanie aus den Augen zu lassen.

Anders als sonst hatte Stefanie kein Fake-Lächeln für mich übrig, und mich beschlich das Gefühl, dass, egal, was gleich passieren würde, es das letzte Aufwallen einer schwindenden Kraft war. Denn wie mir mit einem Mal bewusst wurde, ging von Stefanie keine Gefahr mehr aus. In dem Moment, in dem Dyan und ich uns nicht mehr gehasst hatten, hatte sie ihren stärksten Verbündeten gegen mich verloren. Und allein kam sie nicht gegen mich an.

Auf diese Erkenntnis hin konnte ich mein breites Lächeln nicht zurückhalten. Alles, was Stefanie noch tun würde, konnte nichts am Ausgang unserer jahrelangen Auseinandersetzung ändern.

Voller Selbstsicherheit drehte ich mich um. Ich musste Stefanie nicht mehr im Auge behalten. Sie konnte nichts mehr anrichten.

Lächelnd reichte ich der Dame das Geld, die murrend das Rückgeld herausgab. Mein Gott, wenn sie so wenig Geduld hatte, sollte sie sich einen anderen Job suchen.

Aus reiner Höflichkeit bedankte ich mich, doch meine Worte wurden von einem zornigen Aufschrei übertönt, der mich herumwirbeln ließ. Gerade rechtzeitig, denn so konnte ich beobachten, wie Stefanie vollkommen außer sich ihr Getränk über meiner Tasche ausschüttete … im gleichen Moment, in dem Dyan den Raum betrat.

Anstatt wie sonst wütend auf sie zuzustürmen, nahm ich mir alle Zeit der Welt. Unsere Blicke hatten sich fest verhakt, und während in ihrem ein Gefühl nach dem anderen aufblitzte, blieb ich die Ruhe selbst. Diese Aktion war einfach peinlich gewesen. Eine Verzweiflungstat, die mich nur in meiner Erkenntnis bestärkte.

Allerdings schien davon niemand etwas mitzubekommen, außer ihr und mir. Ihre Freundinnen lachten, und aus dem Augenwinkel sah ich, wie Dyan und die anderen Jungs sich durch die Schüler drängten, die sich mittlerweile zum Mittagessen versammelt hatten. Wahrscheinlich wollten sie mich davon abhalten, Stefanie den Kopf abzureißen, genauso wie nach ihrer Aktion mit meinem Auto. Aber das war nicht nötig. Ich stellte nur seelenruhig mein Tablett auf dem Tisch ab, während ich Stefanie mit einem Schmunzeln betrachtete.

Du hast keine Macht über mich.

Leise klangen die Worte in meinem Kopf wieder. Und dann wurde ich an meinen Schultern nach hinten gezogen. Ehe ich michs versah, hatte Dyan mich hochgehoben und durch die Schüler raus auf den Gang getragen.

Ich wehrte mich nicht, sondern wartete darauf, dass er mich wieder absetzte. Fragend zog ich eine Augenbraue hoch und verschränkte die Arme, während er mich weiter festhielt. Ansonsten machte ich jedoch keine Anstalten, mich von ihm loszureißen und mich auf Stefanie zu stürzen. Verwundert wanderten auch seine Augenbrauen nach oben, und schließlich ließ er die Hände fallen.

Einige Sekunden lang herrschte Stille zwischen uns.

»Tut mir leid wegen deiner Tasche«, meinte er.

Ich zuckte mit den Schultern. »Nicht schlimm, ich habe genug andere.«

Zögernd nickte er, als wüsste er nicht genau, ob er meiner Ruhe vertrauen konnte. »Bist du sicher, dass du keine Mordgedanken hegst? Ich würde es dir nicht verübeln, allerdings würde ich mich gerne darauf einstellen können.«

Legte er den Kopf öfter so sexy schief? Darauf musste ich dringend mehr achten.

»Nein, alles bestens. Stefanie interessiert mich nicht.«

Meine Antwort schien ihn zu erstaunen, und es dauerte kurz, bis sich ein Lächeln auf seinem Gesicht ausbreitete.

»Okay, was auch immer sich verändert hat, es gefällt mir. Du hast es wirklich nicht nötig, dich von ihr ärgern zu lassen.«

Ich ahmte seine Geste nach und legte den Kopf ebenfalls schief. »Danke!«

Intensiv starrten wir einander an, und ich spürte, wie die Worte ohne mein Zutun über meine Lippen flossen. Nach meinem Sieg über Stefanie schien mir Dyans vermeintliches Techtelmechtel in diesem Klub gar nicht mehr so schlimm. Sollte doch die ganze Welt versuchen, mich zu verletzen, am Ende bestimmte ich, wie viel Macht andere über mich hatten.

»Habe gehört, du warst gestern feiern. Und, Spaß gehabt?«

Ich nahm Dyans Reaktion genau wahr. Wie sich zuerst überrascht seine Augen weiteten, bevor sich seine Lippen leicht öffneten, ohne zu wissen, was er sagen sollte. Erst nach einigen Sekunden erhielt ich eine Antwort auf meine lediglich rhetorische Frage.

»Nicht so wirklich, war eher Ablenkung von einem beschissenen Abend. Aber ... es ist nichts gelaufen, wenn du das damit meinst.«

Die Hoffnung durchzuckte mich wie ein Stromschlag. Also hatte er nichts mit einer anderen? Doch Steven hätte mich niemals belogen, da war ich mir sicher. Bevor ich nachhaken konnte, atmete Dyan tief durch. Das war also nicht alles. Wäre auch zu schön gewesen.

»Aber ... nicht wegen mir. Das Mädchen hat einen Rückzieher gemacht. War nicht bereit, sich mit einem Fremden einzulassen.«

Ich verkrampfte mich, als mir die Bedeutung seiner Worte bewusst wurde. Er wäre dazu bereit gewesen. Er hätte mit ihr geschlafen.

Auf so etwas würde ich mich nicht einlassen, dafür war mein Stolz zu groß. Ich würde sicherlich nicht gute Miene zum bösen Spiel machen, das reichte mir zu Hause. Bei meinem Freund würde ich keine Scheuklappen aufsetzen.

Meinem Freund. Die Bezeichnung jagte mir einen Schauder den Rücken hinunter. Mir gefiel der Gedanke, Dyan als meinen Freund zu bezeichnen. Aber ich würde sicherlich nicht teilen.

Mein Blick lag immer noch auf ihm. Ich wusste nicht, was er dachte. Erkannte in seinen dunklen Augen nicht, was er fühlte. Doch ich wollte endlich Gewissheit darüber, was das zwischen uns war und ob er wie ich empfand.

Denn, VERDAMMT NOCH MAL, ich hatte mich in ihn verliebt. In die Art und Weise, wie er seine Schwester schützte und für seine Freunde einstand. Wie man locker mit ihm reden, aber auch über ernste Angelegenheiten sprechen konnte. Ja selbst in seinen Sturkopf hatte ich mich Hals über Kopf verknallt.

Mit einem Schritt stand ich direkt vor ihm, legte meine Hände auf seine muskulöse Brust und schob ihn langsam rückwärts, bis er gegen die Spinde stieß. Er wehrte sich nicht, und das gab mir den Mut weiterzumachen.

Ich ließ meinen Blick über seine dunklen Haare zu seinen perfekten Wangenknochen und über die gerade

Nase zu den umwerfend geschwungenen Lippen gleiten. Dann zog er weiter über seinen Hals, sein Schlüsselbein, das man durch den weiten Ausschnitt seines Shirts sehen konnte, und blieb schließlich an meinen Händen hängen.

Meine Finger wanderten nach oben, berührten zärtlich seinen Mundwinkel, bevor ich die Hand in seinen Nacken legte und seinen Kopf zu mir nach unten zog. Willig folgte er meiner unausgesprochenen Forderung, bis seine Stirn an meiner lehnte.

Aus seiner Kehle drang ein leises Geräusch, und seine Hände packten mich an der Taille. Doch mehr tat er nicht. Er wartete auf mich.

Ich fuhr mir einmal mit der Zunge über die Unterlippe und wagte einen Blick in seine Augen. »Willst du ...« Meine Stimme klang rau. »... willst du, dass ich dich küsse?«

Als Antwort stieß er einen bestätigenden Laut aus und wollte seinen Mund auf meinen pressen. Doch ich wich ihm mit einer kleinen Bewegung aus, ohne unseren Körperkontakt zu unterbrechen.

»Sag es!«, forderte ich atemlos.

Dyans Hände wanderten unter den Saum meines T-Shirts und bescherten mir eine Gänsehaut.

»Ja, verdammt! Ich will, dass du mich küsst. Am besten immer und immer wieder«, raunte er heiser, und ein zufriedenes Lächeln breitete sich auf meinem Gesicht aus.

Auch meine zweite Hand glitt nun von seiner Brust hoch und liebkoste seine Lippen.

»Gut,« hauchte ich. »Dann sollte es beim nächsten Mädchen an dir liegen, dass nichts läuft.«

Mit diesen Worten ließ ich von ihm ab und eilte schnell auf den Schulhof hinaus, bevor mein Körper sich selbstständig machte und wieder in Dyans Arme floh.

Das Letzte, was ich hörte, war ein lauter Knall und ein frustriertes Knurren.

Kapitel 33 Tessa

Als ich später mit Ciara und Steven zusammen zu unserem Klassenzimmer für Mathe ging, zitterten meine Hände noch immer von der Begegnung mit Dyan. Ich fühlte mich richtig high durch das Adrenalin und schwankte zwischen dem Bedürfnis, sofort zurückzugehen und dieses Spielchen weiterzuspielen, und mich selbst in die Klapse einzuweisen. Wahrscheinlich sollte ich einmal um die Schule rennen, um die Energie abzubauen, die mir in den Fingerspitzen kitzelte. Allerdings würde das erneuten Ärger mit Mr Coleman bedeuten. Den würde ich aber so oder so bekommen, also hätte ich wohl gut daran getan, nicht direkt hierherzukommen.

Kaum dass wir das Klassenzimmer betreten hatten, merkte ich, wie Mr Coleman mich fixierte und versuchte, mich möglichst unauffällig an meinen Platz zu mogeln. Doch gerade als ich meinen Stuhl zurückzog, wurde ich von meinem Lehrer aufgehalten.

»Miss Anderson, schön, dass Sie es zumindest nach der Pause pünktlich hierherschaffen. Allerdings fehlt mir ein Aufsatz auf meinem Pult.«

Mein Atem stockte. Verdammt, das hatte ich total vergessen! »Ähm ...«

Sein Blick lag unerbittlich auf mir. Am liebsten hätte ich mir selbst einen Tritt in den Hintern gegeben. Diese

Genugtuung wollte ich ihm nicht gönnen, aber was blieb mir anderes übrig?

»Also, was ist Miss Anderson? Wollen Sie mir den Aufsatz aushändigen, oder haben Sie etwas zu gestehen?«

Ich biss mir kräftig auf die Zunge, bevor ich laut fluchte. Er führte mich mit voller Absicht vor! Im ganzen Raum war es still geworden, während jeder einzelne Blick auf mir oder meinem Lehrer lag. Und obwohl ich wusste, dass meine Situation schon schlimm genug war, regte sich bereits der Sturkopf in mir, der sich das nicht gefallen lassen wollte. Er wollte sich mit mir anlegen? Schön, konnte er haben.

»Um ehrlich zu sein, Mr Coleman, habe ich Ihnen so einiges zu sagen ...«

Bevor ich mich ins Verderben stürzen konnte, wurde ich von Steven unterbrochen. »Mr Coleman, ich habe hier Tessas Aufsatz.«

Überrascht fuhr ich zu ihm herum. Steven hatte sich von seinem Platz erhoben und hielt tatsächlich zwei Blätter in der Hand, die jedoch mit einer rosaroten Flüssigkeit getränkt waren. Erst jetzt wurde mir bewusst, dass er noch immer meine smoothieversiffte Tasche trug, die er mir aus der Cafeteria mitgebracht hatte. Und langsam dämmerte mir, was Steven gerade durchzog.

Da Mr Coleman hinter mir stand, erlaubte ich mir ein hinterlistiges Lächeln, welches Steven mit einem Seitenblick wahrnahm. Kurz zuckten auch seine Mundwinkel, doch dann riss er sich zusammen und hielt die mit Smoothie vollgesogenen Blätter noch ein Stück höher. Dabei berührte er die Seiten mit spitzen Fingern, als würde er seinen Ekel darüber hervorheben wollen.

Auch ich setzte wieder eine ernste Miene auf und wandte mich meinem Lehrer zu, dessen zweite Augenbraue nun ebenfalls nach oben gewandert war.

Einige Sekunden blieb es still, während Mr Colemans Blick über die Blätter in Stevens Hand glitt. Schließlich bildete sich eine steile Falte auf seiner Stirn, und er starrte mir wieder fest in die Augen.

»Ist das Ihr Ernst?!«

Wenn ich noch irgendetwas zu verlieren gehabt hätte, hätte mich sein Zorn vielleicht eingeschüchtert, so aber vertraute ich auf Stevens genialen Einfall.

»Allerdings ist das mein Ernst. Leider ist mir heute ein kleines Missgeschick in der Mittagspause passiert, und das Getränk einer *Freundin* ist über meine Tasche gelaufen. Sie können sie sich ruhig anschauen, vielleicht finden Sie ja noch ein unbeschadetes Heft, ich hatte bisher kein Glück.«

Ich konnte Mr Coleman ansehen, dass er meiner Geschichte nicht glaubte, allerdings konnte er nicht bestimmen, was an ihr gelogen war.

Vielleicht dachte er, ich hätte mit Absicht den Smoothie umgekippt. Allerdings hatte ich die gesamte Schülerschaft als Zeuge, dass Stefanie dafür verantwortlich war.

Je mehr ich darüber nachdachte, desto undurchschaubarer schien mir der Schwindel zu werden. Wenn Stefanie wüsste, welchen Ärger sie mir mit ihrer Aktion gerade ersparte, würde sie sich die Haare büschelweise vom Kopf reißen. Das Glück war wohl auf meiner Seite.

Ich gab mein Bestes, mir ein schadenfrohes Lächeln zu verkneifen, immerhin musterte mich Mr Coleman eingehend, eindeutig nicht gewillt, mich von der Angel zu lassen.

Schlussendlich hoben sich jedoch seine Schultern zu einem nachgebenden Seufzen. »Na gut, ich erwarte Ihren Aufsatz in der nächsten Mathematik-Stunde auf meinem Schreibtisch. Und dieses Mal lesbar!«

Damit schien für ihn die Sache erledigt zu sein, und er wandte mir den Rücken zu.

Ein gigantisches Lächeln breitete sich auf meinem Gesicht aus. Gewonnen.

Bis mir der zweite Teil seiner Aussage bewusst wurde. Ich sollte *schon wieder* einen Aufsatz schreiben?! Ja gut, ich hatte bisher noch keinen geschrieben, aber wenn ich mir wirklich die Mühe gemacht hätte, und nun Stefanies Smoothieattacke alles zerstört hätte, wäre das ziemlich ungerecht!

Ich öffnete schon den Mund, um mich zu beschweren, da fuhr Steven dazwischen. »Tessa.«

Sein Tonfall war ruhig, trotzdem hörte ich die Warnung heraus. Noch immer mit geöffnetem Mund drehte ich mich zu ihm um und fing mir einen mahnenden Blick ein. Ich konnte förmlich sehen, wie er dachte: *Du hast bisher noch keinen Finger gekrümmt, also hör auf, ihn weiter zu provozieren, und erledige es einfach.*

Seufzend klappte ich meinen Mund zu und holte mir meine Tasche bei Steven ab. Dabei formte ich mit meinen Lippen ein lautloses »Danke«, was er mit einem Lächeln quittierte.

Da die Tasche sowieso komplett hinüber war, schmiss ich sie einfach achtlos unter den Tisch, bevor ich mich auf meinen Stuhl fallen ließ. Ciara beobachtete mich dabei belustigt. Ihr und wahrscheinlich jedem Schüler hier war klar, dass ich den Aufsatz gar nicht geschrieben hatte.

Ich zwinkerte Ciara kurz zu, und sie schob mir ein Blockblatt und einen Stift herüber, damit ich mitschreiben konnte. Süß. Sie hatte für mich mitgedacht.

Dankbar nahm ich beides entgegen und begann die Gleichungen von der Tafel abzukritzeln.

Wenigstens quälte mich Mr Coleman nicht aus Rache im Unterricht. Das musste man ihm lassen, er war ein guter Verlierer.

Nach der Schule ging es für mich wieder ins *Dinnertime,* und auch ohne Besuch meiner Freunde freute ich mich auf die Arbeit. Es war eine angenehme Abwechslung zu den Pflichten, die mir Kathrin sonst aufgebrummt hätte. Außerdem musste ich mit Carlos abklären, ob ich meine Schicht am Freitag tauschen konnte, um auf diese Grillparty der Lawyers zu gehen. Ein Ereignis, vor dem es mir graute. Aber mich zu weigern, würde damit enden, dass mein Kopf auf einem Besenstiel aufgespießt mit zur Grillparty kam. Da bevorzugte ich es doch, als ganzer Mensch mitzugehen.

Glücklicherweise stellte sich der Tausch als unproblematisch heraus, und so konnte ich halbwegs unbesorgt arbeiten, bis das Ende meiner Schicht näher rückte und damit der Zeitpunkt, an dem ich nach Hause fahren musste. Letzten Endes musste ich mich wieder meinem Leben stellen. Angefangen bei meiner Familie und endend bei Dyan, der mir einfach nicht aus dem Kopf ging.

Zu Hause angekommen, parkte ich meinen Brownie in der Garage und musste feststellen, dass auch die Autos meines Vaters und Kathrins dastanden. Für einen Moment ergriff mich Angst, die ich wie gewohnt wegatmete, und ich schlich auf Zehenspitzen ins Haus. Das

Wohnzimmer lag verlassen da, sodass ich wie gestern in mein Zimmer fliehen konnte und erleichtert seufzte, als ich die Tür hinter mir ins Schloss drückte. Es war schon traurig, wie froh ich darüber war, keinem der beiden zu begegnen.

So sollte man sich zu Hause nicht fühlen ...

Da konnte ich nicht widersprechen. Aber so sah nun mal mein Leben aus.

Fast dankbar, eine Ablenkung von diesen Gedanken zu haben, ließ ich mich auf den Schreibtischstuhl fallen und packte alles aus, was ich für Mr Colemans Aufsatz brauchte. Zu sagen, ich sei motiviert gewesen, wäre gelogen. Aber nach der heutigen Konfrontation würde ich es wohl machen müssen, so viel stand fest. Eine halbe Seite später musste ich mir jedoch resigniert eingestehen, dass ich erst ein Viertel der Strafarbeit hinter mir hatte und mir bereits die Ideen ausgingen. Oder zumindest fiel mir nichts ein, was ich auch ernst meinte.

Natürlich war mein Verhalten nicht in Ordnung. Allerdings ärgerte es mich, wie Lehrer sich das Recht herausnahmen, zu wissen, weshalb sich ein Schüler auffällig benahm. Mr Coleman wusste einen Scheißdreck über mein Leben. Er hielt mich einfach für reich und verzogen, ohne sich die Mühe zu machen, sich von diesem Vorurteil zu befreien. Wieso sollte ich ihm gegenüber also freundlich sein?

Allerdings stand mir nicht der Sinn danach, mir stundenlang irgendetwas aus den Fingern zu saugen, womit sowohl Mr Coleman als auch ich zufrieden wären. Daher schmierte ich einfach das hin, was mein Mathelehrer erwarten würde und meine zwei Seiten gut füllte.

Danach machte ich mich bettfertig und wechselte erneut den Verband an meinem Arm, wobei ich erleichtert feststellte, dass die Verletzung gut verheilte. Der Bluterguss war inzwischen nicht mehr tiefviolett, sondern schimmerte bläulich grün, und der Schnitt war verkrustet. Ab nächster Woche würde man mir sicherlich abnehmen, dass ich mir nur den Arm gestoßen hatte. Und Schmerzen hatte ich glücklicherweise auch nur noch, wenn ich Druck auf die Verletzung ausübte.

Als ich endlich so weit war, einfach ins Bett zu fallen, kreisten meine Gedanken um Dyan. Ich fand es bisher immer lächerlich, wenn andere davon sprachen, dass *es zwischen ihnen gefunkt hätte*, aber verdammt, ich hatte das Gefühl, zwischen Dyan und mir wäre ein ganzes Feuer ausgebrochen.

Bevor ich mich in diesem Gefühl verlieren konnte, wurde ich von etwas anderem aus meinen Gedanken gerissen. Schwere, schwankende Schritte trampelten durch den Flur, und ich hörte, wie mein Vater immer wieder meinen Namen rief.

Ich musste schwer schlucken und sah mich hektisch nach etwas um, nach irgendetwas zum Verstecken oder zumindest zum Verteidigen! Doch sobald ich meine Reaktion registrierte, erstarrte ich. Mein Gott, war es inzwischen wirklich so weit gekommen?

Mein Atem kam stoßweise, und mein Herz flatterte wie ein gefangenes Vögelchen in meiner Brust, aber zumindest hatte ich mich wieder unter Kontrolle und suchte nicht weiter nach einer Waffe. Stattdessen blickte ich starr auf meine Tür. Lange würde mein Vater nicht mehr brauchen.

Wie sollte ich mich auf das Bevorstehende vorbereiten? Die Flucht ergreifen? Wohin? Nein, ich blieb einfach stehen, die Finger in den dünnen Stoff meiner Schlafanzughose gekrallt, bis die Tür aufschwang.

Durch die Überbelichtung von hinten konnte ich im ersten Moment nur die Silhouette meines Vaters erkennen. Erst langsam zeichneten sich die Konturen seines Gesichts ab. Seine Augen waren blutunterlaufen, und seine Brust hob sich unter schweren Atemzügen, als wäre der kurze Gang durch den Flur ein Marathon gewesen.

»Ich hab dich gerufen! Hast du das nich' gehört?!« Taumelnd schritt er in mein Zimmer hinein und musste sich an meiner Kommode festhalten, um nicht umzufallen, wobei er einige der Fotos und Bücher, die auf ihr lagen, herunterriss. Ich zuckte zusammen und schloss kurz die Augen, als das Glas eines Bilderrahmens knirschend zerbrach, zwang mich aber dazu, an Ort und Stelle auszuharren. Mein Vater fluchte leise vor sich hin, torkelte dann jedoch weiter in den Raum hinein.

Umso näher er mir kam, desto mehr verspannte ich mich, bis er mir direkt gegenüberstand. Die inzwischen allzu bekannte Alkoholfahne wehte mir entgegen und verursachte die gleiche Übelkeit wie beim ersten Mal, als er in diesem Zustand nach Hause gekommen war.

Ich ballte meine Hände zu Fäusten.

Er starrte mich einige Sekunden einfach an. Als wüsste er nicht mehr, was er vorgehabt hatte. Dann beugte er sich zu mir. Meine Fingernägel gruben sich in meine Handballen.

»Das ist so ungerecht. Wieso siehst du aus wie sie? Niemand verdient es, wie sie auszusehen.« Seine Hände wanderten zu meiner Taille und packten mich.

So fest ich konnte, presste ich meine Fäuste an meine Oberschenkel.

»Dreh dich um!«, brüllte er, obwohl sich sein Mund direkt an meinem Ohr befand, und wirbelte mich herum. Für einen Moment schien mein Herz auszusetzen, nur um dann doppelt so schnell zu schlagen. Meine Gedanken flatterten hin und her. Was hatte er vor?!

Plötzlich spürte ich einen heftigen Stoß gegen meinen Rücken, der mich nach vorne stolpern und schließlich fallen ließ. Gerade noch rechtzeitig konnte ich mich abfangen, bevor ich mit dem Kopf gegen die Kante meines Bettgestells gekracht wäre.

Irgendetwas hinter mir raschelte, doch ich konnte das Geräusch nicht zuordnen, und ohne dass ich darüber nachdachte, warf ich einen Blick über meine Schulter. Augenblicklich war meine Aufmerksamkeit von seinen Händen gefesselt, die an seinem Hosenbund herumrupften. Mein Hals war wie zugeschnürt, und egal, wie sehr ich versuchte, Luft hindurchzupressen, es gelang mir nicht.

Das würde er mir nicht antun? Oder?

Hielt er mich für meine Mutter?!

Mir wurde übel, und vor Panik schloss ich die Augen, wodurch es mir zumindest gelang einzuatmen. Allerdings traute ich mich nicht, sie wieder zu öffnen. Bitte, ich würde alles aushalten, ich HATTE alles ausgehalten, aber von meinem Vater angefasst zu werden ...

Plötzlich war es still hinter mir. Wurden meine Gebete erhört, oder war das die Ruhe vor dem Sturm?

Die Sekunden zogen sich wie Kaugummi, und mir kam es so vor, als würde ich schon eine halbe Ewigkeit hier knien und warten ... Doch dann schnalzte etwas durch die Luft, und mein Rücken flammte vor Schmerz auf.

So unpassend es auch war, bestand meine erste Reaktion aus einer Welle der Erleichterung. Das würde ich aushalten, das war okay ... Aber spätestens nach dem

dritten Schlag verbannte der Schmerz jede andere Empfindung und ließ mich nach Luft japsend zurück.

Ich konnte genau die Streifen spüren, die der Gürtel
auf meiner Haut hinterließ. Denn das hatte er an seinem Hosenbund herausgefummelt. Den schwarzen Le-
dergürtel mit der goldenen Schnalle, den ich ihm zu seinem vorletzten Geburtstag geschenkt hatte. Welch Ironie! Wenn ich die Luft dazu gehabt hätte, hätte ich
freudlos aufgelacht.

Meine Hände klammerten sich an das Bettgestell, und
ich presste die Stirn gegen das kühle Metall. Das Blut
rauschte mir in den Ohren und machte mich taub. Der
wievielte Schlag war das? Ich hatte längst den Überblick verloren ... und dann – endlich – stoppte es.

Mein Körper brauchte noch mehrere Minuten, bis er
mehr als das Feuer auf meinem Rücken wahrnahm.
Meine Augen hielt ich fest geschlossen, während die
Geräusche um mich herum zurückkehrten und ich meinen Vater angestrengt keuchen hörte. Ich konnte ihm
jetzt auf keinen Fall ins Gesicht sehen.

Ich hörte, wie er nach hinten taumelte. »Jetzt siehst
du nicht mehr aus wie sie.«

Schritte, und dann fiel die Tür hinter ihm ins Schloss.

Mein Rücken flammte bei jedem unterdrückten
Schluchzer auf, und ich biss mir auf die Finger, aber
auch das half nichts. Dafür war der Schmerz viel zu
überwältigend.

Ich traute mich nicht zu bewegen, und um ehrlich zu
sein, glaubte ich auch nicht, dass es mir gelingen
würde. Also blieb ich sitzen. Den Kopf auf die Kante
meines Bettes gelegt und das in Fetzen hängende Py-
jama-Oberteil als Decke über mir.

Kapitel 34 Dyan

Ich weiß nicht, wie eine Person so unterschiedliche Gefühle in einem hervorrufen konnte, aber während ein Teil von mir Tessa zeigen wollte, wer hier die Oberhand hatte, würde ein anderer alles dafür geben, dass sie weiter ihre Spielchen trieb. Hauptsache, sie wäre wieder so nah bei mir. Aber egal wie, dieses Mädchen hatte es irgendwie geschafft, mich komplett um ihren Finger zu wickeln.

Erschöpft ließ ich den Kopf nach hinten fallen. Schon den ganzen Tag lag ich wie ein Halbtoter auf dem Sofa in meinem Zimmer, immer noch körperlich erschöpft von der Schlägerei diese Woche und gedanklich so abgelenkt, dass ich nicht mal den Jungs antwortete. Stattdessen schweifte mein Kopf immer wieder zu Tessa ab und malte sich aus, wie es wäre, ihre Lippen erneut auf meinen zu spüren. Allein der Gedanke ließ Verlangen in mir aufkommen.

»Kinder, kommt ihr bitte mal kurz her!«, riss mich da die Stimme meiner Mutter aus den Gedanken, bevor diese in falsche Richtungen abgleiten konnten. Mit einem frustrierten Stöhnen rieb ich mir über das Gesicht. Dankbar über die Ablenkung schwang ich meine Füße von der Couch und stand vorsichtig auf, da meine Rippen bei dieser Bewegung immer noch schmerzten.

Auf dem Flur traf ich Ciara, die ebenfalls aus ihrem Zimmer kam und mir einen fragenden Blick zuwarf. Ich hatte keine Ahnung, was Mutter von uns wollte. Auch wenn sich kurz der Gedanke regte, dass mein Wutausbruch der Grund sein könnte. Gott, sie würde doch nicht wirklich wegen mir öfter zu Hause bleiben, oder?

Doch als ich unten im Wohnzimmer ankam, blätterte meine Mutter völlig unbekümmert in einer Zeitschrift. Wenn sie wirklich noch sauer wäre oder eine so schwerwiegende Verkündung machen wollte, säße sie kaum so entspannt hier.

»Hey, Mom, was gibt's?«

»Ach, da seid ihr ja schon.« Überrascht blickte sie auf und schenkte uns ein breites Lächeln. »Ich habe gedacht, ich müsste bestimmt noch zehn Minuten warten, bis ihr beiden euch herunterbequemt.«

Natürlich war das als Scherz gemeint, aber während Ciara verhalten lächelte, zeigte ich keine Reaktion. Meine Mom seufzte nur schwer und deutete neben sich auf das Sofa.

»Setzt euch doch kurz her. Was gibt es denn Neues bei meinen Kindern?«

Auf mein unterdrücktes Stöhnen hin kassierte ich von Ciara einen bösen Blick, die sich anscheinend über die elterliche Fürsorge freute. Mir konnte das gestohlen bleiben. Ich meine, was sollte das? Wollte Mutter aufholen, was sie alles verpasst hatte? Ein Gespräch würde definitiv nichts verändern. Aber für meine Schwester würde ich heile Familie spielen.

»Nichts Großartiges, Mom. Schule läuft wie immer und ... Tessa hast du ja schon kennengelernt. Sie ist wirklich cool.« Ungezwungen zuckte Ciara mit den Schultern und setzte sich neben Mom, um einen genaueren Blick auf die Models in der Hochglanzzeitschrift zu werfen. »Wow, die neue Kollektion ist ja klasse ...«

Abgelenkt von den Kleidern zog Ciara die Zeitschrift zu sich, während der erwartungsvolle Blick meiner Mutter nun auf mir ruhte. Na super, was sollte ich bitte sagen? *Abgesehen von der Prügelei lief das illegale Autorennen am Montag super. Ansonsten scheint mir besagte Tessa den Kopf zu verdrehen, aber ich weiß nicht, ob ich wirklich was Ernstes will. Dafür habe ich das Singleleben bisher viel zu sehr genossen. Ich meine, wieso sich auf eine festlegen, wenn man alle haben kann?*

Das war bestimmt genau das, was eine Mutter von ihrem Sohn hören wollte.

Also zuckte ich nur mit den Schultern und setzte mich in einen der separaten Sessel, um zu meiner Mutter Distanz zu wahren. Vielleicht aus Angst, dass sie sonst erkennen würde, was für eine Enttäuschung ich war.

Wieder seufzte sie, und dieses Mal fühlte ich mich für diesen unzufriedenen Laut verantwortlich.

»Na gut, wenn es nichts von eurer Seite zu erzählen gibt, will ich euch etwas mitteilen. Wir veranstalten am Freitag eine Grillparty für einige Angestellte eures Vaters und wichtige Partner der Firma. Unter anderem werden auch die Andersons eingeladen sein, das wird dich sicher freuen, wenn du dich inzwischen so gut mit Tessa verstehst.«

Die letzten Worte waren an Ciara gerichtet, der Mutter liebevoll über die Haare strich. Ich wiederum saß nur völlig überrumpelt da.

Tessa und ihre Familie waren eingeladen. Eine kleine Welle der Panik überkam mich. Das konnte nur schiefgehen! Allein wenn ich daran dachte, wie Vater Mutter herumscheuchte, wurde mir übel. Keiner außer meinen engsten Freunden wusste vom Verhalten meines Vaters, und Tessa, mit ihrem starken feministischen Sinn, sollte die Letzte sein, die davon erfuhr.

»Das ...«, setzte ich an, fest davon überzeugt, ihr diese hirnrissige Idee noch ausreden zu können, doch leider fuhr mir Ciara dazwischen: »Das hört sich großartig an!«

Ciara schien ehrlich begeistert und strahlte unsere Mutter voller Vorfreude an. »Oh!« Ihre Augen weiteten sich noch ein Stück. »Dann kann ich mein neues Sommerkleid anziehen!«

Und schon war meine Schwester auf dem Weg nach oben, wahrscheinlich, um ihren Kleiderschrank auf den Kopf zu stellen. Da ich wusste, dass ich diese Party jetzt nicht mehr verhindern konnte, beeilte ich mich, Ciara hinterherzukommen, um zumindest eine Verbündete zu gewinnen.

»He, Ciara, warte!«

Kurz vor ihrer Zimmertür holte ich sie ein, auch wenn sie sich nur widerstrebend zu mir wandte.

»Wie kannst du von dieser Grillparty so begeistert sein?«

Trotzig zuckte sie mit den Schultern. »Wie könnte ich nicht? Ich darf Zeit mit meiner neuen besten Freundin verbringen, es gibt was Leckeres zu essen, und soweit ich weiß, soll am Freitag richtig schönes Wetter sein.«

Entgeistert starrte ich sie an und brauchte einen Moment, um mich wieder zu fassen. »O ja, und wenn Dad dann Würstchen nach Mom und dir wirft, ist der Abend wirklich perfekt.«

Kurz zuckte Ciara zusammen, und es tat mir leid, es so harsch gesagt zu haben, aber ihr musste doch klar sein, auf wie viele Arten das in die Hose gehen konnte!

Verunsichert senkte sie den Blick. »Wenn so wichtige Gäste zugegen sind, wird sich Dad zusammenreißen.«

Frust über ihre Blauäugigkeit stieg in mir auf. War ich denn der einzige Vernünftige hier?

»Vaters Selbstbeherrschung ist noch schlechter als meine! Aber reimt euch ruhig ein Märchen zusammen, anstatt der Realität ins Auge zu sehen.«

Daran, wie sich Ciaras Schultern verspannten, erkannte ich, dass meine Worte sie getroffen hatten. Doch sie drehte sich nur stumm um und knallte mir im nächsten Moment die Tür vor der Nase zu.

Ich unterdrückte einen heftigen Fluch. Na super. Wieso musste momentan alles schiefgehen?

Mit einem frustrierten Seufzen wollte ich mich nur noch in meinem Zimmer einschließen. Doch kaum dass ich einen Blick auf mein Handy geworfen hatte, erwartete mich bereits das nächste Problem.

Ben: Leute, schlechte Nachrichten. Jake hatte gerade Besuch von der Polizei. Irgendjemand muss ihn auf der Race Night erkannt haben.

Geschockt starrte ich auf das Display, während Marcos Antwort meine Gedanken ziemlich genau traf.

Marco: WAS? Wurde er mit aufs Revier genommen? Wer verdammt soll ihn verpetzt haben?!

Bens Antwort ließ nicht lange auf sich warten, trotzdem begann ich, unruhig in meinem Zimmer auf und ab zu tigern.

Ben: Nein, die haben anscheinend nur Fragen gestellt. Nichts über uns, aber darüber, wie er an so viel Geld gekommen ist und ob er schon mal auf Autorennen gewettet hat.

Okay. Das war immerhin nur halb so schlimm. Trotzdem beunruhigten mich diese Nachrichten. Bisher war bei den Straßenrennen nie viel dabei gewesen. Ein Abend voller Adrenalin, und danach wurde nicht weiter darüber geredet. Aber die *Race Night* schien uns zunehmend zu verfolgen. Angefangen bei diesen reißerischen Zeitungsartikeln, die in jedem Blatt erschienen waren. Selbst in der Schule hatte ich aus allen Ecken Geflüster gehört. Und jetzt auch noch das ...

Es war Tessas Stimme, die leise in meinem Kopf flüsterte, wie gefährlich das Ganze werden konnte. Wie viel wir zu verlieren hatten. Nach einem tiefen Atemzug schrieb ich schnell: *Treffen uns bei Jake in fünfzehn Minuten. Großer Scheiß, aber das wird schon, wenn wir zusammenhalten.*

Dann sammelte ich meine Sachen zusammen. Ein letzter Blick auf mein Handy verriet mir, dass Ben und Cole mit einem Daumen nach oben geantwortet hatten. Marcos Antwort fiel länger aus.

Marco: Sorry, Leute, ich kann nicht. Hab einen Termin, den ich nicht verschieben kann, aber egal, was ansteht, ihr könnt auf mich zählen!

Mir gefiel es nicht, dass Marco keine Zeit für die Gruppe hatte. Allerdings machte ich mir keine größeren Gedanken darüber, bis ich aus der Haustür trat und gerade noch sah, dass meine Schwester ebenfalls wegfuhr.

Kapitel 35 Tessa

Schule war die Hölle. Nein, der ganze Tag, mein ganzes Leben war die Hölle!

Egal, wie vorsichtig ich mich bewegte, jedes Mal fühlte es sich so an, als würde die Haut auf meinem Rücken erneut aufreißen. Mir war nie bewusst gewesen, für wie viele kleine Bewegungen – stehen, sitzen, nach vorne lehnen – man die Rückenmuskulatur benötigte.

Wie viele rote Striemen sich von meinen Schultern bis zu meinem unteren Rücken zogen, wusste ich nicht genau. Um sie zu zählen, hatte mir die Energie und der Mut gefehlt. Allerdings fürchtete ich mich vor den Narben, die sich bilden würden.

Bisher hatte ich Narben von Peitschenhieben nur im Fernsehen gesehen, und mir war natürlich klar, dass Spielfilme nicht die gewissenhaftesten Informationsquellen waren. Doch allein der Gedanke an Jamie Fraser aus der Serie *Outlander* ließ mich zusammenzucken. Auch wenn die Hiebe meines Vaters nicht mit den hundert Peitschenhieben, die der Arme ertragen musste, zu vergleichen waren, erschauderte ich allein bei der Vorstellung.

Was, wenn mein Vater Spaß daran gefunden hatte? Wenn meine Strafe von nun an immer aus zwanzig Hieben bestehen würde?

Ungelenk wischte ich mir über die Augen, um die dummen Tränen wegzubekommen, und starrte nach vorne auf die Tafel.

Nachdem ich heute Morgen in der gleichen ungemütlichen Position aufgewacht war, in der ich gestern eingeschlafen war, gelang es mir kaum aufzustehen. Tränenüberströmt und die Schneidezähne so tief in der Unterlippe vergraben, dass ich Blut schmeckte, hatte ich mich auf die Füße gequält. Und genauso langsam, wie das Aufstehen abgelaufen war, ging es mit meinem restlichen Alltag weiter.

Daher hieß mein heutiges Tagesmotto: *Nimm dir so viel Zeit, wie du brauchst.* Nur dieser Einstellung hatte ich es zu verdanken, dass ich überhaupt meine Morgenroutine schaffte, wobei ich das Duschen durch eine Katzenwäsche ersetzte und allein für das Haarekämmen zehn Minuten verschwendete. Das Schlimmste war es jedoch gewesen, die Wunden auf meinem Rücken zu säubern und danach mit Sprühpflaster bestmöglich zu verbinden. Ich brauchte vier Anläufe, und danach war ich so erschöpft und zittrig, dass ich mich auf dem Toilettendeckel ausruhen musste.

Die Schule einfach ausfallen zu lassen, hatte ich nach einem kurzen Blick auf mein Handy verworfen, auf dem ein Haufen Nachrichten von Ciara warteten: *Wo bist du?! – Tessa? Alles okay? – Wir machen uns schon alle Sorgen! – Soll jemand vorbeikommen? – Tessa?*

Ihre Besorgnis entlockte mir ein kleines Schmunzeln, und da ich keinen Besuch von Krankenschwester Ciara riskieren wollte, log ich schlussendlich, verschlafen zu haben, und versprach, gleich loszufahren. Selbst Steven hatte sich gemeldet sowie eine mir bisher unbekannte Nummer, die sich als Dyan herausstellte.

Das ließ mein Herz höherschlagen, auch wenn eine Teenieromanze wohl das Letzte war, woran ich denken sollte. Trotzdem war es erfrischend normal und gab mir zumindest den Mut, ins Auto zu steigen und zur Schule zu fahren. Dabei waren weder mein Hoodie noch das lange Sitzen in der Schule angenehm. Um ehrlich zu sein, es war eine Tortur. Stocksteif harrte ich aus, um ja nicht die Lehne des Stuhls zu berühren.

Auch wenn ich es erst zur dritten Stunde hergeschafft hatte, fehlte mir bereits nach dreißig Minuten jegliche Kraft. Wenn die Lehrerin mich drannahm, bekam ich meine Antwort kaum mit. Aber da sie zufrieden nickte und mich danach in Ruhe ließ, brabbelte ich wohl nicht komplett sinnloses Zeug.

Als die Schulglocke endlich zur erlösenden Pause klingelte, stemmte ich mich mit einem gequälten Stöhnen vom Stuhl hoch und folgte langsam meinen Mitschülern auf den Gang. Die Tasche hielt ich einfach in der Hand, denn selbst dabei brannte mein Rücken wie Feuer.

Immer an der Wand entlang versuchte ich, den herumfuchtelnden Händen und schwingenden Ellenbogen der aufgedrehten Schülermenge zu entkommen. Vielleicht sollte ich in ein Klassenzimmer huschen und mich dort verstecken, bis sich der Gang geleert hatte?

Doch da ertönte aus der Menge eine Mädchenstimme: »Hey, Tessa! Warte auf uns!«

Überrascht drehte ich mich um und kassierte dafür einen Schlag ins Kreuz, der mich scharf die Luft einziehen ließ. Nur mit Müh und Not gelang es mir, meine Gesichtszüge unter Kontrolle zu bekommen, bevor mich Ciara und Steven lächelnd erreichten. Um es schnell hinter mich zu bringen, umarmte ich beide so kurz, dass sie es nicht mal schafften, ebenfalls die Arme um mich zu legen, was natürlich Sinn der Sache war.

»Hey ihr«, murmelte ich kurz angebunden und kämpfte mich dann, mit den beiden in meinem Rücken, weiter die Wand entlang.

»Was hast du denn letzte Nacht getrieben, dass du so verschlafen konntest?«, fragte Ciara neckisch, und ich vermochte ihr Zwinkern in Richtung Steven geradezu aus ihrer Stimme herauszuhören.

Ach, das Übliche, Hausaufgaben, sich von ihrem Dad schlagen lassen und dann blutend und völlig am Ende auf dem Boden einschlafen.

Ich schluckte schwer. So viel Wahrheit lag in den Worten meiner inneren Stimme.

»Ich habe ein Buch gelesen und darüber die Zeit vergessen«, wich ich aus und zwängte mich an zwei schwatzenden Mädchen vorbei.

»Na, das Buch muss ja sehr spannend gewesen sein. Hieß die männliche Hauptperson etwa Dyan und hat gerade heiß mit der Protagonistin herumgeknutscht?«

Natürlich machte Ciara nur Spaß. Aber ich fühlte mich nicht in der Lage für irgendwelche Späßchen, auch nicht von meiner besten Freundin, und erst recht wollte ich nicht darüber reden, was zwischen ihrem Bruder und mir lief. Auch wenn ich wusste, dass ich mich unbedingt mit Ciara darüber unterhalten sollte, um unsere neu entstandene Freundschaft nicht zu gefährden – nicht heute. Nicht, wenn mein Körper mit Schmerzen überschwemmt wurde. Nicht, wenn meine Gedanken sich um meinen Vater drehten und ich inzwischen sogar Angst davor hatte, nach Hause zu gehen.

Mein Mund war plötzlich wie ausgedörrt. Zum ersten Mal hatte ich das Gefühl, es nicht schaffen zu können.

Etwas war kurz davor zu zerbrechen, das spürte ich genau, und ich war mir sicher, sobald es erst mal zerstört war, würde ich es nicht mehr zusammensetzen können.

Etwas hatte sich entschieden geändert in den wenigen Sekunden, in denen ich dachte ... Gott, selbst ohne es laut auszusprechen, kam mir die Magensäure hoch. Allerdings konnte ich mich nicht vor den Gedanken verstecken. Das Monster im Schrank würde keinen Halt vor meiner Bettdecke machen. Es wartete zu Hause auf mich und würde mich bluten lassen.

Bebend atmete ich aus, und das eine Wort drängte sich in meinen Kopf. Vergewaltigung. Ich hatte die Befürchtung gehabt, dass mein Vater mich vergewaltigen würde. Und das war der Moment gewesen, in dem das kleine Mädchen Tessa beinahe gestorben wäre. Wenn mir mein Vater das antun sollte ... dann würde ich nicht mehr aufstehen.

Mein Herz klopfte mir heftig gegen die Rippen, als wollte es der Enge meiner Brust entfliehen, die sich wie zusammengeschnürt anfühlte. Hektisch glitt mein Blick von Gesicht zu Gesicht, doch ich erkannte niemanden in der Masse, zu sehr war ich in meiner Panik gefangen.

Irgendjemand packte mich am Arm und zog mich unerbittlich in eine Richtung. Wohin, konnte ich nicht feststellen, viel zu sehr blendete mich der gleißende Schmerz, der dabei meinen Rücken durchfuhr. Ich riss meinen Mund zu einem stummen Schmerzensschrei auf, machte mich jedoch nicht los, aus Angst, damit die Schmerzen zu verstärken. Stattdessen versuchte ich der Hand, die mich zog, so weit wie möglich nachzugeben, und tatsächlich minderte das die Spannung auf meine Rücken- und Schulterpartie.

Erst als ich vor einem Stuhl losgelassen wurde, erkannte ich, dass ich in die Cafeteria gezerrt worden war. Langsam blinzelte ich mir die Tränen aus den Augen und sah zu Steven, der mich gepackt haben musste.

Mit entsetztem Blick und schwer atmend starrte ich meinen Freund an, der sich mit Ciara plaudernd gegenüber von mir niederließ. Sah er denn nicht meine Tränen? Sah er nicht mein vor Schmerz verzerrtes Gesicht?

Bring hier nichts durcheinander, dein Vater ist dafür verantwortlich!

Doch ich hörte nicht auf meine innere Stimme. Dafür wirbelten die Empfindungen und Gedanken in meinem Kopf viel zu schnell umher. Meine Unterlippe begann zu beben, und ich biss mir schnell darauf, um dieses lästige Zeichen von Schwäche zu verstecken. Inzwischen schauten Ciara und Steven verwundert zu mir auf.

»Willst du dich nicht setzen, Tessa?«, fragte Ciara und runzelte besorgt die Stirn.

»Wieso hast du mich hierhergeschleift?« Meine Stimme klang dünn und schaffte es kaum, den Lärm der anderen Schüler zu übertönen. Ich wusste, dass meine Augen groß und rund vor Entsetzen sein mussten, doch ich konnte nicht das Gefühl loswerden, unter Gewalt hergeschleppt worden zu sein.

Irritiert blinzelte Steven einige Male, bevor er ruhig antwortete. »Du warst wie weggetreten, und ich wollte nicht, dass du in der Schülermenge verloren gehst. Außerdem bist du in die falsche Richtung gelaufen.«

Obwohl seine Stimme sanft klang, zuckte ich vor dem Gesagten zusammen und wich einen Schritt zurück. Als plötzlich das Gesicht meines Vaters über Stevens schwappte, wusste ich, dass ich verschwinden musste. Und zwar schleunigst. Egal, wie besorgt mich die beiden inzwischen betrachteten. Irgendetwas lief in meinem Kopf gar nicht gut, und wenn ich nicht wollte, dass alle hier mitbekamen, wie kaputt ich wirklich war, sollte ich schnellstens abhauen.

»I-ich gehe mal nach den Jungs schauen.« Ohne auf eine Erwiderung zu warten, drehte ich mich um und hastete aus der Cafeteria. An der Tür musste ich einer Gruppe Schülern ausweichen, dann lagen die leeren Gänge vor mir.

Erst jetzt bemerkte ich, dass meine Hände zitternden, und klemmte sie mir unter die Arme. Alles in meinem Kopf drehte sich, doch ich setzte stur einen Fuß vor den anderen und ließ mich davon überraschen, wohin sie mich führten. Dabei versuchte ich vergeblich, meine Hände zu lockern, die sich zwanghaft um meinen Oberkörper klammerten.

Laut atmete ich ein und aus, wollte loslassen ... und hielt abrupt inne.

Da war doch was! Stimmen ... und ich kannte sie.

Meine Augen verengten sich zu Schlitzen, und leise huschte ich auf die Geräusche zu, blieb aber vor der letzten Biegung stehen und spähte um die Ecke. Und dann erwischte mich das Déjà-vu-Gefühl mit voller Wucht.

Das konnte nicht deren Ernst sein!

Zuerst geschockt, dann immer wütender beobachtete ich die Szene vor mir. Natürlich war es niemand anders als Dyan und seine Wachhündchen, die ich dabei erwischte, wie sie einen Jungen hin und her schubsten. Was sie dabei sagten, konnte ich über das Rauschen meines Blutes nicht verstehen, aber der Anblick reichte vollkommen aus.

Zornig trat ich um die Ecke, mit voller Absicht laut und aggressiv, um die Aufmerksamkeit auf mich zu lenken. Fast synchron wandten sich die Jungs, von denen ich aus irgendeinem dämlichen Grund angenommen hatte, sie seien meine Freunde, zu mir um.

»Was, in Gottes Namen, macht ihr da?« Meine Stimme klang nicht mehr zittrig, sondern hallte laut und wütend durch den leeren Gang. Auf meine Frage erwartete ich keine Antwort.

Mit donnerndem Schritt kam ich auf die Gruppe zu, und obwohl keiner von ihnen zurückwich, schienen sie sich zumindest nicht wohlzufühlen.

Entschlossen ging ich auf eine Lücke zwischen Ben und Dyan zu, um dem armen Kerl zu helfen, als mir plötzlich jemand den Durchgang versperrte. Ich war überrascht, dass sich mir jemand in den Weg stellte. Und dass es ausgerechnet Dyan war, verpasste mir einen kleinen Stich, doch war das nichts im Vergleich zu meiner Wut. Früher hätten wir uns jetzt gegenseitig Beleidigungen an den Kopf geworfen. Aber nicht heute.

Mein Blick brannte sich in seinen. »Lass mich sofort vorbei, oder ich schwöre dir, du wirst es bereuen, egal, was in letzter Zeit alles vorgefallen ist.«

Natürlich verstand er meine Anspielung auf unsere Küsse, und wenn ich nicht völlig außer mir gewesen wäre, hätte ich mich vom schuldigen Ausdruck seiner dunklen Augen besänftigen lassen, aber so schubste ich ihn nur unsanft zur Seite.

Doch der Junge, dem ich helfen wollte, schien vor mir genauso viel Angst zu haben wie vor Dyan und den Jungs. Jedenfalls wich er erschrocken zurück und rannte dann in die andere Richtung davon, nachdem Cole und Ben nicht länger den Weg versperrten.

Wie erstarrt blieb ich stehen. Diese Angst in seinen Augen, die kannte ich zu gut. Und es ekelte mich an, dass ich diejenigen, die dafür verantwortlich waren, als meine Freunde bezeichnet hatte. Ich hatte völlig aus den Augen verloren, auf welcher Seite ich eigentlich stand. Denn das war definitiv nicht die der Unterdrücker.

»Tessa, du verstehst nicht. Dieser Kerl hat Jake bei der Polizei angeschwärzt. Wir ...«

»Ich will es gar nicht hören! Nichts gibt euch das Recht, jemanden zu tyrannisieren. Habt ihr eigentlich eine Ahnung, was ihr damit anrichtet?«

Aufgebracht fuhr ich zu Dyan herum, der die Hände beschwichtigend erhoben hatte. Mit einem letzten bösen Blick auf diese hirnlosen Machoärsche drehte ich auf dem Absatz um und rauschte den Gang hinunter, auf den Ausgang unserer Schule zu.

Hier würde ich keine Sekunde länger bleiben.

Kaum saß ich hinterm Steuer meines Brownies, startete ich den Motor und fuhr los, ohne zu wissen, wohin. Die Schmerzen in meinem Rücken waren dabei zwar unerträglich, doch jetzt passten sie zumindest zu meiner Stimmung. Ich war so wütend! Auf diese bescheuerten Jungs, vor allem auf Dyan, und erst recht auf mich! Wie hatte ich denken können, dass sie sich wegen mir änderten? Nur weil ich plötzlich Teil ihrer Gruppe war, hieß das noch lange nicht, dass sie nicht weiter den Badboy raushängen ließen.

Das Schlimmste an der Sache war, dass mich der Gedanke an Dyans Lippen trotzdem verrückt machte. Oder zumindest, bis sich plötzlich das Bild von den Lippen meines Vaters vordrängte und mir speiübel wurde.

Das war alles zu viel. Und ich wusste nur einen Ort, an dem ich wirklich meinen Frieden finden würde, auch wenn ich damit meine *Dinnertime*-Schicht ausfallen ließ. Aber entweder das, oder ich verlor den Verstand.

Also fuhr ich einfach los und ließ für einen Nachmittag all die Pflichten und all den Scheiß, den ich mein Leben nannte, hinter mir. Erst eineinhalb Stunden später hielt ich vor dem schmiedeeisernen Tor eines Parks in einem kleinen, ruhigen Ort. Obwohl ich das letzte Mal vor Monaten hier gewesen war, fanden meine Füße sofort den richtigen Weg und hielten erst vor drei schön verzierten Grabsteinen inne.

»Hi, Mom, hi, Granny, hi, Grandpa!«

Kapitel 36 Tessa

Ich verbrachte den Rest des Donnerstags am Grab meiner Familie mütterlicherseits. Auch wenn ich nicht wie in einem Film mit meiner verstorbenen Mutter redete, half es mir doch, mich zu beruhigen. Ich schaltete mein Handy aus, setzte mich neben die schönen Blumendekorationen und genoss den Frieden dieses Orts.

Als die Sonne unterzugehen begann, musste ich mich dazu zwingen, wieder in mein Auto zu steigen, obwohl mir vom langen Stillsitzen inzwischen alle Gliedmaßen schmerzten. Ich wollte hier nicht weg. Oder nein, ich wollte nicht nach Hause. Sobald ich mich dieser Villa näherte, wären die letzten Stunden der Ruhe umsonst gewesen, und ich wollte mich nicht wieder mit dieser Angst beschäftigen. Mit der Angst vor meinem Vater.

Zögernd saß ich da, nachdem ich den Motor gestartet hatte. Ich konnte nicht losfahren. Mein Rücken war eine stete Erinnerung an das, was passieren könnte, passiert war und sicherlich noch öfter passieren würde. Und mein größter Wunsch bestand darin, all das zu vergessen. Daher drehte ich den Schlüssel im Zündschloss wieder um. Das Vibrieren des Motors erstarb und ließ mich in der erwachenden Nacht allein.

Vielleicht hätte ich mich um ein Motel kümmern sollen oder zumindest etwas Gemütlicheres als die Rückbank meines Autos. Aber mir stand nicht der Sinn danach, einen Schritt in die Zivilisation zu wagen. Und da mein Rücken in jeder Position brannte, machte es eh keinen Unterschied. Bäuchlings lag ich also da und starrte lange Zeit einfach in die Luft, bis mir irgendwann die Augen zufielen.

Glücklicherweise wachte ich rechtzeitig auf – oder besser gesagt: schlief unruhig genug –, um am nächsten Morgen nach Hause zu fahren und meine Aufgaben zu erledigen. Dabei fühlte ich mich kaum wie ich selbst. Vielleicht lag es an den Schmerzen, die einfach alles einnahmen. Jedenfalls wirkte alles auf mich grau und sinnlos, und wahrscheinlich war es mehr die Routine, die mich durch den Tag trug, als mein eigener Wille.

Beim Frühstück gab ich mir so wenig Mühe wie noch nie zuvor und entschloss, in Jogginghose in die Schule zu gehen. Scheiß auf den guten Eindruck oder was andere von der ach so feinen Familie Anderson dachten. Dyans Jogginghose schmiss ich allerdings in den Wäschekorb und holte mir eine meiner eigenen aus dem Kleiderschrank. Zwar war diese nur halb so bequem, aber Dyans Sachen weiter zu tragen, kam nicht infrage. Ich meine, was hatte ich mir vorgestellt? Dyan + Beziehung = eine Sache der Unmöglichkeit. Auch wenn mir unser kleines Spielchen gefallen hatte, ich hatte kein Interesse an jemandem, der immer wieder den unnahbaren Badboy raushängen lassen musste. Und für mich war die gestrige Aktion Beweis genug, um zu begreifen, dass es genauso laufen würde. Also aus und vorbei. Keine Kleider mehr ausleihen, nicht mehr seine Lippen anschmachten. Dyan war nur noch der Bruder meiner Freundin.

Ich hatte jedoch nicht damit gerechnet, wie schwer es war, diesen Grundsatz einzuhalten.

Gerade noch pünktlich erschien ich zur ersten Stunde, daher sah ich die anderen nicht mehr und traf das erste Mal auf Ciara in unserem geliebten Mathekurs. Wortlos legte ich Mr Coleman meinen sauberen Aufsatz hin, der kurz überrascht schien, dass ich meine Strafarbeit tatsächlich geschrieben hatte. Danach ließ ich mich stumm neben Ciara fallen, die nervös mit einem Stift herumspielte.

Ich wusste, dass sie mich auf etwas ansprechen wollte. Vielleicht auf mein komisches Verhalten gestern, oder vielleicht war ihr auch aufgefallen, dass ich bei jeder Bewegung das Gesicht verzog. Doch sie öffnete nur den Mund, um ihn wieder zu schließen und betreten wegzuschauen.

Ich rang mit dem Bedürfnis, mit ihr ein Gespräch anzufangen, einfach weil mir diese Unbeschwertheit fehlte, wenn wir herumscherzten. Aber ich hielt mich zurück. Mein Leben war kompliziert, nicht unbeschwert. Langsam wurde ich mir wieder der Gefahr bewusst, wie leicht Ciara hinter mein Geheimnis hätte kommen können.

Vielleicht willst du das ja inzwischen …

Mein Herz zog sich zusammen. Nein, das wollte ich nicht. Allein der Gedanke an meinen Vater ängstigte mich zu Tode, doch ihn zu verraten, würde mich umbringen. Er war alles, was ich noch an Familie hatte.

Also wandte ich mich von Ciara ab und folgte Mr Colemans Unterricht. Sobald es klingelte, sprang ich mit gepackten Sachen auf und flüchtete aus dem Klassenzimmer. Ich hörte, wie Ciara hektisch ihre Sachen zusammenraffte, und kniff gequält die Augen zusammen, weil ich wusste, was gleich kommen würde. »Tessa! Bitte warte kurz!«

Ich sollte nicht stehen bleiben und auf sie warten. Aber ich wollte es unbedingt! Wollte mich normal fühlen. Aber schon im nächsten Moment, in dem ich meine Lungen mit einem lang gezogenen Seufzen leerte, wurde mir zum hundertsten Mal bewiesen, dass ich nicht normal war. Selbst bei dieser kleinen Bewegung spannten die Einschnitte auf meinem Rücken.

Und trotzdem blieb ich stehen.

Ciara holte mich schnaufend ein und lächelte mir dankbar ins erstarrte Gesicht. »Ich wollte nur fragen, ob du heute Nachmittag zu unserer Grillparty kommst. Dann besteht zumindest die Chance, dass es spaßig wird.«

Meine unterkühlte Miene verunsicherte sie, und obwohl das natürlich Sinn und Zweck der Sache war, fühlte ich mich deswegen schlecht. Sehr schlecht sogar. Am liebsten hätte ich sie angelächelt und ihr gesagt, dass wir sicherlich einen schönen Abend haben würden. Wenn ich normal wäre, hätte ich das gesagt. Aber ich war nicht normal. Allein der Gedanke, mit meiner Familie zu den Lawyers zu gehen, erfüllte mich mit Grauen. Ich musste mich darum sorgen, wie sich mein Vater in der Öffentlichkeit benahm, musste daran denken, die gute Tochter für meine Stiefmutter zu spielen, und mich gleichzeitig von Dyan fernhalten.

Also nickte ich nur und schenkte ihr einen kalten Abklatsch eines Lächelns. »Ja, ich komme mit meinen Eltern.«

Erleichtert nickte Ciara und schaute dann wieder verlegen zur Seite. »Ähm ... und ich habe mich gefragt, ob wir uns vielleicht zusammen fertig machen?«

Bevor ihr letztes Wort verklungen war, schüttelte ich bereits entschieden den Kopf. Nein, ganz ausgeschlossen. Egal, wie vorsichtig ich wäre, irgendwann würde sie die roten Striemen entdecken, die meinen Rücken kreuz und quer verunstalteten.

Die Hoffnung erlosch in ihren Augen. »Oh!« Ihre Stimme wurde noch leiser. »Oh ... ich hoffe, es ist nicht wegen meines Bruders. Wenn du ihm aus dem Weg gehen willst, kann ich dafür sorgen. Er verhält sich momentan wirklich wie das letzte Arschloch ... ich weiß nicht, irgendwie haben wir uns total zerstritten.«

Mir tat es weh, sie wegzustoßen, anstatt für sie da zu sein. Auch wenn es das Beste war. Daher konnte ich es mir nicht verkneifen, meine Absage zu rechtfertigen. »Nein, deswegen ist es nicht. Meine St..., Mutter hat sich in den Kopf gesetzt, dass wir uns zusammen fertig machen, und ich habe ihr leider schon zugesagt. Allerdings, wenn du Dyan schon ansprichst, ich hoffe, du verstehst, weshalb ich heute lieber allein esse.«

Ciara nickte zögernd und tippelte unruhig hin und her. »Okay ... dann bis später!« Unsicher, wie sie sich verhalten sollte, winkte sie mir unbeholfen zu und verschwand, bevor mich das Bedürfnis überwältigte, sie richtig zu umarmen.

Mit schmerzverzerrtem Gesicht wandte ich mich ab. Doch dieses Mal war es nicht mein Rücken, sondern mein Herz, das mir zu schaffen machte.

Nach der Schule hatte ich noch ungefähr drei Stunden, bevor wir zu den Lawyers losmussten, und aus Gewohnheit wäre ich beinahe zum *Dinnertime* gefahren, bis mir einfiel, dass ich meine Schicht getauscht hatte ... und gestern nicht erschienen war. Wahrscheinlich würde ich das nächste Mal das *Dinnertime* betreten, um meine Arbeitskleidung abzugeben. Ich unterdrückte ein frustriertes Stöhnen. Egal, ändern konnte ich es nicht mehr. Aber ich würde im Notfall Carlos anflehen, um meinen Job zu behalten. Doch das musste bis Montag warten.

Heute fuhr ich also nach Hause, unsicher, was mich erwarten würde. Eigentlich müsste mein Vater da sein, und um halb zwei am Nachmittag bestand sogar die Möglichkeit, dass er einigermaßen nüchtern war. O mein Gott, wann hatte ich das letzte Mal meinen Vater nüchtern erlebt?

Ich konnte mich nicht daran erinnern.

Umso nervöser war ich, als ich schließlich unsere Auffahrt hochfuhr und meinen Mini in der Garage parkte. Meine verschwitzten Hände rutschten vom Lenkrad ab, und ich gönnte mir einige Sekunden im Auto, bevor ich es wagte auszusteigen. Mit etwas Glück würde ich weder Kathrin noch Vater begegnen, außer meine Glücksfee schlief mal wieder auf ihrer rosaroten Wattewolke und ließ mich eiskalt in die Arme der Monster laufen, die sich meine Eltern nannten.

Nachdem ich, so leise wie möglich, die Tür aufgeschlossen hatte, und durch die Eingangshalle schlich, atmete ich erleichtert auf. Niemand im Wohnzimmer zu sehen. Das bedeutete, dass sich Kathrin wahrscheinlich die Nägel lackierte, mein Vater noch im Saufkoma vom gestrigen Abend lag und ich tatsächlich kurz meinen Frieden genießen konnte.

Dieser Schluss war jedoch voreilig gewesen, denn sogleich hallte Kathrins liebliches Krächzen durch das Haus. »Tessa? Bist du zu Hause?«

Wenn ich ihr nicht antwortete, würde sie dann davon ausgehen, dass ich noch nicht da war?

»Ich habe dich genau gehört, also hör auf, dich zu verstecken, junges Fräulein! Ich erwarte, dass du die Wäsche machst, bevor wir losgehen!«

Damit wäre meine Frage wohl geklärt. Genervt rollte ich mit den Augen. Ich würde ja nicht einmal etwas dagegen sagen, mich am Haushalt zu beteiligen, käme wenigstens das süße, kleine Wort *Bitte* über ihre Lippen. Aber nein, sie gab hier natürlich den Ton an.

Ich wollte mich schon kampflos geschlagen geben, als sich plötzlich und für mich völlig unerwartet eine weitere Stimme einmischte. »Hör auf, sie herumzukommandieren, kaum dass sie die Türschwelle überquert hat, Kathrin! Tessa braucht ebenfalls Zeit, sich umzuziehen, immerhin müssen wir einen guten Eindruck vermitteln. Die Wäsche kann irgendein Hausmädchen erledigen.«

Die Ansage wurde von einer zuschlagenden Tür untermauert, und ich starrte völlig perplex hoch zum oberen Stockwerk. Das eben ... das war mein Dad gewesen! Nicht mein Vater, sondern mein DAD! Er hatte mich in Schutz genommen!

Genauso schnell, wie die Freude über diese Erkenntnis meinen Körper überschwemmte, wurde er darauf von einer Welle der Übelkeit überwältigt. Aber wenn das mein Dad war, wie konnte er sich nach allem so normal verhalten? Nach all diesen Abenden, diesen Schlägen ...

Ich musste hart schlucken. Erinnerte er sich nicht mehr daran? Hatte der Alkohol ihn vergessen lassen? Doch mir erschien es unmöglich, dass sein Kopf all diese Nächte verdrängen konnte.

Die einzig andere Erklärung wäre, dass es ihm egal war.

Meinem Dad wäre das niemals egal gewesen.

Wie sollte ich weitermachen mit dem Wissen, dass es selbst meinem nüchternen Vater nichts ausmachte, was er mir angetan hatte?

Auch Kathrins Tür fiel nach einem »Na gut!« knallend ins Schloss, und ich quälte mich die Stufen hoch, wieder von jeglicher Energie verlassen. Ich wollte keinem der beiden begegnen. Deswegen unterdrückte ich nicht den Impuls, meine Zimmertür hinter mir abzuschließen, sobald ich dort angekommen war. Mit einem Seufzen lehnte ich mich mit der Stirn an das kühle Holz. Wie sollte ich diesen Tag nur überstehen?

Aber eigentlich war die Frage nach dem Wie egal. Ich *musste* es schaffen, also würde ich es auch.

Als ich mich wieder aufrichtete, fiel mein Blick auf mein Bett und die große Verpackung, die darauf lag. Neugierig trat ich näher und öffnete die Schachtel, um dann ein trockenes Lachen zu unterdrücken.

Ein wunderschönes Kleid lag darin. Weiß, mit Spitze besetzt und langärmlig. Ich wusste auch ohne Notiz, dass es von Kathrin stammte. Und die Tatsache, dass sie etwas Langärmliges für eine Grillparty ausgesucht hatte, sprach Bände. Sie wusste von meiner Verletzung am Arm. Und sie wollte diese verstecken, damit niemand den schönen Schein der Familie infrage stellte.

Mir war übel, und gleichzeitig hätte ich mich darüber totlachen können. War ja klar gewesen. Für den Ruf war es wichtig genug, in mich zu investieren. Ich war mir sicher, wenn ich den Designer des Kleides googeln würde, fielen mir bei dem Preis die Augen aus dem

Kopf. Aber mir helfen – aus reiner *Menschlichkeit* – nein, das war zu viel verlangt.

Wie immer akzeptierte ich, dass ich für die Menschen in diesem Haus nicht mehr als ein Boxsack und ein Püppchen war, und nahm das Kleid aus seiner Verpackung. Einen Fehler hatte Kathrin bei der Auswahl dennoch begangen – der Rücken war transparent. Bestand aus nicht mehr als einem zarten Geflecht Spitze, das vielleicht genug von den Striemen auf meinem Rücken ablenkte, sie jedoch nicht verdeckte. Ein freudloses Lächeln schlich sich auf mein Gesicht. Ein Spiel mit dem Feuer. Wenn jemand aufmerksam genug war, würde das Kartenhaus in sich zusammenfallen.

Auf Autopilot begann ich, mich fertig zu machen. Mir graute es zwar vor dem Duschen mit meinem Rücken, doch mir blieb keine andere Wahl, außer ich wollte mich von Kathrin draußen mit dem Gartenschlauch abspritzen lassen. Also suchte ich den sanftesten Wasserstrahl aus, der mehr wie ein feines Nieseln war, trotzdem brannten mir Tränen in den Augen, und meine Knie zitterten, als ich wieder aus der Dusche stieg und dann kraftlos zu Boden sank.

Mit geschlossenen Augen bibberte ich. Es war so zermürbend. Mich immer wieder von allein aufzurappeln, ohne zu wissen, wann diese Folter ein Ende hatte. Ich hatte mir vorgenommen zu warten, bis ich mit der Schule fertig war und studieren gehen konnte. Inzwischen wusste ich allerdings nicht mehr, ob ich das packen würde.

Doch ich musste einfach Tag für Tag hinter mich bringen, Nacht für Nacht einen Teil der kleinen Tessa erhalten. Für den Moment gestattete ich mir, diese Lüge zu glauben, da sie mir half, mich langsam wieder aufzurichten.

Ich verarztete meinen Rücken ein weiteres Mal mit dem Sprühpflaster und verzichtete auf den Verband um meinen Arm, damit sich dieser nicht unter dem Kleid abzeichnete. Dann zog ich einen Klebe-BH an, da weder das Kleid noch mein Rücken etwas anderes zulassen würden, und ein weißes Spitzenhöschen, das geradezu Unschuld schrie. Schließlich war das Kleid dran.

Vor ein paar Jahren wäre ich begeistert davon gewesen, wie geschmeidig sich der Stoff anfühlte und wie perfekt mir das Kleid passte. Ich sah aus wie ein kleiner Engel. Unschuldig und unverbraucht. Ein herzförmiger Ausschnitt betonte mein Dekolleté, während der zarte Spitzenstoff am Rücken sich bis zu meinem Hals hochzog. Dadurch wirkte das Kleid brav, trotz des tiefen Ausschnitts. Der Rock stand leicht ab und ging mir bis knapp über die Knie. Ich sah aus wie die perfekte Tochter einer reichen Familie. Ein Mädchen, dem noch nie etwas Schlimmes widerfahren war, und die Ironie des Ganzen brachte mich dazu, bitter aufzulachen. Schön, so sollte ich also sein? Das war die mir zugedachte Rolle? Na dann würde ich es richtig machen. *Perfekt* machen.

Ich holte meine Schminkutensilien hervor, genauso wie den zartrosa Nagellack, der gefühlt aus einem anderen Leben stammte. Innerhalb von einer Stunde verwandelte ich mich in die Prinzessin, die jeder in mir sehen wollte. Die reiche, verzogene Prinzessin. Mr Coleman würde mir allein dafür, dass ich sein Klischee so perfekt traf, eine Strafarbeit aufbrummen.

Meine Haare fielen in wunderschönen Locken auf meinen Rücken und verbargen dessen finstere Wahrheit, während meine Augen durch den aufgetragenen Lidschatten groß und unglaublich grün wirkten. Meine Lippen lächelten freundlich in einem unaufdringlichen Rosa, und als ich mich selbst im Spiegel betrachtete, konnte ich kaum anzweifeln, dass ich das wundervolle Leben eines reichen Mädchens führte.

Meine Rüstung aus Trug und Eleganz war vollendet.

Niemand würde das Grauen in meinem Leben erwarten, niemand würde mein Lächeln anzweifeln. Alle würden nur die unschuldige Tochter des mächtigen Geschäftsmannes Mr Anderson erkennen.

Kapitel 37 Dyan

Ich hasste schlaflose Nächte, in denen ich jeden Gedanken zehnmal hin und her wendete und dennoch auf
kein Ergebnis kam. Allerdings konnte ich nichts dagegen tun, dass die Szene mit Tessa auf dem Gang immer
wieder in meinem Kopf aufblitzte. Dieser hasserfüllte
Gesichtsausdruck ... zu sagen, dass ich ihn vermisst
hatte, wäre die Lüge des Jahrhunderts gewesen. Und
selbst wenn ich es schaffte, diese grünen Augen mit
dem anklagenden Funkeln und meine Scham beiseitezu-
schieben, tauchte gleich das nächste Problem auf. Mir
fielen an die hundert Möglichkeiten ein, wie diese gottverdammte Grillparty in die Hose gehen konnte!

Am liebsten hätte ich meiner Mutter aus irgendeinem
banalen Grund abgesagt, um der schon vorprogram-
mierten Blamage zu entgehen. Aber wahrscheinlich
hätte ich nicht einmal genug Zeit gehabt, um mir eine
Ausrede einfallen zu lassen, bevor meine Mutter mich
an einen Stuhl gefesselt hätte.

Auch Ciara redete seit gestern nicht mehr mit mir.
Sie hatte mich so lange bedrängt, bis ich ihr schlussendlich erzählte, weshalb Tessa nach der Pause nicht mehr
in der Schule aufgetaucht war. Und so oft ich ihr auch
erklärte, dass dieser Spast die Prügel verdient hatte,
wollte sie nichts davon hören. Ihr einziger Kommentar
war gewesen: »Bring das mit Tessa in Ordnung, oder

ich schwöre dir, das war das letzte Gespräch, das wir geführt haben.«

Beinahe hätte ich ihr ins Gesicht geschleudert, dass ich das sowieso vorhatte. Ich verstand zwar nicht, wie das zustande gekommen war, aber Tessa bedeutete mir etwas. Sie war eine Freundin. Vielleicht sogar mehr. Aber wie sollte ich etwas mit Tessa klären, wenn ich sie nicht zu Gesicht bekam?!

Bevor ich mit meiner katastrophalen Laune jemanden anpampte, sperrte ich mich nach der Schule in meinem Zimmer ein, bis es so weit war, die Gäste zu begrüßen.

Meine Mutter hatte sich große Mühe mit der Dekoration gegeben und mit fast zwanzig Arbeitern unseren Wintergarten plus den weitläufigen Garten hergerichtet. Zwar war mir nicht danach, mich aufzuhübschen, trotzdem zwängte ich mich in eines meiner besten Hemden und eine nagelneue schwarze Leinenhose, um nicht all ihre Bemühungen zu zerstören.

Mir juckte es in den Fingern, ins Zimmer meiner Schwester zu gehen und nach ihr zu schauen, allerdings würde sie mir die Tür vor der Nase zuknallen, noch bevor ich »Du siehst hübsch aus« herausbekäme. Daher musste ich mich wohl oder übel in meinem Zimmer gedulden, bis mein Vater uns beide nach unten rief.

Die Zimmertür meiner Schwester öffnete sich gleichzeitig mit meiner, und ich schenkte ihr ein aufrichtiges Lächeln, als ihr Blick kurz über mich glitt. Doch sie wandte mir nur verächtlich den Rücken zu und schritt ohne ein Wort auf ihren hohen Schuhen die Treppe herunter. Frustriert stieß ich die Luft durch die Nase aus und folgte ihr ebenso wortlos. Ein Gespräch zu starten, würde eh keine Früchte tragen.

Meine Mutter wartete zusammen mit meinem Vater und lächelte uns beide stolz an, während mein Dad ernst in die Luft starrte.

»Ach, ihr beiden werdet von Tag zu Tag hübscher!«, zwitscherte meine Mutter und knuffte dabei meine Schwester, die soeben unsere Eltern erreicht hatte, in die Wange. Ich sah, dass Ciara die Augen verdrehte, dabei aber über das Kompliment sanft lächelte. Kurz huschte ihr Blick zu unserem Vater, als würde sie auf einen ähnlichen Kommentar seinerseits hoffen, doch dieser blieb natürlich aus. Er stand nur unbewegt da, die Hände vor dem Bauch gefaltet, und nahm seine Familie gar nicht wahr.

Schon jetzt musste ich mir einen schweren Seufzer verkneifen. Wie sollte das nur enden?

Ich gesellte mich zu meiner Schwester und meiner Mutter, wobei sich Ciara sofort von mir abwandte, und hoffte, mich bald wieder in meinem Zimmer verkriechen zu können. Außer dieses Schaulaufen der Luxusklasse gab mir eine Chance, mit Tessa zu reden?

Als hätten meine Gedanken es heraufbeschworen, klingelte es im nächsten Moment, zum ersten Mal für den heutigen Nachmittag. Mit einem aufgesetzten breiten Lächeln öffnete mein Vater die Tür, und der erste Schwung nobel gekleideter Geschäftsmänner, die ihre Frauen wie ein Accessoire am Arm trugen, trudelten in unserem Haus ein. Und danach gab es kein Halten mehr. Sobald ein Schwung nach hinten in den Garten verschwunden war, strömte der nächste durch die Vordertür herein.

Jeder von uns nahm immer eine Gruppe mit nach hinten, bevor er zurückhetzte, um die nächste in Empfang zu nehmen, sodass ich eine halbe Stunde später, als der Gästestrom versiegte, mir nicht sicher war, ob Tessa mit ihrer Familie bereits angekommen war. Also würde ich in der wachsenden Menschenmasse nach ihr Ausschau halten müssen. Und auch das würde schwer werden, da mich immer wieder Fremde zurückhielten, um mir zu sagen, wie groß ich doch geworden sei oder dass ich das Potenzial hätte, einmal die Fußstapfen meines Vaters auszufüllen.

Beides ging mir so was von auf die Nerven. Danke, ich wusste, dass ich seit meinem fünften Lebensjahr einen ziemlichen Schuss gemacht hatte, und nein danke, die Fußstapfen meines Vaters konnten mir gestohlen bleiben. Genauso wie dieses aufgesetzte Lächeln und die gelogenen Komplimente.

Selbst unbewaffnet bis auf den Tod mit einem Löwen zu kämpfen, fände ich angenehmer als jede weitere Sekunde in diesem High-Society-Malstrom. Allerdings würde meine Mutter schwerer als der Löwe zu bezwingen sein, sollte sie mich dabei erwischen, wie ich mich wegschlich. Also lächelte ich einfach tapfer weiter.

Nach dem offiziellen Willkommensgruß meines Vaters würde das Balzritual um die Gunst der Reichsten und Mächtigsten beginnen. Vater würde mich überall als seinen Nachfolger vorstellen, und ich müsste brav und galant neben ihm stehen, während er die Kontakte für sein nächstes Vorhaben knüpfte. Wahrscheinlich durften meine Schwester und meine Mutter sich in der Zeit um die letzten Vorbereitungen für das Grillbuffet kümmern, welches von über zehn Küchenmeistern, die sich im Garten verteilt aufgestellt hatten, frisch zubereitet wurde.

Träge ließ ich meinen Blick über die Menge gleiten, auf der Suche nach Tessa, was bei den immer gleich geschminkten Gesichtern und den vielen eleganten Kleidern jedoch aussichtslos erschien. Die einzige Möglichkeit, die mir in den Sinn kam, um sie zu finden, ohne planlos durch die Gegend zu streifen, war die Hoffnung, dass Ciara schneller als ich gewesen war und die beiden Mädchen sich ins Zimmer meiner Schwester zurückgezogen hatten. Und da ich so wenig wie möglich in der Nähe all dieser heuchlerischen Menschen sein wollte, schlängelte ich mich nur zu gerne durch die Gäste zur Treppe ins Obergeschoss.

Für alle Fälle hielt ich dabei weiterhin nach Tessa Ausschau, aber von ihr war weit und breit nichts zu sehen. Oben angekommen machte ich mir erst keine Mühe, bei Ciara anzuklopfen. Einem leeren Zimmer würde meine Unhöflichkeit nichts ausmachen, und falls Ciara sich doch hier oben versteckte, vielleicht sogar mit Tessa, konnte ich es mir nicht leisten, dass sie mich nicht hereinließ.

Tja, eine Sekunde später bereute ich mein törichtes Verhalten.

Marco und Ciara saßen auf dem Bett meiner Schwester und waren anscheinend so darin vertieft, sich gegenseitig abzuknutschen, dass sie es nicht mal mitbekommen hatten, wie ich die Tür aufriss. Doch als meine Stimme durch den Raum schnitt, fuhren sie erschrocken auseinander.

»Was in Gottes Namen machst du hier, Marco?!«

Marcos und Ciaras Kopf fuhren im gleichen Moment zu mir herum, und ihre geröteten Lippen und das Keuchen trugen nicht dazu bei, mich zu beruhigen. Und das wäre jetzt dringend nötig, wenn ich meinem langjährigen Freund keine verpassen sollte!

Um mich nicht auf ihn zu stürzen, umklammerte ich fest den Türknauf. Klar hatte ich gewusst, dass sich zwischen den beiden etwas anbahnte. Aber ich hatte zumindest erwartet, dass Marco mich darauf ansprach, *bevor* er meiner Schwester die Zunge in den Hals steckte.

Ein Knurren entwich meiner Kehle, und ich umfasste mit meiner freien Hand noch zusätzlich den Türrahmen, um nichts Unbedachtes zu tun. Ich versuchte, mir Tessas Worte ins Gedächtnis zu rufen sowie Marcos Freundschaftsdienste, trotzdem ... was zu weit ging, ging zu weit. Vor allem so hinter meinem Rücken.

»Hör mal, Bruder, ich wollte es ja als Erstes mit dir regeln, aber ...« Während Marco noch die richtigen Worte suchte, beschloss ich, dass er hier nichts verloren hatte. Und wenn ich ihn persönlich aus der Villa schmeißen musste. Doch gerade als ich den ersten Schritt auf ihn zu machte, wurde ich von hinten zurückgehalten.

Es war nicht der harte Griff, der mich innehalten ließ, sondern einzig und allein die Wirkung meines Körpers auf die Besitzerin dieser Hand. Es war, als würden sich all meine Sinne innerhalb einer Sekunde von Marco abwenden und auf sie richten.

Tessa.

»Stopp, Dyan!«

Sie sprach nicht laut, wahrscheinlich verstanden Marco und Ciara sie einige Meter entfernt nicht einmal mehr, doch es reichte bei Weitem, um mich aufzuhalten. Verdammt! Was machte dieses Mädchen nur mit mir?

Ich knirschte mit den Zähnen, nicht bereit, mich ihr unterzuordnen. Doch Tessa wäre nicht Tessa, wenn sie mich nicht genau zu dem bringen würde, was ich nicht machen wollte.

Ihre zweite Hand griff um meinen Nacken und zog meinen Kopf in ihre Richtung, damit ich zu ihr sah. Ich gab mein Bestes, um ihrem Blick standzuhalten, aber selbst mit meiner jetzigen Wut fiel mein Verteidigungswall überraschend schnell.

Tief atmete ich ein und presste beim Ausatmen hervor: »Lass mich los.«

Natürlich wanderte nur eine ihrer Augenbrauen in die Höhe. »Erst wenn du dich entspannt hast.«

Es war ein Befehl, trotzdem war ihre Stimme sanft, und spätestens, nachdem ihre Finger langsam kreisend meine Nackenmuskulatur zu lockern begonnen hatten, zwang ich mich dazu, meine Fäuste zu öffnen.

»Geht doch.« Ihre Worte waren kaum ein Hauch, trotzdem kamen sie bei mir an, bevor Tessa sich an mir vorbeischob und Ciara und Marco, welche ich beinahe vergessen hatte, fröhlich angrinste. »Freut mich, dass ihr endlich zueinandergefunden habt, und ich entschuldige mich für die Störung dieses Hornochsens. Macht da weiter, wo ihr aufgehört habt, das sah interessant aus. Ihr werdet auch nicht mehr unterbrochen, versprochen.«

Zuversichtlich zwinkerte sie den zweien zu, und während meine Schwester unschuldig errötete, lächelte Marco über den Kommentar. Etwas, das meine Wut wieder zum Köcheln brachte. Doch als hätte sie das Mahlen meiner Kiefer gehört, drehte sich Tessa mit mahnendem Blick zu mir um und bedeutete mir, aus dem Zimmer zu gehen. Nachdem ich mich nicht gerührt hatte, schob sie mich schließlich raus und ließ die

Tür entschieden ins Schloss fallen, bevor sie mir mit den Fingern in die Brust bohrte.

»Wehe, du gehst da noch mal rein! Die beiden haben es verdient, glücklich zu sein, und das machst du ihnen nicht kaputt, du besitzergreifender Trottel!«

Schmallippig schaute ich zur Seite. Sie hatte keine Ahnung, wie das war! Ich kannte Marcos Ex-Freundinnen und, noch viel schlimmer, ich kannte, wie ich jetzt bemerkte, zu viele seiner Bettgeschichten.

Nichts von meiner außer Rand und Band geratenden Vorstellungskraft ahnend, nahm Tessa meine erneut zur Faust geballte Hand zwischen ihre und begann sie mit geübten Handgriffen zu lösen. Dabei murmelte sie leise vor sich hin: »Diese Kerle! Müssen immer alles mit Gewalt lösen.«

Obwohl ich nichts lieber getan hätte, als Marco an den Ohren von meiner Schwester wegzuziehen, musste ich bei dieser intimen Geste und den verärgerten Worten lächeln. In diesem Moment konnte ich es mir nicht anders vorstellen, als dass Tessa zu unserer Gruppe gehörte, als dass sie zu mir gehörte.

Ich musste plötzlich gegen einen Kloß in meinem Hals anschlucken, als ich zum ersten Mal ihr Kleid wahrnahm.

Sie war ein Engel.

Etwas Schöneres hatte ich noch nie gesehen. Ihre sich wellenden dunklen Haare, die ihr über Schultern und Rücken fielen und einen perfekten Kontrast zum Schneeweiß ihres Kleides boten. Die feinen Akzente ihres Make-ups und diese fantastischen Lippen.

Ich sah förmlich vor mir, wie meine Hand sanft über ihr Schlüsselbein und den spitzenbesetzten Ausschnitt fuhr und sich dann an ihre Wange schmiegte. Wie mein

Daumen ihre Unterlippe liebkoste, bevor ich mich vor-
beugen würde und ...

»Dyan! Bist du da oben!?«

Blinzelnd fuhr ich aus meinem Tagtraum hoch und
entzog Tessa meine Hand, die nichts von meinem Verlangen mitbekommen hatte. Ich brauchte noch eine Sekunde, um mich zu sortieren, bevor ich meiner Mutter
antwortete, welche vom Fuß der Treppe hochgerufen
hatte. »Äh ... ja, ich bin hier oben! Was ist los? Soll ich
helfen?«

Tessa trat einen Schritt auf die Treppe zu und damit
noch ein Stück näher an mich heran. Ob sie das überhaupt bemerkt hatte?

»Ja, bitte! Ich brauche dich und Ciara in der Küche!
Und beeilt euch!«

Noch bevor ich mir eine Ausrede für Ciara ausdenken
konnte – nicht, dass ich sie nicht liebend gerne aus dem
Zimmer gezogen hätte, allerdings hätte mich mein kleiner Engel neben mir dann einen Kopf kürzer gemacht –
hörte ich das Klappern der Absätze meiner Mutter, die
sich schnellen Schritts entfernte.

Bemüht, nicht wieder Tessas Bann zu verfallen,
drehte ich mich herausfordernd zu ihr um. »Da, du hast
es gehört. Ciara muss leider mir und meiner Mutter helfen.«

Tessa schnaubte und verdrehte typisch für sie die Augen. »Der Esel nennt sich immer zuerst. Und deine
Mutter wird sich mit uns beiden begnügen müssen.«

Und genau wie meine Mutter rauschte auch sie davon, bevor ich etwas erwidern konnte.

Mit geöffnetem Mund stand ich noch am Absatz der
Treppe, als Tessa schon unten angekommen war. *Gott,
das Mädchen wird mein Untergang sein.* Schade nur, dass

sich mein Körper anscheinend auf seinen Untergang freute.

Ich hätte es mir denken können, dass sich meine Mom und Tessa bereits in einem angeregten Gespräch befanden, als ich die Küche schließlich erreichte. Die beiden passten zusammen wie Pech und Schwefel. Und das Schlimmste war, sie hatten beide eine eigentümliche Kontrolle über mich.

Unaufgefordert packte ich das Geschirr aus, welches sich seit gestern Mittag massenhaft in Kartons in unserer Küche stapelte, und stellte es vorerst auf dem Tresen ab, während die beiden Frauen das rohe Fleisch auf Platten verteilten, um es den Köchen zu bringen.

So viel Essen hatte ich noch nie gesehen, aber vielleicht kam es mir nur so vor, weil wir diejenigen waren, die es servieren mussten. Und nach den immer lauter werdenden Gästen wohl ziemlich bald. Obwohl ich es gerne gesehen hätte, wie diese Leute in ihren feinen Anzügen und teuren Kleidern sich gegenseitig hungrig an die Gurgel sprangen.

Aber dass mein Vater diese Vorstellung nicht witzig finden würde, hätte mir klar sein müssen. Und da war er. Dieser eine miese Moment, der den Abend zur Hölle machen würde. Der das Schiff zum Sinken brachte, mich an den Mast angekettet.

Aus dem Augenwinkel sah ich, wie mein Vater hereingestürmt kam. Das kantige Gesicht finster verzogen. Mehr brauchte es nicht, um mich mein Leben verwünschen zu lassen. Er raste hinter mir vorbei und schubste schon meine Mutter unsanft zur Seite, im gleichen Moment, in dem ich die Hand ausstreckte, um ihn aufzuhalten, obwohl ich gut drei Meter entfernt stand. Meine Mom stolperte genau in Tessa hinein, die sie auffing, und überrascht den großen Mann anstarrte, der sich zornig vor ihnen aufbaute.

»Ihr nichtsnutzigen Weiber, könnt ihr euch nicht ranhalten?! Das Essen sollte schon vor einer Viertelstunde serviert werden, und ihr seid immer noch kein Stück weiter! Ich wusste doch, dass ich mich nicht auf euch verlassen kann! Verdammt, für was gibt es euch überhaupt, wenn ihr nicht mal Mahlzeiten zubereiten könnt?! In zehn Minuten steht das Fleisch draußen! Und wehe, Muriel, wenn nicht!«

Und dann war er wieder weg.

Meine Hand umklammerte die Platte des Tresens schraubstockartig, und ich presste meine Zähne fest zusammen, um nicht laut loszubrüllen.

Wie ich diesen Mann hasste. Wie ich alles hasste, für das er stand! Dieser ganze Luxus, diese widerlichen Menschen dort draußen! Und am meisten mich selbst als seinen hochgelobten Nachfolger.

Wahrscheinlich war mein Blick halb wahnsinnig, als er zu Tessa wanderte, die vollkommen starr zurückschaute.

Jetzt wusste sie es.

Sie hatte gerade das größte Geheimnis meiner Familie aufgedeckt, mein tiefstes Innerstes gesehen. Mit welchem Monster ich aufgewachsen war und mit welcher Frauenverachtung mein Weltbild geprägt sein musste. Wie könnte sie in mir jetzt noch etwas anderes sehen als den Sohn meines Vaters?

Meine Lider flatterten, während sich das Keuchen meiner Mutter in mein Bewusstsein drängte. Kurz flog mein Blick zu ihr, wie sie sich verschreckt an Tessa lehnte, und dann zurück zu diesen grünen Augen.

Ich wusste nicht, welche Gefühlsregung sich genau in ihnen spiegelte, aber ich wollte es auch nicht wissen.

Ich war so sauer! So erniedrigt.

Gewaltsam stieß ich mich vom Tresen ab und flüchtete aus der Küche. Eisiger Zorn hatte meine Gedanken eingefroren, mein Kopf war wie leer gefegt. Ich musste hier raus. Das oder ich würde es bereuen.

Sobald ich die Villa hinter mir gelassen hatte, rannte ich weiter, bis ich das schmiedeeiserne Tor zur Straße passiert hatte, welches für unsere Gäste heute offen stand. Erst auf dem Asphalt hielt ich inne. Meine Brust hob sich unter heftigen Atemzügen, und ich hielt mich zurück, um nicht meinen Frust in den Himmel hinauszuschreien.

Wieso hatte ausgerechnet Tessa das mitbekommen müssen? Die feministischste Person, die ich kannte, und dazu auch noch die perfekte Prinzessin!

Nicht, dass ich gedacht hätte, Tessa würde mich für perfekt halten. Diese Illusion zerstörte ich bereits mit all dem Scheiß, den ich im Schlepptau hatte. Den Drogen und den illegalen Rennen. Meiner Unkontrolliertheit, die in so krassem Gegensatz zu Tessas Prinzipien stand.

Gott, ich wollte diesen verurteilenden Blick nicht auf mir spüren. Daher presste ich die Augen fest zu, als sich knirschende Schritte die letzten Meter unserer Einfahrt näherten und dann kurz hinter mir innehielten.

»Hau ab!«

Meine Stimme war rau, harsch und abweisend. Genau wie ich es wollte. Ich wollte sie nicht hier. Ich wollte niemanden hier, außer vielleicht meinen Vater, um endlich all meine dunklen Gefühle an ihm auszulassen.

»Kannst du vergessen.« Ruhig und bestimmt. Konnte sie nicht einmal machen, was man ihr sagte?!

»Ich will dich aber nicht hier haben!« Wütend wirbelte ich zu ihr herum. Sie sollte verschwinden!

Doch wie immer ließ sie sich davon nicht beeindrucken, sondern schüttelte beharrlich den Kopf, den Blick fest auf mich gerichtet.

Gott, diese Sturheit!

Ich brauchte jetzt nicht ihre Vollkommenheit, ihre Stärke oder ihren eisernen Willen! Nicht, wenn das alles gegen mich arbeiten würde. Und das würde es, immerhin könnte sie sich niemals mit einem Mann wie meinem Vater abfinden. Und auch wenn ich ihn verachtete, war er ein Teil meiner Familie. Ein Teil von mir.

»Ich weiß, wie das ist ...«

»Du weißt gar nichts! Also hör auf zu helfen! Hör auf, so zu tun, als wärst du nicht besser als wir! Immerhin bist du die gerechte Tessa! Die Tessa, die immer alles richtig macht und für die Alten und Schwachen einsteht, nicht wahr? Ja, du bist wirklich perfekt. Du, dein Handeln, dein Leben, deine Familie. Alles perfekt! Jeder würde mit dir tauschen wollen! Ich bin mir sicher, dein Daddy ist mächtig stolz auf seine kleine Prinzessin!«

Ich hatte keine Ahnung, wieso ich meinen Zorn auf sie übertrug, und ich dachte auch nicht darüber nach. Ich dachte nicht über die Worte nach, die über meine Lippen flossen. Ich wollte einfach um mich schlagen, alle verletzen, die mir zu nahe kamen, und sie davonjagen. Verdammt! Ich wollte Marco schlagen, dafür, dass er alles verkomplizierte, meinen Vater für seine egoistische Welteinstellung und mich, dafür, dass ich das alles nicht unter Kontrolle bekam!

Aber den Schaden, den ich angerichtet hatte, wollte ich am liebsten ausblenden. Wenn ich denn diesen hilflosen, verletzten, so vollkommen schutzlosen Ausdruck in Tessas Augen ausblenden könnte.

Plötzlich kam sie mir mit den dunklen Haaren und den schwarz betonten Augen blass vor. Klein und verschreckt, als wäre alles andere nur eine Maske gewesen, die verrutscht war.

»Du hast ja keine Ahnung!« Vielleicht sollten die Worte energisch herauskommen, doch sie entschlüpften Tessa leise und zittrig, während sie ein Stück zurückstolperte.

Automatisch ging ich ihr hinterher, die Hand nach ihr ausstreckend und mit schmerzverzerrtem Gesicht, als hätte ich mir mit meinen Worten selbst ins Fleisch geschnitten. Doch die Bewegung schien Tessa nur noch mehr davonzutreiben, denn sie wirbelte erschrocken herum. Ihre Haare folgten ihr wie ein dunkler Schleier, während sie schnell einige Schritte Reißaus nahm, und offenbarten ihren Rücken.

»O mein Gott ...« Ich erstickte fast an den Worten.

Mit einem letzten gehetzten Blick zu mir, als wäre der Teufel höchstpersönlich hinter ihr her, rannte sie die Straße hinunter. Ich war wie festgefroren, unfähig, mich zu bewegen, jedoch von einer Frage gequält.

War ich der Teufel, vor dem sie floh, oder derjenige, der sie derart grausam ausgepeitscht hatte, dass ihr Rücken wie ein Schlachtfeld aussah?

Kapitel 38 Tessa

Ich konnte nicht glauben, was ich gerade gehört hatte. Oder wie tief die Worte mich verletzten.

In meinen dämlichen High Heels stolperte ich die Straße entlang und verbat es mir, auch nur eine Träne zu weinen. Nicht für ihn. Nicht nach dem, was er gesagt hatte.

Nach dem Ausraster von Mr Lawyer hatte ich wirklich die Hoffnung gehegt, dass Dyan es verstand. Nachempfinden konnte, was es bedeutete, in einer Familie aufzuwachsen, die innerlich zerbrochen war, doch jeden nach außen hin blendete. In diesem Moment wollte ich ihn so gerne umarmen und sagen, dass er nicht allein war, dass wir das gleiche Schicksal teilten, uns gegenseitig helfen konnten. Und dann hatte er mich mit jedem Wort zehn Meter von sich weggeschleudert. Er dachte wirklich, dass ich die perfekte Prinzessin war? Dass mein Vater auf mich stolz wäre und ich mich besser als alle anderen fühlte?

Ich war der letzte Abschaum! Tag für Tag überlebte ich irgendwie. Ich war kurz vorm Ende. Verdammt, selbst zu einem Obdachlosen würde ich momentan aufschauen und hoffen, dass *er mir* helfen könnte! Ich war kein weiblicher Robin Hood, der für Gerechtigkeit sorgte. Ich war ein zerbrochenes Mädchen, das die Hoffnung gehegt hatte, das Leben würde vielleicht fair zu ihr sein, wenn es fair zu anderen war. Aber das Leben schien mich zu hassen.

Als ich an einem Park ankam, beschloss ich, die Tortur, in diesen High Heels zu rennen, nicht länger zu ertragen, und ließ mich erschöpft auf eine Bank fallen. Wie fehl am Platz ich dabei in meinem engelsgleichen weißen Kleid aussah, war mir völlig egal. Um ehrlich zu sein, hätte ich dieses Ding am liebsten von mir gerissen, egal, ob ich dann in Unterwäsche dasäße.

Dieses verdammte Kleid, das etwas vorheuchelte, was ich schon so lange nicht mehr war. Unschuldig, unverbraucht. Warum schaute niemand hinter diese Fassade? Entdeckte, was all die Spitze und der Glamour verborgen hielten. Um ehrlich zu sein, hatte ich gehofft, dass Dyan das sehen würde. Dass er mich genauso beschützen würde wie seine Schwester und ich endlich nicht mehr allein kämpfen musste.

Aber ich hatte wohl vergessen, wie oberflächlich diese Gesellschaft war. In der halben Stunde, die ich mit meinem Vater und Kathrin durch die Gäste gewandert war, um überall höflich lächelnd »Hallo« zu sagen, bevor ich zu Ciara hochging, hatte niemand einen zweiten Blick auf die Person hinter der teuren Kleidung geworfen. Es regnete Komplimente für das Kleid. Zig Mal wurde gefragt, woher ich es hatte, worauf Kathrin allzu gerne antwortete. Doch ich war bloß eine Puppe, die das Kleid zur Schau trug.

Ich wollte wirklich mit dem Feuer spielen. Wollte riskieren, dass das Geheimnis gelüftet wurde, das ich seit einer gefühlten Ewigkeit mit mir herumtrug. Ich war verzweifelt genug, um alles aufs Spiel zu setzen, was mein Leben noch ausmachte, weil meine Kraft nicht mehr länger ausreichte. Aber anscheinend hatte ich keine Hilfe zu erwarten.

Vielleicht war ich selbst daran schuld, weil ich den Schein zu lange gewahrt hatte. Vielleicht war ich einfach zu gut darin, die perfekte Tessa zu geben, wenn selbst Dyan meine Rolle für voll genommen hatte.

Aber wenn das so war, wenn es hier keine Hoffnung mehr für mich gab, dann musste ich weg.

Ich konnte nicht mehr jeden Tag in diese gottverdammte Villa kommen und versuchen, etwas von meiner Familie zu bewahren, wenn von dieser nichts mehr übrig war. Ich wollte nie überstürzt verschwinden. Es wäre einfach dumm. Ich war minderjährig, und mein Vater hatte genug Ressourcen, um mich überall zu finden. Meine Vernunft hatte mir immer davon abgeraten. Aber aus mir sprach nicht mehr die Vernunft, sondern mein Überlebenswille.

Mich hielt hier nichts mehr. Das Pflichtgefühl gegenüber meiner Familie war während der Gürtelschläge geschwunden, und die Hoffnung auf Unterstützung hatte Dyan zerschlagen.

Mit neuer Entschlossenheit stand ich auf, weder einen wirklichen Plan im Kopf noch eine Idee, wo ich hingehen würde. Aber egal wohin, ich würde frei sein. Frei von der Angst, frei von meinem Vater, frei von dem Schmerz.

Der Weg zur Villa war weit. Die Lawyers wohnten in einem völlig anderen Viertel, und ich hatte noch immer meine hochhackigen Schuhe an. Mir gefiel es nicht sonderlich, so viel Zeit zu verschwenden. Die Gartenparty würde zwar bis spätabends gehen und meine *Erziehungsberechtigten* nicht vorher zurückkommen, doch das mulmige Gefühl blieb, bis ich eine gefühlte Ewigkeit später bei der Villa ankam, die ich nicht mehr mein Zuhause nennen konnte.

Daher verlor ich auch keine Zeit und tapste sofort in mein Zimmer. Ich hatte mir bereits eine kleine Liste zusammengestellt, was ich alles mitnehmen musste, und so war das Erste, was ich in meinen Koffer legte, ein Bild von meiner Mutter und mir, bevor ich Pullis, Shirts, Hosen und Unterwäsche hineinwarf. Die wichtigsten Sachen aus dem Bad sammelte ich ebenfalls zusammen und füllte dann den wenigen Platz, der im Koffer noch übrig geblieben war, mit einem Paar bequemer Schuhe aus.

Erst nachdem ich den Koffer geschlossen und überprüft hatte, ob ich alles Wichtige, wie Ausweis, Geldbeutel und Handy sowie Ladekabel in meiner Handtasche hatte, schminkte ich mich grob ab, band meine Haare zusammen und pellte mich aus dem inzwischen zerknitterten und schmutzigen Kleid, um in eine gemütliche Hose und einen Pulli zu schlüpfen.

Der Weg die Treppe runter stellte sich als ziemlich leicht heraus, nachdem mir mein Koffer nach den ersten Stufen aus der Hand geglitten und den Rest einfach hinuntergerutscht war. Zwar war ich bei jedem Knall zusammengezuckt, doch das war besser, als den Koffer mit meinem angeschlagenen Körper zu schleppen.

Dankbar für die Rollen stellte sich mir die nächste Herausforderung erst wieder in der Garage. Mein Blick blieb schweren Herzens an dem Porsche meiner Mutter hängen. Wie gerne würde ich ihn mitnehmen und nicht hier in diesem gottverlassenen Anwesen zurücklassen. Aber ein Porsche wäre viel zu auffällig. Sowohl, um mich aufzuspüren, als auch, um zu erklären, weshalb ein junges Ding wie ich mit so einem teuren Wagen allein unterwegs war. Also musste es mein Mini sein.

Den Koffer bekam ich mit Ach und Krach ins Auto, so lautstark protestierte mein Rücken. Aber mein Wille war stark genug, und so stand ich kurz darauf schnaubend auf dem Kiesplatz vor der Villa, die ich nun ein letztes Mal betreten würde. Und mir würde es nicht schwerfallen, sie für immer hinter mir zu lassen.

Mit einem Stoß blies ich die Luft aus meinen Lungen und stampfte auf die Eingangstür zu. Ein paar Nahrungsmittel und etwas zu trinken, dann wäre ich weg. Ich schmiss einige Cracker, Käsewürfel, zwei Äpfel und eine Literflasche Mineralwasser in einen Stoffbeutel, dazu zwei belegte Brötchen und war somit startklar.

Gleich hätte ich es geschafft. Gleich würde mein längster Albtraum enden.

Wahrscheinlich hörte es sich asozial an, aber in diesem Moment dachte ich nicht daran, dass ich Ciara oder auch Steven im Stich ließ, ich war einfach nur erleichtert. Erleichtert, endlich diesen Ort verlassen zu können, der mir so lange Schmerz verursacht hatte.

Und dann hörte ich das Brummen eines Automotors.

Panik schnürte mir augenblicklich den Hals zu. Innerhalb von Sekunden rasten unzählige Gedanken durch meinen Kopf, aber ohne dass ich plötzlich fliegen oder durch Wände gehen konnte, gab es keinen Weg, unerkannt abzuhauen.

Also handelte ich instinktiv und schmiss den Beutel mit meinem Essen hinter eine Vase im Wohnzimmer und lief in die Eingangshalle, um Kathrin und Vater entgegenzugehen. Ich öffnete die Tür gerade rechtzeitig, als mein Vater die Treppen hochschwankte, eindeutig betrunken, während Kathrin mit verkniffenem Gesichtsausdruck folgte.

Beide blickten mich mit einer Mischung aus Überraschung und Wut an, als ich ihnen die Tür aufhielt, und ich bemühte mich um ein möglichst sorgenfreies Gesicht, damit keiner von ihnen meine Fluchtgedanken witterte. Womit ich allerdings nicht gerechnet hatte, war, dass mein Vater drohend vor mir stehen blieb. Sein vor Zorn glühender Blick bohrte sich in meinen, während ich mit stockendem Atem zu ihm hochstarrte.

Im nächsten Moment wurde ich so heftig nach hinten geschubst, dass ich einige Schritte stolperte und schließlich hinfiel. Schmerz fuhr mir das Rückgrat hoch, und automatisch rückte ich von meinem Vater ab, der mit geballten Fäusten und brennendem Blick erstaunlich sicher auf mich zutrat. Die Stille, in der mein Keuchen unnatürlich laut hallte, erschien mir falsch angesichts meines rasenden Herzschlags.

Kathrin hatte inzwischen die Tür geschlossen und stand mit verschränkten Armen in einer Ecke hinter Vater. Ihre Augen schienen jedes Detail aufzusaugen.

»Wie konntest du es wagen, einfach zu verschwinden?«, dröhnte die Stimme meines Vaters durch die Halle. Man könnte fast meinen, er hätte sich Sorgen um mich gemacht. Doch das Einzige, worum *meine Eltern* sich gesorgt hatten, war, wie sie meine plötzliche Abwesenheit erklären sollten, ohne dem guten Ruf der Familie zu schaden.

Ich antwortete meinem Vater nicht. Zum einen, weil seine Frage eh rhetorischer Natur war, zum anderen aus Trotz. Sobald diese beiden Monster nach oben verschwunden waren, wäre ich hier weg. Störrisch reckte ich, am Boden kniend, das Kinn in die Höhe und blitzte ihn herausfordernd an – etwas, das ich bisher noch nie gewagt hatte.

Das schien auch meinem Vater aufzufallen, denn ein überraschter Ausdruck trat kurz in seine Augen, bevor sie sich verhärteten und wie kalte Steine wirkten.

»Das hättest du nicht machen sollen.«

Ich war mir nicht sicher, ob er sich auf mein Verschwinden bezog oder auf meine stumme Herausforderung, doch eiskalte Furcht ergriff mich.

Mein Brustkorb hob sich unter heftigen Atemzügen, während ich versuchte, immer noch auf dem Boden krabbelnd, mehr Entfernung zwischen uns zu bringen. Doch ich hatte keine Chance. Er erreichte mich mit wenigen, erstaunlich leichtfüßigen Schritten und packte mich mit eisernem Griff am Knöchel.

Wahrscheinlich hatte ich es dem Adrenalin zu verdanken, dass ich nicht vor Schmerz in Ohnmacht fiel, als mein Rücken über den Boden schleifte, während mich mein Vater brüllend durch den Raum schleuderte. Ein Schrei entfloh meinem Mund, als ich seitlich gegen eine Wand schlug, doch wenigstens beendete das meine Rutschpartie.

So schnell, wie es meine körperliche Verfassung zuließ, rappelte ich mich auf. Nur meinem jahrelangen Kickboxtraining verdankte ich es, dass ich mich unter seinem nächsten Schlag rechtzeitig ducken konnte. Mehr aus Reflex als bewusste Bewegung trat ich ihm in die Kniekehle und brachte ihn damit zum Straucheln, um dann an ihm vorbeizuhechten.

Mein Herzschlag dröhnte, jede Stelle meines Körpers brannte vor Schmerz. Ich hatte keinen Plan, wie ich entkommen sollte. Ich wusste nur, dass ich entkommen musste, wenn ich überleben wollte. Wohin sollte ich fliehen? Jeder Raum war eine Sackgasse, und meine einzige Hoffnung bestand darin, es bis zum Wintergarten zu schaffen, der ins Freie führte.

Mein Vater hastete mir mit lautem Gebrüll hinterher, während ich durch das Haus jagte, betend, dass er mich nicht einholte. Und obwohl ich jede Sekunde dachte, gleich von seiner Hand nach hinten gerissen zu werden, schaffte ich es bis in den rettenden Wintergarten. Hoffnung und Panik wetteiferten in meiner Brust, als ich auf die Terrassentür zuhielt, die Hand bereits ausgestreckt.

Doch eins hatte ich nicht bedacht. Die wertvollen Sekunden, die es mich kosten würde, die Terrassentür zu öffnen.

Die einzige Vorwarnung war die Präsenz einer anderen Person, die hinter mich trat. Und die Glocken, die in meinem Kopf Alarm schlugen. Dann wurde ich an meinen Haaren zurückgerissen, um im nächsten Moment brutal nach vorne gestoßen zu werden. Die Luft wurde mir aus den Lungen gedrückt, als ich zum zweiten Mal gegen eine Wand knallte und alles daransetzte, irgendwie auf den Beinen zu bleiben. Sternchen flirrten vor meinen Augen.

Der nächste Schlag kam schneller als gedacht und traf mich seitlich am Gesicht. Ich keuchte auf, doch mir blieb kaum noch Luft, und so klang es eher wie ein Röcheln. Trotzdem versuchte ich, meine Verteidigungsposition beizubehalten, und schaffte es, den nächsten Tritt abzulenken und ihm meinerseits einen zu verpassen.

Zum ersten Mal wehrte ich mich offen gegen meinen Vater, allerdings war es mehr nackter Überlebenswille als eine bewusste Handlung. Trotzdem schien es einen Damm zu brechen, denn mit einem Mal kannte ich keine Zurückhaltung mehr. So gut es ging, hielt ich mir seine Schläge vom Leib, während ich selbst jede Lücke in seiner Verteidigung nutzte, um meinerseits einen Treffer zu platzieren.

In meiner Panik schlugen meine Fäuste immer wieder auf seine Brust und erkämpften meinem Körper Zentimeter um Zentimeter mehr Platz. Fast hätte ich es geschafft. Doch dann brüllte mein Vater mit einer Wut auf, die mir alle Haare zu Berge stehen ließ.

Bevor ich verstand, was passierte, hatte er mich an der Hüfte gepackt, hochgehoben und fortgestoßen. Ein erstickter Schrei entrang sich meiner Kehle, während ich durch die Luft segelte. Viel zu schnell kam der Aufprall – allerdings nicht auf dem Boden. Der gläserne Couchtisch unter mir zerbrach, und dann war ich in Scherben gehüllt, während ich den letzten halben Meter auf den Boden donnerte.

Meine Haut stand in Flammen. Überall spürte ich die Spitzen der Splitter, doch ich war noch zu betäubt vom Aufprall, um den Versuch zu wagen, mich aus dem Scherbenmeer zu befreien.

Alles flirrte vor meinen Augen, und in meinen Ohren klang das Zerbersten der Glastischplatte nach, während ich nur regungslos daliegen konnte.

Es war, als wäre ich von meiner Umgebung abgeschnitten, könnte sie nur von weit entfernt wahrnehmen und hatte keinen Einfluss darauf, was passierte. Nur schemenhaft erkannte ich eine schwarze Gestalt, die sich vor mir aufbaute. Ein Teil von mir wollte schützend die Hände vors Gesicht heben, doch zu allumfassend war der Schmerz. Die Gestalt über mir holte aus, und ich nahm mein Schicksal hin.

Da kreischte eine Stimme laut auf.

Das Einzige, was ich mit Bestimmtheit sagen konnte, war, dass sie weiblich klang. Sonst ging jegliche weitere Information in dem Schmerz unter, der durch mich tobte.

Nur am Rande bekam ich mit, wie die Gestalt mit einer letzten abgehackten Bewegung in meine Richtung sich wieder entfernte.

Kapitel 39 Tessa

Ich bin ziemlich sicher, dass ich in Ohnmacht fallen sollte. So viel Schmerz konnte kein Körper ertragen. Trotzdem stand ich mit verschwommener Sicht und zittrigen Knien da, weit entfernt davon, dieser Hölle durch tiefe Schwärze zu entkommen.

Ich hatte meine Verletzungen noch nicht genauer betrachtet, zum einen, weil meine Augen sich nicht fokussieren wollten, sodass ich mich vorwärtstasten musste. Zum anderen reichte mir das Brennen meines Körpers, damit ich es mir nicht genauer ansehen wollte.

Obwohl, vielleicht ließ der Anblick meiner aufgerissenen, scherbenversehrten Haut mich in Ohnmacht fallen? Der Versuch wäre es meiner Meinung nach wert, allerdings erst, wenn ich hier raus war.

Stöhnend schleppte ich mich einen weiteren mickrigen Zentimeter vorwärts, immer weiter auf das helle Licht zu, von dem ich hoffte, dass es die Terrassentür war.

Mein ganzer Körper zitterte, und ich hatte das Gefühl, jegliches Adrenalin aufgebraucht zu haben. Trotzdem kroch ich weiter. Ich musste hier weg. Sonst würde ich sterben.

Eigentlich konnte ich es kaum fassen, dass ich noch lebte.

Ich war mir sicher, mein Vater hätte es zu Ende gebracht. Doch irgendjemand hatte ihn davon abgehalten.

Ich schluckte schwer den Kloß in meinem Hals herunter.

Es musste Kathrin gewesen sein. Aber das entsetzte Kreischen wollte sich nicht mit der Vorstellung meiner eisigen Stiefmutter vereinbaren. Den Gedanken, dass ich ihr mein Leben verdankte, drängte ich so tief in meinen Kopf zurück wie möglich.

Dafür war Zeit, wenn ich mindestens hundert Kilometer zwischen mich und meinen Vater gebracht hatte.

Bei jeder Bewegung schienen sich die Splitter tiefer in meine Haut zu bohren und entrangen mir ein Keuchen oder Stöhnen. Besonders schlimm war es an meinem rechten Oberschenkel.

In einer möglichst stabilen Position lehnte ich mich gegen die Wand und betastete das Bein. Auch ohne hinzusehen, fühlten meine Finger die große Scherbe, die seitlich in meinem Oberschenkel steckte. Und schon die leichte Berührung meiner Fingerspitzen entlockte mir ein ersticktes Schluchzen. Ich konnte das Bein kaum belasten, ohne dass es unter mir wegknickte. Wie sollte ich es nur bis zu meinem Auto schaffen?

Panisch rang ich nach Luft. Es ging einfach nicht ... das war alles zu viel! Immer kürzer wurden meine Atemzüge, und nur der Wand verdankte ich es, noch nicht umgefallen zu sein. Meine Lungenflügel wollten sich einfach nicht mehr ausdehnen.

Stumm schrie ich auf, doch in meiner Atemnot kam kein Laut aus meinem Mund. Ich wollte hier nicht sterben! Nicht, dass ich Angst vor dem Sterben hätte. Gott, der Tod hörte sich um ein Vielfaches leichter an, als weiter mein Leben zu ertragen. Aber ich wollte meinem

Vater nicht diesen Gefallen tun. Er sollte nicht mitbekommen, dass er mich besiegt hatte.

Das würde ich ihm nicht gönnen.

Kratzig strömte Luft in meinen Brustkorb und ließ mich erstickt husten.

Ich stürzte vorneüber, als ich japsend nach Luft schnappte. Mehrere Atemzüge hockte ich so da. Schwer an die Wand gelehnt und mit einem Inferno im Oberschenkel, wo die Scherbe tief in meinem Fleisch steckte.

Hauptsächlich dieser brennende Sturm ließ mich wieder auf die Beine kommen. Ich keuchte immer noch heftig, doch klärte sich meine Sicht, nachdem ich mehrere Male die Augen fest zusammengepresst hatte. Meinen Blick auf nichts anderes gerichtet als die Terrassentür schleifte ich mich vorwärts.

Fuß für Fuß. Meter für Meter.

Ich wagte es nicht, mich umzusehen. Doch ich lauschte auf die Stille, die mir garantierte, allein zu sein.

Als ich die Tür erreicht hatte, konnte ich es kaum glauben. Allerdings war ich noch lange nicht bei meinem Auto oder gar in Sicherheit. Und allein der Gedanke, was mir noch alles bevorstand und dass ich nicht mal wusste, wohin, ließ mich beinahe aufgeben.

Doch in so großen Schritten durfte ich nicht denken. Momentan richtete sich all meine Konzentration auf den Hebel der Tür und meine Finger, die immer und immer wieder davon abglitten. Ihnen fehlte die Kraft, fest genug zuzupacken, und ein undefinierbarer, verzweifelter Laut entfloh mir.

Ich wollte nur hier raus.

Tränen traten mir in die Augen, und auch wenn ich wusste, dass es nichts brachte, schlug ich auf die Scheibe ein.

Lasst mich raus!

Die Vorderzähne in meiner Unterlippe vergraben packte ich den Griff mit so viel Kraft, wie ich aufbringen konnte, und riss an ihm, bis er schließlich nachgab. Ich weiß nicht, wie ich die Erleichterung ansatzweise beschreiben soll, die mich in diesem Moment durchströmte.

Mein Atem wurde immer hektischer, in Anbetracht der Freiheit, die hinter dieser Tür lag, und mir kullerten die Tränen über die Wangen, kaum dass ich diese endlich aufriss. Ein sanfter Windstoß strömte mir entgegen und kühlte die Hitze, welche in mir wütete. Dankbar schloss ich für einen Moment die Augen und spürte empfindlich genau die Spuren, die meine Tränen hinterlassen hatten.

Ich stolperte über die Türschwelle und stürzte bei dem mutig großen Schritt, als mein rechtes Bein unter mir nachgab. Jede Sekunde, in der ich mit dem Gesicht voran im Gras lag und meinem Körper die Verschnaufpause verschaffte, ohne die es einfach nicht mehr ging, durchlitt ich unendliche Angst. Selbst der Wind, der mir eben noch Kraft gespendet hatte, ließ mich zusammenzucken, aus Furcht, er wäre eine Faust, die auf mich zuraste.

Meine Zähne fest aufeinandergepresst und unter Höllenqualen rollte ich mich auf die Seite und krabbelte weiter, nachdem Laufen momentan außerhalb meiner Fähigkeiten lag.

Ich befand mich direkt hinter den Garagen, und glücklicherweise gab es von dieser Seite aus ebenfalls einen Eingang. Mich trennten keine zwanzig Meter von meinem Auto. So kurz vor meinem Ziel kam Aufgeben nicht infrage, auch wenn ich meine Arme vor Anstrengung kaum spürte.

Schluchzend quälte ich mich bis zur Tür, wo ich mich unter einem schmerzerfüllten Stöhnen und noch mehr Tränen auf die Knie stellen musste, um die Klinke runterzudrücken.

Darüber, dass sie verschlossen sein könnte, dachte ich erst nach, als sie schon langsam aufschwang. Mein Atem ging wieder hektischer, als ich nun sogar mein braunes Auto sah.

Schneller als gedacht krabbelte und kroch ich auf die Fahrertür des Minis zu. Gleich geschafft, gleich!

Wie eine Ertrinkende klammerte ich mich an dem Metallgriff fest.

Die Laute, die ich von mir gab, waren kaum menschlich, aber ich fühlte mich auch nicht mehr wie ein Mensch. Eher wie eine gebrochene Seele, die sich aus der Hölle hochgekämpft hatte.

Und diese Seele würde weiterkämpfen.

Meine Muskeln spannten sich noch ein Stück mehr um den Griff, und eher mit meinem Körpergewicht als mit meiner Muskelkraft öffnete ich die Tür. Völlig außer Atem griff ich mit den Händen über den Sitz, klammerte mich an der Mittelkonsole fest, und dann zog ich mich mit jedem Quäntchen Kraft, das sich in meinem Körper finden ließ, auf den Sitz hoch.

Ächzend lag ich quer über dem Polster, aber ich war im Auto. Ich war drin.

Meine Lippen fühlten sich spröde an, als ich sie zu einem Lächeln verzog.

Mich überfiel das Gefühl, eine Ewigkeit schlafen zu können, allerdings befürchtete ich, dass das vor allem mit meinem Blutverlust zusammenhing.

Mir entrang sich ein gequältes Seufzen, als ich mich mit zitternden Armen hochstemmte und die Beine ins Auto zog.

Meine Kraft reichte kaum, die Tür zu schließen, und ich war unendlich froh, vorhin den Schlüssel im Zündschloss stecken gelassen zu haben. So musste ich ihn nur noch umdrehen.

Summend hob sich das Garagentor, nachdem ich die Fernbedienung dafür benutzt hatte. Ich ließ nicht zu, dass sich meine Muskeln entspannten, denn dann wäre ich nicht dazu in der Lage gewesen, vom Kiesplatz zu rollen.

Sie würden den Motor definitiv im Haus hören. Sie würden wissen, dass ich davonfuhr. Dass ich entkommen war.

Keine Ahnung, was genau ich erwartet hatte, als ich die Einfahrt hinunterrollte. Vielleicht meinen Vater, vollkommen außer sich, der sich in sein Auto stürzte, um mich zu verfolgen. Oder dass er mir ein letztes Mal hinterherrief, wie minderwertig ich sei. Aber sicherlich keine sich bewegende Gardine und Kathrins besorgtes Gesicht, das hinausspähte.

Mir stockte der Atem, was mir einen schweren Hustenanfall einbrachte. Doch als ich mich wieder beruhigt hatte, war das Fenster bereits aus dem Rückspiegel verschwunden.

Als ich schließlich auf die Straße fuhr, spülte die bittere Erleichterung alles andere aus meinem Kopf außer den Schmerz. Nicht nur, dass mein rechtes Bein mehr nutzlos als behilflich im Fußraum hing, meine Rippen pochten schmerzhaft, und meine Haut stand in Flammen von den vielen kleinen Schnitten, die die Scherben hinterlassen hatten.

Da konnte ich die Zähne noch so fest zusammenbeißen, die wimmernden Laute entwichen mir trotzdem.

Ich sollte dringend ein Krankenhaus aufsuchen, trotzdem hatte ich gehofft ein, zwei Städte hinter mich zu bringen, bevor ich in die Notaufnahme gehen musste. Bei dem plötzlichen Schwindel, der mich erfasste, bezweifelte ich aber, es überhaupt in ein Krankenhaus zu schaffen.

Ich versuchte, das Zittern meiner Hände zu unterbinden, indem ich fester das Lenkrad umklammerte, doch selbst das half kaum. Ich merkte, wie ich zur Seite sackte, und schnaubte angestrengt, um mich aufrecht zu halten.

Wo befand sich überhaupt ein Krankenhaus? Mein Kopf war wie leer gefegt.

Inzwischen war ich auf der Hauptstraße angelangt und fuhr in irgendeine Richtung. Die grellen Lichter der Ampeln und des Gegenverkehrs blendeten mich in der Dunkelheit. Ich hatte ganz vergessen, wie spät es bereits war.

Vielleicht sollte ich zum *Dinnertime* fahren? Aber das hatte bestimmt schon geschlossen. Zu Ciara? Dann würde ich auf Dyan treffen.

Ach ja, Dyan ... Mir fiel es zunehmend schwerer, geradeaus zu denken. Alles in meinem Kopf schien zäh dahinzufließen. Meine Hand rutschte ab. Das Auto machte einen Schlenker.

Schnell lenkte ich dagegen, doch als ich die zweite Hand wieder auf das Lenkrad legte, war dieses glitschig. Blut.

Blut bedeckte meine Arme, tränkte das Polster unter meinen Beinen. Selbst an meiner Schläfe glaubte ich, es zu spüren.

Meine Sicht verschwamm, trotzdem war mir plötzlich eins glasklar: Ich musste anhalten.

Irgendwie lenkte ich zur Seite und ging vom Gas runter. Die Räder meines Minis kamen von der Straße ab und holperten über unebenen Boden, bis plötzlich der Wagen nach vorne kippte.

Ich stöhnte auf, als ich in meinem Gurt nach vorne gerissen wurde. Mühevoll blickte ich aus der Windschutzscheibe. Ich war in den Seitengraben gefahren. Gut.

Oder?

Viel zu schnell trübten sich meine Gedanken wieder, und mein Kopf sackte nach vorne.

Dadurch richtete sich mein Blick auf meine Füße.

Hm, irgendwie hatte ich einen Schuh verloren.

Hätte ich es noch gekonnt, hätte ich angefangen, zu kichern und mit den Zehen zu wackeln, die sich mir in Socken entgegenstreckten.

Ein müdes Lächeln zupfte an meinen Mundwinkeln.

Dann wanderte mein Blick zu meinem Oberschenkel – und der großen Scherbe, die dort seitlich steckte.

Kapitel 40 Dyan

Hätte sich jemand so dumm wie ich verhalten, ich hätte denjenigen grün und blau geschlagen.

Wieso war ich Tessa nicht hinterhergerannt? Stattdessen hatte ich sie gehen lassen, war wie versteinert stehen geblieben, bis sie außer Sichtweite war.

Wütend über mich selbst knurrte ich in die belastende Stille, die das Auto erfüllte. Neben mir wirkte Ciara genauso angespannt, wie ich mich fühlte. Blass starrte sie aus der Windschutzscheibe in die Dunkelheit, die nur von den Scheinwerfern des Autos unterbrochen wurde.

»Wir sollten noch mal zu ihr nach Hause fahren.«

Ich erhielt nur ein schwaches Nicken als Antwort.

Sobald ich dazu in der Lage gewesen war, mich zu bewegen, war ich vorhin zurück ins Haus gerannt und hatte Marco und Ciara erneut unterbrochen. Bevor sich meine Schwester über mich hatte aufregen können, hatte ich ihnen völlig außer mir und wahrscheinlich auch völlig unverständlich alles erzählt. Ciaras Blick war zunächst ungläubig gewesen, doch nachdem ich ihnen zum zehnten Mal versichert hatte, dass irgendwer Tessa *ausgepeitscht* haben musste, hatte ihr Gesicht die blasse Färbung angenommen, die es noch immer zeigte.

Keiner von uns hatte mehr an die Grillparty gedacht, und meiner Mutter hatte ein Blick auf uns genügt, um zu wissen, dass sie uns nicht aufhalten sollte.

Marco hatte den anderen Jungs Bescheid gegeben, überall nach Tessa zu suchen. Ich bin mir nicht sicher, was genau er ihnen erzählt hatte, aber soweit ich wusste, hatte sich jeder ohne weitere Fragen aufgemacht.

Ciara und ich waren in der Zeit zu Tessa nach Hause gefahren. Ich hatte zwar meine Zweifel, dass sie uns hereinlassen würde nach all den grausamen Worten, die ich ihr ins Gesicht geschleudert hatte, doch dafür wäre mir schon eine Lösung eingefallen.

Nur war niemand da gewesen. Wir waren nicht einmal bis zur Auffahrt gekommen, da das Tor des Anwesens verschlossen gewesen war.

Auch im *Dinnertime* hatte man uns nicht weiterhelfen können. Die kleine rothaarige Kellnerin hatte uns besorgt berichtet, dass Tessa gestern nicht zu ihrer Schicht aufgetaucht war. Doch wo sie sich aufhielt, wusste keiner.

Danach waren wir auf gut Glück durch die Gegend gefahren.

»Wer, denkst du, hat ihr das angetan?«, flüsterte Ciara mit erstickter Stimme. Bei ihrem Anblick, mit den von Tränen erfüllten Augen und dieser nackten Verzweiflung im Blick, schnürte es auch mir die Kehle zu. Langsam, als wäre mein Kopf doppelt so schwer wie sonst, schüttelte ich den Kopf. »Ich habe keine Ahnung.«

Ich konnte es immer noch nicht fassen. Tessa sollte misshandelt worden sein? Die unbeugsame Tessa, die sich von nichts und niemandem etwas gefallen ließ? Ich umklammerte das Lenkrad fest, als Wut und Frust in mir aufstiegen. Wie konnte man jemandem so etwas antun?

Eine Weile sagte keiner von uns etwas. Wir starrten hinaus in die nächtliche Landschaft, und zum zweiten Mal an diesem Tag fuhr ich die Straße zum Anwesen der Andersons entlang.

»Schau bitte nach, ob einer der Jungs inzwischen geschrieben hat«, meinte ich harsch, aber ich war nicht in der Lage, etwas an meinem Tonfall zu ändern. Ciara machte keine Anstalten ihr Handy herauszuholen, stattdessen wandte sie den Kopf zur Seite. Unsere beiden Handys waren auf »laut« gestellt. Hätte jemand geschrieben, hätten wir es mitbekommen.

Mein Blick streifte über den Bürgersteig rechts und links der Straße entlang, als könnte ich plötzlich Tessa in ihrem wunderschönen Kleid entdecken. Ich schnaubte. Klar, wahrscheinlich würde sie mir noch winken.

Natürlich war von Tessa keine Spur zu sehen, bis wir beim Anwesen ankamen. Mir stockte der Atem.

»Das Tor steht offen«, hauchte Ciara und lehnte sich im Sitz nach vorn, als müsste sie sich dessen vergewissern. Ich verkniff mir den Kommentar, dass mir das durchaus aufgefallen war, viel zu hoffnungsvoll, meine Fehler von vorhin wiedergutmachen zu können.

Anstatt mich an der Gegensprechanlage anzukündigen, fuhr ich sofort die Kiesauffahrt hoch. Es kam mir wie eine Ewigkeit vor, bis das gigantische Haus vor uns aufragte. Kaum hatte ich den Schlüssel aus dem Zündschloss gezogen, da waren Ciara und ich bereits herausgesprungen und sprinteten auf die Tür zu.

Würde Tessa dort drinnen sein? Und wenn ja, was dann?

Ich würde keine Ruhe geben, bis ich wusste, wen ich zu Tode prügeln musste. Aber was mich fast noch mehr beschäftigte, war, weshalb sie geschwiegen hatte. Sie musste unglaubliche Schmerzen ertragen, und doch hatte sie kein Wort darüber verloren. Etwas krampfte sich in meiner Brust zusammen. Aber das alles würde erst von Bedeutung sein, wenn wir Tessa gefunden hatten.

Mit einem fragenden Blick hob Ciara die Hand, um zu klingeln, da wurde die Tür bereits von innen aufgerissen.

Im ersten Moment glaubte ich, Tessa hätte uns vom Fenster aus beobachtet und uns aufgemacht, bevor wir klingeln mussten. Doch die Frau, die uns gegenüberstand, war Mrs Anderson.

Bisher hatte sie auf mich wie eine ruhige, bedachte Person gewirkt, wenn auch etwas aufgesetzt. Aber die Frau, die uns jetzt gegenüberstand und deren Blick gehetzt durch die Gegend schweifte, war alles andere als ruhig und keinesfalls aufgesetzt.

Sofort legte sich in meinem Kopf ein Schalter um. Ich wollte schon stützend nach ihrem Arm greifen, als mein Blick auf den Müllsack und ihre Hand fiel.

Ich hörte Ciara erschrocken keuchen.

Tessas Stiefmutter war mit Blut verschmiert. Ihre ganze rechte Seite war mit roten Tupfern überzogen, und ihre Hand schien in einem roten Handschuh zu stecken. Doch der Müllsack oder, besser gesagt, dessen Inhalt war noch schlimmer. Wenn man die Glasscherben durch den transparenten Plastiksack nicht gesehen hätte, wäre ich davon ausgegangen, dass sich darin eine zerhackte Leiche befand, so viel Blut war da überall.

Bittere Galle stieg mir in den Hals. Das konnte kein Zufall sein ...

»Oh!« Mrs Andersons Augen weiteten sich. »Kinder, was macht ihr denn hier? Tessa ist nicht da, falls ihr sie sucht.«

Wahrscheinlich war es mehr Reflex als die Hoffnung, wir könnten ihn nicht bemerkt haben, als sie den Müllsack hinter ihren Rücken zog.

Misstrauisch kniff ich die Augen zusammen, als ihr Blick überall hinglitt, außer in unsere Richtung.

»Ja, tatsächlich suchen wir sie. Können Sie uns vielleicht weiterhelfen?« Keine Ahnung, wie meine Stimme so ruhig klingen konnte, während meine Gedanken völlig durcheinanderwirbelten.

Mrs Anderson stieß ein schrilles Lachen aus. »O nein, tut mir leid! Ich habe sie seit der Grillparty bei euch nicht mehr gesehen. Ihr wisst ja, wie das mit der Jugend ist. Die Eltern erfahren immer als Letztes, wo ihre Kinder stecken.« Mit einem zittrigen Lächeln, das wahrscheinlich beruhigend wirken sollte, schob sie sich nervös eine Strähne aus dem Gesicht. »Wenn es euch nichts ausmacht, ich muss noch etwas ... aufräumen.«

Verstört blickte sie auf ihre blutverschmierte Hand und machte Anstalten, die Tür zu schließen. Schnell schob ich meinen Fuß dazwischen. Ein dunkler Verdacht verhärtete sich in meinem Kopf. Bitte nicht ...

»Was ist hier passiert?«, knurrte ich, und mir war es völlig egal, ob mich meine Mutter für den rüden Tonfall schelten würde.

Hektisch blinzelte Tessas Stiefmutter mehrere Male nacheinander und stotterte dann: »N-ni-nichts. Alles bestens. Das ist nur ein ... nur ...«

Ihre Stimme versagte, und wieder glitt ihr Blick zu ihrer Hand und dem Müllsack.

Mehrere Sekunden blieb es still. Ich wagte es nicht, Mrs Anderson aus den Augen zu lassen, nicht einmal, als sich Ciaras schmale Hand in meine schob und sanft zudrückte.

Plötzlich schnellte Mrs Andersons Kopf nach oben, und die nackte Panik in ihren Augen ließ mir alle Haare zu Berge stehen. Selbst der gehetzte, verängstigte Ausdruck von zuvor war im Vergleich dazu harmlos gewesen.

»Ihr müsst ihr helfen! Sie kann das unmöglich schaffen!« Ihre Stimme war heiser vor Angst, und eisiges Entsetzen kroch mir in die Glieder.

»Ich hatte nicht gedacht, dass er so weit gehen würde. Ich meine, die paar Schläge waren nie gefährlich gewesen. A-aber ...« Mit bebender Unterlippe schloss sie die Augen, als könnte sie uns nicht anschauen oder als würde sie am liebsten vergessen. »Aber da war so viel Blut ...«

Über das laute Klirren, als der Sack voller Scherben zu Boden fiel, hätte ich die Worte beinahe nicht verstanden.

Sie konnte nicht Tessa meinen, das war unmöglich.

Mein Blick richtete sich auf das viele Blut. Aber wer könnte es denn sonst sein?

Ich konnte Ciaras Entsetzen geradezu körperlich spüren. Auch ich musste mich zusammenreißen, um nicht einfach umzudrehen und so weit wie möglich von dieser grässlichen Gewissheit fortzufahren.

»Sie sagen mir jetzt ganz genau, wen Sie meinen und was passiert ist.« Die Worte kratzten in meiner Kehle.

Flatternd öffneten sich Mrs Andersons Lider. Große, runde Augen starrten mir entgegen.

»Von Tessa natürlich. Er hat sie durch den Raum geschleudert und geschlagen, und dann war da dieser Glastisch.« Wie in Trance kippte ihr Kopf zur Seite.

Mir wurde vor Wut fast schwarz vor Augen. Oder zumindest glaubte ich, dass es Wut war ...

»WER IST *ER?!*« Das Brüllen hätte mich selbst erschreckt, wenn bei Tessas Namen nicht etwas in mir abgestorben wäre.

Ciara stieß eine Mischung aus Schluchzen und Schrei aus. Ihr Körpergewicht sackte auf mich, und ich schloss sie krampfhaft in meine Arme.

»Ihr Vater«, säuselte Mrs Anderson und betrachtete Ciara verwundert.

Ich erstarrte, als die einzelnen Puzzleteile zusammenfielen: ihr Rücken; ihr Schweigen.

Ich weiß, wie das ist ...

Zittrig stieß ich die Luft aus.

Obwohl ich mich fühlte, als hätte man mein ganzes Wesen erschüttert, stieg Wut in mir auf. Wie konnte man so etwas seiner Tochter antun? Und ich hatte bisher gedacht, dass mein Vater unter aller Würde wäre ... Dieser Mann verdiente es nicht einmal mehr, als Mensch bezeichnet zu werden.

Irgendwie richtete ich meine Konzentration wieder auf das, was für den Moment wichtig war. »Wo kann ich sie finden?«

Unfokussiert richtete sich der Blick von Mrs Anderson auf mich, und beinahe traurig schwang ihr Kopf hin und her. »Ich weiß es nicht. Sie ist so stark ... Irgendwie hat sie es ins Auto geschafft. Sie ist weggefahren.«

Träge blinzelte sie, und ich musste mir leider eingestehen, dass selbst wenn Mrs Anderson noch mehr wusste, sie kaum in der Lage wäre, es mir mitzuteilen.

Also müssten mir die Informationen genügen.

Genau in diesem Moment klingelten Ciaras und mein Handy gleichzeitig.

Schneller, als ich reagieren konnte, hatte Ciara bereits ihr Handy gezückt und mit tränenverschmiertem Gesicht entsperrt. Ihr Atem beschleunigte sich mit jeder Zeile, über die ihr Blick glitt.

»Ben hat sie gefunden! Wir sollen zur Interstate-Abzweigung Courtville Road kommen.«

Wir beide hatten uns in Bewegung gesetzt, kaum dass sie zu Ende gesprochen hatte. Mein Puls schien mit meinen Gedanken um die Wette zu sprinten.

Ohne einen weiteren Blick nach hinten zu verschwenden, stiegen wir ins Auto, und ich raste die Auffahrt hinunter. Selbst meiner Schwester schien das halsbrecherische Tempo dieses eine Mal nichts auszumachen. Kaum zu glauben, was wir alles über Tessa erfahren hatten.

Ich konnte es nicht verhindern, dass in meinem Kopf immer neue Erinnerungen auftauchten. An all die Verletzungen und Prellungen, die Tessa im letzten Jahr gehabt hatte und die ich immer darauf geschoben hatte, dass sie sich den falschen Leuten in den Weg gestellt hatte. Und meine Sprüche darüber, dass ihr endlich jemand eine Lektion verpasst hatte. Gott, ich war so ein Arschloch! Über all meine Probleme, meine Wut bezüglich meines Vaters und dem Frust, dass ich mein Leben nicht unter Kontrolle hatte, hatte ich mir nie die Mühe gemacht zu hinterfragen, wie es anderen wohl erging.

Wie hatte Tessa das alles ausgehalten? Ich hatte schon immer gewusst, dass sie tough, mutig und unglaublich stark war, doch die wahren Ausmaße wurden mir erst jetzt bewusst.

Dass ich die Strecke von sieben Minuten innerhalb von vier schaffte, verdankte ich den großzügigen Verkehrsbeteiligten, die mir hupend und brüllend die Vorfahrt gewährt hatten. Aber ich konnte mich nur auf Tessa konzentrieren – und das blaue, blinkende Licht, welches die Nacht erhellte, als wir den Ort erreichten, den Ben uns durchgegeben hatte.

Ciara entwich ein Wimmern, und ich griff nach ihrer Hand, um ihr beizustehen ... und weil ich selbst Beistand brauchte.

Es würde schon nicht so schlimm sein. Bestimmt war der Krankenwagen da, um ihr zu helfen. Trotzdem bereitete mir das flackernde Licht Übelkeit.

Schlitternd kam ich neben Bens Wagen zum Stehen, der keine fünf Meter vom Krankenwagen entfernt parkte und – und daneben war Tessas Mini in den Seitengraben gekippt.

Ich ließ meiner Fantasie keine Zeit, Bilder von blutüberströmten Unfallopfern heraufzubeschwören, sondern sprang sogleich aus dem Wagen. Außer Ben hatten auch andere Autofahrer angehalten und drängten sich nun um den Krankenwagen, in den gerade eine Trage hineingeschoben wurde.

Kurz blitzte eine zarte, schmale Hand zwischen den Menschen auf, und ein heftiger Stich fuhr mir in die Brust, sodass ich keuchend stehen bleiben musste. Sobald ich realisierte, dass man sie gleich wegfahren würde, dass ich sie schon wieder verlieren würde, stürzte ich mit einem Schrei nach vorne.

»Nein! Lassen Sie mich durch! Ich muss da durch! TESSA!«

Ciara versuchte, sich ebenso durch die Masse zu drängen, die tatsächlich zurückwich, um uns durchzulassen.

Doch wir waren nicht schnell genug.

Das Letzte, was ich sah, bevor sich die Türen des Krankenwagens schlossen, waren zwei Füße, einer in einem Schuh, der andere nur in Socken.

Ich brüllte ihren Namen, als könnte sie mich dadurch hören. Die Leute wichen noch ein Stück weiter weg, und das war mir nur recht. Sie sollten alle verschwinden! Sie sollten gehen und uns in Ruhe lassen!

Keiner von ihnen verstand, was Schmerz bedeutete. Was es bedeutete, hinter einer Fassade zu leben, gegen die man nicht rebellieren darf. Nicht, wenn man nicht alles riskieren wollte, das von Wert war.

Nur Tessa verstand es. Mehr als jeder andere zuvor.

Ich weiß, wie das ist ...

Und ich hatte sie weggestoßen. Meine Worte waren so weit unter der Gürtellinie gewesen, dass es mich wunderte, nicht an Ort und Stelle von Gott geläutert worden zu sein. Wie hatte ich so blind sein können, nicht zu erkennen, dass Tessa tatsächlich meine Seelenverwandte war? Die eine Person, die mich verstand und noch so viel Schlimmeres durchzustehen hatte.

Hätte mich in diesem Moment nicht eine Hand an der Schulter gepackt, wäre ich wahrscheinlich auf den anfahrenden Krankenwagen aufgesprungen.

Wütend wirbelte ich herum, die Faust bereits erhoben, um demjenigen eine zu verpassen, einfach weil ich es konnte und *wollte*. Und am Ende waren es auch nicht die kalten blauen Augen, die mich zurückhielten, sondern Bens ruhige Worte. »Ich weiß, wohin sie sie bringen.«

Gerade noch rechtzeitig, bevor meine Faust sein Kinn traf, ließ ich die Hand fallen und starrte ihn herausfordernd an, am ganzen Körper bebend vor Frust, Wut, Furcht und Verzweiflung.

»Wohin?«

Wie ein Messer bohrte sich sein Blick in meinen. »St. Michaels Hospital. Falls du nicht weißt, wo das liegt, kannst du mir nachfahren.«

Ben war kein Mann großer Worte, das merkte man schon nach fünf Minuten und erst recht nach fünf Jahren. Deshalb kam es selbst für mich überraschend, dass er sich noch einmal umdrehte, bevor er festen Schrittes zu seinem Auto lief. »Sie sah wirklich übel aus. Die ganze Haut zerschnitten. Und eine große Scherbe steckte in ihrem Bein. Hätte sie sie rausgezogen, wäre sie verblutet.«

Für einen Moment tauten Bens eisige Augen auf, etwas, das selten bis nie geschah. Auch ohne dass er es aussprach, wusste ich, was er fühlte. Tessa berührte einen im Herzen, egal, wie tief man es begraben hatte.

Doch der Augenblick war genauso schnell vergangen, wie er gekommen war, und wir liefen in einvernehmlichem Schweigen auf unsere Autos zu.

Ich blickte mich suchend nach Ciara um und entdeckte sie völlig aufgelöst am Rande der gaffenden Menge.

Mein Herz wurde noch ein Stück schwerer, und ich breitete einladend die Arme aus. Keine Sekunde später drückte sie sich schluchzend an meine Brust.

Sanft legte ich mein Kinn auf ihren Scheitel und suchte ebenfalls in ihrer Nähe Trost. Wie hatte sich alles so schnell verändern können?

Erst langsam sickerte das volle Ausmaß des Geschehenen in mein Bewusstsein. Tessa kam ins Krankenhaus, laut Ben schwer verletzt. Was war, wenn sie bereits zu viel Blut verloren hatte? Wenn es schon zu spät war?

Ich zog Ciara noch ein Stück näher.

»Ben?« Mein Freund drehte sich an seiner Autotür zu uns um. »Können wir bei dir mitfahren?«

Seine Antwort bestand aus einem stummen Nicken und einem fragenden Blick in Richtung meines R8. Sanft schob ich Ciara auf Bens Wagen zu und antwortete auf seine unausgesprochene Frage. »Sollen sie ihn abschleppen. Ist mir egal.«

Dicht aneinandergedrängt saß ich mit meiner Schwester auf der Rückbank von Bens Wagen, während er uns geschickt durch den Verkehr fädelte. Stumpf starrte ich aus dem Fenster, blickte den vorbeirasenden Lichtern hinterher.

Ich hatte meine Schwester im Arm, das einzige Mädchen, das ich bisher vor allem und jedem beschützen wollte, und doch fühlte ich mich leer.

Als wäre da ein zweiter Platz, der nicht ausgefüllt wurde.

Kapitel 41 Dyan

Ich war in meinem Leben noch nicht oft in einem Krankenhaus gewesen. Einmal mit neun Jahren, als ich beim Klettern von einem Baum fiel und mir den Arm brach. Das zweite Mal wurde ich mit einer Alkoholvergiftung eingeliefert, da war ich sechzehn. Aber in beiden Fällen war ich der Patient gewesen und hatte meine Mutter an der Seite gehabt, die sich um alles kümmerte.

Als wir am St. Michaels Hospital ankamen, gab es niemanden, der sich um alles kümmern konnte. Da waren nur ich, meine völlig verängstigte Schwester und Ben, der sich sichtlich unwohl umschaute, als würde er am liebsten wieder verschwinden. Etwas, das absolut nicht zu meinem sonst so resoluten Freund passte. Obwohl ihm der Ort unangenehm war, deutete er auf einen Eingang und meinte ruhig: »Soweit ich weiß, geht es da lang zur Notaufnahme.«

Mit einem Nicken und froh darüber, zumindest einen Anhaltspunkt zu haben, schob ich meine Schwester auf den Eingang zu und musste selbst einige tiefe Atemzüge nehmen, um nicht die Nerven zu verlieren.

Keine Ahnung, was wir jetzt machen sollten. Wer könnte uns Auskunft geben? Und durfte man das überhaupt, da niemand von uns mit Tessa verwandt war? Sollten wir vielleicht jemanden anrufen und erzählen, was mit Tessa passiert war? Die Fragen überschlugen sich in meinem Kopf, und mein Gesicht verzog sich schmerzerfüllt. Es gab niemanden, den wir anrufen konnten. Wir waren ihre engsten Vertrauten. Und das, obwohl wir uns vor zwei Wochen noch verbal den Hals umgedreht hatten ...

Ein Teil von mir weinte für Tessa. Für das Mädchen, das alles allein durchstehen musste. Das niemanden gehabt hatte. Und jetzt, wo ich verstand, weshalb sie sich so abgeschottet hatte ... verdammte Scheiße!

Wieder völlig in Gedanken abgedriftet, war es erneut Ben, der mich auf etwas aufmerksam machte, indem er mich an der Schulter festhielt.

»He, das ist einer der Sanitäter von gerade eben.«

Mein Blick fiel auf den dunkelhaarigen Mann in seiner Uniform, der einige Meter entfernt an einer Rezeption stand und eindringlich mit der Dame dahinter sprach. Sofort schaltete ich auf Autopilot, getrieben von der Hoffnung, etwas über Tessas Zustand zu erfahren, und schritt energisch auf die zwei Krankenhausmitarbeiter zu.

»Entschuldigen Sie, haben Sie gerade ein schwer verletztes Mädchen hierhergebracht? Wie geht es ihr?«

Der Sanitäter wandte sich, verwundert, in seinem Gespräch unterbrochen zu werden, zu uns um und ließ dann kritisch seinen Blick über unsere kleine Gruppe schweifen.

»Ja, das habe ich. Und wer seid ihr?«

Ciaras Griff um meine Hand wurde fester, und es überraschte mich, dass sie diejenige war, die antwortete. »Wir sind Freunde von ihr. Wir waren ebenfalls an der Unfallstelle und sind so schnell wie möglich hergekommen, um für sie da zu sein.«

Als die Stimme meiner Schwester zum Ende hin brach, erweichte das den Gesichtsausdruck des Mannes.

»Na gut, wenn ihr ihr wirklich beistehen wollt, würde es uns weiterhelfen, zu wissen, wer das Mädchen denn ist. Wir konnten bisher keinen Ausweis sicherstellen, aber wir müssen an die Informationen zu ihrer Blutgruppe und mögliche Vorerkrankungen kommen.«

Dieses Mal ergriff ich das Wort. »Ihr Name ist Tessa Anderson.«

So, wie sich die Augen des Sanitäters und der Krankenschwester bei dem Namen Anderson weiteten, reichte die Auskunft wohl. Normalerweise hätte ich es lustig gefunden, was Geld und ein berühmter Familienname alles bewirkten. Aber im Moment war ich nur glücklich, wenn Tessas Herkunft ihr endlich von Vorteil war. Sie sollte die beste Behandlung bekommen.

»Danke, mein Junge! Ich kann leider keine genauen Details zu ihrem Zustand weitergeben. Nur so viel, dass wir die Blutung stoppen konnten, eure Freundin aber dringend in den OP musste. Es wäre gelogen, zu sagen, dass sie über den Berg ist, aber die Besten kümmern sich um sie.«

Ciara neben mir stieß etwas zwischen Seufzen und Schluchzen aus, und auch ich konnte mich nicht entscheiden, ob ich mich über diese Information freuen oder mich deswegen fürchten sollte.

Ich wollte gerade zur Antwort nicken, als sich die Krankenschwester hinter der Rezeption einmischte. »Wir werden ihre Eltern informieren, dann ...«

Weiter kam die Frau nicht, weil ich meine Faust auf den Tresen donnern ließ und entschieden »Nein!« knurrte. In einer anderen Situation hätte es mir leidgetan, dass die arme Frau sich durch meine Reaktion erschreckte. Aber so war ich dankbar, dass ihr der Telefonhörer aus der Hand fiel. Tessas Dad oder ihre verschrobene Stiefmutter würden definitiv nicht erfahren, wo sich Tessa aufhielt.

Während die Krankenschwester mich verstört anschaute, war der Sanitäter sofort in Alarmbereitschaft. »Nur Angehörigen des Patienten darf Auskunft gegeben werden. Ihre Eltern herzuholen, ist das Beste, was ihr machen könnt.« Er musterte mich eindringlich, blieb aber ruhig.

Vielleicht lag es daran, dass ich bis vor ein paar Stunden auch auf das perfekte Familienbild hereingefallen war, doch die Aussage triggerte mich wie nichts anderes.

»Ihre Eltern zu holen, wäre das Schlimmste, was wir machen können. Immerhin ist ihr Vater für das alles verantwortlich!«

Es laut auszusprechen, fühlte sich faulig auf meiner Zunge an. Falsch. So falsch, wie es nun mal war, wenn ein Vater seine Tochter misshandelte.

Das Gesicht des Sanitäters verdüsterte sich augenblicklich, und damit besänftigte er zumindest einen Teil meiner Wut. »In dem Fall sollte die Polizei informiert werden. Und ihr Kinder solltet einen Erwachsenen dazuholen. Das ist kein Spaß.«

Meine Muskeln spannten sich an, während ich heftig mit den Zähnen knirschte. Kein Spaß? Sahen wir etwa so aus, als würden wir Tessas Verletzungen auf die leichte Schulter nehmen? Mir war durchaus klar, dass es sich um keinen Spaß handelte, wenn ein Mädchen so übel misshandelt wurde, dass es im Krankenhaus landete!

Bevor ich meinen Frust, der von weit mehr herrührte als dem unbedachten Kommentar des Sanitäters, Luft machen konnte, hielt mich eine zierliche Hand auf meinem Arm auf.

»Dyan, lass uns Mom anrufen«, flüsterte Ciara, die immer noch aschfahl war. »Das ist zu viel für uns allein.«

Abwehrend verschränkte ich die Arme und blickte zu meiner Schwester. Ich würde nicht zu meiner Mutter rennen wie ein kleines Kind! Wir schafften alles allein. Schon seit Jahren!

»Bitte. Es geht hier nicht um dich. Es geht um Tessa und was für sie das Beste ist.«

Etwas in Ciaras Blick ließ mich schließlich einknicken. Ihr Vertrauen in unsere Mutter, welches ich schon lange verloren hatte, war ungebrochen. Sie glaubte daran, dass Mom uns helfen konnte. Und war es nicht meine abwehrende Haltung gewesen, mein Bestehen darauf, die Dinge mit mir selbst auszumachen, was erst zu diesem Schlamassel geführt hatte? Hätte ich Tessa an mich herangelassen, anstatt sie aus Reflex von mir zu stoßen, hätte sie sich vielleicht mir anvertraut. Dann wäre sie auf der Grillparty geblieben, wäre nicht an diesem Abend in die Fänge ihres Vaters geraten.

Dann hätte ich für sie da sein können, anstatt nun planlos in einem Krankenhaus zu stehen. Nein, ich schaffte das nicht allein. Aber vielleicht war das auch gar nicht schlimm.

Zögerlich nickte ich.

Marco und Cole tauchten erst auf, nachdem ich meine Mutter angerufen hatte. Ich war dankbar dafür, wie meine Freunde sich sofort dazu bereit erklärten, die

Nacht über mit uns zu warten. Das war wahre Freundschaft. Und als ich sah, wie Marco augenblicklich an Ciaras Seite eilte und von dieser auch nicht mehr wich, reihte sich bei mir gleich die nächste Erkenntnis ein.

Wenn meine Schwester mit einem der Kerle zusammenkam, die ich wie Brüder liebte, konnte ich darüber froh sein. Marco, Ben und Cole waren für mich Familie, und ich wusste, dass Ciara immer auf Marco zählen konnte.

Meine Güte, ich hatte am heutigen Tag auf so viele Dinge falsch reagiert, ich war so ein Hornochse! Ich konnte nur beten, dass meine Aktionen nicht Konsequenzen nach sich ziehen würden, mit denen ich nicht leben wollte.

Meine Mutter musste wie eine Verrückte gerast sein, denn sie traf zeitgleich mit den Polizeibeamten ein. Weder der Anblick der Polizei noch der meiner Mutter stimmte mich zuversichtlich. Aber als meine Mutter sogleich besorgt auf Ciara und mich zukam, hatte ich zumindest nicht mehr die Befürchtung, einen riesigen Fehler gemacht zu haben.

»O mein Gott, ist euch beiden irgendetwas zugestoßen?« Mom umschloss Ciaras Gesicht mit ihren Händen.

»Nein, alles gut, Mom. Danke, dass du hier bist.«

Den Tränen nahe ließ sich Ciara in eine Umarmung ziehen, und während Mom ihr beruhigend über die Haare strich, traf mich ihr besorgter Blick. »Natürlich, mein Schatz. Wenn ihr mich braucht, bin ich für euch da.«

Ich wusste, dass die Worte an mich gerichtet waren, und sie ließen mir einen Stich durch die Brust fahren.

Ja, sie war direkt gekommen, als wir sie gebraucht hatten.

»Und jetzt erzählt, was ist hier los?«

Mit einem erschöpften Seufzen deutete ich auf die zwei Polizisten, die rücksichtsvoll in einigem Abstand zu uns gewartet hatten.

»Ich wäre dankbar, das alles nur einmal erzählen zu müssen. Also lasst es uns hinter uns bringen.«

Ciara und Ben ergänzten alle Einzelheiten, die ich vergaß, während ich von dem Grauen berichtete, das ich selbst kaum fassen konnte. Wir wurden kein einziges Mal unterbrochen, auch wenn sich meine Mutter nach den ersten Sätzen entsetzt eine Hand auf den Mund presste und die Gesichtszüge der Beamten sich verdunkelten, sobald ersichtlich wurde, auf was diese Geschichte hinauslief. Mein Hals schnürte sich zu, als ich merkte, wie meine Mom beruhigend meine Hand drückte. Doch anders als sonst entzog ich mich ihr nicht.

»Das sind schwere Anschuldigungen, die weitreichende Konsequenzen haben werden, sollte das alles der Wahrheit entsprechen.« Einer der Polizisten sah uns der Reihe nach an, als wären wir kleine Kinder, die gerade den Schulhof verwüstet hätten.

»Ja, und wenn meine Kinder ihnen das so erzählen, wird es auch entsprechend vorgefallen sein, Sir.«

Mit einer Entschlossenheit, die mich verblüffte, trat meine Mutter vor und funkelte den Beamten an. »Trotzdem verschieben wir alle weiteren Gespräche auf einen anderen Zeitpunkt. Die Nacht war lang, und momentan sollten wir uns auf Tessa konzentrieren. Kinder, geht ihr bitte ins Wartezimmer. Ich kläre den Rest.«

Ich gab selten die Führung ab. Sowohl bei meinen Freunden als auch für meine Schwester war ich stets der Anker, der Wellenbrecher und der Kapitän. Die Person, die alles regelte und die Richtung angab.

Aber um ehrlich zu sein, war ich dankbar, als ich den Polizisten den Rücken zuwenden konnte. Ich fühlte mich zum ersten Mal seit Langem nicht mehr allein mit meiner Verantwortung. So, als dürfte ich wirklich Hilfe zulassen.

Während wir fast drei Stunden auf weitere Informationen über Tessa gewartet hatten, zwang mich meine Mutter, alles zu erzählen, was ich gegenüber den Polizisten nicht erwähnt hatte. Dass sie bei jedem meiner Worte um ein Jahr zu altern schien, half nur wenig, meine eigene Angst im Zaum zu halten.

Ich hasste es zu warten. Ich war ein Mensch, der handelte, seine Probleme in die Hand nahm und das Beste daraus machte. Aber hier herumzusitzen, meinen Freunden dabei zuzusehen, wie ihnen nacheinander erschöpft die Augen zufielen und meinen Gedanken ausgeliefert zu sein, war ungefähr so quälend, wie meine Hand ins Feuer zu halten und nicht zurückzuziehen.

Dass Tessa das hier nicht überstehen könnte, hatte ich für mich ausgeschlossen. Diese Option existierte nicht.

Mir fiel es schwer, nicht sofort loszufahren und Tessas Vater einmal die Opferrolle zu zeigen. Keine Ahnung, wie ich mich noch beherrschen sollte, wenn ich erst die ganze Geschichte kannte. Wie konnte ich Tessa je wieder für eine Sekunde aus den Augen lassen, nach all ihren Verletzungen, dem Blut, dieser Angst, die mich seit Stunden umtrieb?

Ich war noch immer schwer verwundert darüber, wie rapide sich meine Ansichten über Tessa verändert hatten. Mir war nicht klar gewesen, was Angst alles bewirken konnte.

Mein Arm fühlte sich wie ferngesteuert an, als ich meine Hand auf die von meiner Mutter legte. Überrascht schaute sie zu mir, und ich begegnete ihrem Blick mit vollem Ernst. »Danke, dass du hier bist, Mom. Ohne dich hätte ich das nicht geschafft.«

Ich schluckte schwer und wandte mich wieder ab. Doch meine Mutter musterte mich weiterhin von der Seite.

»Ich weiß, wie es ist, um eine Freundin zu bangen. Da braucht jeder eine stützende Hand«, gestand sie mir traurig und verflocht unsere Finger ineinander. »Und ich weiß auch, wie tief die Freundschaft mit einer Anderson gehen kann.«

Ich wagte es nicht nachzufragen, aber ich hoffte, sie würde weitersprechen, mich ablenken, bevor ich verrückt wurde.

»Tessas Mutter und ich waren ungefähr im gleichen Alter, als ich euren Vater und sie Tessas Vater heiratete, und es dauerte natürlich nicht lange, bis wir uns auf einem Geschäftsessen trafen.« Ihr Lachen erschien viel zu laut in dem bedrückenden Wartezimmer, doch der fröhliche Klang beruhigte mich nach den letzten Stunden.

»Erika und ich fühlten uns inmitten der Anzugträger und Nobeldamen gleichermaßen verloren, daher war es schön, eine Gleichgesinnte zu treffen. Keine dieser abgehobenen, aufgesetzten Frauen, sondern eine Normalsterbliche, die in das Ganze genauso unerwartet hineingerutscht war wie ich. Wir befreundeten uns schnell, und nachdem ihr Kinder auf der Welt wart, hatten wir sogar noch mehr Gemeinsamkeiten. Ihr habt früher so oft miteinander gespielt, das kannst du dir nicht vorstellen! Aber unsere Männer, eure Väter, schienen stets das gleiche Interesse zu haben, sodass es nur eine Frage der Zeit war, bis sie sich als Rivalen gegenüberstanden. Ich glaube, es ging damals um eine Lagerhalle, die beide für ihre Produktion haben wollten. Darauf fing dein Vater an herumzuspinnen. Er wolle nicht, dass ich mich mit dem Feind träfe. Und du kennst deinen Vater, wenn er etwas will, hat es auch so zu geschehen ...«

Meine Mutter seufzte, während ich erstaunt dasaß. Tessa und ich sollten Sandkastenfreunde sein? Noch skurriler konnte mein Leben nicht mehr werden.

»Mit den Jahren hat sich die Beziehung zwischen euren Vätern wieder gebessert. Sobald sich die Firmen in unterschiedliche Richtungen weiterentwickelt hatten, konnten sich die beiden wenigstens wieder im gleichen Raum aufhalten. Erika und ich nutzten das sofort aus, aber dann verstarb sie bei einem Autounfall.« Moms Brauen zogen sich über ihren glänzenden Augen zusammen. »Kannst du dich an den Zeitungsbericht erinnern?« Bitter lachte sie auf. »Na ja, was heißt hier einer, einen Monat gab es in unserem County keine anderen Nachrichten! Wie Aasgeier haben sie sich auf die Andersons gestürzt, wochenlang haben sie keine Ruhe gefunden.«

Eigentlich erinnerte ich mich nur verschwommen daran. Damals hatte für mich nur das Kiffen gezählt. Aber ich meine, dass Mom wie ein Geist durch unser Haus geeilt und immer wieder spontan in Tränen ausgebrochen war. Auch in der Schule war ein riesiger Trubel gewesen. Der Direktor hatte extra eine Trauerfeier für die Andersons organisiert, doch nur Mr Anderson war erschienen. Tessa hatte man erst Wochen später wieder in der Öffentlichkeit gesehen.

»Ich habe mich nie so einsam gefühlt wie damals. Besonders die ersten Tage waren schlimm. Ich konnte nicht glauben, dass Erika einfach weg sein sollte! Richtig realisiert habe ich es erst, als ich fünf Stunden in unserem Lieblingscafé auf sie gewartet hatte ...« Sie fasste mit einer ausladenden Handbewegung all meine Freunde ein. »Ihr seid noch so jung. Aber ich würde euch raten, euch diesen Schmerz zu merken, er ist der deutlichste Beweis dafür, wie tief eure Verbindung zueinander ist.«

Das würde ich. Tessa gehörte zu uns, daran gab es keinen Zweifel mehr.

Bevor meine Mutter die Gefühle in meinen Augen sehen konnte, wandte ich mich schnell ab. Mein Blick fiel auf Ciara, die sich auf Marcos Schoß eingerollt hatte und gerade verschlafen die Augen öffnete. Suchend sah sie sich um, bis sie schließlich mit einem Lächeln zu Marco aufblickte. Er schien nun ihr Fixpunkt zu sein, nicht ich. Aber das war gut so. Sie musste ihr eigenes Leben leben.

Die nächste Zeit verbrachte ich damit, die anderen wartenden Personen, die mit uns in trübseligem Schweigen in diesem Raum saßen, zu beobachten. Es war schon traurig, dass jeder darauf wartete, von diesem Schwebezustand der Ungewissheit befreit zu werden. Als würde man in einer Kapsel in einer anderen Welt sitzen und darauf hoffen, dass es endlich weiterging.

Jedes Mal, wenn sich die Tür zum Warteraum öffnete, fuhren sämtliche Köpfe erwartungsvoll herum. War es nur ein weiterer Neuankömmling, der unser

Schicksal teilte, ging ein lautloses Seufzen durch alle Anwesenden. Erschien ein Arzt, erfasste eine seltsame Anspannung den Raum. Wollte man, dass das Warten endete? Wollte man die Neuigkeiten hören?

So war es auch dieses Mal, als ein Mann in weißem Kittel den Raum betrat. Fest krallten sich meine Hände um die Armlehnen, und ich fragte mich, ob ich Abdrücke im Holz hinterließ.

Ich sollte mich beruhigen. Bestimmt würde er zu einem der anderen laufen, die schon länger warteten als wir. Sie würden Gewissheit bekommen, dass es ihrem Liebsten gut gehe, und vor Glück in Tränen ausbrechen.

Doch der Arzt hielt auf uns zu. Mir blieb die Luft weg.

Meine Mutter und ich erhoben uns gleichzeitig, und ihre ruhige Präsenz gab mir die Kraft, den Arzt nicht so lange zu schütteln, bis die gewünschten Informationen einfach aus ihm herauspurzelten.

Der Arzt blieb vor uns stehen, die Hände locker herabhängend. Das war ein gutes Zeichen, oder? Oder wurden Ärzte darauf trainiert, dass sie anhand ihrer Körpersprache keine Rückschlüsse gaben? Ich hoffte es nicht.

»Sind Sie die Angehörigen von Tessa Anderson?«

Steif hob und senkte sich mein Kopf. Ein müder Abklatsch eines Nickens.

»Gut. Sie ist jetzt aus dem OP raus.«

Zwischen seinen Worten schienen Ewigkeiten zu liegen. Ein nervöses Kribbeln fuhr mir den Arm herauf. Ich hätte alles dafür gegeben, jetzt bei Tessa zu sein. Ihr zumindest körperlich zu vermitteln, dass sie nicht allein war.

»Es hat lange gedauert, und unsere Chirurgen haben sehr gründlich arbeiten müssen, doch wir haben Ihre Freundin zusammengeflickt.«

Im ersten Moment erreichten nur Bruchstücke seiner Aussage mein Gehirn. Doch mit jeder Sekunde, die mein Kopf arbeitete, breitete sich das zögerliche Lächeln auf meinen Lippen weiter aus, bis es sich zu einem breiten Grinsen entwickelte.

Sie hatte es geschafft! Tessa hatte es geschafft!

Neben mir stieß Ciara ein lang gezogenes, erleichtertes Fiepen aus, als könnte sie sich nicht entscheiden, ob sie lieber schluchzen oder auflachen wollte. Mich überschwemmte das Gefühl, alles schaffen zu können, solange ich Tessa bald wiedersehen würde.

Ich spürte, wie sich ein Arm um meine Schulter schlang, und lächelte in das strahlende Gesicht meiner Mutter, deren Augen zwar gefährlich glitzerten, aber dafür vor Freude strahlten.

»Können wir zu ihr?«

»Sie wird gerade in ein Zimmer verlegt, allerdings kann es dauern, bis sie aufwacht. Solange sind höchstens zwei Besucher erlaubt. Wer das sein soll, überlasse ich Ihnen.«

Der Arzt warf einen kurzen Blick auf seine Uhr, bevor er sich wieder meiner Mom zuwandte. »Ich würde in einer Stunde wieder bei Ihnen vorbeischauen. Bei Fragen können Sie einfach eine Schwester nach Dr. Cardell schicken.«

»Fürs Erste wissen wir alles, was von Bedeutung ist. Vielen Dank für alles!«

Mom lächelte aufrichtig dankbar, was der junge Arzt mit einem Nicken erwiderte, bevor er sich umdrehte und wieder aus dem Saal verschwand. Mir war klar, dass ihm dabei die anderen Wartenden verzweifelt hinterherblickten. Für sie war die Folter noch nicht zu Ende.

Meine Kehle schnürte sich zusammen, als mir erneut mit aller Macht klar wurde, dass ich keine Angst mehr haben musste, nicht mehr um Tessas Leben bangen musste.

Ergriffen und dankbar schloss ich die Augen.

Alles würde gut werden.

Kapitel 42 Tessa

Aufwachen war schwer. Als müsste ich mich selbst aus Treibsand herausziehen, Schritt für Schritt mich eine unendliche Treppe hochquälen. Immer wieder nahm ich mit verschiedenen Sinnen meine Umgebung wahr, bevor ich wieder in der Finsternis versank. Einmal hörte ich das gedämpfte Murmeln eines Gesprächs, dann fühlte ich die weiche Unterlage, auf der ich anscheinend lag. Aber all diese Wahrnehmungen hielten nur kurz an.

Keine Ahnung, wie oft ich auftauchte und wieder versank. Alles war so verzerrt, so zäh in meinem Kopf. Kurzzeitig wurde wieder alles schwarz, und jeder Gedanke verschwand. In der nächsten Sekunde setzten die Geräusche knackend ein.

Dieses Mal war es anders. Ich konnte geradezu die verschiedenen Facetten der Ruhe hören. Die kaum wahrnehmbaren Schritte in der Ferne, das gleichmäßige Atmen, welches den Raum erfüllte, ein seltsames Piepen. Ich nahm das Licht hinter meinen geschlossenen Lidern wahr, spürte die Wärme der Sonne auf meinem Gesicht und das Gewicht einer Decke, die über mich ausgebreitet worden war.

Irgendetwas kitzelte mein Bewusstsein stark genug, um über meine Erschöpfung zu triumphieren. Hier war jemand. Ich hörte jemanden atmen. Ruhig und langsam.

Meine Unruhe verstärkte sich, als die Ungewissheit sich in meinen Kopf schlich. Wo war ich eigentlich? Und wer war das?

Dad.

Mein Körper erbebte, und mit einem Mal riss ich meine Augen auf.

Alles flimmerte in hellem Weiß. Wohin mein Blick auch zuckte, überall nur steriles weißes Licht, das mich geblendet blinzeln ließ.

Mit Schwung setzte ich mich auf. Aber schon die eine Bewegung reiche, um ein heftiges Pochen in meinem Kopf hervorzurufen. Hektisch japste ich nach Luft.

Eine dunkle Gestalt näherte sich mir.

Unkontrolliert krallten sich meine Finger in das Laken, als müssten sie den Rest meines Körpers davon abhalten, die Flucht zu ergreifen, während sich meine Sicht langsam fokussierte.

Es war ein Mann. Diese Erkenntnis trieb meinen Puls in die Höhe. Ich war mir nicht sicher, ob das panische Piepen nur in meinem Kopf zu hören war oder wirklich erklang, aber das war egal. Gleich würde ich um mein Leben kämpfen müssen.

Was sollte ich tun?

Die Gestalt des Mannes wurde von hinten angestrahlt, sodass die Gesichtszüge das Letzte waren, das enthüllt wurde. Doch bereits beim Anblick des schwarzen Muskelshirts fiel ein Teil meiner Anspannung ab, auch wenn ich weiter auf alles vorbereitet die Augen zusammenkniff.

Braun. Da war irgendetwas Braunes. Und es gab mir das Gefühl von Sicherheit. Ich musste keine Angst haben. Nicht vor diesen Augen. Nicht vor diesen braunen Augen, die mich so fürsorglich anschauten.

»Sie ist wach? Tessa! Schau mich an, Süße. Ciara, komm her, schnell!«

In dem Versuch, mich zu fokussieren, glitt mein Blick durch den Raum, bis es plötzlich rumpelte und eine Tür mit Schwung aufgestoßen wurde. Sofort pochte mein Herz wieder angsterfüllt, doch ich schaffte es kaum, schützend meine Hände zu heben. Aber als mein Blick die zweite Gestalt im Türrahmen fixierte, beruhigte ich mich wieder. Ein Mädchen. Kein Mann. Auch vor ihr musste ich keine Angst haben. Sie hatte die gleichen braunen Augen. Ich mochte diese Augen.

»Dyan ...« Der Laut war rau, primitiv. Als hätte ich seit Tagen nicht mehr gesprochen.

»Ja, ich bin hier.«

Eine Hand legte sich auf meine, und bei der Berührung zuckte ich zunächst zusammen. Die Vision einer anderen männlichen Hand, die meine festhielt, legte sich über meine Sicht und versetzte mich in Panik. Obwohl mein Körper sich doppelt so schwer wie sonst anfühlte und ich durch die Watte in meinem Kopf langsam, aber sicher den Schmerz in all meinen Gliedmaßen spürte, schaltete mein Gehirn in Ausnahmezustand. Ich durfte mich nicht festhalten lassen.

»Lass los ...«

Darauf eingestellt, um meine Freiheit zu kämpfen, wollte ich schon alle Energie zusammennehmen. Aber kaum hatte ich die Worte ausgesprochen, entfernte sich die Hand, und eine vertraute Stimme drang durch den Nebel meiner Angst.

»Tut mir leid! Alles gut, niemand hält dich fest.«

Ich kniff die Augen zusammen, um wieder zu mir zu kommen. Mein Geist schien irgendwo zwischen der Gegenwart und einer Erinnerung zu hängen, die ich nicht zu greifen vermochte. Ich wollte mich nicht erinnern. Da war so viel Schmerz ...

Angst schnürte meine Kehle zu und versuchte, mich mit sich zu reißen. Also hielt ich mich an dem Einzigen fest, das mir Halt geben konnte. »Dyan.«

»Ich bin hier, Tessa. Es ist alles gut.«

Nein, es war nicht alles gut. Nichts war gut.

Doch diese vertrauten braunen Augen standen für Stärke, Schutz. Dieser Mann beschützte die Menschen, die er liebte, und verletzte sie nicht. Mit ihm könnte alles gut werden.

Dieses Mal streckte ich meine Hand aus, und Dyan zögerte keine Sekunde, um seine Finger mit meinen zu verflechten. So sollte das sein. Er hielt mich nicht fest, sondern gab mir Halt.

»Ich geh mal die Ärzte holen. Tessa, ich bin so froh, dass du wieder wach bist.«

Noch immer damit beschäftigt, mein Gehirn wieder in Gang zu bringen, blickte ich kurz zu Ciara auf, als sie meinen Arm drückte und dann durch eine Tür verschwand. Damit war ich mit ihrem Bruder allein und als mein Blick seinen traf, überkam mich mit einem Mal das Gefühl, etwas falsch gemacht zu haben.

»Es tut mir leid.« Ich war mir nicht sicher, für was ich mich genau entschuldigte. Also klammerte ich mich verzweifelt an Dyans Hand und hoffte, dass er besser verstand als ich selbst.

»Es gibt nichts, wofür du dich entschuldigen müsstest. Alles ist gut. Ich sorge dafür, versprochen. Du bist in Sicherheit.«

Sachte hob er mich an und schloss mich in seine Arme. Eine vertraute Wärme erfüllte mich, und eine einzelne Träne kullerte mir über die Wange. Endlich war ich da, wo ich sein sollte ...

Doch kaum entspannte ich mich, schoss die Erinnerung wie eine Pistolenkugel durch meinen Kopf. Ich wollte fliehen. Wollte die Stadt verlassen. Doch irgendetwas hatte nicht geklappt ...

Zum ersten Mal, seitdem ich wach war, betrachtete ich meine Umgebung verängstigt.

»Wo bin ich?«, fragte ich plötzlich wieder panisch. »Was mach ich hier?« Meine Arme klammerten sich um Dyans Hals.

»Alles ist gut. Du musst keine Angst haben, du bist im Krankenhaus.«

Die Worte halfen nicht. Es war, als hätten sie mein Gedächtnis wieder in Gang gebracht, und langsam fiel Puzzleteil für Puzzleteil an seinen Platz. Mein Vater. Mein Vater hatte mich angegriffen. So viel Blut. Der Schmerz. Doch jetzt war Dyan hier. Hieß das ...?

»Du weißt es?«

»Ja, Tessa. Wir waren bei dir zu Hause.«

Mir schnürte es die Kehle zu. Nein, ich wollte das nicht. Ich wollte nicht, dass sie dieses Haus, diese Familie als mein Zuhause bezeichneten.

»Das hättet ihr nicht tun sollen. Ihr hättet das nicht erfahren sollen ...«

Sein Griff wurde stärker. »Doch, wir hätten das schon viel früher bemerken und dich von dieser gottverdammten Familie wegbringen sollen.« Das Weiche war aus seiner Stimme verschwunden, hatte stählerner Entschlossenheit und Wut Platz gemacht. Aber ich verbarg nur das Gesicht an seiner Brust, schockiert von der Erkenntnis, die immer tiefer einsickerte. Sie wussten es. Sie wussten alles.

»Tessa, bitte, sieh mich an.«

Die ersten Tränen kullerten mir über die Wangen, während alles in meinem Kopf durcheinanderwirbelte. Ich wollte nicht, dass jemand so viel über mich wusste. Jetzt hatte ich den letzten Rest Kontrolle verloren.

»Lass mich für dich da sein. Lass mich an dich ran.«

»Wieso solltest du das noch wollen?« Meine Stimme zitterte. »Wer will schon in meine Nähe? Ich bin so kaputt, und ich fühle mich so schmutzig! Keiner hätte das wissen sollen.«

»Jetzt wissen wir es aber!« Mein Kinn wurde gepackt und ich dazu gezwungen, seinem Blick zu begegnen. »Und ich will dich kennen, ich will dich beschützen, ich ... ich will dich an meiner Seite, weil niemand mich so gut verstehen kann wie du!« Alles in mir erstarrte.

Dyan drehte meinen Kopf zu ihm.

»Ich werde dich nicht gehen lassen. Du bleibst bei mir! Und ich werde nicht aufgeben. Ich werde einfach so lange an deiner Seite bleiben, bis du es akzeptierst.«

Hätte ich nicht direkt in seine dunklen, aufgewühlten Augen gesehen, ich hätte ihm nicht geglaubt. Aber, verdammt, wie sollte man diesen Augen nicht vertrauen?

Meine blassen, schmalen Finger umschlossen seine Handgelenke, und kurz blitzte Unsicherheit in seinem Gesicht auf, als befürchtete er, ich würde ihn wegstoßen. Und für einen Moment überlegte ich das auch. Es war so viel leichter, niemanden an sich heranzulassen, als sich mit Gefühlen auseinanderzusetzen. Doch gerade war etwas anderes noch viel leichter.

Den Schmerz ignorierend, zog ich mich hoch, bis ich seine Lippen erreichte, und drückte meine auf seine. Sofort ließ er sich auf meinen Kuss ein und umschloss mein Gesicht mit seinen warmen Händen.

In mir war ein solches Durcheinander, aber ich spürte, dass das hier richtig war. Dass es das war, was ich wollte und brauchte.

Ich war so versunken in Dyan und dieses neue und doch so vertraute Kribbeln, dass mir nicht auffiel, wie er sich immer weiter über mich beugte, sodass mein Kopf schließlich wieder auf dem Kissen ruhte.

Als er sich von mir löste, war ich völlig atemlos, aber mein Verstand endlich klar.

»Ich bin so froh, dass du das alles überstanden hast.« Seine raue Stimme jagte mir einen Schauder über den Rücken, während Dyan seine Stirn an meine legte und kleine Kreise mit seinen Daumen über meine Wangen zog.

»Danke, dass du hier bist.« Geborgen schloss ich meine Augen und genoss es, Dyan so nah bei mir zu haben. So sicher hatte ich mich das letzte Mal in den Armen meiner Mutter gefühlt.

Zu Hause.

Plötzlich wurde die Zimmertür geöffnet, und der Lärm vom Gang drang herein. Einige Sekunden später wurde sie hinter Ciara und zwei Ärzten wieder geschlossen. Dyan richtete sich auf, ergriff jedoch meine Hand, und ich schenkte ihm ein dankbares Lächeln für den Halt, den er mir gab.

»Guten Morgen, Miss Anderson! Schön, Sie bei vollem Bewusstsein kennenzulernen«, grüßte mich der ältere Arzt und beruhigte meine aufkommende Nervosität mit einem Lächeln.

»Freut mich auch«, krächzte ich mit rauer Stimme.

»Sind Ihre Schmerzen erträglich? Ansonsten können wir Ihre Schmerzmitteldosis erhöhen.«

Ich beobachtete den zweiten Arzt, wie er ein Klemmbrett mit Unterlagen aus einem Fach am Bett nahm.

»Es ist unangenehm, sobald ich mich bewege, aber völlig in Ordnung. Danke der Nachfrage.«

Mein Blick richtete sich wieder auf den Älteren, dessen Mundwinkel sich zu einem kurzen Schmunzeln hoben. »Das ist mein Job. Mein Name ist übrigens Dr. Havin. Ich habe Ihre Operation geleitet und werde Sie bis zu Ihrer Entlassung behandeln. Das neben mir ist Dr. Cardell, mein Assistenzarzt. Er steht Ihnen ebenfalls zur Verfügung, sollte ich gerade beschäftigt sein. Dr. Cardell, wie sehen die Werte der Patientin aus?«

Mir schwirrte der Kopf, aber ich versuchte, mir nichts anmerken zu lassen. Eigentlich wäre es mir am liebsten gewesen, wenn die Ärzte wieder gingen. Ich wollte nicht darüber nachdenken, wie knapp es gewesen war oder dass ich noch länger im Krankenhaus bleiben musste. Ein unangenehmer Druck breitete sich in meiner Brust aus.

»Alles bestens, Doktor. Miss Anderson scheint sich gut zu erholen.«

Abwesend kaute ich auf meiner Unterlippe herum und starrte auf einen Punkt hinter der Schulter von Dr. Havin. Ich hatte mich schon von vielen Verletzungen erholt.

»Das freut mich zu hören. Dürfte ich mir kurz die Nähte ansehen?«

Dyan musste mich anstupsen, um mich auf die Frage aufmerksam zu machen. »Na-natürlich.«

Für einen Moment betrachtete mich Dr. Havin aufmerksam, bevor er einen Schritt näher herantrat und nach dem Saum der Decke griff. Reflexartig zuckte meine Hand, doch ich krallte sie ins Bettlaken, um sie an Ort und Stelle zu halten.

Der Arzt hielt in seiner Bewegung inne und warf mir einen prüfenden Blick zu.

Das Herz schlug mir bis zum Hals, und ich fürchtete mich selbst vor der heftigen Verteidigungsreaktion meines Körpers.

»Wäre es Ihnen lieber, wenn Sie selbst die Naht freilegen?«

Mir war es unangenehm, so verklemmt zu erscheinen, aber ich hatte die letzten Monate alle Blutergüsse, Schrammen und Prellungen verborgen und sie nicht vor versammelter Mannschaft gezeigt. Das hier war so ... seltsam.

»Ja, bitte.«

Ohne zu zögern, nickte Dr. Havin und trat wieder einen Schritt zurück, um mir meinen Freiraum zu geben. Entschlossen wandte ich mich an Dyan. »Kann man das Kopfende irgendwie hochfahren?« In meinem Bauch kribbelte es nervös.

Anstatt zu antworten, drückte er auf eine Fernbedienung, die auf einer Ablage des Bettes lag. Das Bettende fuhr langsam nach oben, bis ich fast aufrecht saß.

Zitternd stieß ich den Atem aus und löste unter Aufgebot all meiner Selbstdisziplin die Finger vom Laken.

Ich wollte das nicht.

Ich wollte mich nicht vor diesen Ärzten verletzlich zeigen. Ich wollte nicht die Wunden sehen, die Narben, die bleiben würden. Und ich wollte nicht, dass Ciara und Dyan das sahen. Schon klar, vorspielen konnte ich keinem mehr etwas. Trotzdem ...

Lass endlich los. Diese Leute wollen dir helfen.

Ich brauchte bisher noch nie Hilfe! Ich schaffe es, allein zu überleben, hatte immer alles allein bewältigt. Weshalb sollte ich das jetzt ändern?

Weil sich längst alles geändert hat! Du hast dich gegen deinen Vater gewehrt. Weil du wieder etwas von Bedeutung hast.

Bilder flackerten vor meinen Augen auf. Schläge, die ich pariert hatte, einzelne Gedanken, die mich angetrieben hatten.

Mit einem Ruck zog ich die Decke herunter, die Übelkeit unterdrückend, die in mir aufstieg. Mein Körper war von einem dieser ekligen Krankenhaushemden umhüllt, sodass man den Stoff leicht nach oben schieben konnte, bis eine gerötete Naht an meinem Oberschenkel enthüllt wurde. Ich konnte mich nur zu gut an die Scherbe erinnern, die in meinem Fleisch gesteckt hatte. Angestrengt schluckte ich den Kloß in meinem Hals hinunter.

»Wir konnten die Scherbe ohne große Probleme entfernen. Sie hat keine wichtigen Gefäße beschädigt, auch wenn Sie viel Blut verloren haben.«

Taub nickte ich, während mein Blick an der fingerlangen Naht hängen blieb. Wie viel hatte wohl gefehlt, um die Oberschenkelarterie zu durchtrennen? Wie knapp hatte mein Vater davorgestanden, mich umzubringen?

Ein Räuspern riss mich aus meinen Gedanken, doch ich machte mir nicht die Mühe, mich zu Dr. Havin umzudrehen. »Wenn Sie nun bitte ihren Bauch entblößen würden? Wir mussten einige Blutungen im Bauchraum stoppen, die wohl beim Autounfall entstanden sind.«

Da wäre ich mir nicht so sicher. Vielleicht hatte mich Vater auch in den Magen getroffen, oder der Aufprall auf den Glastisch hatte dafür gesorgt.

Ein schwerer Stein legte sich in meinen Magen, doch ich gehorchte und schob den Stoff höher und höher, sodass zuerst eine weiße Baumwollunterhose und schließlich eine weitere Naht sichtbar wurden, die von meinem rechten Hüftknochen quer über den Bauch verlief.

Gänsehaut bildete sich auf meinen Armen. O mein Gott! Dieser Schnitt war so lang. Es brannte gefährlich in meinen Augen.

»Es tut mir leid, Miss Anderson, aber ich müsste Sie kurz anfassen. Wir müssen überprüfen, ob alles so verheilt, wie es soll.«

Meine Hand zitterte heftig, als ich sie an meinen Mund hob. Ich konnte den Blick nicht von der feinen Naht nehmen und die Vorstellung von dem klaffenden Loch, das sie zusammenhielt, nicht vertreiben. Meine Unterlippe bebte. Die erste Träne löste sich aus meinen Augen und floss langsam meine Wange hinunter.

»Machen Sie, was nötig ist, Doktor.« Meine Stimme klang erstaunlich fest für die dunkle Schlucht, in die ich zu fallen schien.

Sanft wurde die nächste Träne von einem Finger abgefangen, und ich wendete mich seltsam stumpf zu Dyan, der noch immer an meiner Seite weilte. »Mir tut es so leid, Tessa. Alles, was du durchstehen musstest.«

Seine Worte erfüllten mich nicht mit Dankbarkeit, sie waren hohl, auch wenn ich die Absicht zu schätzen wusste.

Trotzig straffte ich die Schultern. »Ich tue mir nicht leid. Mir tut mein Dad leid. Mir tut die gute Seele leid, die zu diesem Monster wurde, und mir tut es leid, was auf diesen gebrochenen Mann noch zukommen wird. Dyan, kannst du bitte die Polizei anrufen. Ich will Jonah Tobias Anderson anzeigen.«

Kapitel 43 Tessa

»Dein Vater wurde heute Morgen in eine Entzugsklinik gebracht.«

Hätte man mir erzählt, meine Mutter wäre von den Toten auferstanden, hätte ich es eher geglaubt. »Das kann nicht sein.«

Schon fast beschämt wich Mrs Lawyer meinem Blick aus, und obwohl das nur ein mieser Scherz sein konnte, umklammerte ich Dyans Hand noch fester. Hoffentlich sagte er mir Bescheid, wenn ich ihm die Blutzirkulation abdrückte.

Mein Beschluss, meinen Vater anzuklagen, war vor zwei Tagen gefallen. Inzwischen war es Dienstag, und Dyans Mutter war täglich zu Besuch gekommen.

»Doch, es macht überall die Runde. Anscheinend hat sich deine Geschichte verbreitet wie ein ...«

Mein bitteres Auflachen unterbrach sie, aber für den Moment war es mir egal, wie unhöflich ich mich verhielt.

»Meine Geschichte?! Welche Geschichte denn?« Selbst mir fiel die Hysterie im Klang meiner Stimme auf.

Obwohl Mrs Lawyer sich unwohl fühlte, mir diese Informationen zu überbringen, hob sie tapfer den Kopf und begegnete meinem Blick. Schon unglaublich, wie sehr ihre Augen denen von Dyan und Ciara ähnelten.

Bei meiner Mutter und mir hatte man das früher auch gesagt ...

»Ein Lehrer an eurer Schule hat einige Nachforschungen angestellt. Ich weiß nicht, ob dir bewusst ist, dass dein Vater auch in der Öffentlichkeit Aufsehen erregt hat. Jedenfalls hat sich Mr Comen oder so ähnlich ...«

»Coleman«, verbesserte ich sie automatisch. Das konnte nur eine Lüge sein.

»Ja genau! So hieß er.«

Mir entwich ein verächtliches Schnauben, doch Dyan mahnte mich mit einem sanften Händedruck. Glaubte er wirklich, das könnte wahr sein?

»Auf jeden Fall hat er sich alles zusammengereimt und dafür gesorgt, dass es an die Öffentlichkeit kam. Gestern gab es sogar einen Zeitungsbericht ...«

»Das ist doch lächerlich!«

Mir tat es leid, den beiden solche Umstände zu machen, so verkorkst und ignorant zu sein, doch ich hatte diese Tortur monatelang ertragen, genau um diesen Trubel zu umgehen. Weil ich wollte, dass es in der Familie blieb und nicht jeder sich aufgrund von Halbwahrheiten eine Meinung bildete.

Konnte man uns nicht einfach in Frieden lassen?!

Anscheinend lasen die Lawyers in mir wie in einem offenen Buch, denn sowohl Dyan als auch seine Mutter betrachteten mich mitleidig.

Mrs Lawyer griff in ihre Tasche, die auf einem Sessel hinter ihr stand. Man hörte das verräterische Rascheln, bevor sie die regionale Zeitung hervorholte. Die fett gedruckte Überschrift war sogar aus der Entfernung zu erkennen:

VATER SCHLÄGT KIND KRANKENHAUSREIF – DER DRUCK VON GELD UND MACHT

Zittrig entwich die Luft meinen Lungen, so sehr musste ich mich zurückhalten. Was fiel diesen Bastarden eigentlich ein?!

»Wisst ihr was, wir verklagen einfach diese Leute! Was denken die sich nur ...«

»Beruhige dich, Tessa. Für dich muss das hart sein, aber bedenke die Vorteile.«

Verblüfft starrte ich zu Dyan hoch, der sich zum ersten Mal zu Wort gemeldet hatte, doch meine Überraschung schwang schnell in Wut um. Ich versuchte, ihm meine Hand zu entziehen.

»Welche Vorteile denn? Mein Vater ist jetzt unerreichbar. Solange er im Entzug ist ...«

»... wird ihm geholfen. Ganz genau. Vielleicht hat er jetzt die Möglichkeit, zumindest einen Teil seines früheren Ichs zurückzugewinnen. Komm schon, lass deine Gefühle nicht deine Sicht trüben.«

Für diesen dummen Kommentar hätte ich ihm am liebsten den Kopf abgerissen.

»Ich liege im Krankenhaus, bin vollgepumpt mit Schmerzmitteln, meine Sicht ist so getrübt, ich bin überrascht, dass ich überhaupt etwas sehen kann!«

Widerspenstig hatte Dyan unsere Finger ineinander verhakt, und wie sehr ich auch zog, er ließ nicht los.

»Ja, aber du bist auch immer noch Tessa Anderson, die so dämlichen Idioten wie mir hilft, obwohl sie es nicht verdient hätten. Hilf jetzt deinem Vater und betrachte es aus einer anderen Warte.«

Meine Gegenwehr erstarb, während die Tränen in meinen Augen brannten. »Ich kann meinem Vater nicht helfen. Ich kann nicht mal an sein Gesicht denken, ohne dass mir übel wird. Ich will einfach nur abschließen.«

Dyan hob unsere verschränkten Hände an seine Lippen und drückte einen Kuss auf meinen Handrücken.

»Das kannst du auch«, fuhr Mrs Lawyer fort. »Deine Stiefmutter hat mit dem Entzug auf den Druck reagiert, den jeder in Jamestown auf sie ausübt. Die Leute hier stehen auf deiner Seite. Außerdem geben dir diese Zeitungsberichte und Klatschgeschichten Zeit, dich zu erholen. Keiner erwartet etwas von dir.«

Unbehagen sammelte sich in meiner Brust. »Das hier ist mein Leben, mein Kampf. So lieb es von den Leuten gemeint ist, sie wissen nichts. Das hier hat nichts mit *Geld und Macht* zu tun«, aufgebracht deutete ich in Richtung der Schlagzeile. »Hier geht es um einen gebrochenen Mann! Ich muss mich darum kümmern, ich ...«

»Du musst dich erholen. Dein Körper kann nicht mehr, er braucht eine Pause, und so wie ich das sehe, sollte auch dein Kopf entspannen. Es wird sich alles regeln. Fürs Erste musst du dich um nichts sorgen.«

Zweifelnd zog ich die Augenbrauen zusammen und fuhr mit meiner freien Hand ein unsichtbares Muster auf der Decke nach. Natürlich verstand Mrs Lawyer, dass ich ihr nicht glaubte, und seufzte resigniert. Hilfe suchend blickte sie zu ihrem Sohn.

Dieser beugte sich zu mir und gab mir einen Kuss auf den Scheitel, der mein Herz zum Klingen brachte. »Wir sind für dich da. Du bist nicht mehr allein, akzeptiere es.«

Nichts außer Dyans Stimme hatte eine so beruhigende Wirkung auf mich.

Unentschlossen nagte ich an meiner Unterlippe, nickte schließlich zögerlich und zauberte damit Mrs Lawyer ein Lächeln auf die Lippen.

»Super, dann kommen wir zum nächsten Punkt. Ich sehe, dass du es hier kaum noch aushältst. Deswegen habe ich mit dem Arzt ausgehandelt, dass du in zwei Tagen entlassen wirst.«

Mir klappte der Kiefer nach unten.

Ich hatte befürchtet, hier noch Wochen festzusitzen, wie eine Laborratte im Käfig.

Ich suchte schon alle Floskeln in meinem Kopf zusammen, um meine Dankbarkeit auszudrücken, als Dyans Mutter die Hand hob und mir damit symbolisierte, dass ich mich nicht zu früh freuen sollte. »Allerdings unter gewissen Bedingungen.«

Mein Gesichtsausdruck sprach Bände, was ich von *Bedingungen* hielt, denn sie beeilte sich weiterzusprechen.

»Dr. Havin hat darauf bestanden, dass du jemanden hast, der sich um dich kümmert, zusätzlich zu einem Pfleger oder einer Pflegerin.«

Na toll! Wie sollte ich das denn hinbekommen?! Der Pfleger war das kleinere Problem, an Geld mangelte es mir nicht. Aber eine weitere Person? So etwas wie Familie? Kathrin würde eher ihre Gucci-Taschen verkaufen, als mir auch nur einen Tee zu bringen.

»Also kurzgefasst ist dieser Deal für die Tonne.«

»Na ja, nicht ganz. Du wirst zu uns ziehen.«

Geschockt warf ich Dyan einen ungläubigen Blick zu. »Wie bitte?«

Zärtlich lächelte mich der vermeintliche Badboy an.

Doch ich konnte immer noch nicht fassen, was ich gehört hatte. »Nein, das ist zu viel. Ihr habt schon so viel für mich getan ...«

Mrs Lawyers Hand legte sich über der Decke auf meinen Arm. »Du gehörst zur Familie, Tessa. Für mich bist du wie eine zweite Tochter, die ich kennenlernen will.«

Die Tränen kamen so schnell, dass ich nicht verhindern konnte, dass sie über meine Wangen rollten. Mrs Lawyer lächelte mich so liebevoll an, als wäre ich wirklich mit ihr verwandt und nicht nur eine Schnorrerin, die ihre Großzügigkeit ausnutzte.

Geräuschvoll schniefte ich und drehte meine Hand, um die von Mrs Lawyer zu drücken und unter Tränen ein leises »Danke« hervorzubringen.

»Selbstverständlich, Süße.«

Als Dyans Mutter uns später verließ, wartete auf dem Gang bereits eine Meute Teenager darauf, endlich hereingelassen zu werden.

Ihre Reaktionen waren fast immer dieselben. Geschocktes Luft-Einziehen, betretenes Schweigen, grundlose Entschuldigungen. Mir bereitete es zwar Unbehagen, mich so klein und verwundbar der Aufmerksamkeit aller zu stellen, doch ihre Fürsorge überraschte mich genauso wie Mrs Lawyers Großzügigkeit.

Nichts kann einem die Bedeutung von Freundschaft klarer vor Augen führen als diese Momente. Hier gab es keine Masken, keine Mauern. Wenn ich die Hand ausstreckte, berührte ich nicht kaltes Gestein, ich konnte Wärme fühlen, Zuneigung. Mir war nie klar gewesen, was die Einsamkeit mit mir angestellt hatte. Wie schnell man gegenüber allem abstumpfte.

Meine Hände zitterten unter der Decke. Alles, was in den letzten Monaten passiert war ... das konnte man nicht als Leben bezeichnen. Ich hatte mich damit abgefunden, jeden Tag geschlagen zu werden. Ich hatte mich damit abgefunden, mich niemandem anvertrauen zu können, und hatte verdrängt, wie falsch das alles gewesen war. Um genau zu sein, fand ich inzwischen die Vorstellung absurd, mich nicht vor dem nächsten Abend zu fürchten. Wie konnte es sein, dass mein Vater nicht durch die Tür getaumelt kam, die Whiskey-Flasche noch in der Hand? Wie konnte es sein, dass ich ohne irgendeine Pflicht hier lag und einfach nichts tat? Wie konnte es sein, dass mein Mathelehrer sich tatsächlich Sorgen um mich gemacht hatte? Wie konnte es sein, dass all diese Menschen meinetwegen hier waren?

Bis ins Innerste erschüttert blickte ich auf, betrachtete ein Gesicht nach dem anderen. Selbst die Jungs waren allesamt hier und gaben eine Geschichte nach der anderen zum Besten, um mich zu unterhalten.

Die Dinge hatten sich geändert. Irgendwann während meines Komas hatte sich nicht nur ich, sondern die ganze Welt geändert. Fast so, als würde sie sich plötzlich in die andere Richtung drehen.

Gerade erzählte Cole die Geschichte von einer meiner – wie ich fand besten – Aktionen, um den Jungs ins Handwerk zu pfuschen. Mit einem Lächeln musste ich feststellen, dass mir diese Erinnerung niemand nehmen konnte. Genauso wenig wie die vielen anderen Male, als Dyan und ich aneinandergeraten waren. Nichts davon war durch meinen Vater beeinflusst, an diesen Erinnerungen war nichts verkehrt.

Vielleicht gab es in meinem verkorksten Leben doch genug Anhaltspunkte, um mir ein neues Dasein aufzubauen – egal, in welche Richtung sich die Erde drehte.

Kapitel 44 Tessa

Die zwei Tage waren schneller vergangen als erwartet. Dafür konnte ich den Lawyer-Geschwistern danken, die mich keine Sekunde aus den Augen ließen, sowie meinen Freunden, die jeden Nachmittag bei mir im Krankenhaus verbrachten und mir diverse Kartenspiele beibrachten. Okay, eigentlich brachte Ben sie mir bei, während Marco und Cole herumblödelten. So leicht und unbeschwert hatte ich mich seit einer Ewigkeit nicht mehr gefühlt, und ich war froh darüber, mir diese Stunden nicht mit Sorgen zu zerstören.

Heute war endlich der Tag meiner Entlassung.

Die Nachmittagssonne kitzelte angenehm auf meiner Nase, und ich reckte genüsslich das Gesicht gen Himmel, als Dyan mich in einem Rollstuhl aus dem Krankenhaus schob.

Leider hatte selbst mein Sturkopf nicht gereicht, den Rollstuhl, in dem ich durch die Gegend kutschiert wurde, zu vermeiden. Und angesichts meiner Probleme, allein aufs Klo zu gehen, war er wohl oder übel angebracht.

»Froh, endlich wieder deine Freiheit zu haben?« Dyans Atem kitzelte an meiner Wange, und ich drehte mich grinsend zu ihm um.

»Du weißt gar nicht, wie sehr.«

Er schmunzelte. »Ich kann's erahnen.«

Ciara und Mrs Lawyer ... äh, ich meine Muriel, darauf bestand sie, kamen hinter uns her, die eine mit einem Stapel von Entlassungspapieren in der Hand, die andere mit einer Tasche mit all den Sachen, die sich über die Tage im Krankenhauszimmer angesammelt hatten. Dyan wartete, bis seine Mutter in die Richtung deutete, in der das Auto stehen sollte, bevor er mich weiterschob.

»Ich hoffe, das Krankenhausessen hat dir nicht allzu gut geschmeckt, denn bei dem Gourmetdinner, dass Ariadna uns zubereitet, brauchst du allen Platz der Welt in deinem Magen«, rief Ciara mir zu und grinste verschmitzt.

»O mein Gott! Endlich wieder etwas anderes als diese Matschepampe!« Begeistert hampelte ich mit den Armen, bis Dyan sich über das Wackeln des Rollstuhls beschwerte.

»Okay, ich sag Ariadna Bescheid, sie soll noch mehr machen, damit es auch für uns reicht«, lachte Muriel über meine Reaktion und lief mit dem Autoschlüssel in der Hand vor, um uns den Wagen aufzuschließen. Oder besser gesagt: den Minivan.

Entgeistert starrte ich auf den grauen Brocken von einem Auto und fühlte, wie Scham in mir aufstieg. »Den Van habt ihr nicht extra für mich besorgt, oder?«

Dyan zog fragend eine Augenbraue hoch. »Na ja, wir haben uns gedacht, das wäre am praktischsten.«

»Aber ihr sollt euch nicht solche Umstände machen!«

Meine Beschwerde stieß auf taube Ohren, sodass mir nichts übrig blieb, als zu akzeptieren, dass ich über eine kleine Rampe in den Van geschoben wurde. Dort wurde ich mit mehreren Gurten samt Rollstuhl gesichert, bis sich mein Bewegungsfreiraum auf höchstens fünf Zentimeter beschränkte.

Als Dyan darauf mein finsteres Gesicht sah, drückte er mir einen Kuss auf die Schläfe. »Tessa, du weißt, wir lieben dich alle für deine Selbstständigkeit. Aber akzeptiere einfach, dass wir gerade unsere gluckenhafte Seite entwickeln.«

»Klappt alles?«, rief Muriel aus dem vorderen Teil des Autos und blickte über den Fahrersitz zu uns nach hinten. Meine Antwort bestand aus einem missmutigen Blick, während meine zwei Foltermeister alias die Lawyer-Geschwister einstimmig mit »Ja« antworteten und sich ebenfalls anschnallten.

»Ich merke schon, euer liebes Angebot, mich bei euch aufzunehmen, war nichts anderes als ein Täuschungsmanöver, um mich in euren Keller zu locken, damit ihr mich anketten und irgendwelche kranken Versuche an mir durchführen könnt.«

Gespielt beleidigt funkelte ich die Lawyer-Geschwister an, als wir losfuhren.

»Haben wir genug Schmerzmittel, um sie ruhigzustellen?«, schnaubte Ciara.

»Nein, ich fürchte nicht. Aber ich habe meine Quellen, um an das Nötige ranzukommen.«

Natürlich waren Dyans Worte nur Spaß gewesen, trotzdem fühlte ich mich augenblicklich in die Nacht zurückkatapultiert, in der mich Ciara aufgelöst angerufen hatte und Dyan erst am frühen Morgen völlig erledigt nach Hause gekommen war.

Ängstlich kniff ich die Lippen zusammen. Nein, das war nicht witzig.

Besorgt musterte ich Dyan, während er und seine Schwester weiterhin auf meine Kosten herumalberten.

Bei all der Aufregung hatte ich ganz vergessen, dass auch andere ein schwieriges Leben führten. Vielleicht kannte Dyan nun mein Geheimnis, aber ich seine noch lange nicht.

»Können wir vielleicht bei mir ... zu Hause ein paar Kleider holen?« Sobald ich die Frage ausgesprochen hatte, stellte sich eine angespannte Atmosphäre ein. Die Geschwister verstummten augenblicklich und betrachteten mich mit ernsten Mienen.

»Bist du sicher, dass es gut wäre, zu dem Haus zu fahren, in dem ...« Muriel holte tief Luft.

In dem ich beinahe gestorben wäre? In dem mein Vater mich Tag für Tag verprügelt hatte?

»Nein, du gehst da auf keinen Fall hin.« Dyans Stimme schnitt scharf durch das bedrückende Schweigen, das sich eingestellt hatte. Er hatte sich in seinem Gurt nach vorne gelehnt und funkelte mich aus dunklen Augen an, eine nur schwer kontrollierte Wut in ihren Tiefen.

Meine Schultern strafften sich. »Doch, wir werden da hinfahren.« Seine Augen kniffen sich zu Schlitzen zusammen, aber ich fuhr einfach fort. »Ihr kommt mit rein, wenn dich das beruhigt. Mit diesem verdammten Mistding«, ich deutete auf meinen fahrbaren Untersatz, »komme ich allein nicht mal durch die Tür. Aber ich werde mich nicht verstecken, nur weil ich schlechte Erinnerungen mit dem Anwesen verbinde. Dafür habe ich nicht diesen Scheiß durchgemacht!«

Wir lieferten uns ein Blickduell, doch ich wusste schon, dass ich gewonnen hatte. So finster, wie er seinen Mund verzog, hatte er nichts gegen meine Argumente in der Hand.

»Na gut.« Sein Brummen war kaum verständlich, trotzdem zauberte es mir ein Lächeln auf die Lippen.

Gleichzeitig fiel mir ein Stein vom Herzen, und ich sog zittrig die Luft ein. Ich konnte es nicht in Worte fassen, wie viel es mir bedeutete, dass die Lawyers hinter mir standen. Lautlos formte ich mit den Lippen das Wort *Danke*. Dyan wandte nur das Gesicht ab, doch mir entging nicht, wie sich seine Gesichtszüge entspannten.

Die Stille im Wagen hielt an, bis wir vor dem eisernen Tor des Anwesens hielten. Während ich Muriel den Code für das Schloss nannte und der Kies der Einfahrt unter unseren Reifen knirschte, wurde Dyan immer unruhiger. Ständig ballte er seine Hände zu Fäusten und öffnete sie, bis auch ich nervös wurde.

Er ist nicht hier. Du kannst ihm gar nicht begegnen.

Obwohl ich mir dessen bewusst war, fiel es mir schwer, daran zu glauben. In meinem Kopf spulte sich ständig das Szenario des letzten Kampfes ab.

Ich schluckte schwer und lehnte mich nach vorne, um aus der Windschutzscheibe auf die Villa zu blicken, in der ich all die Jahre gewohnt hatte. Trotz allem, was hier geschehen war, hatte sich an dem Anblick nichts geändert.

Außer dem gelben Taxi, das vor der geöffneten Haustür parkte.

Meine Schultern spannten sich an.

Ich spürte die forschenden Blicke der anderen auf mir, als wir neben dem Taxi zum Stehen kamen. Erwarteten sie vielleicht, dass ich einen Nervenzusammenbruch erlitt?

Störrisch schob ich den Unterkiefer hervor und machte mich dran, mich selbst von den Gurten zu lösen und mich dann ungeschickt mit dem Rollstuhl zur

Rampe zu manövrieren. Dabei blickte ich immer wieder zum Taxi und der offen stehenden Haustür. Was war hier los?

Im gleichen Moment tauchte ein älterer Mann in der Türschwelle auf, mit zwei Koffern bepackt und eine Zigarette zwischen den Lippen. Wahrscheinlich der Taxifahrer. Doch viel interessanter war Kathrin, die dem Mann hinterhereilte und wie vom Blitz getroffen stehen blieb, sobald sie den grauen Van erblickte.

Sie sah anders aus. Einige Strähnen hatten sich aus ihrem sonst perfekten Dutt gelöst, und statt des üblichen Hosenanzugs trug sie eine ordinäre Jeans mit passender Bluse. Sie wirkte jünger und gleichzeitig unendlich müde.

Keiner bewegte sich. Es war, als würde jeder befürchten, bei einer falschen Bewegung etwas Wichtiges zu zerstören. Schließlich war es Muriel, die den Bann brach, indem sie ausstieg. Auch Dyan kam in Bewegung und öffnete mir die Tür, um mich über die Rampe aus dem Van zu lassen. Wut und Angst hatten sich in meinem Innern zu einem unlösbaren Knoten zusammengewickelt und ließen mich ungeduldig die Räder nach vorne schieben.

Ich war erst halb um den Wagen herum, da hörte ich schon Muriels Stimme. »Guten Tag, Mrs Anderson!«

»Was machen Sie hier?« Die Frau, die antwortete, klang hysterisch, mit den Nerven am Ende.

Ich bemühte mich, noch schneller voranzukommen.

»Wir wollten nur einige Sachen für ...«

»Haut ab! Haut einfach ab! Ihr hättet sie nicht herbringen sollen ...« Kathrin verhaspelte sich, sobald ich hinter dem Wagen hervorrollte und ihrem gehetzten

Blick begegnete. Mein Körper fühlte sich wie ein einziger verkrampfter Muskel an.

»Was ist hier los?« Die Beherrschung in meiner Stimme passte nicht zu meinen aufgewirbelten Gefühlen.

Es blieb still. Kathrin starrte mich aus großen, erschrockenen Augen an, während Muriel es nicht wagte, das Wort zu ergreifen. Nur der Taxifahrer, welcher bis eben noch die Koffer in seinem Auto verstaut hatte, kam auf uns zu, genüsslich seine Zigarette rauchend, bis ihm mein Rollstuhl auffiel. Zögerlich blieb er stehen.

Ein Teil der früheren Härte kehrte in Kathrins Blick zurück, als der ältere Herr sie verwundert musterte und sie erhaben den Kopf in die Höhe reckte.

»Ich werde gehen. Ich habe mir ein kleines Apartment in Atlanta gemietet. Ich wollte seit Langem in die Großstadt ziehen. Jetzt ist der richtige Zeitpunkt dafür.«

In der darauf folgenden Stille verarbeitete mein Kopf die neuen Informationen. Atlanta lag am anderen Ende der Staaten. Sie wollte der Presse entgehen. Sie wollte dem Klatsch und den bösen Blicken entfliehen. Sie wollte sich von alldem hier distanzieren.

Ich hatte nichts dagegen.

Meinen Kopf zur Seite geneigt sagte ich aufrichtig: »Ich wünsche dir viel Glück. Ich hoffe, du wirst ein schönes Leben führen.«

Zweifel blitzten in ihren Augen auf. Die Spannung war praktisch greifbar und ließ den Taxifahrer nervös werden.

»Hören Sie, wenn Sie noch etwas zu erledigen haben, kann später ein Kollege von mir kommen. Ich habe keine Zeit für ...«

»Nein!« Kathrin unterbrach ihn harsch. »Wir fahren los.« Sie trat auf das Taxi zu und zögerte dann, den Griff der Beifahrertür in der Hand.

»Es war nicht meine Schuld. Er ... er hat auch mich geschlagen.«

Mein Atem stockte bei diesem Eingeständnis, und die Welt schien zu kippen. Ungläubig starrte ich meine Stiefmutter an. Konnte das sein? Und wenn das wirklich so war, wieso hatte sie nie etwas gesagt? Sich mit mir verbündet, anstatt mich weiter zu quälen?

Kathrin senkte beschämt den Blick, während ihre Knöchel weiß hervortraten, so sehr umklammerte sie den Türgriff des Autos.

»Zumindest am Anfang. Als es bei dir losging, ließ er mich endlich in Ruhe. Es war nicht meine Schuld. Ich wollte mich nur selbst schützen.«

Und solange er mich verprügelte, hatte sie nichts zu befürchten. Die Sympathie, die sich gerade in mein Herz geschlichen hatte, verschwand genauso schnell wieder. Sie hatte mich ans Messer geliefert, um weiterhin im Luxus zu leben. Sie war den leichtesten Weg gegangen, egal, wie sehr ich darunter leiden musste.

Ein mildes Lächeln schlich sich auf mein Gesicht. Kathrin war meine Enttäuschung und Wut nicht wert.

»Wenn du dir das sagen musst, um mit alldem klarzukommen, dann mache das. Mir ist es egal, ich kann es endlich hinter mir lassen. Gute Reise, Kathrin! Verstehe das bitte nicht falsch, aber ich hoffe wirklich, du wirst ein gutes Leben führen – so weit weg wie möglich von meinem.«

Kapitel 45 Dyan

Ich rollte Tessa in ihrem Rollstuhl zurück in den Van, während ich schwer an mich halten musste, nicht auf irgendetwas einzuschlagen. Wie schaffte sie es nur, so ruhig zu bleiben? Allein der Anblick, wie Tessa zu ihrer Stiefmutter hatte aufsehen müssen, obwohl sie mit jeder Faser ihres Wesens dieser egoistischen Frau überlegen war, hatte mich an den Rand meiner Selbstbeherrschung gebracht.

Nicht dazu in der Lage, etwas zu sagen, befestigte ich erneut die Gurte an Tessa und dem Rollstuhl, während ich beobachtete, wie Ciara ins Innere der Villa verschwand, um ein paar von Tessas Sachen zu holen. Gleichzeitig kam meine Mom mit einem erschöpften Gesichtsausdruck auf den Van zu. Sie fühlte sich Tessa verpflichtet, als wäre sie ihre eigene Tochter, aber das war nichts im Vergleich zu meinen Schuldgefühlen.

Meine Zähne knirschten.

Wir hatten nie etwas bemerkt. Dabei war es so offensichtlich gewesen! Konnte man wirklich so blind sein?

Gerade als meine Mom ihren Kopf mit einem aufgesetzten Lächeln ins Innere streckte und meinte, dass es nicht mehr lange dauern würde, ertönte ein lauter Knall, und Ciara stolperte mit einem Koffer aus der Haustür und die Treppen hinunter.

»Na das ging aber schnell«, bemerkte unsere Mutter überrascht. Ciara öffnete den Mund, doch es war Tessa, die antwortete: »Kein Wunder, den Koffer hatte ich schon gepackt.«

Wie gebannt starrte sie auf das Gepäckstück, welches ich meiner Schwester abnahm und im Wagen abstellte. »Er lag in meinem Auto, als ich in den Graben gefahren bin. Die Polizei muss ihn wohl hier abgeliefert haben. Praktisch.«

Ich öffnete bereits den Mund, um zu sagen, dass wir eine andere Tasche holen könnten, da traf mich ihr Blick. Er war aufgewühlt, trotzdem strahlte Tessa eine Entschlossenheit aus, die mich meinen Einwand vergessen ließ. Ich konnte sie zwar unterstützen, doch am Ende lag die Entscheidung bei ihr.

Während der Fahrt zu uns nach Hause behielt ich Tessa im Auge. Abgesehen von Müdigkeit ließ sie sich keine Schwäche anmerken. Mein Respekt vor ihrem Kampfgeist stieg mit jedem Tag weiter. Und auch Ciara schien von Tessas Stärke inspiriert. Ich hatte meine Schwester noch nie so selbstbewusst und kämpferisch erlebt.

Als wir endlich daheim ankamen, starrte Tessa auf das Haus, in dem sie nun leben würde. Ich konnte mir nicht vorstellen, wie es sein musste, das eigene Zuhause zu verlieren. Voller Sorge legte ich ihr eine Hand auf die Schulter.

»Denkst du, dass du dich hier wohlfühlen kannst?«

Schnaubend lachte Tessa und nahm sich meine Hand, um einen Kuss auf sie zu drücken.

»Was ist das für eine Frage? Ich rieche schon das köstliche Essen. Und ich wohne mit denjenigen zusammen, die mir am meisten bedeuten. Ich kann mich nicht beschweren.«

Sie hätte genug Gründe, um sich zu beschweren. Aber das war nicht Tessas Art. Sie hatte sich für das Leben entschieden, ohne Trübsal blasen. Sie versuchte, das Positive zu sehen, und davon konnte ich mir definitiv etwas abschauen. Wenn mir die Dinge über den Kopf wuchsen, reagierte ich immer auf zwei mögliche Weisen: mit einem Wutanfall oder einem Joint. Keine guten Verarbeitungsstrategien, wie ich mir die letzten Tage eingestehen musste.

Umso mehr war ich entschlossen, für Tessa da zu sein. In den Momenten, wo die Dunkelheit sie einholte, würde ich sie beschützen und ihr Halt geben. Und das nicht aufgrund einer Schuld oder eines Ehrgefühls, sondern weil ich sie liebte.

Deshalb beobachtete ich auch genau, wie Tessa sich beim Essen mit meiner Mutter, Ariadna und Ciara unterhielt, wissend, wie erschöpft sie von dem Tag sein musste. Immer wieder fuhr sie sich müde über das Gesicht. Doch sie genoss die Unterhaltung, das Zusammensein. Deswegen wartete ich, bis alle mit dem Essen fertig waren, ehe ich Tessa zu einer Pause zwang.

Ohne ein Wort stand ich auf und zog sie in ihrem Rollstuhl vom Tisch weg. Auf ihren Protest achtete ich nicht. »Keine Widerrede, ich bringe dich in dein Zimmer. Für den Moment hattest du genug Aufregung und solltest dich ausruhen.«

»Ich bin doch kein Kleinkind mehr!«, empörte sich Tessa lautstark.

»Na, du bist aber auch nicht volljährig, meine Kleine.« Fröhlich zwickte ich sie in die Wange und genoss ihren ungläubigen Blick.

»Ach und du schon, weil du so viel vernünftiger bist als ich, oder was?« Herausfordernd funkelte sie mich an.

Irgendetwas hatte dieser eine Satz an der Atmosphäre geändert. Plötzlich drehte sich Tessa von mir weg, und ich runzelte verwundert die Stirn. Was war jetzt auf einmal los?

Da Tessa schwieg, bis wir vor der Tür ankamen, hinter der sich ihr neu eingerichtetes Zimmer verbarg, beschloss ich, es selbst in die Hand zu nehmen. Ernst ging ich um den Rollstuhl herum. Tessa begegnete meinem Blick, ohne zu zögern, trotzdem bedrückte sie eindeutig etwas.

»Rück raus mit der Sprache! Was ist los?« Ich stützte die Hände auf den Armlehnen ab und beugte mich über sie.

Unsicherheit huschte über ihr Gesicht. »Ich weiß zwar nicht, wie du das zwischen uns definierst, aber ...«

»Oh, ich definiere das als Beziehung. Du weißt schon, Freund und Freundin, ein Paar, Händchen haltend durch die Gegend spazierend. Lie...«, schoss es sofort aus mir heraus, und gerade noch rechtzeitig biss ich mir auf die Zunge. Allerdings schien ich mit dem Gesagten zumindest Tessas Unsicherheit wegfegen zu können, denn im nächsten Moment legte sie mir mutig eine Hand in den Nacken und zog mich für einen innigen Kuss zu sich.

»Gut, so sehe ich das nämlich auch«, murmelte sie, als wir uns wieder voneinander lösten. Bevor sich ein zufriedenes Lächeln auf mein Gesicht schleichen konnte, trübte erneut Sorge ihre Augen.

»Allerdings habe ich eine Bitte an dich. Mir ist es in den letzten Tagen immer wieder durch den Kopf gegangen, wie du diesem einen Abend nicht nach Hause gekommen bist und ...« Sie geriet ins Stottern und sammelte sich mit einem tiefen Atemzug. »Ich will das mit den Straßenrennen nicht. Nein, eigentlich ist das falsch ausgedrückt: Ich *kann* das nicht! Ich kann nicht immer Angst haben, dich tot in einem Autowrack zu finden oder im Gefängnis besuchen zu müssen. Das halte ich nicht aus. Diese ganze Scheiße ist es nicht wert, dass ihr Jungs euer Leben hinschmeißt!« Sie hielt die Augen mit Tränen gefüllt inne.

Um ehrlich zu sein, war für mich die *Race Night* vollkommen in den Hintergrund gerückt, seitdem mein Fokus auf Tessa lag. Selbst mein Graskonsum war um einiges gesunken, weil ich es nicht riskieren wollte, im falschen Moment benebelt zu sein. Wenn Tessa mich brauchte, wollte ich zu hundert Prozent für sie da sein.

Etwas in meinem Inneren schien sich zu lösen. Ich war schon viel zu lange vor meinen Problemen davongelaufen.

»Und Ciara macht die Sorge auch verrückt. Du weißt nicht, wie das ist, zu warten und nicht zu wissen ...«

Ich schüttelte energisch den Kopf, um sie vom Weiterreden abzuhalten. »Das stimmt nicht. Genau das habe ich die letzten Tage durchgemacht. Ich weiß, was du meinst ... und ich verstehe es. Vielleicht hast du recht, vielleicht ist es an der Zeit zu überlegen, was wirklich von Bedeutung ist.«

Tessas Augen quollen über, während sie mich voller Dankbarkeit ansah. Fürsorglich fing ich mit den Fingern ihre Tränen auf.

»Danke!«

»Nicht dafür. Immerhin bist du diejenige, die mich rettet, Tessa.«

Kapitel 46 Tessa

Über den Unfall, den Krankenhausaufenthalt und die Geständnisse hatte ich in den letzten Tagen vergessen, weshalb Dyan und ich uns überhaupt auf der Straße gestritten hatten. Allerdings wurde ich von Mr Lawyer schon am ersten Abend daran erinnert. Es war nicht nur die Art, wie er seine Frau herumkommandierte, und all die frauenverachtenden Kommentare, die er nebenbei vom Stapel ließ. Vielmehr die ruppige Art, mit der er seine Tochter behandelte, die offensichtlich um väterliche Liebe flehte, versetzte mich in rasende Wut.

Ich wusste, wie es war, sich nach dieser Nähe zu verzehren, und wie schwer es war, von seinem Vater nur Verachtung entgegengebracht zu bekommen. Trotzdem hielt ich mich zurück. Eigentlich wollte ich mich nicht in Familienangelegenheiten einmischen, die mich nichts angingen.

Aber als Ciara und ich eines Abends in meinem wunderschön eingerichteten Zimmer saßen und zusammen eine Serie schauten, ging ihr Vater einen Schritt zu weit.

Ich wollte gerade auf einen Filmfehler hinweisen – ein neues Hobby von mir, seitdem ich die meiste Zeit im Bett verbrachte –, als ein lautes Scheppern zu hören war und im nächsten Moment Mr Lawyer brüllte: »Muriel!«

Erschrocken begegneten sich Ciaras und mein Blick, während sich wieder Stille über das Haus senkte. Kein Wunder, denn Dyan und seine Mom waren beide unterwegs, und Ariadna hatte schon lange Feierabend. Was wiederum bedeutete, dass wir beide allein mit Ciaras Vater waren.

»Muriel, verdammt, wo bist du?!« Darauf folgte das Knallen einer Tür, als er vermutlich sein Arbeitszimmer verließ.

Unsicher biss Ciara sich auf die Lippe, und ich griff zuversichtlich nach ihrer Hand.

»Komm, wir schauen, was los ist.«

Wirklich überzeugt schien Ciara nicht, doch schlussendlich straffte sie die Schultern und nickte mir entschlossen zu. Auch wenn es in dieser Situation wohl unangebracht war, ließ das ein kleines Lächeln auf meinem Gesicht erscheinen. Mir gefiel die Ciara, die sich die letzten Tage mehr und mehr zeigte. Sie war kein schüchternes Mädchen mehr, das sich hinter ihrem Bruder versteckte.

Ciara half mir in den Rollstuhl, bevor wir uns gemeinsam auf den Weg machten, immer der brüllenden Stimme folgend.

»Du unnützes Weib, wo hast du dich verkrochen! Denk nicht, dass ich dir hinterherrennen werde! Wenn du nicht gleich auftauchst, wirst du es bereuen, verstanden?«

»Sie ist außer Haus.«

Überrumpelt verstummte Dyans Vater bei meinen Worten und wandte sich mit glühendem Blick zu uns um. Ciara verspannte sich sofort, aber ich hatte mir geschworen, nie wieder vor einem reichen, mächtigen Mann zu kuschen. Also rollte ich in die Eingangshalle hinein, bevor ich die Räder fest umklammerte und anhielt.

Es war fast ironisch, wie sehr Mr Lawyer meinem Vater ähnelte, während er drohend auf mich zukam. Er hatte keine Sekunde außerhalb des Hauses verbracht, trotzdem trug er einen maßgeschneiderten Anzug. Anders als bei meinem Vater gab es jedoch keinen offensichtlichen Makel, außer man blickte diesem Bastard direkt in die Augen.

»Wie bitte?«, knurrte Mr Lawyer.

Ein humorloses Lächeln verzog meinen Mund. »Ihre Frau ist nicht da.« Ich gab mir nicht die Mühe, Muriels Abwesenheit zu erklären, einfach weil es keinen Grund gab, weshalb sie sich vor diesem Mann rechtfertigen sollte.

Kurz blitzten seine Augen auf, bevor sich wieder Kälte davorschob. »Auch egal, du solltest reichen. Eine Pflanze in meinem Büro ist umgefallen. Putz den Dreck weg!«

Damit drehte er sich um und wandte sich zum Gehen. Seiner Tochter, die einige Schritte hinter mir stand, schenkte er keinen Blick. Ein ungläubiges Schnauben entfuhr mir. Wirklich jetzt? Doch gerade als ich den Mund öffnen wollte, mischte sich Ciara ein.

»Das wird sie sicher nicht, Dad! Siehst du nicht, dass sie im Rollstuhl sitzt?«

Ich war nicht die Einzige, die erstaunt zu Ciara herumfuhr, die sich zwar mit zitternden Händen, aber einem entschlossenen Gesichtsausdruck neben mich stellte.

»Wie bitte?«

Ich war in meinem Leben noch nie stolzer, als Ciara mit geballten Fäusten völlig beherrscht sprach: »Wenn dir etwas umgefallen ist, kannst du es selbst wegräumen. Wir sind nicht deine Dienstmädchen.«

Mr Lawyer fehlten offensichtlich die Worte bei dem unerwarteten Widerspruch seiner Tochter. Und auch ich war baff. Ciara wiederum packte meinen Rollstuhl und wollte mich anscheinend umdrehen, als ihr Vater seine Stimme wiederfand.

»Das darf ja wohl nicht wahr sein! Als würde ich mir das von meiner Tochter bieten lassen! Erinnere dich an deinen Platz, junges Fräulein, sonst ...«

»Sonst was?«

Sichtlich aufgebracht fuhr Ciara zu ihrem Vater herum. Dass neben der Wut auch Tränen in ihren Augen standen, brach mir fast das Herz. Trotzdem wusste ich, dass sie anfangen musste, sich gegen ihren Vater zu wehren.

»Willst du mich schlagen? Bitte! Ich bin mir sicher, die Reporter vor unserer Haustür wird es brennend interessieren, wenn gleich der zweite Fall von Kindesmisshandlung in dieser Stadt auftritt! Das wäre bestimmt ein gefundenes Fressen für die Presse. Doch schlecht fürs Familienimage, Vater.«

Und damit war der Kampf entschieden, als Ciara den perplexen Mr Lawyer stehen ließ. Wie Ciara die folgende Nacht weinend in meinen Armen lag, bekam er nicht mit.

Aber es war okay von Ciara, diese Schwäche gegenüber mir zu zeigen und sich darauf zu verlassen, dass ich sie halten würde. Das hatte ich gelernt. Sich den Leuten anzuvertrauen, die einen liebten, war niemals ein Fehler. Es zeigte erst recht Stärke. Und Ciara durfte stolz auf all den Mut sein, den sie heute unter Beweis gestellt hatte.

Die Wochen nach dem Unfall vergingen wie im Flug. Was ich vor allem all den Büchern zu verdanken hatte, die ich mir von Muriel und Ciara auslieh. Und Dyans unglaublichen Fähigkeiten darin, mich zum Vergessen zu bringen, indem er mich küsste.

Mittlerweile humpelte ich auf Krücken durch die Welt, und am nächsten Montag würde mein erster Schultag seit der großen Enthüllung sein. Der Gedanke bereitete mir ziemliches Unbehagen, aber das schob ich von mir weg und konzentrierte mich lieber auf andere Dinge. Zum Beispiel Dyans Gespräch mit Jake über seinen Ausstieg bei den Autorennen.

Jake war nicht begeistert gewesen, dass einer seiner Fahrer abspringen wollte. Und dass Dyan seinem Freund klarmachte, dass es da nichts zu diskutieren gab, und das nur wegen meiner Bitte, ließ mein Herz aufgeregt flattern.

Jedenfalls war der aktuelle Stand, dass nur noch Ben Rennen fahren würde. Dyan hatte versucht, diesen ebenfalls davon abzubringen, da Jake anscheinend nach der *Race Night* ins Fadenkreuz der Polizei geraten war. Sie konnten ihm zwar nichts Konkretes nachweisen, trotzdem stand er unter besonderem Verdacht. Etwas, das die Rennen für alle noch gefährlicher machte. Aber Ben hatte sich nicht überreden lassen.

Obwohl er mir immer als der Vernünftigste erschienen war, gab es wohl irgendetwas, dass ihn bei den illegalen Rennen hielt. Und das war sicherlich nicht der Adrenalinkick. Ich wusste, wie es war, über etwas nicht reden zu wollen, und auch Dyan schien auf die Beweggründe seines Freundes Rücksicht zu nehmen. Trotzdem beschloss ich für die Zukunft, ein Auge auf Ben zu haben.

Eine weitere gute Ablenkung war es, die Streitereien zwischen den Lawyer-Geschwistern zu schlichten. Ich zählte nicht mehr mit, wie oft die beiden sich in die Haare bekamen. Aber sooft sie sich auch stritten, am Ende lachten wir immer alle gemeinsam. Und jedes Mal aufs Neue wurde mir klar, wie viel mir die beiden bedeuteten.

Schlussendlich kam jedoch der Montagmorgen, und ich saß mit den zweien in aller Frühe in Ciaras Auto. Also dieses Frühaufstehen hatte ich sicherlich nicht vermisst, doch das war gerade meine geringste Sorge. Nervös trommelte ich gegen die Kopflehne von Ciaras Sitz.

»Tessa, hör auf! Das macht mich total verrückt!«

Ich begegnete ihrem finsteren Blick mit einem entschuldigenden Lächeln. »Sorry, ich kann nicht anders. Ich ...« Stockend erinnerte ich mich daran, mich nicht mehr hinter Ausflüchten zu verstecken. »Ich habe Angst.«

Verständnis glättete Ciaras Gesichtszüge. »Ich weiß, aber wir und die Jungs sind bei dir. Alles wird gut.«

Ich seufzte. »Danke, das weiß ich wirklich zu schätzen.«

Mein Problem war nur, dass ich nicht Angst hatte, von jemandem dumm angemacht zu werden. Ha! Als würde sich das jemand bei mir trauen. Ich fürchtete mich vor den mitleidigen Blicken. Davor, dass jeder dachte, mich jetzt zu kennen, nachdem sie von meiner Odyssee gehört hatten.

Wie sollte ich weiter die harte, unerbittliche Tessa sein, wenn mich jeder wie ein rohes Ei behandelte?

In meinen Gedanken versunken war Ciara bereits auf den Schulparkplatz eingebogen. Und schon jetzt waren alle Blicke auf uns gerichtet. Wenigstens stand nirgends ein Reporter. Muriel hatte mir am Morgen versichert, Vorkehrungen getroffen zu haben, um mir eine ruhige Rückkehr zu ermöglichen. Bei den vielen Handykameras, die plötzlich auf unseren Wagen gerichtet waren, würde das wohl trotzdem nichts werden.

Ich blieb sitzen, während die Lawyer-Geschwister ausstiegen. Zum einen, da Dyan darauf bestand, mir jede Tür zu öffnen, solange ich mit den Krücken herumlief. Zum anderen, weil ich mich der Meute nicht allein stellen wollte.

Selbst als mir mein Freund die Hand entgegenstreckte, musste ich jede Faser meines Körpers zwingen, sich zu erheben. Beim Aussteigen aus dem Auto hielt Dyan liebevoll Blickkontakt mit mir, so, als sollte ich mich nur auf ihn konzentrieren. Als könnte ich irgendetwas anderes machen, wenn er mir so nah war.

Zitternd lächelte ich ihn an. Dann atmete ich tief durch und setzte die erste Krücke aus dem Sichtschutz, den mir Dyan mit seinen breiten Schultern geboten hatte. Kein Zurück. Ich würde ihnen die Stirn bieten.

Mir erschien das Geräusch der Gummipolster meiner Krücken unglaublich laut auf dem Asphalt, während ich ihn quälend langsam überquerte. Niemand bewegte sich, außer Ciara und Dyan, die an meine Seite eilten.

Ich schaffte das.

Und bis ich Ben, Marco, Cole und Steven erreicht hatte, die an unserem üblichen Platz standen, glaubte ich es sogar selbst.

»Da ist sie ja!« Lächelnd schloss mich Steven in die Arme. Sobald ich von den Jungs umgeben war, fiel mir das Atmen wieder leichter.

»Gott, wie gut, dass du wieder hier bist, Tessa! Stefanie hat sich noch schlimmer aufgeführt als sonst. Man musste sie praktisch von Dyan wegzerren!«

Okay, diese Information war mir neu. Mit gerunzelter Stirn warf ich *meinem Freund* einen Blick zu, den er mit einem Augendrehen erwiderte.

»Urgh, der Blick macht mir Angst. Wie gut, dass es«, die Schulglocke läutete, »jetzt klingelt. Bis nachher, Leute!« Und damit war Cole weg. Ähm ... auch okay.

»Komm, meine Liebe. Wir haben Mathe.« Ciaras gespielte Freude brachte mich tatsächlich zum Grinsen. Ich hätte sie gerade so richtig knuddeln können dafür, dass sie sich einfach ganz normal benahm. Und die Jungs gleich mit, die, groß, wie sie waren, mich vor den Gaffern schützten.

Nichts hatte sich verändert. Kein Grund zur Panik.

Na ja, oder zumindest hatte sich nichts zum Negativen geändert.

So süß, wie Dyan war, begleitete er Ciara, Steven und mich noch bis vor den Klassenraum, bevor er sich verabschiedete. Zu mir nach unten gelehnt drückte der brave Badboy seine Lippen auf meine. »Ich bin stolz auf dich.«

»Musst du nicht. Ich habe nichts gemacht. Ich habe mich nur zurückgelehnt, wie ihr es mir alle geraten habt. All das habe ich nur euch zu verdanken.«

Mit einem Ruck zog er mich an sich, sodass mir fast die Krücken wegrutschten. »Und wir verdanken dir mindestens genauso viel.« Kurz verstummte er, bevor er an meinem Scheitel murmelte: »Manchmal zweifle ich wirklich an meinem Verstand, wenn ich überlege, wie ich mich früher dir gegenüber verhalten habe.«

Ein Grinsen schlich sich auf mein Gesicht. »Nicht nur du, Schatz. Ich war nicht besser. Ich habe nie erkannt, was für ein süßer, netter Junge du bist.«

Auch ohne hochzublicken, konnte ich sein Stirnrunzeln sehen. »Sollte das jetzt ein Kompliment sein?«

Ich küsste ihn auf den Hals. »Das kannst du dir aussuchen.«

»Miss Anderson! Sie sollten nicht Ihre Zeit verplempern. Sie haben viel aufzuholen, und ich erwarte Sie bis zum Ende des Jahres wieder auf dem neusten Stand. Also los!« Mr Coleman war so urplötzlich hinter uns aufgetaucht, dass ich erschrocken zusammenzuckte, bevor mir ein lautloser Seufzer entwich.

Wer auch immer behauptet, er hätte sich für dich eingesetzt, muss einen Gehirnschaden haben.

O mein Gott! Die nervige innere Stimme gab es auch noch!

Klar. Ich wollte dir nur eine Verschnaufpause geben. Irgendjemand muss dich ja auf den richtigen Weg bringen.

Ja, das Leben würde wirklich normal weitergehen.

Mit einem Lächeln sank mein Kopf gegen Dyans Brust.

Mein Martyrium war vorbei. Jetzt hatte ich es wirklich überstanden. Ich hatte eine neue Familie. Eine, die zu mir passte, die mir beistand und der ich beistehen konnte. Momentan konnte nichts die Schönheit des Lebens zerstören.

»Miss Anderson!«

Ich seufzte. Okay, vielleicht doch Mathe.

»Ich hole dich nach der Stunde hier ab«, verkündete Dyan. Seine Lippen drückten sich auf meinen Haaransatz, als ich verwundert nach oben blickte.

»Wieso das? Hast du doch sonst auch nie.«

»Da durfte ich dich ja auch noch nicht küssen.« Ein Kichern stieg in mir auf, während die letzte Anspannung von mir abfiel. »Das ist ein Argument.«

Und so küsste ich meinen Freund – Gott, klang das toll! – inmitten der gaffenden Schüler.

Ende

Danksagung

Meine Danksagung würde ziemlich lang werden, wenn ich jeden einzeln benenne, der dazu beigetragen hat, dass es dieses Buch nun zu kaufen gibt. Denn ohne so viele fantastische Leser, die mich unterstützt haben, wäre es dazu sicherlich nicht gekommen! Deswegen will ich diese Danksagung in erster Linie jedem von euch widmen. Egal, ob alteingesessen auf Wattpad oder hier neu dazugestoßen: Ein Autor ist nichts ohne seine Leser.

Es ist für mich noch immer unglaublich, was für eine tolle Community sich um »Behind the Screen« aufgebaut hat. Eure Kommentare auf Wattpad sind teilweise genauso unterhaltsam wie das Buch selbst, und oft haben mich eure Reads, Votes und Comments dazu motiviert weiterzumachen. Ich kann nicht deutlich genug sagen, wie dankbar ich dafür bin! Manche von euch begleiten mich seit 2014 und haben mich als Autorin sozusagen in Babyschuhen miterlebt. Ich habe dabei über Wattpad tolle Menschen kennengelernt und Seelen, die Bücher genauso lieben wie ich. Das ist eine Erfahrung, die mich unglaublich geprägt und inspiriert hat. Auch Wattpad selbst bin ich zu Dank verpflichtet, da sie Potenzial in mir und meiner Geschichte gesehen haben und mich auf unglaubliche Art und Weise gefördert haben. Für mich ist mit diesem Buch ein Traum in Erfüllung gegangen.

Eine Person, die ich zwar noch nicht sonderlich lange kenne, die hier aber sicherlich auch erwähnt werden muss, ist meine Lektorin Cornelia. Ich glaube, niemand außer uns beiden weiß wirklich, wie viel Herzblut hinter »Behind Me« steckt. Innerhalb von zwei Monaten haben wir ein Wunder geschehen lassen, und ich hoffe, du bist mit dem Endergebnis genauso zufrieden wie ich. Genug Nerven hat es auf jeden Fall gekostet. Deine Vorschläge waren genial, und ich könnte mir keine andere Lektorin wünschen.

Nun zu meinen Eltern. Wer dieses Buch liest, könnte auf den Gedanken kommen, dass ich kein gutes Verhältnis zu meinen Eltern habe, und ich möchte hiermit klarstellen, dass das absolut nicht der Fall ist. Ich liebe euch beide, und ich hoffe, ihr wisst, wie dankbar ich für alles bin, was ihr für mich getan habt. Bruderherz, dich liebe ich natürlich auch!

Ich weiß nicht, wie viele meiner Freunde ich im Laufe der Entstehung von »Behind Me« vollgetextet habe. Jeder von euch hat mich so unglaublich toll unterstützt, und auch wenn ich nicht jeden hier nennen kann: Danke an all meine Probeleser, Ratgeber, Träumer und Cheerleader ... Ihr seid die Besten!

Sophie, hier kommt eine Hymne auf dich: Dafür, dass wir uns die ersten drei Jahre kein einziges Mal gesehen haben, bist du mir unglaublich ans Herz gewachsen. Mit dir kann ich stundenlang über Bücher philosophieren und komme mir dabei sogar schlau vor. Du hast mich immer wieder motiviert, wenn ich keine Lust mehr hatte, und das meistens mit so wunderschönen Covern – ich liebe sie wirklich alle! Ein Wattpad-Treffen ohne dich wäre absolut nicht das Gleiche, deswegen hoffe ich, dass wir uns auch in Zukunft immer zu diesem besonderen Anlass sehen. Ich bin auf jeden Fall unglaublich froh, dich über Wattpad kennengelernt zu haben.

Die letzten Sätze habe ich für die absolut beste Freundin auf dieser Welt aufgehoben. Emily, ich weiß nicht, wo ich anfangen soll. Du bist meine Ciara und noch so viel mehr. Mit dir habe ich gelacht und geweint, den größten Quatsch gemacht, die besten Gespräche geführt und die schlimmsten Doppeldates sowie die tollsten Momente meines Lebens erlebt. Und ich weiß, das wird auch für immer so bleiben. Wenn ich »Behind Me« lese, muss ich immer an dich denken, weil so viele der Stellen mit unserer Schulzeit verknüpft sind. So gesehen ist dieses Buch auch eine Hommage an unsere Jugend. Du hast mich auf jedem Schritt begleitet und standest mir wortwörtlich Tag und Nacht zur Seite. Danke für all deine Ratschläge, deine Geduld mit mir und einfach dafür, dass es dich gibt.

Der große Zeitreiseroman von Wattpad-Star Ochrasy

L. Ochrasy

Vor meiner Zeit

Roman

Piper Taschenbuch, 240 Seiten
ISBN 978-3-492-50480-5

Adam lebt im Jahr 1942, Ida im Jahr 2016. Durch eine zufällige Entdeckung während ihres Studiums kann Ida in der Zeit zurückreisen. So lernt sie Adam kennen und lieben. Doch ihre Reisen zu Adam werden zunehmend gefährlich, denn um ihn herum tobt der zweite Weltkrieg. Ida ist bereit ihr Leben zu riskieren, um ihn zu retten. Ihr Weg führt sie dabei durch einen bitteren Winter voller Hunger und Krankheit. Doch sie gibt nicht auf, für die Liebe zu kämpfen.

PIPER

Leseproben, E-Books und mehr unter www.piper.de

Brillant, scharfzüngig und todkomisch

Elizabeth A. Seibert

Der Bro-Code

Manche Regeln muss man einfach
brechen ...

Aus dem amerikanischen Englisch
von Martina Schwarz
Piper Taschenbuch, 368 Seiten
ISBN 978-3-492-50482-9

Nick ist der Star-Footballer an der Cassidy High. Und für ihn ist es Ehrensache, nach dem Bro-Code zu leben: Zum Beispiel können Mahlzeiten gar nicht scharf genug sein, und das Ergebnis von Schere, Stein, Papier muss man immer akzeptieren. Bis er Eliza kennenlernt, die Schwester seines besten Bros, und die löst etwas in ihm aus, was er niemals für möglich gehalten hätte. Nun muss Nick sich entscheiden, denn die wichtigste Regel des Bro-Codex lautet: Date niemals die Schwester deines Bros ...

Leseproben, E-Books und mehr unter www.piper.de

Eine aufregende Werwolf-Geschichte

Abby Overdevest

Auf gläsernen Pfoten

Roman

Piper Taschenbuch, 528 Seiten
ISBN 978-3-492-50479-9

Als Kathleen einen riesigen verletzten Hund vor ihrer Haustür findet, ahnt sie noch nicht, wohin sie diese Begegnung führen wird. Erst verwandelt sich der gerettete Straßenhund in einen Jungen, dann stehen plötzlich zwei fremde Männer in ihrer Wohnung und sie findet sich in einem Kampf zweier Fronten wieder: Auf der einen Seite sagenhafte Werwölfe, auf der anderen Seite Menschen, die diese vernichten wollen. Der Wattpad-Erfolg neu bearbeitet als Taschenbuch und E-Book!

PIPER

Leseproben, E-Books und mehr unter www.piper.de